河朔七雄

民国武侠小说典藏文库·白羽卷

白 羽◎著

中国文史出版社

我的生平

生而为纨绔子

民国纪元前十三年九月九日，即己亥年八月初五日，我生于"马厂誓师"的马厂。

祖父讳得平，大约是老秀才，在故乡东阿做县吏。祖母周氏，系出名门。祖母生前常夸说：她的祖先曾在朝中做过大官，不信，"俺坟上还有石人石马哩！"这是真的。什么大官呢？据说"不是吏部天官，就是当朝首相"，在什么时候呢？说是"明朝"！

大概我家是中落过的了，我的祖父好像只有不多的几十亩地。而祖母的娘家却很阔，据说嫁过来时，有一顷啊也不是五十亩的奁田。为什么嫁祖父呢？好像祖母是个独生女，很娇生，已逾及笄，择婿过苛，怕的是公公婆婆、大姑小姑、妯娌娌娌……人多受气，吃苦。后来东床选婿，相中了我的祖父，家虽中资，但是光棍儿，无公无婆，无兄无弟，进门就当家。而且还有一样好处。俗谚说："大女婿吃馒头，小女婿吃拳头。"我的祖父确大过她几岁。于是这"明朝的大官"家的姑娘，就成为我的祖母了。

然而不然，我的祖父脾气很大，比有婆婆还难伺候。听二伯父说，祖父患背疽时，曾经挞打祖母，又不许动，把夏布衫都打得渗血了。

我们也算是"先前阔"的，不幸，先祖父遗失了库银，又遇

1

上黄灾。老祖母与久在病中的祖父，拖着三个小孩（我的两位伯父与我的父亲，彼时父亲年只三岁），为了不愿看亲族们的炎凉之眼，赔偿库银后，逃难到了济宁或者是德州，受尽了人世间的艰辛。不久老祖父穷愁而死了。我的祖母以三十九岁的孀妇，苦斗，挣扎，把三子抚养成人。——这已是六十年前的事了。

我七岁时，祖母还健在：腰板挺得直直的，面上表情很严肃，但很爱孙儿，——我就跟着祖母睡，曾经一泡尿，把祖母浇了起来——却有点偏心眼，爱儿子不疼媳妇，爱孙儿不疼孙女。当我大妹诞生时，祖母曾经咳了一声说："又添了一个丫头子！"这"又"字只是表示不满，那时候大妹还是唯一的女孩哩！

我的父亲讳文彩，字协臣，是陆军中校袁项城的卫队。母亲李氏，比父亲小着十六岁。父亲行三，生平志望，在前清时希望戴红顶子，入民国后希望当团长，而结果都没有如愿；只做了二十年的营官，便殁于复辟之役的转年，地在北京西安门达子营。

大伯父讳文修，二伯父讳文兴。大伯父管我最严，常常罚我跪，可是他自己的儿子和孙子都管不了。二伯父又过于溺爱我。有一次，我拿斧头砍那掉下来的春联，被大伯父看见，先用掸子敲我的头一下，然后画一个圈，教我跪着。母亲很心疼地在内院叫，我哭声答应，不敢起来。大伯父大声说："斧子劈福字，你这罪孽！"忽然绝处逢生了，二伯父施施然自外来，一把先将我抱起，我哇的大哭了，然后二伯父把大伯父"卷"了一顿。大伯父干瞪眼，惹不起我的"二大爷"！

大伯父故事太多，好苛礼，好咬文，有一种嗜好：喜欢磕头、顶香、给人画符。

二伯父不同，好玩鸟，好养马，好购买成药，收集"偏方"；"偏方治大病！"我确切记得：有两回很出了笑话！人家找他要痢疾药，他把十几副都给了人家；人问他："做几次服？"二伯父掂了掂轻重，说："分三回。"幸而大伯父赶来，看了看方单，才阻住了。不特此也，人家还拿吃不得的东西冤他，说主治某症，他

2

真个就信。我父亲犯痔疮了，二伯父淘换一个妙方来，是"车辙土，加生石灰，浇高米醋，熏患处立愈"。我父亲皱眉说："我明天试吧！"对众人说："二爷不知又上谁的当了，怎么好！"又有一次，他买来一种红色药粉，给他的吃乳的侄儿，治好了某病。后来他自己新生的头一个小男孩病了，把这药吃下去了，死了！过了些日子，我母亲生了一个小弟弟，病了，他又逼着吃，又死了。最后大嫂嫂另一个孩子病了，他又催吃这个药。结果没吃，气得二伯父骂了好几次闲话。

母亲告诉我：父亲做了二十年营长，前十年没剩下钱，就是这老哥俩大伯和二伯和我的那位海轩大哥（大伯父之子）给消耗净了的；我们是始终同居，直到我父之死。

踏上穷途

父亲一死，全家走入否运。父亲当营长时，月入六百八十元，亲族戚故寄居者，共三十七口。父亲以脑溢血逝世，树倒猢狲散，终于只剩了七口人：我母、我夫妻、我弟、我妹和我的长女。直到现在，长女夭折，妹妹出嫁，弟妇来归，先母弃养，我已有了两儿一女，还是七口人；另外一只小猫、一个女用人。

父亲是有名的忠厚人，能忍辱负重。这许多人靠他一手支持二三十年。父亲也有嗜好，喜欢买彩票，喜欢相面。曾记得在北京时有一位名相士，相我父亲就该分发挂牌了。他老人家本来不带武人气，赤红脸，微须，矮胖，像一个县官。但也有一位相士，算我父亲该有二妻三子、两万金的家私。倒被他料着了。只是只有二子二女，人说女婿有半子之份，也就很说得过去。至于两万金的家财，便是我和我弟的学名排行都有一个"万"字。

然而虽未必有两万金，父亲殁后，也还说得上遗产万贯。——后来曾经劫难，只我个人的藏书，便卖了五六百元。不幸我那时正是一个书痴，一点世故不通，总觉金山已倒，来日可怕，胡乱想出路，要再找回这每月数百元来。结果是认清了社会的诈欺！亲故不必提了，甚至于三河县的老妈郭妈——居然怂恿太太到她家购田务农，家里的裁缝老陈便给她破坏："不是庄稼人，千万别种地！可以做小买卖，譬如开成衣铺。"

我到底到三河县去了一趟，在路上骑驴，八十里路连摔了四次滚，然后回来。那个拉包车的老刘，便劝我们开洋车厂，打造洋车出赁，每辆每月七块钱；二十辆呢，岂不是月入一百多块？

种种的当全上了，万金家私，不过年余，倏然地耗费去一多半。

"太太，坐吃山空不是事呀！"

"少爷，这死钱一花就完！"

我也曾买房，也曾经商。我是个不到二十岁的少年……

这其间，还有我父亲的上司，某统领，据闻曾干没了先父的恤金，诸如段芝贵、倪嗣冲、张作霖……的赙赠，全被统领"人家说了没给，我还给你当账讨去么？"一句话了账。尤其是张作霖，这位统领曾命我随着他的马弁，亲到顺城街去谢过，看过了张氏那个清秀的面孔，而结果一文也没见。据说是一共四千多元。

我觉得情形不对，我们孤儿寡母商量，决计南迁。安徽有我的海轩大哥当督练官，可将余资交他，代买田产房舍。这一次离别，我母率我妻及弟妹南下，我与大妹独留北方；我们无依无靠，母子姑嫂抱头痛哭！于是我从邮局退职，投考师大，我妹由女中转学津女师，我们算计着："五年之后，再图完聚！"

否运是一齐来！甫到安徽十几天，而××的变兵由豫境窜到皖省，扬言要找倪家寻隙。整整一旅，枪火很足，加上胁从与当地土匪，足够两三万；阜阳弹丸小城一攻而入，连装都装不开了！大抢大掠，前后四五天，于是我们倾家荡产，又逃回北方来。在济南断了路费，卖了些东西，才转到天津，由我妹卖了金戒指，把她们送到北京。我的唯一的弟弟，还被变兵架去了七天；后来亏了别人说了好话："这是街上卖进豆的穷孩子。"才得放宽一步，逃脱回来。当匪人绑架我弟时，我母拼命来夺，被土匪打了一枪，幸而是空弹，我母亲被踢到沟里去了。我弟弟说："你们别打她，我跟你们走。"那时他是十一二岁的小孩。

于是穷途开始，我再不能入大学了！

我已没有亲戚，我已没有朋友！我已没有资财，我已没有了一切凭借，我只有一支笔！我要借这支笔，来养活我的家和我自己。

笔尖下讨生活

在北京十年苦挣，我遇见了冷笑、白眼，我也遇见热情的援手。而热情的援手，卒无救于我的穷途之摆脱。民十七以前，我历次地当过了团部司书、家庭教师、小学教员、税吏，并曾再度从军作幕，当了旅书记官，仍不能解决人生的第一难题。军队里欠薪，我于是"谋事无成，成亦不久"；在很短的时期，自荐信稿订成了五本。

辗转流离，终于投入了报界；卖文，做校对，写钢板，当编辑，编文艺，发新闻。我的环境越来越困顿，人也越加糊涂了；多疑善忌，动辄得咎，对人抱着敌意，我颓唐，我愤激，我还得挣扎着混……我太不通世故了，而穷途的刺激，格外增加了我的乖僻。

终于，在民十七的初夏，再耐不住火坑里的冷酷了，我甘心抛弃了税局文书帮办的职位。因为在十一天中，喧传了八回换局长，受不了乍得乍失的恐惧频频袭击，我就不顾一切，支了六块大洋，辞别了寄寓十六年的燕市，只身来到天津，要想另打开一道生活之门。

我在天津。

我用自荐的方法，考入了一家大报。十五元的校对，半月后加了八元，一个月后，兼文艺版，兼市闻版，兼小报要闻主任，兼总校阅；未及两个月，月入增到七十三元——而意外地由此招来了妒忌！

两个月以后，为阴谋所中，被挤出来，我又唱起来"失业的悲哀"来了！但，我很快地得着职业，给另一大报编琐闻。

大约敷衍了半年吧，又得罪了"表弟"。当我既隶属于编辑部，又兼属于事务部做所谓文书主任时，十几小时的工作，我只拿到一份月薪，而比其他人的标准薪额还少十元。当我要求准许我两小时的自由，出社兼一个月脩二十元的私馆时，而事务部长所谓表弟者，突然给我延长了四小时的到班钟点。于是我除了七八小时的睡眠外，都在上班。"一番抗议"，身被停职，而"再度失业"。

我开始恐怖了！在北平时屡听见人的讥评："一个人总得有人缘！"而现在，这个可怕的字眼又在我耳畔响了！我没有"人缘"！没有人缘，岂不就是没有"饭缘"！

我自己宣布了自己的死刑："糟了！没有人缘！"

我怎么会没有人缘呢？原因复杂、愤激、乖僻、笔尖酸刻、世故粗疏，这还不是致命伤；致命伤是"穷书痴"，而从前是阔少爷！

环境变幻真出人意外！我居然卖了一个半月的文，忽然做起外勤记者了。

我，没口才，没眼色，没有交际手腕，朋友们晓得我，我也晓得"语言无味，面目可憎"八个字的意味，我仅仅能够伏案握管。

"他怎么干起外勤来了？"

"我怎么干起外勤来了！"

转变人生

然而环境迫着你干，不干，吃什么？我就干起来。豁出讨人嫌，惹人厌，要小钱似的，哭丧着脸，访新闻。遇见机关上的人员，摆着焦灼的神气，劈头一句就问："有没有消息？"人家很诧异地看着我，只回答两个字："没有。"

那是当然！

我只好抄"公布消息"了。抄来，编好，发出去，没人用，那也是当然。几十天的碰钉，渐渐碰出一点技巧来了；也慢慢地会用勾拒之法、诱发之法，而探索出一点点的"特讯"来了。

渐渐地，学会了"对话"，学会了"对人"，渐渐地由乖僻孤介，而圆滑，而狡狯，而阴沉，而喜怒不形于色，而老练，……而"今日之我"转变成另一个人。

我于是乎非复昔日之热情少年，而想到"世故老人"这四个字。

由于当外勤，结识了不少朋友，我跳入政界。

由政界转回了报界。

在报界也要兼着机关的差。

当官吏也还写一些稿。

当我在北京时，虽然不乏热情的援手，而我依然处处失脚。自从到津，当了外勤记者以后，虽然也有应付失当之时，而步步多踏稳——这是什么缘故呢？噫！青年未改造社会，社会改造了青年。

我再说一说我的最近的过去。

我在北京，如果说是"穷愁"，那么我自从到津，我就算"穷"之外，又加上了"忙"；大多时候，至少有两件以上的兼差。曾有一个时期，我给一家大报当编辑，同时兼着两个通讯社的采访工作。又一个时期，白天做官，晚上写小说，一个人干三个人的活，卖命而已。尤其是民二十一至二十三年，我曾经一睁开眼，就起来写小说，给某晚报；午后到某机关（注：天津市社会局）办稿，编刊物，做宣传；（注：晚上）七点以后，到画报社，开始剪刀浆糊工作；挤出一点空来，用十分钟再写一篇小说，再写两篇或一篇短评！假如需要，再挤出一段小品文；画报工作未完，而又一地方的工作已误时了。于是十点半匆匆地赶到一家新创办的小报，给他发要闻；偶而还要作社论。像这么干，足有两三年。当外勤时，又是一种忙法。天天早十一点吃午餐，晚十一点吃晚餐，对头饿十二小时，而实在是跑得不饿了。挥汗写稿，忽然想起一件心事，恍然大悟地说："哦！我还短一顿饭哩！"

这样七八年，我得了怔忡盗汗的病。

二十四年冬，先母以肺炎弃养；喘哮不堪，夜不成眠。我弟兄夫妻四人接连七八日地昼夜扶侍。先母死了，个个人都失了形，我可就丧事未了，便病倒了；九个多月，心跳、肋痛，极度的神经衰弱。又以某种刺激，二十五年冬，我突然咯了一口血，健康从此没有了！

易地疗养，非钱不办；恰有一个老朋友接办乡村师范，二十六年春，我遂移居乡下，教中学国文——决计改变生活方式。我友劝告我："你得要命啊！"

事变起了，这养病的人拖着妻子，钻防空洞，跳墙，避难。二十六年十一月，于酷寒大水中，坐小火轮，闯过绑匪出没的猴儿山，逃回天津；手头还剩大洋七元。

我不得已，重整笔墨，再为冯妇，于是乎卖文。

对于笔墨生活，我从小就爱。十五六岁时，定报，买稿纸，赔邮票，投稿起来。不懂戏而要作戏评，登出来，虽是白登无酬，然而高兴。这高兴一直维持到经鲁迅先生的介绍，在北京晨报译著短篇小说时为止；一得稿费，渐渐地也就开始了厌倦。

我半生的生活经验，大致如此，句句都是真的么？也未必。你问我的生活态度么？创作态度么？

我对人生的态度是"厌恶"。

我对创作的态度是"厌倦"。

"四十而无闻焉，'死'亦不足畏也已！"我静等着我的最后的到来。

（二十七年十二月二十日）

8

目　录

2

第一章

劫镖银七雄出世

话说在山西省有两家英雄，一个姓娄名玉，外号人称铁掌猴；一个名叫卢俊，外号人称通臂猿。弟兄二人各有一身水旱两路惊人本领，每人一条子母三节螺蛳棍，十二支三棱凹面透风镖。两个人在大同府开了一个镇远镖局，仗着武艺惊人，联络得又好，一连数年保镖并未出错，于是镇远镖局的名气就创了开去。

这一天有本街庆丰银号的一支镖，镖银是二十万两，送往山东济南府。娄玉跟卢俊哥俩一商量，托了本局的两位镖师，一位姓梅名梅子玉，外号人称金钢手，手使一对镔铁双镢；一位姓于名斗，外号人称草上飞，手使一条笔管枪。这两位全是久闯江湖的老手，武术全都够上中的身份。抱旗喊蹚子的，可就是崔三。这位崔三久在江湖之上跑腿，他为人精明强干，凡江湖绿林道的事，没有他不明白的。他在江湖上认识的人也多，凡是回汉两教、水旱两路的人物，稍微有点名气的，没有他不认识的，所以江湖上送他一个外号，名叫千里眼。

这一次临起镖的时候，娄玉把崔三叫到跟前说道："三哥，咱们这个生意，可是吃的是名誉，卖的是字号，并不是纯用武力压人。沿途之上，虽说平静，但是新出马的绿林人，到处都有。三哥你可千万小心，不要失了面子、输了规矩。"

崔三说道："镖主，你万安吧，绝坏不了事。"

娄玉说："三哥你多费心就是了，明天咱就起镖。"

崔三答应，到了次日早晨，把镖银子上好车子，众伙计收拾刀枪，随着二位师傅，保护镖车。送银子的客人，在后面一辆轿车之上。崔三怀抱镖旗，骑着马在前面引着镖车，喊起蹚子，一同出镖局子直奔山东走下来了。一路之上，饥餐渴饮，晓行夜住。

这一天镖车正往前走，来到河南省彰德府的地面，离漳河有三里远近，地名叫作清风嘴旱苇塘，两旁尽是一丈多高的旱苇，当中一条一丈七八尺宽的大路。千里眼崔三正怀抱镖旗喊着蹚子引着镖车往前行走，苇塘内忽的射出一支响箭，接着一声呼哨，有人大喊："站住！"崔三一抬头，前面由苇塘之内出来了二十多个人，一字儿摆开拦住去路，每人怀抱一口斩马刀。在众人当中站着两人，穿黑褂青布包头。上首那一位，身高五尺，面如美玉，二十五六岁年纪，怀抱一对凤凰轮。下首那一位，看年岁也在二十多岁，一脸水锈，两道黄眉，一双绿眼闪闪生光，怀抱一口分水剑，就见他将身向前一纵，站在大道当中，用剑一指，说道："对面的镖手，你们晓事的快把镖银留下，放你们逃走，不然可小心你们的脑袋！对面的镖车，你们可听见了？"

崔三一看前面有了拦路的，立刻呵了一声，把镖旗子一卷，圈回马来，报告镖师。伙计们个个精明强干，久闯江湖，一见前面有人拦路，早散开来团团把镖车围住。枪去了枪帽子，刀去了刀鞘子。二位保镖的镖师，一听崔三的报告，前面有了劫车的匪人，连忙跳下车来，先四面望了望，见后面人烟浮动，心知不好。金钢手梅子玉、草上飞于斗二人三步两步跑到镖车前面，一看对面站着二十多个人，为首的两个威风凛凛，怀抱兵器。梅爷一看双手抱拳，说道："前面的朋友是老合吗？咱们全是线上的，我们是镇远镖局，朋友请你高手让过，以后我们镖主亲自来登山道谢。"

那位绿眼珠的人哈哈大笑，说道："我们也不管你绳上的线上的，我跟你合不到一处，你们镇远镖局、镇近镖局我也不管。告诉你说，老爷现在没钱花，留下镖银，放你过去。"

梅爷一听这个气可就大了，因为这个劫路的不讲情理，忍气又说道："朋友莫非说你是外行？"

对面那个人说道："外行我不干这个。你就不必废话啦，趁早留下家伙，空手过去，免得你老爷费事。"

梅爷一听，不由大怒，暗道："看这个样子是非劫不可，劫可是在你，让劫不让劫可在我。"想到这里口中说道："朋友！你既是非劫不可，你是什么意思呢，是对镇远镖局有仇恨，还是对梅某、于某过不去呢？你对镇远镖局有仇，他有名有姓有住址，你应往镖局去找他报仇雪恨。对梅某、于某有仇，你应该单独找我们二人，你不该拦路劫镖。你既是绿林人，不讲江湖的规矩，你可得道个万儿，我们听听。若是朋友，因为我们失礼，请你只管把镖留下，自有我们镖主前来请镖赔礼。要不是朋友，再不讲道理，我们只怕也就要得罪了，朋友请你道个万吧。"

劫路的一听，哈哈大笑，说道："姓梅的，我们全是绿林人，哪能不知道规矩呢？我们又不瞎，为什么单对你们镇远镖局这么不讲情理，自然斗的是你们镖主。对你们镖师，当然没有关系，你听明白了，晓事的赶紧留下镖银，走你的清秋大路。要问我们的姓名，少不得也告诉你们，行不更名坐不改姓，家住河南彰德府尹家林，姓尹名昌，江湖人称翻江蜃。我的家兄，名叫尹成，江湖人称小白龙。话也说完了。你们打算怎么样呢？"

梅子玉一听，口中说道："朋友，你虽斗的是镖主，保镖的也脱不了干系，你若胜得了梅某双镢，镖银不要了，送你们买点心吃；如若胜不了梅某，朋友，你也难脱公道。为什么你跟镖主有仇，他有名有姓又有住址，你不往镖局找他比较，你今拦路劫镖，不按规矩，可见你跟保镖的过不去，朋友就你进招吧。"说完了话双镢一分，一手指天，一手划地，真是威风凛凛。

尹昌一瞧，心中大怒，口中说道："姓梅的你就接招吧，我正要领教。"说罢一探身用手中宝剑使了个"仙人栽豆"，直奔梅爷的咽喉扎来。梅爷一看剑到，左手向下一压，右手镢盖顶便砸。尹昌左腿向前一迈，宝剑向外一磕，紧跟着腕子一翻向下一按，这一招叫外剪腕。梅爷向下一飘闪开单镩，二人打在一处。梅爷一看人家这口剑上下飞腾，真受过名人指教，自己还真得小心留神，不然的话，真要输了，镖局子的饭可就不用吃了，于是小心在意看住门户。

再说于斗，一瞧梅子玉同尹昌打了个难解难分，不由得用手一指尹成说道："那位朋友你就别怔着了，请过来吧。"尹成看梅某同尹昌打在一处，那对双镩，镩带风声，真不亚如乌龙搅海，这个样子工夫一大，兄弟非败不可，不由得着急，正要伸手相帮，一看于爷点手相唤，随着一捧双轮，来到近前，口中说道："于斗请来进招。"于爷双手一抖笔管枪，枪走中盘，当胸便刺。尹成左手轮向外一带，右手轮顺着枪杆向里就推，这要推在手上，于爷的前手非折不可。于爷一见轮来得厉害，一抽枪杆迎头便砸。尹成向右一上步，左手轮一压枪杆，右手轮向于爷的腰部就砍。于爷右手枪把向里一带，左手的枪一撒手，右腿向后一抬，右手枪向尹成劈面摔来。这一招叫作摔杆。

要按说于斗这条枪，运用起来可说是神出鬼没，今天同双轮遇上，可就吃了亏了，因为轮这种兵器，专讲究擒拿锁带。有一句话，是刀枪遇轮莫要扎，你想于爷使的是枪如何会不吃亏呢？还算于爷不含糊，施展身法刚刚战了个平手，工夫一大，枪头可就叫轮给套住了，人家套住枪头往里就推。于爷一较力，夺出枪来，这里尹成已欺近身边。于爷随着往后一纵，出去了足有八九尺远，这才躲过双轮，幸好枪还未曾撒手，一回头用了个玉女穿梭的架势，枪尖藏在腋下，敌人不追还好，如若一追，枪尖由肘后向外一递，正刺敌人的咽喉。这一招急如电闪，乃是败中取胜的招法，十分难躲，好在尹成并未曾追，虽然于爷兵刃未丢，可是也算输了。于爷一看尹成不追，说道："朋友为何不追？"

尹成说的也好："你我胜负已分，又无仇恨，我穷追做什么？"

这个时候，尹昌的分水剑，可就被梅爷的双镩给围住了。正在这个时候，只听后面有人说道："你们为什么不抢他的镖车，怎么还单打独斗呢?"于爷一回头就见后面顺着大道上来了二十多个人,两个为首的,第一个怀抱金背折铁刀,第二个怀抱一对六瓣紫金锤,一声叫道:"众壮丁,快快去抢镖车!"就见这两拨四十多个壮丁,各摆刀枪随着后来的这两个人往上一围,把镖车围住。敌人人多,镖局子的伙计当然不成了,往下一败,镖车可就教人家壮丁给赶着走了。

梅爷虽然占了上风,但是于爷已经落败,自己若再延长工夫,人家倘若再两个打一个,自己更不成了,于是向外一纵,口中说道:"姓尹的站住,今天我们的镖,虽然被你们留下了,可是我们并未失了江湖的规矩,你们就在你们尹家林候着就是了,早晚有人前去要镖。"一回头对于斗说道:"于贤弟,我们回去报告镖主就是了。"

二人说着一直向来路走下来了,刚走出不远,就听旁边苇塘之内有人说道:"二位镖师慢走,咱们一同回去。"梅爷一看原来是送镖的老客,藏在苇塘之内,于是三个人又往前走,只见前面崔三领着镖局中的许多伙计,正在等着他们三位,众人全都垂头丧气一路向大同而来。这天到了大同府进了南门一直来到镇远镖局门首伙计一看,人全回来了,车可没有回来,就知道出了错了,口中说道:"众位辛苦了,怎么回来得这么快,大概咱们的车出了错吧?"

金钢手梅子玉点头道:"可不是出了错了,二位镖主在家吗?"

伙计说:"现在里面,你二位里边请吧。"梅子玉二人,同着送镖的老客,还有千里眼崔三,一直来到里柜房。伙计们一看,就知道有错,不然回不来这么快,赶紧打帘子,口中说道:"嘿,二位老师傅回来了,里边请吧。"这个时候铁掌猴娄玉、通臂猿卢俊,兄弟二人正在屋中谈话,忽见帘子一起,进来了四个人,正是二位镖师同着崔三,还有送银子的老客,不由得脸色一变,就知道出了错了,连忙说道:"梅师傅、于师傅,莫非说咱们的镖出了错了吗?"

5

梅子玉惭愧地说："我二人无能……"

娄玉连忙说道："不要紧，二位先休息休息。"他回头又对老客说道："你老人家也别着急，我同你老到柜上对掌柜的去说，镖银的损失，由咱们局子里担负完全责任。"一回头又说道："三哥你也休息休息。"

这个时候，伙计已经把脸水打来，大家擦脸，伙计又给大家斟上茶，然后大家落座。这个时候，客人可就说了："娄镖主，咱们同事多年，可是始终也没有出过事，现在这不是遇上事了吗？我先回去对柜上去说，这以后的事情，咱们再想法子，谁叫咱们有交情呢。你就不必同我去了，你就赶紧想法子找镖吧，我先回柜，听你的消息。"

娄玉一听，连连点头，说道："那么你就偏劳吧，反正不出十天我们一定有个完善的办法。"客人点头，告辞回柜。

再说二位镖师，擦洗已毕，可就把失去镖银之事仔仔细细对二位镖主说了一遍。只听卢俊说道："这不要紧，不过我们带着两个伙计同镖师拜庄请镖就完了。"

铁掌猴娄玉说道："这恐怕不成吧，因为拜山请镖，那是我们失了规矩，才惹得人家把镖留下，争的不过是一口气、一点面子，现在这个事，可就不然了。本来我们没有输了规矩，他们卖字号劫镖银不讲情理，并且单斗的是镇远镖局，这个事情你想，怎样能用拜山请镖的手法去做呢？要按说二十万镖银，我二人历年的积蓄可也拿出来了，但是此次他们这样做法分明是立意寻仇，可是尹家林姓尹的和我们并没有仇，他为什么专同我们为仇作对呢？"

卢俊说道："你没听见梅师傅说吗？斗的是镖主，若没有仇，为什么同咱们斗呢？"

娄玉说："咱们根本就不认识这么一位姓尹的，你说可是在哪儿结的仇呢？真要知道缘故，如何得罪了他，我们前去请镖。不怕当场动手，不敌丧命，那倒没有说的，不过现在为什么劫镖，我们还不明白呢，那怎么去请呢？要说他们不为寻仇，专为

6

劫镖，出没无定，他们绝不能扬名喝号，故意不讲交情。再说他们动手并不伤人，足见他们没有十分的恶意，不过专为我们两个人罢了。你说咱们和他这个仇可是往哪儿结的呢？"

这个时候千里眼崔三可就说了："二位镖主，这个事情依我说，你二位猜上一年，也猜不出头绪。我倒有个主意，我说出来你二位听听。我看劫镖的两个小子年轻得很，再说也同你们结不着仇，可是你们二位结不着仇，挡不住是你二位的老师当年结下的仇人，人家的子弟不许报仇雪恨吗？真要把你一位制倒了，无形中可就同你们二位的老师作上对儿了，那还怕他们老七位不出头吗？依我说你们二位写一封信，等我送到红柳坡请他们老七侠想想是哪路的仇人，这个姓尹的是干什么的？老人家经多见广，自然比咱们明白，再说也请老人家拿个主意，他们老七位自然有个相当的办法，你看这个主意成不成呢？"

娄玉同卢俊一听，不住地点头称善，于是娄玉拿起笔来。写了一封请安的书信，并预备了四色礼物，全是老哥七个爱吃的。打发两伙计担着，随着崔三一同向红柳坡而来。

再说兄弟七位，单说大爷复姓赫连，单名一个民字，字一民，江湖人称三手侠，原籍是寿阳县人。手使一对虎头钩，十二蹚地行钩，在江湖上称为一绝，能打十二支三棱凹面透风毒药镖，能仰取飞鸟，平取走兽，可说百发百中。膝下一位少爷，名叫赫连珍，也有一个外号，人称金爪神鹰。

二爷姓邱名雨，字润田，江湖人称双轮邱雨。他同大爷赫连民是亲表兄弟，手使一对五行轮，招数是翻天三十六路，一粒混元气，整世的童男。

三爷是个出家的道长，姓谷道号玄真，江湖人称铁笔道人，是直隶省宣化府人氏。手使一口折铁宝剑名叫赛龙泉，能削铜剁铁，一百零八招青龙剑法，可称身藏绝艺。囊中一对如意铁笔长有八寸，粗似核桃，百步取人，神仙难躲。

四爷姓白名泽字天乙，江湖人称铁笛仙，是广平府人氏。同三爷谷玄真是师兄弟，打扮得形如乞丐，貌似花郎。手持一支铁笛，长三尺六寸五分，粗如鸭卵，吹起来声裂金石。运动起来，还是唯一的武器，笛中暗藏五支梅花弩，专取人的二目，可说防不胜防，专讲究三十六路天罡点穴法。游行江湖四十多年，未逢敌手。

五爷姓江名泊字靖波，人称卧海龙，精通水性，手使一对纯钢蛾眉刺，招法绝伦，也是寿阳县人。

六爷姓云字清辉，人称天罡剑，手中一口古剑，名叫湛卢，精通三十六路天罡剑法，是江西南昌府人氏。太太姓田，膝下一个儿子，名叫云飞，因为家中良田百顷，所以田氏太太不在这里居住。大爷赫连民常劝六爷把家眷搬在一处居住，六爷因为潇洒惯了，不愿受家庭之累，所以执意不从。

七爷复姓东方单名玉字，是江西九江人氏，人称飞砂东方玉。手使一对鸡爪练子抓，囊中暗藏三十六粒钢弹，大如蚕豆，可以仰取飞鸟，百无一失。连珠发出神仙难躲，真称得起是江湖一绝，所以得了飞砂的外号。

这老七位，自幼闯荡江湖，各藏绝艺，到处杀奸除恶，真称得起名震江湖。自从他老七位住在红柳坡，真是闭门推出床前月，抱头一卧，满打算圆一个晚年快乐，可是世间的事没有一定。

这一天忽然看门的老家人进来说道："报告大员外，门外有大同府走东路镖的镇远镖局派人前来送礼，并有书信面呈。"

三手侠一听问道："他们来了几个人？"

老家人说："三个人，一个是老蹚子手崔三，那两个是伙计。"

大爷说："你叫崔三进来。"老家人转身出去，工夫不大帘子一起，由外面进来了一个人，五尺多高的身材，一身黄土布的夹裤袄，外罩青布大褂，腰扎一条青布褡包，白袜子，青布洒鞋。往脸上一看，五十多岁的年纪，窄脑门子，大下巴，两腮无肉，深眼窝子，黄眼珠子滴溜溜地乱转。高鼻梁子，大菱角口，两撇小黄胡子。头上蒙着一块青布手巾，剪子般的小辫，盘在头上。

8

满脸风尘，一进大厅，冲着大爷行礼。三手侠还礼，说道："老三你很辛苦啦，免礼吧。"

老三起来，又给六位按次行礼已毕，转身来到大爷面前，由怀中取出一封信来，双手一举，呈在三手侠面前说道："我们镖主给七位员外请安，并有书信上呈。"

三手侠伸手接过书信，打开一看，不由得双眉一皱，说道："老三，你先下去休息吧，下午我还有话问你。"崔三答应一声，转身出去。三手侠将书信放在怀中，忽听院内有人说道："大哥，小弟来了。"

七个人一回头，只见外面走进一个人来，头戴一顶白卷檐的烟毡大帽，遮着多半边脸，只露出两撇小灰胡子。身穿一件灰色的破长衫，上面油泥多厚，补着许多的补丁，里面裤子破的一丝一缕，也看不出是什么颜色，脚下穿一双破布鞋，拿钱串捆着，袜子跟地皮的颜色一样。手中拿着一条烟袋，烟袋杆有核桃粗细，二尺多长，一尺多长的大荷包，满装着老关东叶。烟袋锅足有馒头大小，这条烟袋，连嘴带锅，满是铁的，看份两，足有十几斤沉，真是锃光雪亮。只见他一步三摇，向前走来，到了三手侠面前，口中说道："大哥一向可好？小弟有礼了。"

大爷三手侠一看，原来是多年的老友，连忙伸手相搀，说道："贤弟请起，你我兄弟一往七八年来未曾见面，哪一阵风把贤弟你吹了来？"

这人复又说道："二哥、三哥、四哥、五弟、六弟、七弟，我这里一同行礼吧。"六位连忙还礼，执手往里相让。列位，你道此人是谁？原来此人家住保定隐贤村内，姓裴名逸，字山民，江湖人称燕冀大侠。自幼家业宏大，良田千顷，因为好练武术，直将一份偌大的家产，练了个精光，才遇见一位异人，传授他一身出奇的本领。武术虽然练成了，家产可也一无所有。好在父母双亡，自己又练的是童子功，一粒混元气，不娶妻室，所以也用不着产业吃饭。自从练成武术，闯荡江湖四五十年，未逢敌手，到处行侠仗义。又因为自己练艺把一份偌大的家产练丢了，索性扮成一个乞丐的样子，那条烟袋就是平生得意的兵器。同七雄兄弟原是多年的老友，打算去到陕西凤翔府古枫林，访一访陕西二老。猛然想起多年的老友，江湖七雄，自从迁到红柳坡七八年未曾相会，现在去往陕西，正是顺道，我何不前去相视？这才来到红柳坡。

七雄兄弟将裴爷让进大厅，分宾主相坐，家人献上茶来，裴爷问大哥："怎么珍儿不见呢？"

三手侠说："去年三月里，因为江苏省的铁帽子左天成在苏州开了一座永源镖店，邀他帮忙去了。"

裴爷把大拇指头一伸，说道："像你们老七位，这才叫会享福啊！你看兄弟我，劳苦一生，快七十岁的人了，百无一成，真是令人可叹。"

这时候天罡剑云六爷说了："裴大哥，你不要这么说，天下练武术的练到哥哥你这个身份，名扬四海，何求不得？不过你老人家秉性清高，不喜欢罢了。真要哥哥你乐意归隐，这还不容易吗？兄弟这儿有的是房屋、田地，也用不着你操心费力。你就住在这儿，咱们老弟兄，吃点喝点随便谈谈天，你看如何？"

裴爷一听哈哈大笑，说道："六弟，你说得倒好，只是你们原来的七雄，再加上我算哪一出呢？再说我秉性喜动，你真要把我留在这儿，可不是把我入了监狱一样吗？那非把我闷死不可！我谢谢贤弟你的美意，千万别这样办。"

说罢大家一笑，赫连大爷说道："贤弟这是意欲何往呢？"裴爷就把自己要往陕西凤翔府古枫林去访陕西二老，古氏昆仲，所以顺着来看看众位弟兄的事说了一下。三手侠一听，说道："莫非你要访那燕飞来古云秋，同那铁幅仙古化秋他们兄弟二位吗？"

裴爷说："不错，正是要访他二位，大哥莫非同他二位认识吗？"

三手侠说："岂但认识，还是至好的朋友呢。这不是贤弟你想着去陕西访友吗？这个事你暂且搁两天，有一点事情跟你商量，过后我陪你一同前去，你看如何？"

裘爷说:"不知大哥你老有什么事同我商量?"

　　大爷一伸手在怀内掏出一封信,说道:"贤弟你先看看这封信,咱们慢慢再说。"

　　裘爷于是把信看完了。三手侠说:"众位贤弟也一同看看,然后咱们再想法子。"裘爷看完把书信又传给那六位庄主,依次观看,看完之后大家全都默默无言。裘爷开口说:"大哥这倒是怎么回事?"

　　三手侠一回头对家人说道:"你去外面把崔三叫进来,我有话问他。"家人转身出去。工夫不大,就见崔三由外面进来,给裘爷同大家行礼。裘爷问道:"老三,你几时来的?"

　　崔三说道:"早半天才到,小子我同你老人家十多年不见了。"

　　裘爷说:"可不是吗?"

　　他用手一指说:"这封信是怎么回事,你说给我听听。"

　　崔三闻听,这才不慌不忙把始末根由说了一遍。就听裘爷说道:"大哥,这个尹家林我倒知道,他们是亲兄弟三个,大爷名叫尹玉,江湖人称金顶貔貅,手使金背折铁刀,武术精奇;二爷名叫尹成,江湖人称小白龙,手使一对凤凰轮;三爷名叫尹昌,水性极大,人称翻江蜃;占聚尹家林,人称尹氏三杰。自从前年又来了两个,一位姓陆名贞人称赛元霸,手使一对紫金锤,力大无穷;那一位姓贺,名叫贺星明,人称小诸葛妙手贺星明,能摆八宝螺蛳阵。自从他二人来到尹家林,把尹家林重新布置,周围掘了护庄河,打起土城子,又经那位小诸葛,摆设了好些埋伏,差不多进不去。听说尹氏三杰是河南少林寺金面佛法源长老门人,他们三个人,自从得艺回家,并不劫掠行人,不过在江湖绿林道,多少创了个小小的名誉。自从陆贞他们二位来到,这才对往来行人,一切商贾,有了不利。可是他们十有八九,在水路上漳河一带出没,并不在陆地上活动。后来我听说他五个盘踞尹家林,我就有心去访他,又一打听,他们所作所为,并不伤天害理,侠义的规矩,尚能维持,所以我也未曾前去。现在他们既然对咱们镖局发生了事件，大约这内中也许有特别的情形，不然你们老七位的声誉，他们也不是不知道，漫说他不好意思来劫，简单地说，他也不敢。"

这个时候，大爷尚未开言，邱二爷可就说了："裘贤弟，你不是说那个赛元霸陆贞吗？我倒是想起一件事来，可不一定对。"

裘爷说："什么事呢？"邱二爷说："提起此事，可就长了。"

第二章

报父仇童子访师

那邱二爷说道："这个事差不多有二十多年了。有一年我往江南苏州访友，住在西关外客店中，夜间因为出来小解，那个时候天也就在三更左右，忽然远远有呼救的声音，连忙顺着声音，赶去一看。原来在西关紧西头，有三间屋子，外边围着竹篱，屋中灯光闪闪，呼救的声音，就从这个屋内出来。那呼救的声音像是女子。我连忙跳进竹篱，伏在窗下，向屋中一看，就见屋内十分的寒苦。床上坐着一个二十多岁的妇人，衣裳褴褛，长得倒有几分姿色。面向窗棂，哭得甚是惨切。在下面破椅子上，坐着一个三十来岁的男子，满脸横肉，穿着一身青布裤褂，凶气焰焰，桌上还插着一把匕首尖刀，口中说道：'你这个妇人，真是糊涂到了万分，你与其每日受这种穷苦，不如从了大少爷，有吃有穿，要甚有甚，你何必这么固执不通呢？'"

"就听那妇人说道：'大少爷，你家也有少妇少女，你家的妇女，能不能随便被人家欺侮呢？再说我这孤寡的妇女，你欺侮我干什么！你自己想想，须知道天理难容，我今天就是死了，也不能失了贞节。依我说你快快走你的清秋大路，你再满口胡言乱语，我可又嚷了。'"

"那个小子一听，一阵冷笑，口中说道：'你再嚷，就要你的命！'说着一伸手由桌子上拿起匕首刀，直奔床沿，伸手就去抓那个妇人。就听那个妇人喊道：'救人哪！救人哪！杀了人了！杀了人了！'我一看原来这是逼奸不从还要行凶，我一着急，用

13

手一拍窗棂，说道：'小子，你不要发威，趁早给我滚出来，万事皆休！若等我进到屋内，非要了你的命不可。'"

"那个小子一听，立刻把灯吹灭，纵身蹿到院中，手拿着匕首，说道：'什么东西，敢来惹大太爷生气？赶紧通名，好在刀下受死！'"

"我一听，这小子真叫横，我这才说道：'小子，你要问我，行不更名，坐不改姓，江湖七雄，排行第二，双轮邱雨的便是。'那小子一声不响，一个箭步纵出篱墙，向西就跑，脚程还真不慢，转眼就没了影子。当时我并没有追他，为什么呢？因为我听他对那个妇人说话，那个妇人似乎认识他，所以我打算到屋内去问那个妇人，这小子的姓名住址，在什么地方，明天我好往家去找他。赶到屋中一问，原来这一家是婆媳两个，全是寡妇，净指着这儿媳一双手，养着她那个又聋又瞎的婆婆。那小子原来是城西陆家疃人氏，他父亲名叫陆天霖。我一听，耳朵里头倒是有这么一位，就是耳软心活，行为不十分正大，可也是江湖之上有名的人物，人称百步神拳陆天霖，手使一口金背折铁刀。我听明白了，立刻定了主意。既然知道他家的住处，明天访他就是了。又看那位寡妇节孝可嘉，我才给了她三十两银子，就走了。到了第二天，吃了早饭，我就奔了陆家疃，赶到了陆家疃一打听，才弄清了原委。"

原来陆天霖跟前有三个儿子，长子名叫陆元，江湖人称过墙蝴蝶，品行不端；次子名叫陆亨，武术倒是有限，就是为人阴毒险狠，所以本村人给他送个外号，叫丹顶鹤；三子名叫陆贞，年方四岁。他父子在这一带，算是一霸，无人敢惹。尤其是陆元这小子坏得可恶，先是在村中奸淫妇女，后来在各处采花作案，又加上陆天霖溺爱不明，所以把小子可就惯坏了。那陆亨虽然奸诈，但是对于采花作案这一层他可不敢胡作非为。那天晚上在苏州府西关外逼奸，就是陆元。他因为白天瞧见那个寡妇给人家送钱，晚上才跑到人家家中，打算拿钱把人家买动了，赶到屋子一提字号，不想碰一个大钉子。原来，那个妇人也知道他父子厉害，但是对自己的贞节问题，也不能因穷，就把人格给穷没了。所以用力一喊，可就被这位邱二爷听见了，等邱二爷把他叫出来，一提名字，小子知道是江湖上有名的人物，所以吓得一声也没言语，就跑回家去了。

今天邱爷一打听，把他父子的行为全都打听明白，这才找到陆家门首。用眼一打量，房子真讲究，清水起脊的门楼，朱红大门带门洞，花瓦的映壁，两边的群房，全是清水细磨的方砖，门前一路四棵大槐树，浓阴满地，倒是非常的凉爽。门洞里面放着板凳，上面坐着三四个家人，一个个穿得甚是干净。邱爷看罢，一拱手说道："众位辛苦了。"

内中站起一个人来说道："你老找谁?"

邱爷说："这可是陆宅?"

家人说："不错，你老找谁呢?"

邱爷说："你们老员外可是名叫陆天霖?"

家人说："正是他老人家。"

邱爷说："劳驾回一声，我姓邱名雨，江湖上有个外号，人称双轮，特来拜望你们老员外。"

家人一听，不敢怠慢，连忙说道："你老暂在门房少候，我去回禀一声。"说着双手一举，让邱爷进了门房。家人转身往院内去了，工夫不大，家人回来，说道："老侠客，我们主人有请，你老随我来。"说着打起帘子。邱爷出了门房跟了老家人一直进了屏风，里面院子十分宽大，正房是明五暗七，东西厢房全是明三暗五，全都前出廊、后出厦，一字的清水瓦房。院中方砖铺地，门上挂着板帘，各窗户安着整面的玻璃，东西两面全有角门。

邱爷一进院，就听见角门里面有人说道："邱老侠现在哪里?"说着由东角门出来了一位老者，看年纪足有六十来岁，头上白发苍苍，赤红脸，大鼻子，火盆口，苍白的胡须。大三角子眼，闪闪生光，两条浓眉足有一指多宽，说话声音洪亮。身穿青绸子大褂，白布袜子，青缎子豆包鞋。身高六尺，细腰窄臀，真是威风凛凛。来到邱爷跟前双手一拱，口中说道："不知老侠客驾到，有失迎接，当面请罪。"

邱爷说道："邱某来得鲁莽，老庄主也要海涵。"二老者携手上了台阶，家人打起帘子，陆天霖让邱爷进了客厅。邱爷举目一看，屋中摆设的尽是硬木家具，案上陈列着古玩，墙上挂着字画，迎面花梨大案之前摆着一张方桌，两旁摆着太师椅子，全是大红的桌帏椅靠。邱爷暗暗想道："这小子真是讲究。"

就听陆天霖说道："老侠客请坐。"于是邱爷上首落座，陆天霖主位相陪，家人献上茶来，二人对坐。陆天霖道："邱老侠客这是意欲何往，不知来到舍下有何见教？"

邱爷说："不才闯荡江湖，萍踪无定。听说陆老英雄英名盖世，一来拜访，二来有点小事，要请示你老人家。"

陆天霖一听，说道："不知老侠客有何见教？陆某愿闻。"

邱爷说："既是老英雄恕我直言，我可要直说了。"于是就把昨天夜中所见之事，仔细一叙，并且说道："虽然当时我未将他拿住，后来一问那个孀妇，才知道他自道字号：'姓陆名元，人称过墙蝴蝶。'是你老跟前的大少爷。我想我们江湖所做的最重道德，喜的是忠臣孝子、义夫节妇，恼的是贪官污吏、淫妇奸夫，最可恨的是采花作案。陆老英雄，你也是绿林道的人物，莫非说令郎所作，你就会塞耳不闻吗？因为这种事他并非做过一次，大概阁下不至于不知，这种不道德的事，为什么你就知而不问呢？"

陆天霖一听，心中暗道："好厉害的邱雨，昨天晚上真要是你一刀将他杀死，我倒不恼。你不该当时将他放走，现在找上我的门来，抢白于我。这分明是欺压老夫，给我难看。你别觉得你是成名的侠客，可是我姓陆的也不是怕人之辈。你要成心来找不自在，我可也说不上含糊。"想罢满面含笑，说道："老侠客，你这番意思我明白了，千不该，万不该，昨天晚上你不该将他放走，你这一将他放走，闹得我也有口难分。俗话说得好，捉贼要赃，捉奸要双。现在你老人家既然未能将他捉住，你尽听外人之言，硬说夜中所见那是小儿陆元。你老想一想，焉知那不是同老夫父子有仇，故意胡造谣言，污毁老夫父子的名誉？老侠客你不分皂白，来到舍下大发雷霆，恐怕老侠客此举也不十分正当。"

邱爷一听，暗暗想道："好你个利口的老匹夫，你敢同我硬不认账，那如何能成？"于是又说道："陆老英雄，你怪我当时不该将他放走，硬来到你的府上栽赃。旁人同你有仇，故意破坏你的名誉，这也在情理之中。可是你须知道，一个人同你父子有仇，两个人同你父子有仇，莫非说这一带村庄的人，全同你老有仇吗？怎么全说你这位大少爷品行不正呢？他平日所做既然如此胡行，你就不该知而不问。再说老朽已经查明白，你跟前有三位少爷，除去三少爷年方四岁，二少爷人尚不坏，这一次真要不是你的大少爷，我有个证明的法子。我昨天见过他的相貌，我是认得的，你何妨将他叫出来，我见他一见。如不是他，也可以证明，替他恢复名誉。陆老英雄，你可听明白了？老朽来到贵宅，并无一点恶意。不过我念江湖的义气。又知道阁下是条英雄，所以苦口相劝，不过打算请你对你那位大少爷，多加教训，别再教他任意胡为。昨天他幸亏遇见老夫，如若遇见别人，他是非死不可！你就该知错认错，才是英雄的本色，你不该一意祖护，倒说我硬来栽赃，请问这是什么意思呢？莫非说你不怕坏了你百步神拳的名誉吗？"

邱爷这一套话把个陆天霖说得闭口无言，不由得恼羞成怒，正要发作，忽听窗外有人说道："邱老匹夫，你真可谓胆大包天，竟敢来到陆家疃任意发威！不错，大太爷昨天晚上是找乐去了，可是没有上你邱家去，你这不是狗拿耗子，多管闲事吗？你以为你是成了名的侠客，我们可不怕你。识趣的，赶紧少说闲话，连胳膊带脚给我往外一拿，万事皆休。如再唠唠叨叨，可别说大太爷对不起你。"

邱爷一听，哈哈大笑，说道："陆老英雄，你可听见了，这准保不是我胡造谣言吧？"

陆天霖一听，怒上加怒，不由得双眼一瞪，说道："邱雨，老朽念你人称侠客成名不易，所以一再相让，你就该知趣而退才是。谁知你反倒任意胡说，欺压老夫，只知有己，不知有人，你别以为我是怕你。"

邱爷闻听，心中说道："好小子，我就怕你不认账，现在你既认了，可就好办了。"

于是说道："陆老英雄，你先不要着急，那么这采花作案，是你儿子不是呢？"

陆天霖道："是怎么样，不是又怎么样？"

邱爷说道："若要不是那可另有别谈，如若是他，那我可就要不客气地说，要替那些负屈含冤的妇女报仇雪恨，替江湖绿林人除此害群之马。"

陆天霖一听说道："邱雨，你不必多说少道，今天你若胜了我父子折铁刀，我父子情愿当场认罪。如若不然，姓邱的你来看，恐怕你难出我的宅院。"

邱爷说道："好吧，我正要领教呢。"说完话站起身来纵身蹿到院中。

院中站着两个青年人，全是一身短打扮，带着七八十个壮丁，全都身穿短衣手持兵器。那两个年轻的全都二十多岁，每人一口单刀，内中就有夜间逼奸的那个小子。这些人，把院子围了个风雨不透，邱爷一看明白他们的意思：如若不敌，就要群殴。邱爷本是久经大敌之人，哪里把这些人放在心上，于是微微含笑向陆元一指，说道："陆元，你是单打，还是齐上？"

陆元道："杀你老匹夫，还用多少人？"陆元虽然动手，可他也知道，邱爷是成了名的英雄，但是初生犊儿不怕虎。陆元左手一晃，右手刀盖顶往下便劈。老头子一看，刀离甚近，向左一上步，左手向陆元的手腕就是一掌。陆元右腿向后一撤，把刀一横要削邱爷的腕子。邱爷左手向上一抬，右手一伸，咔嚓一声，这一掌正打在小子胸膛之上。这一招叫单撞掌，这一掌把小子打起了三尺多高，八九尺远，落在地下，一声也没有言语，立刻死了。列位，邱爷自幼练的童子功，一粒混元气，双掌如钢，击石如粉。还别说他是个血肉之躯，就算他是个石人，这一掌也可以将他打个粉碎。再说邱爷本来疾恶如仇，最恨的是采花之辈，所以这一掌用了十成力量，你想陆元如何能经得住呢？

陆天霖看见儿子被邱雨一掌打碎人字骨，吐血而亡，心中好似刀扎一样，一纵身跳到场上，用手一指，说道："邱雨，我陆家与你何仇何恨，你竟下此毒手，一掌将我儿打死？不要走，还我儿命来！"

邱雨冷笑道："我正要瞻仰你的百步神拳。"说着左手一晃，掌带风声，右手向陆天霖面上打来。陆天霖一看掌到，向左一闪身，右手向上一穿，左手奔邱爷的腋下便捺。这一掌真要被他捺上，就是不死，也得身带重伤。因为陆天霖也是江湖上成了名的人物，人称百步神拳，那个力量也就可想而知了。这两个老者，各施身法，掌带风声，打在一处，微微听到足下唰唰的声音。

动手约有三十多个照面，邱爷留神一看，暗暗佩服：不怪人称为百步神拳，真是出掌似瓦垄，攒拳如卷饼，眼到步随手准心稳。这恰好是我，如若差一点的主儿，早就败在人家掌下。似这个打法，几时是个了局？心中暗暗想道："我不如给他个便宜，我好乘机打他。"想罢双手对着陆天霖脸上一晃，回身要走，整个的后心，可就全露出来了。

陆天霖暗道："你要走，那如何能成！"左腿一上步，右腿似抬未抬的时候，双掌向前一扑，这一招叫作黑虎偷心，要是打在身上非死不可。眼看双掌到了邱爷背上，只见邱爷右步一扣，一转身，可就把左腿抬起来了，左手一伸把陆天霖的双臂压住，右手一探，正拍在陆天霖的胸膛之上，下面的左腿同时奔陆天霖的裆中踢来。上面这一掌名叫探掌，下面这一脚名叫屈腿。陆天霖一看，知道上了当了，可是也躲不开了，只可闭目等死。

邱爷知道这个时候真要左腿一叫力，或者右手一叫力，陆天霖立刻就得气闭身亡。不过二爷邱雨哪能做这种短见事情，一看陆天霖双目一闭，就知道他认了输啦，于是用手在陆天霖胸前轻轻一击，说道："老朋友，你要保重身体，你要报仇，我在家中候着你就是了，咱们改天再见。"说完竟自转身走了。

陆天霖准知道今天非死不可，不想邱二他只轻轻在胸前击了一下，说了几句话就走了，自己不由得一阵发怔，暗道："好个邱雨，你如果将我一掌震死，那时我倒干净，你这一来，教我一世英名岂不付于流水！你打死我的儿子，那是他祸由自取，你对我这种举动，岂不是拿我取笑！当着这么些壮丁，教我怎样为人呢？"想罢不由得一声长叹，令家人赶紧将大少爷成殓起来，然后发丧出殡。

过后不到三个月，陆天霖因为痛子带气，也就一命呜呼了。赶到临危，把他次子同老妻叫到床前，嘱咐他们，千万叫三子陆贞成长以后投明师访高友，练成武术，寻找邱雨报仇。就是邱雨死了，也要打他同族的子侄，或是徒弟，哪怕将他们打死一个也算报了仇了。说罢这才瞑目而亡。

再说邱爷，回到店中，慢慢地起身回家，到了家中以后，等了好些年，也不见陆家前来报仇。后来同老哥七个，搬到红柳坡，一晃又是六七年，这件事情，可就忘下了。今天听裴逸一说，可就想起陆贞这个名字来了，不过断不定是不是这个陆贞。现在对大家一提，四爷白天乙可就说了："二哥，听你这一说，这次劫镖，十有八九是陆贞。这小子学成武术，鼓动尹氏三杰要报当年之仇。要不我们并没有得罪过这么几位仇人，为什么他单同我们为仇作对呢？这么办，咱们兄弟七个暂先别出头，裴贤弟请你先探一下，照直的就教娄玉、卢俊前去请镖，贤弟你再去作为访友，给他们从中调解，如调解不了，我们再出头想法去办，你看如何？"

大爷三手侠一听，也只可如此，于是对裴爷说道："裴贤弟，你瞧这么办成不成呢？"

裴爷说道："这不是四哥这么说吗？我先办一下看，如若不成，咱再想别法。事不宜迟，明天我同崔三就回大同，你们老七位听信就是了。"

三手侠连忙说道："那么贤弟你就费心吧。"

20

裴爷到了第二天，带着崔三，可就往大同去了。

　　再说尹氏三杰，到底是怎么回事呢？原来尹氏三杰，他父亲名叫尹青囊，江湖人称金针。他的医道那就算是出神入化，可称药到病除，妙手回春，并且一身的好武术，虽然他老人家武术高强，可是没人知道，就是有知道的也很少。老头子每天背着药箱子，游行济世，到处羁恶安良。他同少林寺监寺僧人铁面佛法源长老交情莫逆，后来临死，把三个儿子尹玉、尹成、尹昌，就介绍在本寺的方丈金面佛法源长老门下练习武艺。尹玉练成一口金背刀，尹成练成一对凤凰轮，尹昌练成一口分水剑。他们三个等到练得差不多了，法源长老这才打发他兄弟分道下山，闯荡江湖。三四年中，居然闯出一个小小的名望，交了三个至好的朋友，一个叫赛元霸陆贞，一个叫小诸葛妙手贺星明，一个叫燕蝠齐飞骆敏。

　　这个陆贞是陆天霖的第三个儿子。自从邱二爷打死陆元、气死陆天霖，按说丹顶鹤陆亨他就应该聘请高人，替他父兄报仇才是。可是陆亨这小子，他不但不报仇，反倒连武术全不练了，一意经营起产业来了，有人问他为什么不练了呢？他说得也好："瓦罐不离井上破，大将难免阵前亡。我哥哥若不会武术，绝不会随便作孽，焉能被人家生生地打死呢？"按陆天霖父子平日那种糊涂无理，就该有这种儿子，他不说自己行为不正，反倒说受了武术的害了。练武术何尝有害呢？第一可以说壮身体，第二可以益寿延年，第三可以防身保命，不过不能指着武术欺人罢了。

　　一晃过了四年，陆贞年已八岁，他母亲时常对他说，他父亲是被邱雨气死的，他大哥是被邱雨打死的。陆贞这个孩子天生的聪明，一听他母亲对他说，就问道："为什么哥哥被人打死，父亲被人气死呢？"他母亲可就说了："因为你父兄好练武，同邱雨比试武艺，你哥哥才被人打死，你父亲上前报仇，不想又被人战败，一口浊气，就气死了。"

　　孩子明白了以后，可就安上报仇的心了，因为他父亲练武身故，自己总想将武艺练成前去报仇，每天总跟母亲说，要请教师练习武术。他母亲因为他年岁太小，再等几年身体壮实了，再请教师练习。孩子说得更好："练武的必须从小用功，方能练出超群的武术，因为身体活软，练什么有什么，如若年岁一大，身体一强硬，是任什么也练不成。再说还有一层，听说当年比武的时候，邱雨就五十多岁，等到自己长大了再练成武术，一晃二三十年，知道邱雨还在不在呢？比如说邱雨死了，这个仇可就不能报了，哪如早练早成，早去报了仇恨，早去了心中这块大病呢？"

他母亲一听，孩子说得十分近理，于是替他托人在各处聘请名人，来教孩子练武。你想要出名，哪能自己各处来找教官呢？所以一晃四五年，所请来的，不过就是江湖上打把式卖艺的，再不就是黑门的人，来到他这儿躲灾避难的。总之这四五年来，一点真本领也没学，尽学的是花拳绣腿，半点真功夫也没得着。你别看这个样子，孩子还是真练，每天清晨，天色将明，就起身去到村东口大柳林活动身子，天天如此。

这一天自己正在练小红拳，正练在得意的时候，忽听柳林子外面有人说道："陆少爷你天天起这么早，在这里做什么？"

陆贞一回头，只见林外放着一辆牛肉车子，上面放着一大块牛肉，在车子旁边站着一个人，仔细一看原来是本街上卖牛肉的马二爸。陆贞说："马二爸，往哪去？我正在这儿练功夫呢。"

马二爸说："你练的是什么功夫？倒是真诚，每天如此。"

陆贞说："不诚哪成呢？诚还练不好呢。"

马二爸说："你练的这是什么拳？"

陆贞说："你会练吗？"

马二爸说："我不会练，原先我见过练武术的，练得好极了，他能够练得自己把自己悬起来，身子贴在墙上，脚不沾地。你练的这个，我瞧一辈子也练不成。"

陆贞说："马二爸，你老说的这个人，在什么地方住？我们能请他来，跟他学吗？"

马二爸说："这个时候，我没工夫跟你细说，因为我得到南庄送肉，好在二里地，你能跟着我的车子走个来回，我这话也就跟你说完了。虽然说完了，可办不到。你不过当小说听就是了，我因为瞧着你难过，你听听人家那才真叫真功夫。你要不愿意跟我跑，等今天下午，我的买卖完了，你往我柜上去，我也能对你细谈，因为我瞧你天天这么傻练，怪可怜的。"

陆贞一听大喜说："好吧，我这就跟你走，你告诉我吧，若等到下午，我得闷多半天，那如何成呢？"

说着进了林子，拿起大褂披在身上，说道："咱们走吧。"

马二爸说："好吧。"推起车子，陆贞在后边跟着，二人一同向前行走。陆贞说："你在哪里见的呢？"

马二爸说："当初我不在此地做买卖，我在湖北省武昌府东门外十里远近，地名望江村，在那里卖牛肉。那村北面是一条小小的山岭，名叫望江岗，我天天过岗往江边上去做生意。岭上有一座小庙名叫通真观，这个庙里也没有老道，也没有和尚，住着一个六七十岁的老头儿，那个老头儿姓颜名润字晚晴，他的道号是通真子。他在观里每天也不念经看卷，每天带着一伙子年轻的，种菜灌园子，也没有人知道他会武术。也是该着，有一天我过岭做生意，回来得晚了，因为那个时候是十四五的天气，月亮出来得很早，我走到离通真观还有半里来地，一见三个人在那儿练功夫呢。在通真观门首，本来栽着两行小松树，全都五尺来高，每棵相隔三尺来远，每行足有一百多棵。只见那三个年轻的，有一个正在练拳，可也不知练的是什么拳。就见他练着练着，来到那上首那一行树的一头，也不知怎么一转身就立在树尖上了，就见他往前一纵一棵，一纵一棵，工夫不大，纵到那头。也没见他怎么下来的，一眨眼又上了下首那一行了，照样由那行纵回来，到了门前跳在地下。他三个人每人练了一次。最奇的是你看松树尖，有多细多软，上面站着那么一个人，就会不折不歪，还是一丝不动，我非常的奇怪。后来我一问练武的老师傅，人家说那在拳上叫作登空步，俗话叫作草上飞，又叫踏雪无痕，你瞧人家那才叫真功夫呢！据说那功夫苦练成了，可以在空中行走，这是第一次我看见了。还有一次，也在夜间，那通真观的围

23

墙，足有一丈多高，有两个年轻的硬往上走，一步一步地硬走上去，最奇的是横着走也摔不下来。起初我以为是他们墙上有站脚的地方，等他们练完功夫走了以后，我慢慢过去一看，不独没有站脚的地方，并且平滑无比，大概是练功夫磨的。你看人家那才叫真功夫，你练的这个功夫，要叫人家那个功夫一比，你还有什么练头呢？照直地说就是白受累。按少爷你这个好练，真要有那么一位老师，准可以不到五年，能练一身好武术，可惜就是离着太远，没法子跟他去学就是了。"

马二爸滔滔地说，二人越说越高兴，不知不觉已经到了南庄，马二爸说："少爷你先在这儿等一等，我留下肉咱们一同回去。"

陆贞说道："好吧，我在这儿等你。"说着坐在村头上一个石碣上面。马二爸送肉进村，工夫不大，推车出来一瞧，陆少爷坐在那儿一丝不动，两眼发直，怔怔地犯心思。马二爸叫道："陆少爷，咱们回去呀。"

一连说了两声，陆贞才"啊"了一声，说道："你给人家送了肉去啦？"

马二爸说："送去了，咱们回去吧。你在想什么了，怎么我叫你你也听不见呢？"

陆贞说："我正寻思怎么能够想法子，把那位老人家请来，我跟他练武才好。"

马二爸说："陆少爷，你听我告诉你，像人家颜老先生，漫说相隔一二千里，你家不去相请，就是你家去请，人家还有个来不来呢。因为那一带的人，全知道他不会武术，一旦托人去请，人家一定说不会武术，请我干什么，再说我这大年纪，哪能再出这么远的门呢？人家不来，你还能把人家给拉了来吗？依我说，你先沉住了气，等再过个四年五年的，你年纪大了，你出门，你们老太太也放心了，到那个时候，他不来你不会去找他去吗？这个时候，你犯这个愁有什么用呢？"

陆贞一听，连连说道："你老说得很对，我回去还练我这种武术，倒是能强壮身体呀。"

马二爸说："对了，这种事情，心急是不能成的。"二人一路闲谈，不知不觉进了陆家疃，走到陆家门首，陆贞说道："我不请你到我家来了。"

马二爸说："少爷咱们明天见。"说着自己推车走了。陆贞还是按照每日的规矩，下场子跟几位老师练拳脚，可是自己有了一份心思。他存的什么心呢？他自己想的是，人家既然不能前来，我不会找了去吗？他既然有名有姓，又有住址，我为什么不去找他呢？再说，我这么小小的年纪，真要找了他去，他一定说我诚心投师，一高兴就许把平生的绝技传给了我，我学会了武术，才能给我父兄报仇雪恨哪。可是这个湖北武昌府，在什么地方呢？要是我对母亲说明了，上武昌府去，我母亲一定不教我去，这个事非偷着跑不可，既打算偷着走，这笔路费怎么办呢？听马二爸说有一二千里，当然不近，路费少了，一定不够，自己左思右想，为了半天难，不由得笑道："没有钱我不会偷吗？既然偷就得多偷，可是必须先问明了路径。不然偷了钱不是也没地方去吗？"想好了主意，可就留上神了。到了第二天早晨，仍然去大柳林活动身体。果然马二爸又去送货，陆贞一瞧马二爸又来了，自己走到道旁说道："马二爸，休息休息吧。"

马二爸说："嘿，少爷真早哇。"

陆贞说："马二爸，你老说的这个武昌府，在什么地方呢，离咱们这儿有多少路程？"

马二爸一听，说道："陆少爷你真诚心，叫我告诉你，顺着苏州府这条运粮河坐船，直往正北，进了大江往西一直可到武昌府北门。望江村就在东门外十里远近，村北面是山，那座通真观就在山上，一问没有不知道的，你就是打听明白，现在年岁太小，也不能去呀。"

陆贞说："我不是说长大了以后才去吗，现在你叫我去，没人送我，我也不敢去呀。可是还有一层，从苏州到武昌有多少里路呢？"

马二爸一笑，说："大约是一千二三百里，我全告诉你了，这回没有问的了吧？"

陆贞说："没有问的了，你老请吧。"马二爸推车这才走了，陆贞问明了道路，一早晨也没练，慢慢地回到家中。一转眼过了好几天，这天正赶上他母亲出门走亲，他偷偷地把箱子开了，把散碎银子偷了有四五十两，他母亲回来也没留神。到了第二天早晨，他自己收拾好一个包袱，暗带银两，借着早起出门练武，顺着苏州大路，一直走下去了。

第三章

通真观陆贞获绝技

　　陆贞天刚一亮，到了苏州，一气跑到河边码头上，正赶上有北去的客船，自己也没有问价，便跳上船头。船家问道："学生你要往哪里去？"

　　陆贞说："往武昌府。"

　　船家说："往武昌干什么去？"

　　陆贞说："往外祖家去。"

　　船家说："这正是往武昌的船。你是包舱还是散座，一共几个人？"

　　陆贞回答："一个人，怎么叫包舱？"

　　船家一听，知道小孩子没出过门，说道："包舱是一个人一间舱，一路吃喝都管，到武昌十两银子。"

　　陆贞问："散座呢？"

　　船家答道："散座是大伙在一间舱里。"

　　陆贞说："包舱吧。"

　　船家问道："你有行李没有？"

　　陆贞说："没有行李，就是这个小包袱。"

　　船家说："好吧，这就开船，你可别下去了，免得把你落下。"

　　陆贞说："我住哪一间呢？"

　　船家说："你在第二间吧。"说完用手一指。伙计把陆贞领到一间舱内。陆贞一看，这间仓倒不错，搭着一个板铺，板铺对面一张小茶几，几上放着一个小茶壶，一对小茶碗，还有两张小方凳子。陆贞往铺上一坐，伙计问："要铺盖不要？"

陆贞说："要。"伙计出去工夫不大，拿来一份铺盖铺在床上，并泡了一壶茶，说道："等会儿，开了船再吃饭，你要买菜，我给你买去。"

陆贞说："买去吧。"伸手掏出五钱银子，递给伙计。工夫不大，伙计买菜回来，外面就嚷："人上齐了没有？开船啦。"就听大家嚷道："开船喽，开船喽！"紧跟着，提锚的声音、转舵的声音、打箱的声音响成一片。那只船晃晃悠悠，奔河心漂去。工夫不大，船离河岸，顺着风，向正北驶去。

再说陆家，自从早上不见陆贞回来吃饭，就派家人去到村口外大柳林去找。家人回来报告，陆贞并未在大柳林练功夫。又派人各处去找，一直找到天晚，连个影子也没瞧见。这个时候，丹顶鹤陆亨对他母亲说："老三大概是跑了。"

他母亲说："为什么跑呢？"

陆亨说："他一定听了那教师说，这里有侠客，那里有剑客，一定是找侠客学艺去了。你老不信瞧瞧丢了银子没有。如若没丢银子，老三或者是走亲戚去了，如若丢了银子，一定是跑了。赶紧把这几位教师赶走就完了。若不是他们，老三焉能跑得了呢？我就知道走江湖的没有多少好人。"

陆亨原来有他的心思：陆元死了，又没有妻子，这一股完全没有问题。陆贞每年请教师得花好几百两银子，他实在有点心疼。但这是老太太的主意，他可没有法子。陆贞这一走，正对他的心思。第一先把教师赶了，每年可省好几百两银子，因为他平日阴毒，所以大家都叫他丹顶鹤。他对母亲这一说，他母亲当然信以为真，于是打开银柜一瞧，正好丢了四五十两银子，才知道陆贞是真走了，老太太这才放声大哭。陆亨说："母亲何必这样痛哭呢？老三这一出门，自然可以访到名师，学成武艺，替我父亲报仇雪恨不好吗？你老人家还哭什么呢？"

老太太一听，说道："你尽这么说，哪里有侠客剑客被他访着，这么一个十三岁的孩子孤身远走，怎能令人放心呢？"

陆亨一听，说道："你老不是每天叫他学艺报仇吗？现在他学艺去了你老又哭。要叫我说，凭老三这点孝心，一定可以访到名师，学成武艺，回家报仇。你就等好消息吧。"说着满脸含笑走了。

原来，陆亨的心思是，陆贞这一走，如若得艺回来，那就不必说了。如若死在外，这份偌大的家产，还不是自己独吞吗？再说，哪有那么多名师被他访着？早晚花完了钱饿死算完，哪能回来呢？所以他对母亲说这种宽心话，只不过这种话不应该由陆亨口中来说罢了。

再说陆贞自从上了江船，一心打算到了武昌，找到望江村，怎么拜师，怎么学艺，学成以后，怎么前去报仇，一路胡思乱想。这一天船到了武昌，靠了码头。陆贞叫船家一算账，可了不得了。因为一路没有打算，赶到一算船钱，一共三十八两多。陆贞对船家说道："为什么这么多呢？你不是说十两银子吗？"

船家说道："大少爷你想，我说十两银子，是粗茶淡饭。你老这一路，茶也要好的，饭也要好的，菜也要好的，一路上差不多一个人侍候你老。你想哪儿不是钱？这三十八两银子，我还是按本计算呢，伙计的辛苦钱，尚不在数。你赏下来吧，我还得张罗别的客人哩！"俗话说得好，车船店脚牙，那是江湖上最难缠的。就是老江湖还挡不住吃亏、受骗，一个十二三岁的孩子，又没人跟着，他如何斗得过呢？陆贞当时无法，只好把银子取出来，连小费给了四十两，自己提起小包袱，走下船来。

一进武昌城门，一看街道铺户，往来的老少行人，一切的作买作卖，真是人山人海，繁华似锦。陆贞一摸自己的钱袋，所剩不过还有四两银子，于是找了个小饭馆，吃了一顿便饭，逢人便问望江村。内中有人问他，往望江村做什么去？他就告诉人家探亲去。有人告诉他出了东门，一直向东南十余里就是望江村。他这才一直向东门而来。

一出东门，向东南就走，走了不远，就是一条山岭。顺着岭南的大道，走了十里多地，前面显出一个村庄，约有四五百户人家，三条南北大街，两条东西大街，倒是十分的热闹。陆贞一进西村口，就瞧见一个老头儿，在村头立着。陆贞连忙上前叫道："老爷子劳你的驾，这个村是望江村吗？"

老者一抬头，见是一个十二三的童子，口中说道："不错，这是望江村，你找哪一位？"

陆贞说："我跟你老打听一个人。在这村北面岭上有个通真观，观里的老当家的是姓颜吗？"

老头子说："不错，姓颜。你找他有什么事呢？"

陆贞说："我找他跟他练武术。"

老头听后一笑，说道："你是哪里人？我听你的口音不像是此地人。"

陆贞说："我是江苏省苏州府的人，因为听人说颜老先生武术极高，所以我来找他，打算跟他练习。"

老头儿问："你听谁说他会武术？"

陆贞回答："我听我们村马二爸说的。"

老头说："他那是愚弄你。那颜老头除了每天领几个年轻的灌园种菜之外，谁也没瞧见过他练武术。我们离得这么近，没听说他会武术。你们村里的马二爸怎么知道呢？"陆贞一听，心中暗想："对呀！可是，我和马二爸无仇无恨，他为什么骗我呢？"又一想，不对，马二爸当初说过，人家颜先生武术出奇，旁人并不知道，若不是他夜间偷着瞧见的，连他也不知道。本来那庙中既不烧香，又不念佛，旁人也不往那里去，他也不同别人往来，别人哪能知道呢？想到这里，陆贞忙说道："既有这么一个人，等着我见见他再说，如若他不会武术，我再回家就是了。"

说着，他对老头子一拱手道："老爷子多劳驾。"一转身，向村北走去了。

那陆贞一面走着，一面胡思乱想，不知不觉地走进山口，慢慢向山上走来。工夫不大，到了岭上，顺着山路一瞧，在路东有一座大庙，方圆约十余亩，四外的围墙足有一丈多高。正面上一

30

座山门，门前左右栽着两行松树，相隔三五丈远。每棵相隔三五尺远，每行足有一百余棵。因为长得茂盛，枝叶全部连在一起。都是六七尺高。长得十分整齐，如同两道松墙似的。

陆贞一瞧，暗道："大概这就是通真观了。马二爸不是说，在观门前有两行松树吗！"又往对面一看，在半里以外，果然有一片大松林，黑郁郁十分茂盛。陆贞自言道："这一定是通真观无疑了。"于是顺着门前大路，直奔山门走来。来到山门一看，门上面刻着三个红字，不是通真观是什么呢？只见山门半掩半开，自己也不管人家让不让进，一抬腿进了山门。往里一瞧，正面五间大殿，两旁配殿，院中四角上栽着松树，地下满砌青石，十分平整。有一个二十多岁的青年人，正低着头拿扫帚扫院子。

陆贞一看，说道："大哥，这里可是通真观吗？"那个人正在扫地，一听有人说话，连忙抬起头一看，只见山门里面，台阶上站着一个童子。眉清目秀，齿白唇红，头梳双髻，前发齐眉，后发盖顶。身穿青绸子大褂，白袜子，青缎子夫子履云鞋，手中拿着一个小包袱，笑嘻嘻地站在山门之内。青年人连忙说道："你找谁？这里正是通真观。"

陆贞说："这儿的老当家的是姓颜吗？"

那人说："不错，姓颜，你问当家的做什么呢？"

陆贞说："我姓陆，名叫陆贞，住在苏州府城外陆家疃。因为我喜爱武术，听说这儿老当家的武术高明，我特意不远千里，来到这里拜师练武。如若他老人家现在观中，没别的，求大哥给说一声。"

那人一听，连连摆手，说道："学生，我们老当家的会练武术不会练武我不知道，不过现在他没在家，出去了三四天啦！"

陆贞问："他老人家几时回来？"

那人说："没有一定，也许今天回来，也许两三天回来，也许一个月二十天，哪有一定呢？"

陆贞说："既然老人家不在家，我先回去，明天再来。如若他老人家回来，请你老说一声就是了。"

那个人说："好吧，我给你说就是了。"

陆贞说："谢谢你老，咱们明天再见。"说着回头出了山门，回到了望江村。

连去了十几次都没在家。那陆贞纳闷，又一连去了五趟通真观，那颜先生始终没有回家。这个时候，钱可就花完了。自己一想这怎么办呢？只好把包袱里面两套单衣卖了再说。于是拿衣裳对伙计说道："我现在手内没钱了，还有两套单衣，你把它给我卖了，我好吃饭。"

伙计问："你要卖多少钱？"

陆贞说："你看着卖就是了。"伙计答应一声，拿着衣服转身出去。工夫不大，拿进了三两银子，说道："人家说旧了，尺寸太小大人不能穿。我没法子硬塞给掌柜了，掌柜的给了三两银子。"陆贞一瞧没法子卖了吧，接过三两银子放在腰中。不到十余天的工夫，身上只剩下一身单裤褂。转眼一月有余，直落得沿街乞讨，夜里就在土地庙内安歇。这一来把个孩子可糟蹋得不像样子了，短发蓬蓬如同乱草，身上的衣服破得难堪，脸上脏得如锅底，手像泥条一样，赤着双足，冷眼一看酷似庙里的泥小鬼。你说这孩子也真有恒心，虽然没有看见颜晚晴，但是仍然一天一趟通真观。

这天晚上，陆贞坐在庙台上，把要来的干粮吃完了。这个时候，正当八月中旬，皓月当空，清光如洗。陆贞仰天对月，不由一声长叹，暗道："我一晃，来这里三个多月了，把自己弄得成了一个小丐。可是也没瞧见颜老先生，是什么缘故？莫非他故意不见我吗？要不怎么总不回来呢？据他们庙中人说，他不会武术。可是马二爸，我们无冤无仇，骗我做什么呢？"自己左思右想，不由得"啊"了一声，暗暗说道："马二爸当初瞧见他们练武，本是在晚上。我何不每天晚上前去观瞧，只要被我看见他们在庙中练艺，我就可以出头求他。他再说不会，可就不找了。只要他把我留下，还愁见不着老当家吗？"

抬头看看月光，时当子时，万籁无声，于是觉也不睡了，站起身来直奔通真观去。不大工夫，到了观前，仔细一听，连一点声音也没有，围着庙转了一个通圈，连一个人影也没瞧见。他暗想："他们一定是练完了，我明日再来。"反正不达目的，决不半途而废。

陆贞又一连去了十几天。这天也是该着，真是皇天不负苦心人，就按十二三岁的小孩子，这份艰苦的毅力，百折不回，可算十分难得了。这天，陆贞又去通真观，离观门尚有百十步远，月光之下见庙门前站着三四个人。陆贞心中大喜，慢慢顺着树荫向前行走，眼看来到观前左首这行松树以下，于是销声敛迹直奔庙门走来，来到近前，躲在松树后面。

由树叶空隙之处仔细观瞧，只见山门半掩，门前站着四个人，一老三少。那老的年岁太大了，头上都谢了顶啦，光剩下两个白鬓角儿，身高五尺，红润润的脸膛儿。被月光一照，闪闪放光，两道白眉斜飞入鬓，两只大眼，赛似两盏明灯，白胡子足有一尺多长。上身穿一件破小褂，补丁摞补丁，下身穿一条破裤子，赤着双脚，着一双搬尖洒鞋。你别看衣裳破，可是十分的干净。

再瞧那三个小的，一个四十多岁，一个三十多岁，一个二十多岁，都威风凛凛，全是一身青衣服白袜洒鞋，光头不戴帽子，小辫盘在脖子上。只听那个三十多岁的说道："师父，方才你老人家教给我的那一招，老练不得力，请你再练练我看。"

老头子说："谁叫你不留心，守着师父不留神还可再学。若离师以后，全忘记了跟谁学去呢？你再仔细想想，我再告诉你。"

只听那个四十多岁的说道："师父你老人家交给我的那柄宝剑，我再练练，我还怕不对。"

老头子说："你练去吧。"就见那个人，一回身在山门里面，拿出一口三尺多长的宝剑，被月光一照，真好比一汪秋水耀眼生寒。就见他拉开架势，一招一式慢慢地练将起来。起先慢，还不显眼，后来越练越快，等到最后，就见一团白光滚来滚去，也分不清哪是剑光哪是人影。猛然间一闪如同白虹升天，"嗖"的一声，起来有一丈多高，落在地上，连一点声音也没有，把陆贞看得目瞪口呆，不由得坐在树下，喊了一声："好!"

忽听见背后有人说道："你是干什么的，跑到这儿来搅!"陆贞一惊回头，正是那个练剑的站在自己身后，手提一口宝剑。陆贞心中想道："没瞧见他动，他怎么会到我身后呢?"

自己正在思想，就听身后那人说道："你怎么啦，说话呀。"

陆贞道："你还问什么，反正我天天来，你老也该认识了，怎么你还问呢? 我不是陆贞吗?"

那个人一听，仔细低头一看，说道："原来是你呀，你怎么夜里在这儿蹲着呢?"

陆贞说："因为白天来，总见不着老师父，所以我天天夜里到这儿来看，已经十几天了。"

就听有人说道："师哥，师父叫你把他带到庙里，要问他话哩!"

陆贞一听这句话，真不亚于吃了一剂凉快散，立刻站起身来，冲着那个提剑的说道："就请带我去见一见老师父吧。"

那个人说道："你跟我来。"二人一前一后绕过松林，来到山门下面，一进山门就见西配殿灯光闪闪，里面有人说话："叫你告诉他们的，怎么还不进来?"

就听前面那个提剑的答道："来了，来了!"

陆贞说道："请你先进去回一声，省得叫老人家说我不恭敬。"

那个人点头一掀帘子，走进屋内去了，一转脸出来对陆贞说道："来吧，师父叫你呢。"陆贞一听，连忙跟着走入配殿，一看当中这三间明着，两边两个暗间。屋中没什么陈设，靠正面迎门放着一张白木条案，案前放着一张白木方桌，桌子上面点着一盏菜油灯，灯光明亮。那个老头就在上首椅子上坐着。陆贞一看急忙上前，双膝跪倒，说道："我这里给你老人家磕头啦，求老人家无论如何把我收下来吧。"

老头子一听，哈哈大笑，说道："这个孩子这是做什么? 我问你是怎么回事，你怎么进门就磕头呢？你先站起来。你这么小的孩子，为什么千里迢迢跑到这里，来跟我练习武术？你要实话实说，我一定有相当的办法。"

陆贞一听，慢慢站起来，就把自己父亲如何被邱雨战败，一气身亡，自己的哥哥被邱雨一掌震死的事说了一遍。又说自己立意要练成武术报仇雪恨，怎奈不得明师，后来听一个马二爸的说你老人家武术精奇，小子我才弃家背母跑到这儿来的。陆贞一口气说完，老头子一听，哈哈大笑，说道："陆贞，听我告诉你，你知道你父亲同你兄长是怎么回事吗？"

陆贞说："小子我那时太小，知不清楚，所有的这些事，全是听我母亲对我说的。"

老头子说："你别看你不知道，我倒知之甚详，听我对你细说，你就明白了。"于是，他就把陆天霖同陆元的行为细说了一遍，又说道："武术这种技能，练成了以后不是用它欺人的，也不是用它任意胡行。第一讲的是道德人情，抑强扶弱，杀奸诛恶，去暴除残，这叫作侠义的天职。尤其是采花作案，更为江湖的公敌。所以说练成武术之后，做事须本良心，己所不欲勿强施于人。这样，这个武术算是没有白练，在江湖之上方能落个侠义的名声。无论是什么人所作所为背了人情天理，我们必须破除情面出面干涉，就是自己的亲父兄，也须对他不满，虽不能同他反目，也不能顺着他的心意任意胡行。实在无法挽回，只可自己一躲，暗中对那被害的加以救援，这才称得起是武林中的义士。还有一层，比如说有一个人，同我有仇，但他的做事合乎人情天理，这个事眼看要坏，我们必须要或明或暗，用力扶助他，不能因为私仇，坐观成败，这方称得起是侠客。你想想你父兄所作所为要是不背天理人情，那光明正大的人物哪能同他为仇作对呢？再说邱雨这个人，我早就知道，他们七个人江湖人称七雄，既是江湖人称侠客，当然人格很高。你的父兄所作所为如若光明正大，无论如何邱雨也不能对他加以仇视。因为你哥哥在各处仗势欺人采花作案，所以邱雨去找你父亲，不过叫你父亲管束你哥哥。你父亲如果当场认错，也不至有意外发生。不想你父不明道理，心地糊涂，溺爱不明，一意护短，所以才当场动手，以致你哥哥被邱雨一掌打死，你父亲败在邱雨掌下，气愤身亡。你想这能怨人家邱雨吗？这个仇漫说不能报，就是能报也报不了。因为什么呢？你想邱雨人称侠客，江湖号称七雄，你真要找他寻仇，不晓得有多少正当英雄出头相助。就按我说，不知道便罢，如若知道，也得出头维持。我可不是护持邱雨那个人，我护持的是人情天理。不能说因为你跟我练艺，我就庇护你。你真要有志气的话，就赶紧把这个报仇的心，丢在九霄云外，回到家中好好上进好学。不然的话，你再按照你父兄的那种行为，就是你练到剑仙的地步，也难保你不命丧人手。你听明白了，因为采花作案是江湖公共的敌人，心地糊涂自然难同正人接近，剩下你自己孤孤单单，不遇能人便罢，一遇能手，不死也带重伤。你听明白了我这话，你就知道，武术不是容易练的，练成了错走一步，老师先不答应，就不用再说别人了。因为门户之中出了败类，自己焉能不清理门户呢？再说要没有二三十年的工夫，也练不成。咱们这个庙里苦得很，除了卖菜吃饭，连一点别的出息也没有。你小小的年纪，再说又是少爷出身，哪能受得了这个苦呢？依我说，明天打发人送你回家算了。"

陆贞听完，连忙说道："你老的话我听明白了。我父兄之死，完全是因为他们行为不正，才惹得人家找上门去，那算是祸由自招。至于报仇，我是不敢再想了。可是小子我自幼喜爱武术。你老想想，那些平常的老师，我还用力尽心地去练，何况现在见着你老人家，我怎能空手回家呢？再说辛苦一层，不是有句俗话吗？要学惊人艺，须下苦功夫。你老放心吧，我是什么全不怕，别说二三十年的工夫，就是由小练到老，我全能办得到。总之一句话，练不好我决不回家。请你老人家把我收下，就是每天叫我挑水浇园子，我也愿意。请你老人家一定把我收下。"

其实，陆贞自从头一天来到这儿，老头子就知道了。不过他怕小孩子家一时高兴，后来闹个半途而废，还不如不练，所以只推不在家。一晃好几个月，每天打发徒弟暗中调查，真要让他败兴回家，老头子少不了派人暗中相送。后来一看，孩子虽小，真有个横劲儿，直落到沿街乞讨，仍然百折不回。如若乍行讨乞，意懒心灰，受不了苦，乞讨回家，老头子也暗中派人送他。如今一看孩子真是毅力坚强勇往不退，不仅每天前来，连晚上也来此偷看。这些老头子了如指掌，不然，成了名的剑客，每日有人探看自己的庙宇，自己不知，岂不成了笑话？所以才暗中派人往陆家瞳打听陆贞的身世，打听明了后这才露面。这几个月的工夫不过要试试孩子的品行如何。真要不收他，也未免辜负人心。

这天孩子一来，老头子就看见了，所以这才叫出徒弟们练武，好把陆贞引出来。不然的话，为什么单在庙外练呢？后来一瞧，他藏在松树底下，老人家不由得暗笑，才回到庙内，掌灯接客。这时跟陆贞一阵闲谈，他仍然雄心不退，老人家不由得心内欢喜，说道："你非练不可就留下吧。但我这儿本是隐居之处，对于收徒弟练武，外面没人知道，千万不要走漏了风声。每日你随三个师兄锄田种菜，待个二三年后再说。"

陆贞一听真是喜从天降，连忙跪下磕头。老头子先吩咐徒弟到大殿点起蜡烛焚起香来，参拜祖师，算是收个关门徒弟。工夫不大，收拾整齐，然后带着陆贞，来到殿上。老头子先向上面两个牌位磕头，然后令陆贞大拜。自己坐正了，陆贞这才拜师。

拜师已毕，老人家又令他们师兄弟三人，互相见礼。老人家指着练剑的那一个说道："这是你三师兄，姓斗名叫斗天仇。"又指着那两个年轻些的说道："这是你四师兄，名叫成天翼。这是你五师兄，名叫骆天池。"于是陆贞又向三个师兄行礼。

老人家说道："陆贞，你听我告诉你我们的门户。在最初，我随少林门中五空禅师练习少林拳术，所以这个祖师的牌位供的是达摩老祖。后来，我又随武当内家的超尘道长练习武当拳术，所以这个祖师的牌位供的是玄洞真人。为什么这个拳术有内外两家的分别呢？因为少林拳入手先以练力为主，武当拳入手先以练气为主，等赶到艺业成功之后，仍是异途同归。因为一个先讲操练筋骨，一个先讲调养脏腑，所以后人分成两家。我以为以操筋骨失之于刚，先调脏腑失之于柔，所以我综合两家汇成这一宗武术。你若加意研究不难成名于世。至于我们的门户也可说是少林，也可说是武当，因为我们与这两家都有渊源关系。我练艺百有余年，只收了你们这六个弟子。大徒弟名叫许天琪，因为他秉性不拘形迹，终日打扮成一个乞丐的样子，所以江湖称他叫作邋遢仙。现在大概也有六十多岁了。二徒弟名叫陈天智，江湖人称小猿公。他两个自从离了我足有四十来年了，所以也不知他们现在什么地方。你这三个师兄因为没有闯荡过江湖，所以还没有人知道。现在你是我的关门弟子。等到练艺的时候，必须用心练习。不然，你瞧我偌大年纪，百岁有零之人，一旦神消气灭，再打算练习可就晚了。现在天已不早，你们休息去吧。明天给陆贞换上一身干净衣服，今晚就叫他在西配殿住宿。"

次日天色将明，陆贞就爬起来，一瞧床头上放着一套青布衣裳，拿起一穿，刚刚合体。这时走到殿外一瞧，老师正在大殿前对着斗天仇说话哩！一看陆贞出来，老头子说："你起来了，很好，跟你师兄去园子里浇菜去吧！"又对斗天仇说："你先叫他干轻巧活儿，慢慢再做笨重的，不要太快了。"

斗天仇答应，这才带着陆贞一起出了山门，直向庙后走来。走了约有半里来远，前面是一大片菜园子，足有六七十亩，内中种有各种青菜。园子的四周，用许多的荆棘围着，上面还缠好些野花。园子当中有三间草房。二人进了园子，直奔草房。到了近前一看，五师兄骆天池，正在屋中收拾辘轳、绳子、水桶、扁担以及斗箕、柳罐等物，除了绳子外，其余家什均是铁的。

骆天池一看他二人来了，说道："三哥，叫小师弟使那一对小桶好不好？"

斗天仇说："用小的合适，日子长了再使大的。"于是拿过一条枣木扁担和一对小铁桶，说道："师弟你就使这一对吧，先把厨房的缸担满了，然后再浇园子。"

陆贞一看这对桶，吓得把舌头一伸，暗道："这对小的我也不一定能挑动。"这对铁桶高有一尺粗有八寸，光那铁板就有一寸厚。不用说盛满了水，单这对桶就有一百多斤，加上水连担子，真不下一百五六十斤。陆贞一看，暗暗想道："这一定是试验我，看看我是不是诚心前来学艺，要不为什么我才十三岁，就叫使这样一对铁桶子呢？这分明是给我难题目来做。我要说担不动，准保是派人送我回家，还会说我少爷出身受不了苦。这不是难我吗？我是非干不可，只要累不死，准有成功的那一天。"

想到这里，他连连应诺，口中说道："我可不知道厨房在什么地方，还得请师哥告诉我。"

斗天仇说："你挑着水我领你去。"陆贞答应了，一伸手拿起扁担，把两只铁桶向膀上一担，不由得"啊"了一声，因为这对桶轻得出奇，连扁担也不过才十八九斤，完全出乎所料。斗天仇说："你啊什么，大概是觉得家什太轻吧？咱老师说，因为你年岁太小，怕把你累出伤来，所以不叫你费大力气。"

陆贞一听暗道："真是师徒如父子，刚拜了师，就这样疼我。"于是担起水桶跟在斗天仇后面来到井旁。井旁有个大石槽，内中一槽清水。井上安着一个八尺多高的架子，架子挂着一个大滑车、一条大绳，绳头上拴着一个铁柳罐。斗天仇说："你就先在槽内打水吧。"陆贞连忙把水灌满了两桶，担起来一试，大约也不过五十来斤。好在自己从幼练武，练得力气倒是很大，所以这五十来斤的一担水他担着，还是满不在乎，口中说道："师哥，领我走哇。"

斗天仇领着陆贞，来到庙东北角上，说道："你把水放下，我告诉你。"陆贞把担子放下，就见斗天仇来到墙根下一个石台前面，用手在台上面一个银锭扣儿上一按。只听"咔嚓"一声，一块青石张开一尺见方的巢儿。陆贞近前一看，原来是一个方洞，洞底靠墙那一面有一个圆窟窿。

斗天仇说："师弟你看这个巢底下那个圆孔，直通咱们厨房内的吃水槽。你把桶里的水倒在这个石巢里面，自然就流到厨房里去了。你可别尽往里倒，因为倒得太多了，咱们的厨房可就受不了啦！你千万记住了。井上那个石槽比厨房里那个石槽大一半。你每逢打水，把井上石槽里的水打出三停中的一停来，咱们厨房里的槽差不多正满。你真要把井上石槽内的水全打到这里，咱们厨房里面可就能捉蛤蟆了。千万记着，不然你担到庙里再回来，得走许多路。"

陆贞一听，口中说道："谢谢师兄，我记住了。怎么不见四师哥呢?"

斗天仇说："他上街卖菜去了。比如说，今天你四哥上街，我在家中照管一切，你五哥单管收拾园子。你四哥明天照管家务，我就收拾园子，你五哥上街卖菜，大家轮流值日。你是专管担水浇园，咱们四个，是各执一事。浇园也有秩序，你先把石槽打满了，再把石槽那头木塞一拔，那水就顺着水沟流到畦里去了。你再去看畦口儿，放完了一槽再打一槽，几时把该浇的浇完了，几时算完。每天一遍，浇完了你就休息，别的你就不用管了。"陆贞一听，连连答应。

从此，陆贞就成了担水浇园的园丁了。头两天虽然不多累，可是陆贞年岁太小，并且乍学做活，每天晚上膀子未免发肿，两手发烧。幸亏临睡的时候，他老师必定坐在床前，叫他躺在床上，周身替他顺气、顺血、顺力，曲胳膊盘腿。等到通完了，他不但不觉得累，反倒四肢通畅，十分舒适，不觉悠悠睡去。转眼一个多月，他有力量了，活儿也排住了，也不觉累了。就是水桶也换大的了。就是这个样子，一连过五个月，水桶每月一换，等换到头号的，扁担也换了铁的。

不知不觉，待了一年，陆贞已十四岁了，身体长高了，力量大多了，周身足有千斤之力。原来那个水桶你别瞧那么厚，中间却是空的，在桶旁边有小孔儿，每天有人往里装铁砂子，一个月装满。每天有一定的分量，比方说第一对桶装满了一百斤。第二对桶，不装砂子光空桶就有一百斤。每天照旧的分量往里装，等到第二对成功再用第三对。直换到末一对，光空桶加铁扁担就有六七百斤，再加上两桶水，不到八百斤也差不多。如若担着八百斤的东西毫不费力，这岂不有千斤之力吗？可是这个练法非守着老师不成，因为他能给你顺气、顺血、顺力，不然的话，那可就别这么练，一练非坏不可，因为没人给你周身顺通，略一用力，一定得大口吐血。就算你对付着慢慢练成了，你的力量也长不了，一旦不练了，那力量也跟着退化了，或是一上年岁，力量跟着退回去。因为这个力量，不经名师指导，它全浮在筋肉之上，由名师指导的这个力量可就不同了。

再说陆贞，这一年的工夫，虽然力量增加了，可是他老师一招也未教他武术。不但没教给他练武术，连他这三位师兄，始终也没瞧见过他们练武术。陆贞自己非常闷得慌，可又不敢问。这天吃完了晚饭，颜老先生对陆贞说道："你先不要休息，到我这屋里。"陆贞一听连连答应，随着老师一同来到东配殿，一瞧在近面桌前放着两个蒲团。

颜老先生说道："陆贞，你来到这里，已经一年的工夫，可是武术一招也没教给你，但是你练力的功夫已经有了根基。但是尽练力，不练气是不成的。今天起我再教你练气之法，练气成功，再教你练习内外两家的武术。"陆贞一听十分欢喜，连连答应。

老头子教他坐在蒲团之上，先教他静坐的功夫。这个静坐的功夫可不是五心朝天，而专是调神运气固精第一步的功夫。身体坐正了，盘上双腿头向上，双目微闭，心中免去了杂念，把口合上，舌尖顶着上腭，单用鼻孔调气。这叫作气顶。把气由鼻孔吸入，用意领导，过天突觉气往下行，直至丹田。先用左手微扶左肋慢慢下行至丹田，同时兜住外肾，再由右肋慢慢回至天突。同时再用右手微扶右肋下行，兜住外肾，气至丹田绕前阴至会阴穴，再绕肛门，由尾间上行，同时肛门微微上提，提过夹脊三关渡雀桥上走泥丸宫，经上星由鼻孔呼吸出气。行一周名叫一周天。左右手互撮互换呼吸一周而复始，九九八十一次。这个样子日期长了自然能够精神稳固。这是混元气第一步的功夫。隔日，一撮一兜，左右换手，九九之数，真阳不走。

这个气真要练成了，准可延年益寿。因为这个气要是通了，人身的任督二脉自然可以通了。任督一通，自然可以长生不老。所以道家有话：本来督任此身中，寻得仙源有路通，剖别阴阳维跻界，调冲运带鼎炉红。这虽然近乎道经，可是武术练成了，自然无形中与道相合，不过一般人不肯用心去练罢了。

老头子教陆贞在子午二时打坐凝神，每日除了担水灌园之外，就是运气调神。转眼三年的工夫，陆贞对于练气练力全部有了根基。老头子这才令斗天仇教给他先练各种的大小架子，操练单手。不知不觉又是三年的工夫，各种架子同各种单手全部有了根基。老头子这才亲自传授他长拳短打十八般兵器，还有带勾的、带练的、带刺的各种兵器以及蹿纵跳跃、陆地飞腾等大小技术，闲时对他讲江湖的一切规矩。前后整整练了二十年，老头子真是倾囊相授。陆贞这时已经三十三岁，各种武术样样精通，最得意的就是一对短柄倭瓜紫金锤，每个重十二斤。

这天颜老先生把陆贞叫到屋内说道："陆贞，现在你的武术差不多了。回想你十三岁千里投师，不避艰难困苦，可说是武术界的人才，也是你自己刻苦持恒所致。要打算成名天下非闯荡江湖不可，现在你的武术，虽不敢说打遍天下无敌，可要是遇见差不多的主儿，足可以应付自如，落不了下风。但是不可以武术欺人，你要谨记我每日传你的言语。想当初你父亲被害就害在糊涂身上，枉在江湖闯荡一世，落了个一气身亡。这可不怨人家邱雨不对，总算是祸上自招，我原先已经给你解说明白。所好者，你心地明白，也不用我多加嘱咐，最要紧就是行走江湖，要保住你自己的人格，那就算你给为师的露脸并为门户增光。你若不守师训败坏门户中规矩，我一定要取你的首级，决不能因为你是我的心爱弟子，姑息不管。就是我死了以后，你要知道，你五个师兄都是自幼跟我练成的武术，他们的武功，可说哪一种全比你强，也能替为师的取你的首级，绝不能给门户中留下败类遗笑武林。现在我的言语嘱咐完了，切记为要。你家中的母亲，自从你偷跑以后，终日想念，盼你回家。现在你武功的程度虽然还不高，也有七成把握。二十年来，你未向家内寄过只字片文，好在你母亲倒还健康，明天我打算送你回家，探看你的母亲。以后在江湖上闯荡个十年八年的，大小也立个名誉。几时愿意回来，几时再回来练艺。"

陆贞一听，十分难过，有心不走，又记挂母亲，这一走又舍不了恩师同三个师兄的恩义，勉强答应下来。到了第二天，老头子令斗天仇预备了一桌酒席，爷四个算是给陆贞送行。师徒五人吃了早饭，老头子在暗间里拿出一个包袱，打开一看，里面是两身白细裤褂、一件青绸子大褂、一双白袜子、一双黑缎子皂鞋，另外还有一对短把倭瓜紫金锤。那锤头有大茶碗大小，锤分六瓣，黄橙橙耀眼铮光。老头子说："你先把衣服换上，我还有话说。"

陆贞换上衣服，老头子说："今日一别，我无物可赠，我就送你这一对兵器，送你一个外号：赛元霸。"一伸手又掏出四十两银子，说道："你本是回家，这点路费也足够你到家了。"

陆贞接过银子，跪在地上，谢过老师复又同三位师兄作别，差一点没哭出声来。老头子说："我们这是暂时的分别，何必这样难过呢？到了家见了你的母亲替我问候，你这就走吧。"那斗、成、骆三位也十分难过，没法子只好催他起身。陆贞这才拿起包袱，收好双锤，带着银子，辞别了师父师兄，往外就走。那师徒四人，一直送出山门，被陆贞拦住，这才回观。

第四章

游江湖盗金留柬

　　陆贞一路走着，想当初来的时候，一十三岁，受尽了辛苦折磨，幸亏自己立志坚定，百折不回，始有今日艺成回家之举。看起来凡事不要畏难退缩，只要立定意志，择好了途径，勇往直前，早晚有个成功的一天。自己思来想去，转眼走出十余来里，到了武昌东门之外，在江边码头上一看，并没有下行的船只，只得找店住了。一连三天，不想连一只下行的船都没有。自己想道，从苏州到武昌，通共一千多里路，若下步走，用不了十天的工夫，我何必总在这里等船呢？自己沿江东去，不就完了吗？于是算还饭账，拿起包袱，出了武昌城，顺着大路，奔苏州府走来。

　　这天走到一个地方，名叫鱼鳞镇。天色将晚，自己在镇西口找了一座店房，字号是悦来老店，占了两间东配房。吃完了晚饭，自己把灯熄了，坐在床上，盘膝打坐。正在将要入睡，忽听得外面"嗖"的一声，自己就知道房上有人蹿纵，不然，绝没有这种衣襟带风的声音。陆贞学会的武艺尚未用过，不由得一顺双腿立在床下，回首拿过兵器，用手一开门，向外一看，什么也没有，正要回房，猛听"嗖嗖嗖"，一抬头三条黑影，由东向西飞去。陆贞一瞧，连忙一翻身上了西房。向西一看，就见前面一条黑影后面三条黑影，蹿房越脊如同流星赶月，陆贞连忙一伏身随在后面。

　　陆贞在通真观练艺二十年，可不知道自己能力有多大，因此放开脚程一追，三跳两跳可就追上了。虽然追上，不敢逼近，不即不离地跟随。出了不到三四里地，就见前面一个黑沉沉的所在，大约是一座树林。前面跑的那个人来到树林切近，站住身形，口中说道："三个小辈，不要苦苦追赶，你别看二太爷怕你们，有胆子只管过来，跟二太爷比比，何必这么耀武扬威，狗仗人势呢？"

陆贞一看前面那个将一转身，自己赶紧将身形一伏，伏在地下。幸亏那个人没有注意，未曾看见。就见后面那三个人站住身形，各摆兵器，向上一围，把前面那个围在当中，只见前面那个人一伸手，取出一对兵器。陆贞一看，乃是一对日月凤凰轮。只见他把双轮一抱，用了"狮子滚球"的招数，说道："小子们进招吧。"

只见首先一个人手持一对双拐，说道："二位看着巡风，小弟先来。"说完左手拐向使轮的脸上一晃，右手拐"嗡"的一声，连肩带背向下砸来。那个使轮的向左一转身，右手轮向外一磕单拐，左手轮直奔使拐的头上便劈。使拐的身子向下一缩，闪开单轮，拐走下盘，右手拐奔使轮的双腿便打。使轮的双腿向上一飘，躲开拐趁势向使拐的肩头就是一脚，"嘣"的一声，踹在肩头之上。使拐的一歪身倒在地下。使轮的左腿方向前进一步，右手轮用了个"青龙探爪"，向使拐的胸前便刺。

那第二人手使单刀，急忙向使轮的背上扎去。那使轮的真称得起耳音灵敏，一听身后有金刀劈风的声音，就知有人暗算，于是左腿一抬右手轮顺着地皮向下一划，一翻腕子向上一托，身形一转，这个轮正剪使刀的腕子，这一招叫"回头望月"。那个使刀的往回一抽身，那个使轮的右手轮紧跟着奔腰部推来。

正在这个时候，只听"哗啦"一声，第三个手使练子双镖，直向使轮的左肋便点。那使轮的左手向回一撤，单轮向下一压，正要用右手轮向使镖的头上劈去，那个使刀的一口单刀早向使轮的头上砍来。使轮的一瞧刀到，右轮向上一抬，把单刀截住。这时那个使拐的也起来了，喊一声"上啊"，左手拐向使轮的面上一指，右手拐向使轮的右手打来。那个使轮的向前一步右步，身形一缩闪开单拐，已经到了使拐的左侧，左手轮"凤凰展翅"，向使拐的左臂便削。那个使拐的向前一纵身，出去了三四步才躲开这一轮。那个使刀的已到了使轮的身后，双手抱刀向使轮的背上扎来。使镰的双镰一抖，直点使轮的胸部。那个使拐的已经来到近前，右手拐也奔使轮的头上砸来。

只见那个使轮的闪开双镰，躲过双拐，避开单刀，在三个人当中如同狮子滚球一样，滴滴溜溜地乱转，看关定式，还要得便进招。别看三个人围住一个，他还打了个自在逍遥，虽然赢不了，可也不看输。但是工夫一大，终究人多的占了上风，因为他们三个有缓气的工夫。这时候使轮的可就显出招法迟慢来了，招法虽然微慢，可是步眼择得十分清楚，所以一时半刻还不易输。

陆贞一看，使轮的这一位实在招法高明，的确受过高人传授。现在虽然招法迟慢，可是步眼不乱，称得起站如钉，动如风，蹿纵跳跃，毫无声息。陆贞暗道："这个人轮法既然这样高明，一定是名人的子弟。真要工夫一大，被那三个人杀了，实在可惜。但是不知他们为什么这样仇杀恶战，不如我出头给他们排解排解，问明真相。只要他们不为要紧的事情，我给他们说开，岂不多交几个朋友？"想罢站起身来，由肋下抽出双锤，双手一擎，高声叫道："前面的四位朋友。请你们暂时罢战。小可有一言相奉告。"说罢一纵身形，双锤一举，落在四个人面前。

再说这四个人打得虽然难解难分，忽听有人说话，紧跟着"嗖"的纵进一个人来，手举双锤。那个使轮的首先纵出圈外，用双轮遮住胸膛，举目观看。紧跟着使拐的、使刀的、使镰的全都收住兵器举目观瞧。

陆贞说："你们四位为什么半夜三更在此仇杀恶战，是不是可以对我说明呢？因为我看了半天，看不出你们为仇的真相。你们几位有多大的冤仇？依在下看，同是武林人物，何必如此呢？不才愿做鲁仲连，与四位调解。"

就见那个使轮的一声不响。那三个一看，打心里不愿意。他们想使轮的已招法迟慢，再不大会工夫，就可以结果他的性命。不想跑来这一位使锤的，横打鼻子，硬来劝架。就听那个使拐的说道："朋友你是做什么的？"

陆贞说："我是过路的。"

使拐的说："过路的，你最好少管闲事。"

陆贞说："朋友你别这么说，天下人管天下事，好事坏事，有人管好。再说你们眼看就出人命，我哪能看着不管呢？所以我打算听你们几位说说，到底因为什么？能和解就和解，否则在下就不管。"

只听那位使拐的说："朋友，依我说你还是趁早走你的路，别找不自在，我们的事了与不了，与你无关。再说我们出了人命，不是也不用你给抵偿吗？你何必这么唠唠叨叨呢？"

陆贞一听，不由得有气，心中想道："这小子怎么这样不通情理？你不是说不用我管吗？我非管不可！"想到这里，他说道："朋友，你这个人真难说话。你不会把事情的始末对我说说，也省得让我闷得慌吗？如果你们几位不愿叫我管了，我不就一走了事吗？"

使拐的一听，说道："趁早走你的大路。我这可是为你好，我们的事，不能对你说。你真要不走，可别说我们对你不起。"

陆贞说："朋友你先别着急，常言说得好：好事不背人，背人没好事。这个事既然你不能对人说，当然不是好事。我这个人有一种毛病，遇见事非得打听明了，否则我心里不舒服。就是你对不起我，我也得打听。再说，你对不起我怎么着？莫非你们三位还要打劝架的吗？可以这么说，你要不告诉我，今天这个架你们就别打了。因为我在这里站着，还能瞧你们打上没完吗？"

这个时候，使轮的那位看出来了。因为自己没有缓过气来，所以没有言语。现在气也缓过来了，也看出陆贞是一位好事的人来了。他想："我何不说实话，约个帮手呢？"

于是，他叫道："这位朋友，请你不必问他们了，我对你说吧。"

陆贞一听，对使拐的说："你看人家多痛快，那么我们就请这位说吧。"

只听那位使轮的说道："朋友，你要问这三个人，乃是我们江湖上的公敌，到处采花作案。今天晚上他们三个到人家采花，被我搅了，所以他们跟我拼命。"

陆贞一听，"啊"了一声说道："朋友你不用说了，我明白了。"

他用手一指使拐的说："朋友你瞧人家多痛快，就是这么两句话，你就不肯说。闹了这么半天，原来是你们三位今天晚上出去采花儿去，被他搅了，没得着花儿，这才跟这位打上没完，你说是不是？"

使拐的一听，更不愿意了，说道："是怎么样，不是又怎么样？"

陆贞笑道："你这个人怎么不顺人情呢？我既然问当然就有办法，你就别管怎么样。不是的话，我有不是的办法。"

那个使拐的"哼"了一声道："我先听听你那个办法。"

陆贞一听，哈哈大笑，说道："你怎么这样糊涂呢？不是请走，如若是的话，把你们三个小子的脑袋留下。"

三个小子一听，冲冲大怒，说道："好小子，你多管闲事，我倒不恼，你不该前来要笑我们，今天留下你的脑袋让你走。"

陆贞微笑说："我今天就没打算要活着，你就来吧。"只见那个使拐的向前一纵，单臂抡拐，直奔陆贞头上砸来。陆贞一看，暗道："小子，真有你的，我若不叫你认识我，你也不知道马王爷三只眼。"眼看单拐到了头上，并不躲闪，右手一用力，本来他外号叫"赛元霸"，他的力量可想而知。右手锤向上用力一迎，这一锤正迎在拐上，只听"当"的一声，火星子早起老高，单拐出手，飞起了足有三丈远，"啪"的一声落下来了。再瞧使拐的那个小子，"噔噔噔"往后倒退了几步，虎口迸裂，单臂发麻，不能动转。陆贞又进一步轻轻一点使拐的肚腹，那人"哎呀"一声仰翻在地。

就见那个使刀的大惊，一个箭步向前一伏身，护住使拐的。就见那个使轮的"嗖"的蹿将过来，说道："小子你要跑那如何能够呢？"他一摆双轮，左手轮"乌龙探爪"，照定使刀的面上就是一轮。使刀的向后一闪身，自知劳乏不敌，口中说道："风紧扯活。"一回身，也顾不得背人，同那使镋的撒腿就跑。使轮的一瞧，迈步要追，陆贞说："朋友，穷寇莫追，小弟我还有话说，你们到底是怎么回事？"

那个使轮的站住身形，把双轮并在右手，来到陆贞面前，说道："朋友，没领教你贵姓高名。你若是再晚进一步，我非栽给这三个小子不可。我先谢谢你。"说完抱拳就要行礼。陆贞连忙摆手道："朋友不要如此，我还有话跟你细谈，但不知阁下贵姓高名，跟何人学习的武术？"

那人说道："小弟姓尹名成，河南彰德府尹家林人氏。我先父名叫金针尹青囊，我的业师是嵩山少林寺方丈，人称金面佛法源长老。小弟也有外号，人称小白龙，但不知兄长贵姓高名，仙乡何处？"

陆贞一听，心中暗道：不怪人家武术高明，原来是医侠尹青囊的后代，少林寺的门人。想到这里，陆贞说道："原来是少林寺的门人，医侠的后代，久仰久仰。小弟姓陆名贞，乃是苏州府陆家疃人氏。我的业师是武昌东门外望江岗通真观的隐士，姓颜名润，字晚晴，道号通真子。小弟人称赛元霸。不知阁下因何同这三个人半夜三更在此争斗？"

尹成说："这三个小子，我全认识，是山东青州府清妙观九首蜈蚣李玄修的门人。"

他一回首，指着受伤的那个人说："这小子姓刘名利，人称铁拐刘利。那个使刀的名叫粉蝴蝶葛三雄，那个使双镰的名叫小莲花沈听秋。这三个小子无恶不作，专在江湖上采花作案。我在少林寺学艺的时候，就听见家师说过，下山之后，在山东曹州府认识他们。今天也是冤家路窄。我由家中出来，打算过江访友，不想住在这里。夜中出来小解，看见三条黑影由房上过去，我连

49

忙带上兵器追过去一看，原来正是他们三个小子，想着在一个大户人家采花，被我把他们搅了。三个人一路穷追，来到此处，这才同这三个小子动手。看看要败，不想遇上兄台。但不知兄长意欲何往，怎么正好在此处相遇？"

陆贞这才把当初自己如何学艺，直到奉命回家探母夜宿鱼鳞镇，听见人声追出来的事说了一遍。尹成一听，心中暗道："不怪人家一锤震倒刘利，原来人家是隐士的门人。看起来真是名不虚传。足见高人的门徒，真有特别的技术。"

这个时候，刘利已经苏醒过来，对二位说道："姓陆的，姓尹的，我们可是往世无冤，近日无仇，不过因为我们的行为不对，才惹起你们出面干涉。可是我现在也想过来了。你们如愿意把我杀了，或是交给官府，我也不怨你们，那算是咎由自取。如若你们把我放了，以后我就痛改前非，必有一份补报，你们瞧着办就是了。"

陆贞说："尹兄，你看怎么办呢？"

尹成说："这个事还是兄长做主才是。"

陆贞说："既是如此，莫如咱们把他放了。因为什么呢？第一，我们若把他交了官府，我们得跟着他发堂对证打官司。我们虽然没有事，可是多一事不如少一事。第二，我们若把他杀了呢，按江湖规矩，可说是替大家除害。但是他自己既说痛改前非，我们无仇无恨，不如成全成全他就把他放了吧，尹兄意下如何？"

尹成说："既然兄长要成全他，小弟也不愿意同他们深结冤仇，咱们就把他放了。"

陆贞一回头对刘利说："朋友，今天这个事，按你们素日的行为，本当一刀两断。可是我们又没有冤仇，再说你还要痛改前非，这是你自己说的，那么我们就把你放了。改与不改在你，你真要不改的话，不管遇上谁，你也难脱公道。因为你们这种行为，是江湖人最痛恨的。你想谁家没有少妇长女，如若你今天不做这种不道德的行为，我们又何必同你作对呢？所以说，万恶淫为首，你以后真要痛改前非，我们对于你绝对不再仇视，以后请你自己想就是了，话说完了，你就请吧。"陆尹二人说完了话，收拾包袱直奔鱼鳞镇去。

刘利一瞧人走远了，这才慢慢地站起身来，觉得头重脚轻，神昏目眩，不由得"哎呀"一声。只见眼前黑影一晃，有人说道："大哥吧，你别动，我背你同走。"刘利一看，原来是粉蝴蝶葛三雄和小莲花沈听秋。刘利少气无力地说道："二位贤弟没走哇？"

二人说："我们因为他们没追，所在躲在树林之内暗中观瞧。他们如若把你杀了，我们再想法子替你报仇，如若把你放了，我二人好带着你一同走路。我们哪能自己走了呢？"

再说陆、尹二人一直进了鱼鳞镇。原来尹成也住在悦来店内，所以二人并不叫门，一同蹿房而过，回到屋内。工夫不大，天色已明。陆贞叫店伙将尹成请到自己屋内，一同吃饭。二人越谈越投机，真是相见恨晚，不忍分别，二人就结成生死之交。陆贞又问尹成意欲何往。尹成本打算过江访友，可也没有一定的去处，打算不久回转河南。陆贞一听说道："贤弟，你既然无事，何妨同我回到陆家疃，待上几天，我再陪你一同去河南。不知贤弟意下如何？"尹成一听，甚是喜悦。于是二人付了店钱，一路沿江向苏州而来。

这天到了陆家疃，陆贞来到自家门首一看，就见房屋焕然一新，大门外那四棵龙爪槐更加茂盛。大门里面的板凳上坐着一个家人，二十多岁。陆贞一看这人不认识，暗暗想道："莫非房屋卖给别人家了？"于是同尹成走到门前，问那家人道："这儿可是陆宅？"

那人一见来了两人，全都相貌不俗，衣服整齐，连忙站起说道："不错，正是陆宅。"

陆贞又问："你们二爷可叫陆亨？"

家人说："不错。不过他老没有在家，因为南庄上有事，他应酬去了。"

51

陆贞继续问："你们老太太可还壮实？"

家人说："老太太倒十分壮实，但因为三少爷二十年来未曾回家，每日想念。现在虽然七十多岁，可是头发满白，同八九十岁的人一样了。"

陆贞说："你可认识你们三爷？"

家人一笑，说道："这可是开玩笑。我们三爷一晃二十来年未曾回家，我们三爷出门那年我才四岁，如何会认识呢？"

陆贞一听笑道："你认识我吗？"

家人说："小子我眼拙，不认识你老。"

陆贞又问："原先看门的老陈呢？"

家人说："那是我的父亲，因为他上了年岁，老太太又可怜他，不叫他在外面听差了。"

陆贞一听，知道这里仍是自己的宅院，这才对尹成说："贤弟请家里坐吧。"说完，他自己也不管家人，领着尹成大步往里面走去。

家人望着发呆，他不敢阻拦，恐怕得罪主人的亲朋好友，但猛然一想："他问我父亲，一定同我父亲认识，我何不把我父亲找来瞧瞧呢？"想到这里，他转身抢先向里走去。将进二门，迎头撞见老陈。小子对他父亲一说有这样一个人，如何盘问自己，现在他已经往客厅里去了。老陈一听，暗道："这是谁呢？莫非是三爷回来了？"于是他连忙跑出二门。只见由外边进来了一个青年武士，三十多岁的年纪，十分面善。老头子近前一打量，面目虽然变大，身量已然长成，但幼年的神情，依然还在，可不是二十年不见的三少爷又是谁呢？看罢向前一伸手，拉住陆贞道："我的三爷，你可回来了，老太太想你想得快疯了。你赶紧到里面瞧老太太去吧。"

说完，他撒手就往里跑，口中嚷道："三爷回来了，三爷回来了！你们快告诉老太太去吧！"他这一路混嚷，里面早知道了。老太太一听二十年不见的儿子回来了，真是喜从天降，扶着丫鬟向外就走。将出上房门，还未下台阶，就见外面进来了一个青年

52

人，迎面走到跟前。老太太尚未看清，就见那个青年跪在面前说道："儿子陆贞给母亲磕头。"

老太太一听，双手扶住小儿子的头，将脸翻上来，仔细一看，问道："你可是贞儿？"

陆贞说："正是孩儿。"这个时候，老太太觉着也不是喜，也不是悲，心里头，苦辣酸甜全有。这个滋味，可说是啼笑皆非，不由得呆呆发怔，口中念道："莫非这是做梦吗？"

陆贞这时已经站起身子，说道："母亲不必难过，是儿子陆贞回来了，并不是做梦呢！"

老太太这才双手一扶陆贞，颤巍巍地哭起来了，口中说道："我的儿哟，我只说今生看不见你了，你可把娘想坏了。"

陆贞一手扶着老太太，说道："母亲不必难过，儿子这不是好好地回来了吗？还有好些话要对你老说呢。你老一难过，儿子可就说不上来了。"

老太太这才止住悲声，说道："你快往屋内来吧，快说说这二十年的经过，让我听听。"陆贞这才扶着老太太，后面围定婆子丫鬟，一直进到屋内，让老太太上床坐下，陆贞坐在下面，丫鬟斟过茶来。

陆贞手执茶杯，慢慢把自己由大柳林练武说起，如何听马二爷传说，自己如何坐船到了武昌，找到望江村。见不着颜老先生，自己如何沿街乞讨，直说到得艺回家前来探母，路上结义。这一席话，把个老太太说得哭一阵笑一阵，真是悲喜交集。这时一家的男女老少全知道三爷回来了，黑压压站了一屋子人，全来听陆贞谈说经过。

老太太派人把陆亨的妻室陈氏叫来。原来陆亨在陆贞走后娶了邻村陈姓之女，生了一个儿子，名叫陆萼，年方六岁，也随母亲前来叩见叔叔。陆贞同大家相见之后，这才对老太太说："外面还坐着自己的盟弟，名叫尹成，是在途中遇上的，儿子还要到外面同他坐坐。再说，恩师在儿子来的时候，已经嘱咐到家见过母亲之后，还要闯荡江湖，立下名誉。我还要寻找邱雨报那父兄之仇，倒要看看他们的江湖七雄是何许人也。"

老太太一听，满心欢喜，说道："正该如此，你父亲在九泉之下也能瞑目了，你去外面看看你那朋友去吧。"陆贞辞了母亲，这才来到外面，一瞧老家人正陪着尹成谈话，于是命老家人去到厨房，叫厨子安排晚饭。

尹成问："兄长见过伯母了吧，老人家可还健康？"

陆贞说道："托贤弟之福，家母倒甚健康。"

尹成说："兄长，几时领我去给伯母请安呢？"

陆贞说："贤弟今天休息休息，明天愚兄再领你去见家母，反正我们一天半天又走不了，何必忙在一时呢？"

二人正在谈话，只听外面老家人说道："二爷回来了，老奴给你道喜。"

只听陆亨说道："我有什么喜呢？"

老家人说："二十年不见的三爷回来了。"

陆亨说："好，我先到里面放下东西，回来后再说。"待了很大的工夫，方才从里面出来，进了客厅。

陆贞细瞧二哥已经年将半百，形容枯瘦，赶紧站起来说道："二哥你老可还健康？小弟回来了。"

陆亨一瞧陆贞身体雄壮，说道："三弟这一晃二十年未回家，我真未想到你能得艺回来，这可真是大喜。"又对尹成说："这位是谁？"

陆贞说："这是小弟结义的兄弟。"于是给尹成一指引。尹成十分不高兴，冲着陆贞不得不应酬一番罢了。因为他瞧着这二爷，有点不够人格。凭二十年不见的兄弟，一旦归来，若遇个骨肉情深的人，这得如何欢喜。现在瞧他这个样子，不独不欢喜，而且面带愁容，一见面连一句骨肉话也不说，只凭空说了那么两句不关痛痒的话语。这个人可说是情义太薄，对兄弟还这个样子，对朋友就可想而知了。一看陆贞给指引，不得不敷衍两句，这才说道："小弟入世年浅，来到府上打搅，如有不周到的地方，还请二哥指教，千万不要客气。"

陆亨一听，慢慢说道："阁下太谦了。来到舍下，招待不周，还请阁下千万不要见怪。因我每日太忙，杂务太多。好在三弟身闲无事，每日尽可以招待尊兄。我现在还有一点小事未完，有失奉陪，有话咱们明天再谈。"说着告辞往里面去了。尹成这一来更不高兴了，暗道："怎么这个人这样的冷淡，莫非说怪我来得仓促，怎么连坐也不坐就走了呢？"回想陆贞待人那样忠厚，他哥待人那样淡薄，一母之子性情竟那样不同，真令人奇怪。

尹成当然不知，也难怪二爷陆亨不高兴。他本来的估计是陆贞绝对不能回家，一定会死在外面，所以他使心用意，费尽精神，把个产业经营得蒸蒸日上。因为三人均分的产业，落在一人之手，这该如何高兴！所以不惜心血，把自己累得形容枯瘦。现在陆贞这一回来，一定先得聘娶妻室，下边一定得子女盈前。自己独享的家产，又经自己加意经营，好容易落到这个成色，不想硬被人家分一半去，你想这该如何的难过呢？所以他连坐也未坐就回里面去了。直到尹成回尹家林，他也没有过来招待一次。

陆贞同尹成一连住了十几天，每天二人在一处闲谈，陆贞的心思，可就被尹成看明白了。原来陆贞自从同二哥一见面，陆亨那种冷淡的神情使他很不自在。后来一体察，觉出陆亨的心思是怕自己分这份家产，不由暗暗想道："漫说钱财是身外之物，家产本是父亲一手造成，做儿子的不该存有这份自有的心理，就是自己苦力经营来的，既有兄弟也不该据为私有。现在既然二哥重财轻义，把兄弟看同他一样的人物，我何必同他在一处胡搅？自己正好寸草不带，往别处自立江山。但老太太这大年纪，必须百年以后，方能抬腿一走。"尹成看出来了这个心思，所以常劝陆贞搬到尹家去住。陆贞说："贤弟的心意我很明白，但是老太太这大年纪，岂能还叫她老人家受那风尘之苦！"所以一晃在家住了二十多天。

这天晚上吃完了晚饭，陆贞陪着母亲在院中乘凉，就对老太太说："明天陪着盟弟尹成去河南访友。"老太太一听，并不拦挡，点头答应，说道："你明天出门不用路费吧？用多少跟你二哥要。"娘儿俩坐的工夫也大一点，天气又很凉爽，老太太不知不觉受了凉，夜里就觉着身热头疼，鼻子发闷，第二天就起不来了。尹成一看老太太病了，对陆贞说："兄长，现在老伯母既然身体欠安，咱们可就别动身。等老人家好了以后，咱们再往河南，好在小弟闲着没事不妨多住几天。"陆贞一听，连连答应，于是聘请名医赶紧调治。不想大限催人，医药无效，不到十余天的工夫，老太太竟然一命呜呼！陆贞满含哀痛，尽哀尽礼张罗办完白事。

按说老太太这大年纪，陆家又偌大的家产，不应该苟且了事。但陆亨也不知听谁跟他讲了两句"四书"，说是"礼与其奢也宁俭，丧与其易也宁戚。"他守住这两句书就是不多花钱，一任陆贞说破嘴唇，他只是摇头不允，还说："你年轻轻的知道什么，莫非说孔圣人还不如你吗？"陆贞无可奈何，只好听之任之。等到丧事已过，陆贞觉着心无牵挂，这天跟尹成商量，打算就起身。二人说妥，陆贞就到二爷屋内来了。一看陆亨正在屋内坐着，陆贞说："二哥怎么今天没出门呢？"

陆亨说："今天没有事，所以休息一天，我有一句话对你说。"

陆亨说道："三弟，你现在也这么大了，也该知道世路艰难了。自从你回来，每天什么也不做，整天价坐吃山空，这也不是个长法。你吃还不算，还留着一个帮吃的。你想自从你回来这一个多月，光你两个，每天酒肉，得多大花费？你想想我们这个小日子禁得住吗？你也得打一个正当的主意呀。"

陆贞一听，暗道："好一个同胞兄弟，母亲一死，你就这样挤对的骨肉分离。明知我不久就要外出，不想你们仍然用出这些法子。你既然这么无情，我不妨吓你一吓。"

想到这里，陆贞说道："二哥你不必往下说了，我今天前来是有点事要跟你商量。"

陆亨说："商量什么呢？"

陆贞说："因为我自从到家以后，每天的花费，十分难为老太太，所以我不敢说。现在老太太去世了，我打算同二哥商量。我也这么大了，也不能尽叫人管着，也得自己成家立业。我打算咱们请几位亲戚同本族的族长，给咱们把家产分开。以后我受了饥寒，也不怨你心狠，也省得你每天替我操心。二哥你看如何？反正咱们家的产业，我来了一个多月了，我也调查明了，不过请几个人来做个证，立个分单就是了。至于分家的这笔花项，等分清了之后我完全负担。你瞧怎么办？"

陆亨一听，不由得吸了一口凉气，好似一桶冷水由头上洒到脚跟，头上的汗立刻好像黄豆一样滚下来。你道他因为什么这样怕呢？原来，自从陆贞回来，就怕陆贞同他分家，所以，陆亨每天想的是怎么造假账目，怎么买通中人。不想他这些手续没有做完，老太太就死了。紧跟着办丧事出殡，这个事就搁下了。原打算等两天自己再暗中着手。今天一瞧陆贞进来，满以为他是手中无钱，来要钱零用，所以先说了那么一套叫他不好张嘴。不料这位三爷没等他说完就当头来了这么一棒，不由得一急，汗就出来了，只急得面红耳赤，半晌说不出话来。陆贞在旁边瞧他这个样子，十分可笑，说道："二哥，你老打算怎样呢？如若你老不愿意聘请亲邻，怕被外人笑话，小弟我自己去请也不要紧，怎么你不言语呢？"

陆亨一听，暗道："看这个样子，他是一定要分了。但是自己一切的手续还没有安排妥当，真要一分，岂不叫他分去一半吗？要打算不叫他分得用什么法子呢？瞧神气来硬的怕他不听，真激火了，恐怕他非分不可。没法子只能尽说好的了。"

于是，他掏出手巾把汗擦了擦，说道："老三，你怎么想起分家来了呢？你手头没钱，不会向我要吗？何必要分家呢？再说，母亲刚刚去世，真要一分，不叫人家笑话我们，说我们弟兄不讲义气吗？用钱只管言语呀，你何必总要急急忙忙分家呢？"

陆贞说道："我因为打算同尹贤弟往河南访友，缺几百两银子作路费，打算跟你要，又怕你没有，所以我打算同你分家，好用家产折变路费。你二哥不是不愿意分家吗？明天我们就要起身，请你老今天给安排五百两银子我们好走。"

陆亨一听，心中暗想："要说五百两银子，可不算事。但他若一年出去一百趟，每趟五百两银子，那我这一辈子挣的还不够他做路费呢！你说要不给他预备，他一定又要分家，这可怎么好呢？"不由得怨恨自己，不应该早先不暗中计划，以至于今天受这种苦恼。他想了一会儿说道："三弟你真是不知道过日子的艰难，一张口，就是五百两。你先想想，老太太这一宗大事，不花不花，花去了好几千两银子。咱们家哪里有哪些余钱呢？你这不是故意给我为难吗？"

陆贞一听，说道："怎么办呢？叫我瞧还是分开好，我花钱也方便，你也不必为难。"只急得陆亨两眼如灯，项筋粗大，汗流不止。陆贞一看，二哥急得也够受啦，这才哈哈一笑，说道："二哥，请你把心放下，我实话对你说吧。我本没打算要这份家产。若不是老太太这大年岁，我早就远走高飞了。你也该仔细想想，我们这份家产虽然不大，也够个上中之家。老太太一死，发殡何至那样吝啬？再说，我们本是三股均分的产业。大哥已经故去，又没有子女，我又练的是童子功，不能娶妻生子。我们三个人下面就是萼儿一人。你看这份家产早晚还不是你一人所有吗？我要分家产又有什么用处呢？不过，我每回到家，有个落脚之处就是了。不想你看不明白，我刚一回家，你就十分不高兴。我若死在外面，大约就合了哥哥的心了。可是我不死也不过到家吃碗闲饭，临走拿几两盘缠费。按我们这种家产不是也十分有限吗？瞧你老的意思，马上我立刻离家，才合你意。我今天来，并不是同你来分家产，也不是向你来要路费。不过，我明天起身，你是我哥哥，我哪能不告诉你呢？不想我一进门，你就说了那么一片话。你想想，你不叫我坐吃山空，拿我们这种境遇来说，你叫我干什么去呢？因为你不惜骨肉，所以我才要同你分家，真就把你急成这个样子，你想想对得起二十年不见的兄弟吗？我也不必教你为难，这三五百两银子，还难不住我，干脆你老人家就不用管了。还有一句话，你别看哥哥对不起弟弟，弟弟可对得起哥哥。

58

像你老这些办法，挡不住以后出点逆事。真要有了事情，你就派人往河南彰德府尹家林找我就是了。"陆贞说完，转身出了内宅向外面去了。

陆亨一看陆贞走了，这才把心放下，心中说道："你不必来这一套，反正我不给你钱就是了。只要你再等三天，我的手续办妥了，再来分家我可就不怕你了。你有千条妙计，我有一定之规。"

陆亨吃了晚饭，看了看天交二鼓，这才算了一回账目，复又开开银柜子拿出了十封银子，看好了成色，秤准了数目。包好五十两一封，放在柜内锁好，把钥匙带在身上，这才吹灯就寝。次日清晨起来，对陈氏说道："昨天南庄上陈三爷，跟我借五百两银子，三分行息，今天我给他送去。倘若老三来找我要钱，你就说我出门办事去了，回来再说。"说着掏出钥匙，开开银柜，伸手向柜内拿银子，不由得"呀"了一声，倒在地下。陈氏说："怎么啦，这个样子！"

陆亨半晌才回过一口气来，说道："倾了吾，害了吾，可要了吾的命了！"

陈氏说："倒是怎么啦！"

陆亨说："昨天我放在里面的银子，是你亲眼看见的，还有原存的二百两黄金叶子，现在完全没有了。你说，这不是活见鬼吗？"

陈氏说："这可是没有的事。门窗未动，柜也没开，怎么会丢了银子呢？这不太奇怪了吗？"说着，陈氏来到柜前一看，真的全空了。但柜子里放着一个纸条儿，上面写着一行小字。陈氏伸手把纸条拿出来，对陆亨说道："你瞧，这是什么？"陆亨接过来一看，大叫一声，说道："原来是老三偷去了！"说着，他如风似火，直奔外客厅。到了客厅一瞧，陆贞、尹成二人，天一黎明就动身走了。

第五章

抱不平义结骆敏

你道纸上写的是什么？原来上面写着："可笑守财奴，不惜同胞弟，小小惩贪兄，特取金钱去。"下面还有一行小字："不要诬赖好人，一笑"。陆亨本来看财如命，平白无故丢了五百两银子，还有二百两金子，一共好几千两，这不是剔骨刮肉吗？如何能不着急呢！陆亨心里明白，此事不是陆贞便是尹成所为，其余的人没有这么大的能耐，白白被他耍笑了一场，真丢人！陆亨坐在床上，不由得唉声叹气，自言自语道："这要被外人知道了，有多么难听！好说好商量要五百两银子，一两也不往外拿，夜里一丢好几千两。"想到这里，陆亨放声大哭起来。

再说陆贞、尹成二人，夜里拿了陆亨五百两银子、二百两黄金，由陆家疃动身，直向南京走去。这天到了下关，渡过长江，一直奔了河南大路。一路上晓行夜宿，饥食渴饮，非只一日。这天到了淮河南岸，地名码头镇，天就黑了下来。陆贞说："贤弟，现在天色已晚。咱们今天住在这里，明天过河，你看怎样！"

尹成说："甚好，咱们找店吧。"二人顺着大街去找店房。这个码头镇的店房还真是不少，足有三十多家，但是各处全都住满了客人，连一间空房子也没有，一问，全是因为今天不能过河，住在淮河南岸，明早搭船再走。陆贞不由得十分纳闷，对店家问道："今天不过河是什么缘故？"

店家说："客官，大概你老不是此地人。"

尹成说："第一次到这里来。"

60

店家说:"你不知道,也就不必问了。反正明早一准可以渡河,就是知道了,也没有意思,还是不知道好。再说,我这个小店,今天住的客人太多,实在没有工夫对你老细说,请你老找个别人一问就明白了。"

陆贞一听暗道:"这又是怎么回事呢?"于是对尹成说道:"贤弟,今天既然没有店房,那么咱们住在什么地方呢?"

尹成说:"我们找一找看,哪能一间房没有呢?"陆贞说:"可以。"于是又按门一问,可也奇怪,连一家有闲房的都没有,甚至于连柜房全住满了。

二人问来问去,有一家店主,对二人说道:"二位客官,我瞧你二位也不是本地人,我告诉你吧,你二位不必再问了,实在没有地方了,但能有地方住人,谁家肯把财神爷推出去呢。"于是向东一指,说道:"离这儿不到五里远,有一个小地方,名叫夹河口,那里也有店,明早也有渡船。依我说,你二位到那里看看,也许有店可住!"

尹成赶紧说道:"谢谢你老人家指教。"一回头对陆贞说:"咱们可以到夹河口瞧瞧去,或许有房。"陆贞说:"好吧,咱就往那瞧瞧去。"

于是二人转身奔正西走去。工夫不大,来到夹河口,一看这个村庄虽说不大,也有十多处客房。哥俩按门一问,仍然是没有地方,陆贞一看说:"贤弟,这怎么办,莫非说还要在露天地里坐一夜吗?"

尹成说:"兄弟先别着急,咱们再往东找找看,万一再有小店,不是也能过夜吗。"

二人说着又往东走了半里,看看来到村东头,有一家小酒铺。只有两间房,外间卖酒带卖熏猪肉,还有烧饼油果,旁边一个茶炉子,坐着两把茶壶,外边用青竹编了一个篱笆墙,上面搭了一个天棚。在天棚底下放着三四个座头,别瞧局面小,倒是十分雅静。

一个小伙计迎出来,他们要了酒肉菜大嚼起来,不一会酒足饭饱。店家是个老头儿，见他们吃完吩咐小伙计止火，随即到外面凉棚下面乘凉。

陆贞说："掌柜的贵姓？"

掌柜的说："不敢当，贱姓赵，二位客人贵姓，这是往哪里去呢？"

陆贞说："我姓陆，他姓尹，我们往河南去，今天为什么客人全截在河这边，怎么今天没有船呢？"

这老头儿也是爱说的人，于是说出一段故事来。掌柜的问："二位不常走这条路吧？"陆贞说："是的，这是头一次。"

掌柜的说："那就不怪二位不明白了，我瞧二位的包袱内大概是兵器。出门携带兵器，二位一定是武术大家，但是会武术的，没有一个不爱管闲事的。虽说爱管闲事，这个闲事可管不得，我告诉你二位明白就是了。明天一早过河，少说闲话，少管闲事，出门的人，少闹脾气。这个年头，什么事全有，不能说理，这叫没办法。"

陆贞说："掌柜的你放心吧，出门的人，没人欺侮就知足了，还敢多管闲事吗？你别瞧我们带了兵器，我们不过是为了防身，说到武术我们还真不会练。"

掌柜的说："我们这儿这条河，叫作淮河，往下不到三十里，就是洪泽湖口，淮河入湖就在那里。淮河南岸有个庄子名叫高家堰。这个庄子有三位庄主，全是水旱两路的英雄。大庄主名叫高义，人称闹海鱼，手使一条九节勾连枪。二庄主名叫高智，人称夜渡长江，手使一对分水勾连拐。三庄主名叫高信，江湖人称乘风破浪，手使一对分水莲花夺。这哥三个水性非常之好，全能在水内伏个十天八天的。又因为他们武术精奇，家大业大，在高家堰，可就当了庄主了。手下时常住着水旱两路的英雄，坐镇洪泽湖，兼管淮河一带，往上三百余里全属他管。这三百里之内大小水路的码头，全有他的人，势力十分之大。"

陆贞说道："当然他家有做官的人，要不为什么叫他管着呢？"

掌柜的一听扑哧一笑说道："客人你不知道，他家并不做官，也不为宦，他是洪泽湖、淮河一带，使漂儿的瓢把子。"

陆贞问："使漂儿的是什么，瓢把子是干什么的？"

掌柜的说道："客人你久走江湖，怎么连这个全不懂？"

陆贞说："我哪里久走江湖，这是头一次出来。"

掌柜说："二位真不懂吗？使漂儿瓢把子，就是使船的头儿。他专管这一带大小船只，每年封河三次。"

陆贞说："什么叫封河呢？"

掌柜的说："就是上下船只以及沿河的摆渡，完全得靠岸停船，不然你这个买卖就不用做了，不是船给砸了，就是出路劫的案子。你要听着他命令，你这只船就算保了险了。每次封河一天，所有各船户，没法子只好停船歇业。"

陆贞说："不会偷着渡吗？"

掌柜的说："渡倒好渡，只是没人敢渡。前年有一条船，因为客人有急事，暗暗多给了船钱，所以他夜中把人渡过去了。第二天这只船就叫人给砸漏了。不单单是把船砸漏了，还把船家带到高家堰去了，打了一顿，又罚了二百两银子。经许多人求情这才算完。又有一次，是由下往上走的船，上面载的是卖珠宝的客人。因为货值钱，所以就夜中雇妥了船。一起早没有注意，就开船走了，没出去两站地，就被劫去啦。把客人同船户，每人割去一只耳朵，所有的珠宝完全抢走了。自从这两宗事发生以后，就没有人再敢冒险了。说句简单的话，就是霸占淮河坐地分赃的大盗。"

陆贞说："这船只暗中行驶，他如何知道呢？"

掌柜的说："我不是说了吗，各码头上他全有人驻守，哪能不知道呢？这个话要在码头镇就不敢说，因为这儿是个小庄子，他不值得安人。"

陆贞说："不许往官府里告他吗？"

掌柜的说："你不告他倒还没有大乱子，一告他先叫官府把你闹个家产净绝。再说，你即使去告，还不一定能告准，因为府县官员同高家有来往，谁敢去告他呢？说实在的，官府比贼盗还厉害呢。"

陆贞说："他封河是什么意思呢？"

掌柜的说："大庄主高义，有两个南方的朋友，全是绿林人，一个姓林叫作林兆东，江湖人称双勾太保。一个名叫樊瑞，江湖人称镇海龙。这两个人每年向高家堰要三万银子。所以他每年封河三次，每人过河交银五钱，货物另说，什么货物什么价钱，上下的船只另有价目。一次总可以收一万三四千两银子。"

陆贞说："他们照顾得过来吗？"

掌柜的说："明天你就知道了，每码头上安的人只许三只船往来渡人，每人全有过河执照，上下船只，每船上全有旗帜，一年换三次，如若不换或是没有旗子，就不许走。"

陆贞说："这不比官府还厉害吗？"

掌柜的说："厉害得多。"

陆贞问："他用这些银子干什么？"

掌柜的说："客人，出我之口入你之身，千万不要同人乱说，这个话很有关系呢。"于是低低地说道："高庄主他们现在投云南玉龙山了，听说那玉龙山三老共辅一位明朝的遗胄，要夺大清的江山，招兵买马积草囤粮，闹得声势很大。听说那三老大爷名叫神拳无敌灵威叟方化龙，二爷名叫万里追风长髯叟江天鹤，三爷名叫神掌白眉叟蒋东林。那位明朝的遗胄可就不清楚叫什么了。那樊瑞同林兆东，是玉龙山的巡山寨主，一年三趟在这儿坐地筹饷，每趟要一万银子。不独这儿，差不多的地方全有他们的党羽，早晚非出大麻烦不可。所以高家堰这三位爷，借着玉龙山的势力，可就大闹起来了。"

陆贞说："像这个样子国家就不管他吗？"

掌柜的说："客人，现在国家正征台湾，哪里顾得过来呢？等到把台湾平了，大概他们也站不住。他们站住站不住全不要紧，这一来老百姓可就受罪了。现在天也不早了，我明天还得照顾买卖，你二位一路劳乏，也休息吧。还是那句话，明天过河少说话，少管闲事，出门在外，多一事不如少一事呢。"

陆尹二位连连答应，掌柜的一回头叫道："六儿呢，你回家睡去吧，我同这二位老客在屋里睡。"

陆贞说："不必不必，掌柜的你爷两个，只管休息，我哥两个，在天棚底下的凳子上就成，你尽可关门睡觉。你临睡可以先把账目清了，我们也省得明早麻烦。"

掌柜说："账不要紧，可是你二位在外面睡太不合适了。"

陆贞说："没有关系，我们是因为屋里太热，不然我们也不在外边，咱们先清账要紧。"

掌柜的说："二位一共吃了二两三钱银子，茶钱、店钱给不给不要紧。"陆贞一听，伸手掏出一块银子，足有三两五六钱重，说道："掌柜的，这连茶钱带店钱够了吧。"

掌柜的一看，说："用不了。"

陆贞说："用不了你也不用找了，给那个孩子买点心吃吧。"

掌柜的一看说道："谢谢你老，二位既是不愿意在屋内休息，我可要睡了。"说着叫六儿关门熄灯，六儿把里外灯吹灭了，把篱门锁上，屋门一关，可就睡了。

陆贞同尹成，每人坐在一张方凳子上，闭目养神。工夫不大屋内鼾声震耳，陆贞对尹成低低说道："贤弟我们今天夜中何不妨去高家堰瞧瞧呢，你听高氏兄弟，在这一方有多可恶！我们看看他到底是哪一路的人物，如若他们对本地乡民有不道德的行为，碰巧了我们就许给地方除害。如果没有轨外的行动，或者我们就与他们交个朋友，如若能劝他们改恶从善，这不也是一件功德吗？再说我当初听家师说过，玉龙山方大爷三位人很正气，怎么他们又谋为不轨呢？我们若能将高氏兄弟治服了或是把他们除去了，也算翦除了玉龙山的羽翼，给国家除去大害。"

尹成说："可不是，方大爷他们这种做法真是自找烦恼。他们也不想想，玉龙山弹丸之地哪能跟国家对抗呢！再说大清自定鼎以来，可说根深蒂固，何必自找这处麻烦呢！现在兄弟既然要去高家堰，我的意思去不去均可，因为去到那里一个不留神，就得当场动手。我们井水不犯河水，何必得罪这些人呢？"

陆贞说："翦恶安良原是我们的本职，若尽怕得罪人，我们可就任什么也不能做了。再说我们不知道也就罢了，既知道了，我们焉能不去呢？"

尹成说："既然兄弟要去，我就陪你去一趟，但是仍以不露面为对，因为还没有查出他们的劣迹。不过他们归服玉龙山，不能算是为害人民，若没有别的劣迹，我们将来再来访他。可劝则劝，自然有国法治他，因为我们初涉江湖，但能少结仇人，就少结仇人。"

陆贞说："贤弟所说甚对，我们到那儿看情形做事就是了。"

二人商量妥当，换好了衣服，把包袱围在背后。陆贞用绒绳勒好双锤，尹成背好凤凰轮。二人将身一跳，出了篱墙，顺着淮河南岸，施展夜行术直奔高家堰走下来。三十来里地，不到一个时辰，就跑到了。在村头上略微缓了缓气，跳上墙头，向四外观看，就见前面一条黑影，身法十分的急快，一展眼出去了十多丈远。陆贞一拉尹成，用手一指，一伏身，二人直奔黑影追来。三绕两绕已经来到了一所大房前面，就见那条黑影越墙而过。二人也跟着越过墙头，一看正在北上院落之内，灯光闪闪。又一看门内各处，这一片房屋足有二百余间。大约分十余个院落，四面群房围绕，各院内灯光明亮。那条黑影直奔灯光而去，二人跟在背后，只见那黑影一蹲身，伏在正方前坡之上。二人打手势，分绕那人背后，二人上了东西厢房，往下一看，只见那院各屋中灯光闪闪，耳听后面各处更锣响亮，梆锣齐敲，正打三更。

就听下面正房之内，有人说话，说道："咱们庄主明天双喜临门，除了向上交一万银子，最少也得落三千。明天骆家那个姑娘，若是答应了，晚上庄主又有一分快乐，但是这种事可是不大道德。"

就听又一个说道："二哥这是怎么回事呢？你常跟庄主接近，你必知道。"

只听先说话的那个人说道："我怎么就会不知道呢？要说大

66

庄主这个人，处处全好，就是好色贪花。就因为骆家这个姑娘，二庄主、三庄主全都苦口劝过，怎奈大庄主一意孤行，非要人家这个姑娘不可。骆大奶奶也是死心眼，抵死不应。可是人家骆家姑娘还有个哥哥呢，听说在外学艺未回，一旦人家回来那才是活麻烦呢！"

陆贞一听，暗道："这还不是庄主的宅院。"正要打手势呼唤尹成，只见正房上那个人一长身向下正北一纵轻轻落在第二进正房之上。二人在背后紧紧跟随。来到近前一看，原来下面是一座很大院落，比别处讲究得多，正房是明五暗十五，一路十五间。厢房是明三暗九，全是前出廊后出厦整面墙的玻璃窗户，五蹬的条石台阶。前面一路，二棵抱柱，上面彩绘十分好看，院中方砖铺地，正房门上挂着斑竹帘子，帘外挂着十余对气死风灯，照得院中十分明亮。屋内灯烛辉煌，只是瞧不见里面的人影。就听里面互相谈论，大约是五六个人说话。在门外放着十余个凳子，上面坐着几个家人，因为相隔太远，所以屋内说话，房上听不清楚。

就见那夜行人把周身的衣襟掖了一掖。陆贞一看，就知道人家受过高人的指教，因为夜间声音最大，衣襟带风，恐怕被屋内听见。只见他掖好了衣襟，一长身，二臂一伸，用了个燕子抄水式向前一纵，左脚一蹬右脚面，又一挺身斜着出去了足有三丈五六，落在厢房前坡之上。由厢房前坡一坐身形，又起来了，这一次上了正房。只见他越过房脊，奔了后坡。陆贞知道他要去找后窗户，于是一转身形，跟在后面，由厢房后坡绕向正房后坡，蹑手蹑足，轻如猫鼠，一点声息皆无。来到正房后坡一看，原来后边这所院落，比前边那一所规模不小。大概各屋没有人，所以不点灯光，就见方才来的那个人，已经伏在后窗之下。

再瞧左边不由得一怔，原来左边后窗下也伏着一个人，这真应了古人那句话："莫道行人早，还有早行人。"两个人在左右两个窗下一伏，也不知道是不是一同来的。仔细一瞧方才的那一位，原来是个童子，十六七岁，面白如少女，一袭青色夜行衣，打着裹腿，搬尖鱼鳞洒鞋，青绢帕包头，身后背着一双闭穴双镢。肋下配着一个鹿皮囊，鼓鼓囊囊，也说不清什么暗器。再瞧这边这个，也是一身青衣服，背插宝剑，面目清秀，也不过三十来岁。

陆贞吃了一惊，就见他向自己一打手势，原来是尹成。陆贞不由得暗暗想道：凭我陆贞十三岁从师，练艺二十年，身后伏下一个人，我怎么会不知道，看起来尹贤弟不愧少林寺的门人。原来尹成一看陆贞向正房后面绕去，自己紧紧跟在背后将身伏下，就见陆贞一回头不由得吃了一惊，暗道："真是高人的门徒，怎么我跟在他后面，一点声响没有，他会知道我来了呢。"

不提二人称赞。再说窗户上伏的这两个人，左边这个猛然一抬头，只见房上伏着两个人向下观看，以为是被人家暗中随上了呢，不由得右肘一抬，脚微一沾地，"嗖"的一声，上了正房。他这一来，人家屋内，可就听见了。就听有人说道："后院里有人，快鸣锣聚众。"只听呛啷啷一棒锣鸣，锣声一响，在右边窗户上那个也伏不住了，"哧"的一声，也上正房。四个人互相一看，谁也不认识谁。

就在这一怔神的工夫，下面灯笼火把如同白昼，院中人可就满了。

为首的五个人各持兵刀，说道："房上的小辈，真乃胆大包天，还不滚下来，等待何时！"

陆贞一听，心想："好小子，竟敢出口伤人。"方要跳下房去，被尹成一把拉住说道；"兄长别忙，先看看那两个人怎么办法，今天大概不露面也不成，你先沉住了气。"

就在这个时候，就见那个身背双镢的人，一回手亮出一对闭穴双镢。这对兵器长一尺二寸，粗如鸡卵，一头尖，一头齐。齐的那头，有一个透眼，穿着一对皮套，套在手腕上。凡使这种兵器，就知道这孩子受过名人的传授，不然这对兵器，他绝使不了。

就见那个孩子，一转身落在地下，双镢一分，口中说道：

68

"谁个是淫贼高义，快快过来受死!"

就见那五人之中，过来一个人，手持一条九节勾连枪，一身青袖子短衣襟，四十多岁，面似青泥，口中说道："大太爷高义在此，小辈留名，好在枪下受死。"

只听那孩子说道："小太爷行不更名，坐不改姓，姓骆名敏字成英，江湖人称燕蝠齐飞，因为你这个欺凌孤寡的淫贼恶贯满盈，小太爷特来取尔的狗命。"

高义一听，双手挥枪，说道："小子接兵器!"枪走中盘，"噗"的一声，直奔骆敏胸前扎来。眼看枪尖到了胸膛，只见骆敏不慌不忙用左手向外一滑枪杆，一个箭步，到了高义近前，左手镰一扬蹦起来，向高义头上就扎。这一招还真厉害，名叫作"单掌开山"，一个躲不利落，就得当场废命。再瞧高义真不含糊，向后一撤步前把一抬，用了个"老渔翁搬罩"的招数，打算把镰把给他撒了手。小孩子一见招数走空，身形一落地，向下一蹲，左手的镰直奔高义小腹便点，这一招叫作"白猿偷桃"，高义一见孩子招数太损，高一镰低一镰，自己只得一撤步左腿一抬，枪杆一立用了一招"天王打伞"，枪杆向下一摔，直奔孩子头顶砸来，这一招叫作"摔杆"。孩子一看，枪离顶门不远，右手镰向上一立，身形一转，左手镰奔高义胁下便扎。要按高义这条枪，虽不能神出鬼没，可也算不含糊。今天被孩子左一镰，右一镰，上一镰，下一镰，如同狂风骤雨，防不胜防。三五个照面，闹了个手忙脚乱，自顾不暇，一失神被孩子踹在左腿迎面骨子上，一退两退坐在地上。尚未坐稳，只听"扑哧"一声，高义右眼中了一锥。原来高义一退，孩子一跟步，右手一扬，单锥出手，"扑哧"一声钉在高义眼上，一抖手收回单锥，高义"哎呀"一声，疼得闭过气去。

这一招不独高氏兄弟不留神，连那位赛元霸，在通真观练艺二十年，全都出乎意外。原来孩子袖内有两条鹿筋绳，长约七尺，一头连在肩头，缠在一个伸缩轴儿之上，一头有两个铜钩挂在袖口上，腕子一扣就可以把锥后面的皮套挂在钩上。用力一扔，那个锥带着绳儿由袖内伸将出来，一抖手收回锥来，那绳儿仍然缩入袖内，缠在伸缩轴上。这乃是骆敏的老师给他造的，正名叫作"点穴心锥"，招数特别。

再说骆敏，锥伤了高义，站在院中发威。只听有人说道："小孩子不要走，某家来了。"话到人到，只见这位的打扮，同高义差不多，年岁也就三十多岁，手使一对分水钩连拐，原来是二爷高智，人称夜渡长江。只见他左手拐，对着骆敏面门一晃，右手拐向骆敏胸前便扎。

骆敏一瞧拐来且近，一上左步，闪开单拐，右手镢向高智的腕子上便点，不等高智变招，身形一横右手镢向前一探，直奔高智的左腋扎来。这两个人全是短兵器，讲的是粘连抖随，挨帮挤靠，动上手。高智的功夫比高义强多了，只见他两条拐，运动如飞，别看比高义强，二十个照面以外，可就不成了。只见那小孩的两条镢忽左忽右，忽上忽下，招数变化，可谓无穷。高智这时候只有招架之功，并无还手之力。

就见孩子动着动着手，一蹲身形，右手镢奔高智的膝盖便点。高智用了个"割袍断带"的招数，身形一退，左手拐一指孩子的面门，右手拐向下一划，要用拐上的勾子去挂孩子的手腕。哪知孩子身形一闪，向旁一转身，左手镢向高智面门一晃，高智一闪身。孩子的右手一撒，说了声："着！""哧"的一声，高智左眼中了一锥，疼得高智"哎呀"一声，坐在地下。

孩子手捧双镢，依然站在院中发威，口中说道："还有不怕瞎的没有，赶紧过来。"这个时候，高义、高智全被家人搭入屋内去了。院中为首的可就剩了三个人了。就听一个说道："小孩子不要走，我要看看你的双镢如何。"原来答话的正是浪里钻、双钩太保林兆东。小孩子一听，就知道他不认识这对兵器，心中说道："你兵器全不认识，要动手你还成吗？"

林兆东左手钩一晃，右手钩的尖子向前一指，这一招叫作"披钩现月"，孩子一退步，那钩可就跟着劈将下来。孩子上左步右手镢，一压单钩，向前一纵，到了林兆东身后，一个扣步，转过身形，双镢奔林兆东背上便扎。林兆东一瞧孩子到了自己的身后，一上左步身形一转，躲过双镢，自己的双钩奔孩子双肩就搭，二人抽招换式打在一处。林兆东这对钩，择、解、撕、拷、钩、挂、劈、砸，金刃劈风的声音"嗖嗖"的乱响，把一对钩使了个神出鬼没。

小孩子一看这对钩真是无隙可乘，随着一转身，用了个败走的架势。林兆东一看小孩子镢法不乱，转身败走，知道他又要发坏，但是我要不能追他，叫他小看了我。随着一进步，双钩一落，奔小孩子双肩搭来。眼看搭在双肩之上，就见小孩子身形一蹲，就地一转，闪开双钩，双手一扬，左手锥奔了面门，右手锥奔了膝盖。这个时候，林兆东的双钩是收不回来了，一看镢到了面上，只可一歪头躲开单镢，下边腿可就闪不开了。眼看单镢钉在膝盖之上，只见孩子一抖手把镢收将回去，口中说道："林兆东，我今天手下留情，不然非废去你一腿不可。你可赶紧回你的云南，何必同抢男霸女的淫贼，在一处瞎混，不怕污了你双钩太保的人格吗？"

林兆东一听，心中不由得难过：真要从此一走，未免面目难看，不然又敌不住人家，幸亏他手下留情，不然自己就得废去一足。若因为别的事还有可说，人家口口声声说高氏兄弟是抢男霸女之贼，我真要为他们废了双足，也实在不值。看这个孩子，今天完全为的是高氏兄弟，人家一个人，我们两伤一败。在房上那三个，不用说也弱不了，看今天这个情形，是非败不可。巧了是高氏的宅舍，就许保不住。

自己正在发怔，就听高信说道："家庄丁一齐动手拿人！"只听一片喊声："拿呀，拿呀！"

这个时候，骆敏说道："高氏兄弟听着，从此以后痛改前非还则罢了，如若不然，再遇到我的手内，是绝不能饶。现在是依仗人多，岂不是岂不是白来送死！既然你们没人敢战，小太爷可要失陪了。"只见他双足一蹬，"嗖"的上了正房，一路蹿房越脊，奔正南走下来了。

陆贞、尹成二人一瞧，人家不打了，也随着那个孩子跑将出来。转眼出来了有三里多地，就见前面现出一座松林，陆贞说道："前面走的小朋友，请留贵步，我们有话相商。"就见那个骆敏站住身形，二人来到近前，骆敏说："不知二位尊兄有何见教？请到松林里面谈谈。"

这个时候东方已经现了白色，四个人来到松林之内，打开包袱，换上白昼的衣服，包好了兵器，找了块青石，坐下互通姓名。才知那个人姓霍，名叫霍星明，江湖人称小诸葛妙手，是河南开封府的人氏。又一问这位骆敏，骆敏才把自己的事情对大家一说，大家才知道是这么一件事情。

原来这个地方属淮安府管，在高家堰正南上八里远近，有一个大镇店，名叫骆家镇。镇上尽是姓骆的就有三百多户，内中有一个饱学秀才，名叫骆天锡，字纯嘏，满腹辞章，可惜只中了一名秀才，乡试数次，未能中式，这也是福命不齐所致。娶妻刘氏娘子，倒是幽娴贞静，容颜秀丽，知三从、晓四德。这位刘氏娘子，自从进门以来，夫妻十分和睦，膝下一子一女，儿子取名骆敏，字成英，女儿取名叫骆艳，字红霞。骆敏四岁，红霞三岁。这一对孩儿，真是粉妆玉琢，如同一对玉娃娃相似，夫妻二人爱若美玉明珠。家有薄田三顷，每年也可以进百十两银子的租价，房产也有二十多间，雇着一个老家人。

这位骆天锡先生，别无一技之长，除了教读之外，每日就是栽花种竹而已，一家数口过得倒是快乐非常。也是应该有事，本村这年因为淮安发了大水。高家堰这个地方正是个险工，淮安府的知府，亲自下来督促着民夫筑堤护险。公馆搭在骆家镇一家富翁家里，每天日夜到河堤上监工，赶到伏汛一过，河水平静下去，总算是幸未成灾。

第六章

骆夫人美色取祸

不料府官忽就下了一封聘书，要请骆天锡先生去衙中作幕。骆天锡一看不知他是什么意思，总以为府官是好士怜才，于是毫不犹豫，便即应允。没想到，到差未及一月，寻了个错处，就把骆天锡下到狱中。这时候刘氏娘子在家中还不知道，及至听人说，吓得魂飞天外，赶紧打发人到府衙打听，才知道骆天锡果然下到狱中。于是托人打听案情，但是费尽了气力，总是打听不出。一连过了五六天工夫，把个刘氏急得如同热锅上的蚂蚁一样。

这天正在发愁，忽听门外有人拍门，这时老家人开门一看，原来是个公差，只听那人说道："这是骆先生家吗？"家人说："不错，你找谁？"那人说："我是府里的，骆先生托我带了封信来。"说罢，一伸手掏出一封信，说道："这个信交给骆太太。"家人一听说："就是吗。"差人说："你老人家对骆太太去说，有什么凭据，我拿回去好交代。"家人一听回到上房，对刘氏娘子一说，刘氏立即把丈夫素日使的一支毛笔拿出来，交给家人，家人拿到外面，说道："你拿这支笔见了我们先生就是凭据。"那人答应转身走了。

再说刘氏娘子拆开书信一瞧，不由魂飞天外，魄散九霄。原来信内天锡先生把自己入狱的缘由，写得十分清楚，打算从容就义，请刘氏娘子抚养孩儿，成人之后好叫他报仇雪恨。那么这内中到底是个什么缘故呢？此中有一段隐情，待作者仔细把它写将

73

出来。

　　原来这位府官本是陕西延安府人氏，姓冯名骏字家驹，是个捐班出身。人倒是很能干，就是有点小毛病，贪财好色，只要见了财色，不顾性命也要营谋。按说他现在已经有了七房姨太太，可是他性犹不足，总想凑成八仙庆寿。这次淮河发水，他的公馆本搭在骆家镇一个财主家内。

　　这位财主可不姓骆，他姓滑名叫滑秉寅，字利虎。虽然住在骆家镇，他可是个独门。因为祖上发了一点横财，小子可就抖起来了，吃喝嫖赌无所不干。可是他秉性狡猾，阴毒险狠。你别看他吃喝嫖赌不在乎，对于乡邻朋友，可是一毛不拔。因此村中人又给他起了个外号，叫作瓷公鸡。他有一种特别的能力，就是钻营巴结，用人靠前，不用人靠后。所以这一次府官将公馆搭在他家，他可就拿出他的看家能为来了。真是曲意逢迎，果然把个府太爷侍奉得眉开眼笑，并且说将来带他去衙府给他派个差事，这一来小子更乐了。

　　有一天，府太爷赴堤监工，走至中途，路经骆宅门口。猛一抬头可就看见这位骆天锡的太太刘氏娘子了，真是鹤立鸡群，神采秀逸，把个府官只看得二目发直。这个时候，正赶上刘氏娘子一抬头，无意中向他一看，只见是位翎顶辉煌的官长，可是从此把祸也种上了。

　　再说这位府官冯家驹，自从看见刘氏娘子，不觉得神魂飞越，便问滑秉寅。这小子本同骆天锡作对，总打算陷害这位儒流，只是无隙可乘。今天听到府官一问，他这才乘机说道："太尊要问，这乃是本村秀才骆天锡的家眷。"于是又添枝加叶地一说，这刘氏娘子如何的贤惠，如何的温柔，说得这位府官更是心痒难熬。于是同这瓷公鸡二人暗中定了一条计策，才暗害骆天锡，这就是已往的情由。

　　再说骆天锡，这天正在狱中闷坐，忽见牢头刘进喜进来，把骆天锡的刑具去了，说道："骆师爷，请到我这屋里来。"

　　天锡不知何事，随定牢头到了一间房里。刘进喜说："骆师爷，你请坐下，小子有点事情跟你报告。"于是给天锡斟了碗茶，二人对面相坐，牢头说："骆师爷，你这个案情是个什么案由儿，你知道不知道呢？"

天锡说："不是府太尊说我错了案件贪了贼赃吗？"牢头说："你打算怎么办呢？"天锡说："这有什么办法，不过等省里提案，到巡抚衙门再分诉就是了。"

牢头刘进喜一听，不由得咳了一声，说道："骆师爷，我就晓得你不知道。"骆天锡说："刘头，莫非说这内中还有别的情由吗？"刘头一声长叹，说道："我这个人，历来就是这个毛病，见不得亏心事。一见暗中害人，我就要插手去管，能尽力一定尽力。因为你这个事，我看着十分有气，所以我才私自去了你的刑具，打算对你说说。你自己趁早想个主意，好对付这伙贪官污吏。"

天锡一听，说道："内中到底是怎么回事呢，莫非说那个案由不对吗？"

刘头说："可不是满不对吗？你的这个案由虽然内中是这么一段，真要是你罪有应得，我还生的是什么气呢？今天我也是听里边人对我说的，我觉得十分不平，所以才来告诉你的。大概明天一定有人对你来说，我先告诉你个底儿，你自己好快想个主意。府太爷看上刘氏娘子，同本镇的劣绅滑利虎暗中定计先请你入府作幕，然后寻事害你，再把你救出来。叫你畏威怀德，双手把妻室送进衙门。如若你不应他们的要求，可就把这个贪赃卖法的罪名，加在你的身上，办你一个死罪。罪人的妻室那时仍然还得落在他们手中。你想这种暗无天日的衙门，一年不晓得能屈死多少百姓！"

天锡一听，不由得哈哈大笑，他这一笑，反倒把刘头吓了一跳。他本是个饱学儒流，他一听刘头报告，心中暗暗地打好了主意，口中说道："刘大哥，你是不是成心成全我？你如若真打算成全我，请你借给我一份笔墨，我写一封信。求你派人送到我家中，交给我妻刘氏，那就算你成全了我了。"

刘头一听，说道："不要紧。这个我办得到，这不是纸墨笔砚全有吗，你只管写吧。"于是骆天锡拿起笔来仔细地写了一封信。大意是告诉刘氏娘子，自己要当堂痛骂贼官，从容就义。请刘氏娘子千万要保得身子，抚养孩儿成人之后，是武是文，必要找冯家驹报仇雪恨。

所以刘氏一瞧这封信，吓得魂飞天外，魄散九霄，半晌无言，流下泪来。后来一想，流会子泪，任什么也办不了，于是走到隔壁请二叔套车，往娘家赶去。原来刘氏的亲兄，也是一个饱学秀才，不过生性懦弱。一见妹妹带着子女全来家住，赶紧把妹妹接到家中。刘氏这才对哥哥仔细一说。刘大先生一听，吓得把舌头一伸，说道："这怎么办呢？"刘氏说："这总得请哥哥想主意，好救你妹夫，不然妹妹是个妇道人家，你叫我有什么办法呢。"刘大先生说："这个事你先别忙，等我去见王老师，看看他老人家有什么办法没有。"

原来这个王老师，名叫王本立，字道生，是个两榜进士出身。道德高深，学问渊博，并且胆识过人，不避权势，骆天锡也是这位王老师的得意弟子。在骆天锡一下狱的时候，王先生就听见说了，不过莫名其妙。今天刘大爷来到仔细一说，王先生说道："这件事我早就听说了，不过我不知道这个事的始末，今天你这一说，我就明白了。你暂且教你妹妹回家不必言语，我明天到府里打听打听，若能迟些日期，不妨我自己进省，到那里托人查案，不怕冯家驹这个小子闹毛病。但是这个事有条不好办，虽然他是硬栽赃，这个事情要作实了，就是罪有应得，就是天锡真有不幸的话，我们也得想法子给他报仇，你叫你妹妹先回家去就是了。"刘大先生一听连声答应，回到家中告诉妹妹，王老师给想办法。刘氏一听这才把心放下，也就套车回家。

不料事出意外。第二天上午，刘氏正在家中愁坐，忽听外面打门，便打发老家人出去一看，原来是府里的公差，奉府官的钧谕来送信，说骆先生因病身亡，叫家中前去领尸。刘氏娘子一听，真好似万丈高楼失脚，扬子江心翻船，"哎呀"一声昏将过去。老家人一看慌了手脚，连忙将各位邻居请过来，好一会儿才把刘氏娘子救转过来。刘氏娘子这才发声大哭。托人去给娘家送信，同时请人套车进府领尸。

本村骆家原是大户，骆天锡也有几家好友，一听这个信，立即全来访问。当初以为虽然下狱，又没有大事情，不过几天就出来了。今天一闻凶信，立即聚在一起，前来探听。来到天锡家中一问刘氏娘子，这才动了公愤，这时刘大先生也闻信赶了来了。王老师本打算进府，尚未动身，听见凶信，也坐车赶来。大家一商量，请王老师为首给大家想办法。王老师说："现在事情既然落到这步田地，我们大家一同进府，前去看看天锡是怎么死的，然后再定大局。"

于是大家全都坐车，同定刘氏娘子，一齐奔府城而来。一进府城就听见三三两两地在说这件事的经过。原来这件事早轰动了全城：府官打算强占民妻，威逼人命。你道外人怎么知道的呢？原来自从刘头派人往骆家镇送信去后，到了当天晚上，府官就打发滑利虎到狱中同天锡商议。滑利虎到了狱中同天锡一说府官的心思，如能将刘氏娘子送进衙门，自然官司了，还有特别的好处。如若不然，恐怕有性命的危险。骆天锡明知道这件事情无论如何也逃不了性命，因为冯家驹贪色如命，偿不了心愿如何能善罢甘休呢？所以早打妥了主意，与其让他用非刑讯问，何不如自己从容就义也落一个清白的名誉。但是可不能糊糊涂涂地死了，必须报复他。虽然死了，也不能再叫他在此地为官，陷害百姓。

现在一听滑利虎来说，自己可就说了："滑大哥你可听明白了，要按说这个事我可不能应。但是我若不应，不独我伤了性命，并且滑大哥也显着面目难看。这不是府太爷这么说吗？我也有点要求，滑大哥你回去对府尊去说，请府尊给我立下个字据，将这个事情写上。写明白了之后，还得给我写上我有多大的好处，并且写上滑大哥你的保人，我就放了心了。我出狱之后，就把妻室送进衙来。不然我可不送，为什么呢？我若无凭无据，白白地把妻室送进衙门，府尊若再把我拘起来，我岂不落个人财两空吗？"

滑利虎一听说道："骆先生这个话我先给你说一说看，不定成不成，你候着就是了。"于是转身回内宅去了。一见了冯家驹，把话一说，冯家驹一听不由得一阵冷笑，暗道："骆天锡你这是要我的亲口实招，并且出狱之后再送你的妻室，到那时你若拿着这一纸凭据进省上告，不送妻室，这不同把我送了一样吗？你简直是拿我当了顽童，真是岂有此理！"于是他对滑先生说："要个凭据倒没有关系，不过骆天锡他必须先把妻室送来，方能放他。不然他拿这一纸凭据出狱之后，进省上告，我们可有什么法子呢，我们自己岂不把自己送了吗。"

滑利虎说："这个事，我也想到这里了。但是他就是先把妻子送了来，你若把他放了，能挡住他不向上告吗。"

冯家驹说："你好糊涂，他的妻室一进衙，我哪能再把他放了呢！"

滑利虎说："你若不先放他，他不去接他的妻室，你怎么办呢，莫非说堂堂的府太爷，还能派人去抢吗。"

冯家驹说："那么怎么办呢？"

滑利虎说："我倒有个办法，太爷你不妨给他立下凭据，并且这个凭据还要签名盖章，好取他的信心，明天当堂将他释放，今天告诉他官司可不算完。为什么呢，因为他还没有保上呢，所以手续还不完善，这不过是放他回家看看的意思。派四个聪明的差人，跟着他一路回家，押着他把家眷送进衙门。然后再把他押入狱中，取回那一纸凭据，再治他的罪名，你看如何？"

冯家驹说："他若不回来怎么办呢？"滑利虎说："他还能不回来吗，他一送家眷，第二不是回城取保吗？等一回来了，就把他押起来。这个凭据，不过在他怀内也就是存一天一夜的工夫，就回来了。太爷你瞧这个主意怎么样？"冯家驹欢喜地说道："好主意。"这两个小子只顾了商量，哪知道有一个牢头刘进喜在暗中传柬递书破坏他们的阴谋呢。

再说府官，写好了凭据，盖上名章，交给滑利虎。滑利虎拿着这一纸凭据，可就直奔狱中走来。到狱中一见骆天锡，说道：“骆先生，你瞧我给你办成了，这是府太尊给你立的一纸凭据，并且还是签名盖章，我的保人，这一段你总放了心吧。”

骆天锡接过字据一看，不错，真是冯家驹亲笔写的，印章还是官名，于是暗暗思忖道：“好小子，你只要叫我一出狱，我立刻进省，叫你两小子一个也活不了。”想到这里，他将凭据折好放在怀中。

滑利虎说道：“骆先生，现在事我算给你办完了，可是还有几句话，也是府尊吩咐的。”

骆天锡说：“什么话呢？”滑利虎说：“官司虽然完，可是明天当堂把你释放，释放之后，派人同你去接家眷。等你把家眷送来之后，在本城找好了铺保，这官司方算完了。你回家之后不能不回来。”

骆天锡一听心中说道：“好小子，这分明是他们打就圈套，诓骗我的妻室，人送了来仍然把我押入狱中，分明是怕我进省告他。”心中暗暗打好主意。于是对滑利虎说道：“谢谢滑大哥费心，等我出狱之后再谢你吧。”

滑利虎说：“没有关系，谁叫咱二人住同村呢。”

骆天锡说：“滑大哥，现在事情已经成了，可也没的说了。但是我总觉着这个事，太对不起我的妻子了。”

利虎说：“骆兄，你别那么说，现在的事情不能一概而论。火燎眉毛，救眼前，骆兄。君子报仇，十年不晚，何必固执呢？”说完又劝了一阵就走了。

再说骆天锡，一看滑利虎走了，正要去请刘头。只见刘头走进来说道：“骆先生，这小子对你说了些什么？”天锡就如此如彼对刘头说了一遍。刘头说：“你想怎么办呢？”天锡：“这没有什么，不过一死而已，不过我死后有一件事求你！”

刘头惊慌失色，当时劝了一阵，骆天锡主意已定，刘头无法，说道：“你有什么事就请说吧，我能尽力，一定替你办。”天锡说：“明天我死之后，家中一定前来收尸，请你把这个字儿交给他们，千万不要叫府官得了去。"说着把字据交给刘头，刘头接过来说道："你放心吧，我一定给你办到。"

再说刘氏，在家百般计划营救骆天锡，忽有人报告她说："骆天锡在狱中已故殁。"刘氏一听睁开二目问道："什么？"那邻人对她说道："衙门里来人说:骆先生在狱中故殁，让大嫂前去领尸。"

刘氏一听，登时觉得轰的一声，天旋地转，一头栽倒地上。邻人大惊，忙喊来人，折腰屈腿，半晌才苏醒过来。刘氏一醒，便放声大哭，哭着哭着就站起来向衙门奔去。到了衙门，她见到亡夫的死尸，越发哭个不住。这时，早有她的本家和王老师等人，雇来了人，用一块木板将骆天锡的死尸搭回来。刘氏跟在亡夫的尸首后面，一路走，一路哭。后面跟着一群看热闹的。内中有知道这事原委的好事者，一面跟着，一面和别人说这件事的原委，听者莫不叹息一声道："人心不古，老百姓遭殃。"

这时忽听后面有人"哎呀"一声道："气死我也。"声音洪亮，亚如洪钟。众人回头一看，只见一位老者，身量约有四尺多高，赤红脸连个皱纹全没有，头上已然谢顶，只剩后面不多的白头发。两条白眉遮住二目，由眉毛之内透出两条光华，亚赛两盏明灯。颔下一部白髯，足有一尺多长飘洒胸前。身穿一件灰绸子大衫，白袜云鞋，腰中系着一条灰色的绒绳。伸开双手如同雕爪，托着颔下的银髯，唉声叹气。这个时候，王老师正要跟老头说话，觉得手内有人递过一个东西，低头一看，原来是个纸折儿。自己也未开看，放在怀中，仍然打算同老头子说话，再找老头子已然踪迹全无了。

大家买妥了衣衾棺椁各物，先用水给天锡洗了脸，然后装殓起来。雇人抬起棺材，带领刘氏娘子，大家上车，一路奔骆家镇走来。赶到了骆家镇，天锡平日人缘又好，遭了这种意外的变故，所以村中人全来帮忙。把骆天锡的灵柩搭入院中停放了，老家人同刘大爷这才对大家道谢。等村中人散去，王老师等人才一同来到屋中坐下。

老家人斟茶，大家坐下吃茶。王老师这才掏出那个折儿，打开一看，原来是府官冯家驹自己写的一纸凭据，上面签名盖章，真好似一纸招供一样。王老师看完，又传给大家看了一遍，然后令刘氏娘子好好收藏。王老师可就说："这不是有这一纸凭据吗？真是府官的亲口供状，我有了这个东西，可就有办法了。天锡先别出殡，明天咱大家商议好了，后天进省，往巡抚衙门告他。如若他手眼通天，我们就凭这一纸凭据进京，我豁着把这几根老骨头抛在外面，也得除去这个害民之贼。"

刘氏娘子一听，连忙跪倒给老师磕头，大家全说："既然老师出头，我们全听指挥，老师怎么说我们怎么办，不怕把性命牺牲，非跟冯家驹这个小子拼了不可！"这真叫众怒难犯，大家商定了主意，这才各自归家，连王老师也叫车夫连夜回家安置一切。刘大爷送走了大家，自己住下劝慰妹妹，这个时候，天可就不早了，足有二更来天了，正要坐着休息，忽听门外有打门的声音。

老家人出去一看，来者是一个八九十岁的老头儿。老家人问："老爷子你老找谁？"只听那个老头儿说道："老伙计，你去对你们奶奶去说：我姓古，骆天锡是我的干儿子，我听见说他得了杀身之祸，所以我连夜赶了来。看看干儿子媳妇同干孙子干孙女，就手问问倒是因为什么，出了这种逆事。"

老家人一听，并不知道有这么一位干太爷，当时也不敢说什么，连忙说道："老爷子你老先候候，我去回禀我家主人。"说着来到上房对大奶奶一说，大奶奶同舅爷，可全怔住了。因为并没有听天锡说过，有这么一位姓古的干爹。刘大先生半疑半信，连忙手提灯笼，来到门首，把老头子就请进来了。到了书房，让老头子上首坐下，将要令老家人泡茶。

这个时候，老头子连连摆手，说道："刘先生，大概你是天锡的内兄吧？"刘先生说道："不错，老爷子，你老同天锡这门干亲，晚生怎么没听说过呢？"

老头子一笑，说道："因为认干亲的时候，你们全小，哪里会知道呢？因为你不知道，你才把我领到书房里来，对不对？你须知道，我因为听天锡遭了大灾，所以连夜赶来问一问究竟。再看一看儿子媳妇同孙子孙女，想法子好给开锡报仇。怎么你把我领到这屋里来，是什么意思呢？"

刘大爷一听，原来老头子怪上了，于是说道："你老人家别见怪，因为舍妹哭肿了眼睛，不能久坐，疼痛难忍；你老人家又来得仓促，所以没往内宅请你。"

老头子一听更烦了，说道："难为你还是秀才，空有满腹诗书，叫真了就是个滞不通么。你想我若不为的看儿子媳妇，深更半夜，我往内宅做什么去呢？"

刘大爷一听更莫名其妙了，暗自思忖：索性不必跟他说了。领到内宅看看他是什么意思，反正他偌大年纪，还有什么不方便的吗？想到这里，站起身来，说道："既如此，老爷子，你请内宅坐吧。"

老头子一听，这才乐了，跟着刘大爷，一直奔内宅走来。一进上房，刘氏娘子正同两个孩子躺着，一瞧哥哥领着老头子进来，连忙坐起身来。老头子一摆手，说："孩子你别客气，我先给你瞧瞧眼，能治不能治，然后再说。"他叫刘大爷取来一盆热水，令刘氏娘子洗了洗脸。

老头子一瞧刘氏形容枯槁，两眼红肿无光，不由得咳了一声，说道："孩子你这是何必呢？自己毁坏身体，倘若有个一差二错，两个孩子交谁照管呢？那不更对不起你死去的丈夫了吗？"说着在腰中掏出一个小白瓶儿，有三寸多高，去了塞儿，用一点新棉花，将药倒在棉花上一点，一手扶住刘氏的头，一手将药棉花轻轻拂拭，说道："你先躺下休息休息不要伤心，我还有话问你，有事跟你商量。"

刘氏本来正在心烦意乱，目痛难禁，心中好似油煎火炙。自从敷上眼药，就觉着心头一凉，如同去了重负，立刻止住疼痛，连忙说道："好药。"老头子说："怎么样，保管不疼了，明天肯定能好。"于是坐在桌旁椅子上面。

这时刘大爷斟过一碗茶来，说道："老爷子，你喝茶吧。"老头先不同刘大爷说话，对刘氏说道："你们到底是怎么回事，让天锡落到这么一个死场?"刘氏娘子本是慧心人,见那老者满脸的正气,知道不是平常人,看年岁最少也有七十多岁,自己灵机一动,不由得冲口说道:"干爹,大概你同亡夫不认识吧?"老头子一笑说道:"我要说不认识,你们叫我进来吗?"刘氏一听,含泪道:"可是亡夫要是早有你这么一位干爹,就落不到这种结果了。"又道:"亡夫虽然活着的时候没得着认你老作干爹,但是死了也一定会愿意,他虽然愿意,可没得着,我可得着了。"老头子一听,哈哈大笑,说道:"干女儿同干儿子媳妇还不是一样吗?"刘氏这个时候,已经跪在地下磕了头去,老头子说道:"快快起来,既是我的干女儿,可就更不必客气了,干脆,你躺下休息吧,不必坐着了。"一回头,对刘大爷说道:"你瞧,我说你是糊涂虫不是。我这个干爹当上了没有。"刘大爷暗笑,心想什么人都有,只好也过来给老头子行礼。

他们这一乱不要紧,床上的四岁婴儿骆敏可就醒了,一双小眼睛不转睛地看老头子,刘氏赶紧把他抱起来说道:"快去给爷爷磕头。"说也奇怪,小孩子来到老头子跟前,叫了声:"爷爷。"跪下就磕头。老头子一瞧,乐得眉开眼笑,伸手抱起孩子,坐在膝上,说道:"干女儿,你们这家子倒是怎么回事,你对我说说。你别看我七十多岁了,挡不住拿我这把老骨头,就许斗斗这个混账的府官。"

刘氏一听,不由流下泪来,说道:"干爹要问,女儿这儿有点东西,你老一看就明白了。"于是在床头枕箱内,取出一封信、一个纸折儿,是知府给天锡立的凭据。老头子接过信,刘氏过来要接孩子。你说怪不怪,孩子赖在老头子怀里,双手抱着胡须,口中说道:"我要跟爷爷呢。"老头子说:"这是咱爷俩的缘分,等我走的时候带着你,你先去找你的母亲,我看完了信,你再来。"小孩子一听说,跳在地下直奔刘氏来了。

老头子工夫不大,把书信同折儿看完,就见他双目一瞪,灼华乱闪,直不亚两盏明灯。一伸手把桌子一拍,只听"嘎吱"一声,紫檀木的桌子,硬给打去了四寸多的一角儿,口中说道:

"气杀人也，这种害民之贼，留他何用！"他只顾这一着急，打坏了桌子不要紧，把刘大爷可吓了一跳。本来紫檀木在木性中算最硬的木性，被老头儿只一巴掌，硬给打去了一角，好似刀砍斧剁一样，力量之大，就可想而知了，心知老者并非常人。

这个时候刘氏娘子说道："我们净说话，忘了你老人家的晚饭了。现在女儿的眼也好了，老人家如若没吃饭，我安排点吃食，叫我哥哥陪着你老，吃一点夜宵儿不好吗？"老头子说："很好，但是你不要费事。"刘氏答应，叫来老家人帮着。

工夫不大，做了几样菜肴，还有油饼，叫老家人温了一大壶酒，一同放在屋内桌上，请老头子吃酒。老头子真不客气，坐下同刘大爷就喝起来了，还对刘氏说："干女儿千万不要隔饭，多吃点东西才好，若心一窄不吃东西，糟蹋病了，可就不能报仇了。"刘氏一听也对，于是把饭菜拿到床上，同孩子吃饭。吃着饭刘氏可就说了："干爹，你老把女儿的眼也治了，还要替你儿子报仇，到底你老贵姓高名仙乡何处呢？"老头子一听，说道："告诉你没关系，只是不许对外人说。"刘氏连连答应，老头子这才把自己的姓名说了出来。

原来此人家住陕西凤翔府古枫林，兄弟二人，江湖称为陕西二老。大爷名叫古云秋，江湖人称飞燕古云秋，因为老头子有一种绝艺，能打飞燕金针。这种东西如同小燕一样，小燕口内含着三分三长的闷心针，能打金钟罩，善破铁布衫。他这种东西，不出手没什么可说，只要一出手，那就算无法子躲避，非中上不可。因为这个小燕，腹内有绷簧。不用的时候，两翅拳着，一出手双翅一展，你一闪，它能跟着你转弯。三十步内，神仙难躲，只要中上，一个时辰准死，因为燕嘴上同两个翅膀上全是纯钢尖子，尖子上有见血封喉的毒药。他这个药，还是独门，非自己的解药不能解救。因为他是一个光明正大的人物，所以他轻易不用这种暗昧的东西伤人。凡是他用这个飞燕伤的人，一定罪大恶极，人人痛恨，所以人送他这个外号。大爷手使一口古剑名叫蟠螭，是古代欧冶子所造，善能削铜剁铁，切金断玉，水斩蛟龙，

84

陆诛犀象。招数是九手问天剑，可称艺贯今古。

二爷名叫古化秋，江湖人称铁蝠仙。手使一口宝剑名叫断水，乃是越王勾践所造八剑之一。招数是五手钟馗剑，能打十二双铁蝠金针，同乃兄的飞燕镖大同小异，兄弟二人威震四方。

这天兄弟二人在家中闷坐，古大爷可就说了："二弟，我们练艺五十余载，但到现在未能收一个得意的门人。虽然收了一个霍星明，只是他带艺投师，我兄弟的本领未能得去十之三四，他就出门行道去了。说句不幸的话，难道咱们还能把全身绝艺带了走吗？再说咱们两个，全是童子功，早晚百年之后连个披麻戴孝之人也没有，所以我心里总觉着不好过。"

二爷本来赋性好静，说道："大哥如此说，依你老应该怎么办呢？"

大爷说："我原先听江湖人传说，武昌府望江村通真观中，住着一位隐士，晚晴居士通真子。我去一趟江南访一访这个通真子，顺道物色一个得意的门人，也是你我兄弟晚年的一种乐事。"

二爷一听心中甚喜，说道："大哥既然如此，不知你老人家何日动身？"大爷说："我打算明天就走。"

二人商量妥当，到了第二天，大爷带好了兵器路费，离了古枫林可就奔江南走来了，调查赃官，一路游山玩景。这天走到淮河下游，洪泽湖口，爱惜本地山水住了二十多天，就遇上骆天锡这个事了。老头子有爱管闲事之心，于是一探听，全都不知细情，只知道府官谋夺骆天锡的妻子，威逼人命，到了第二天又赶上刘氏娘子哭夫领尸，知道了细情，可把老头子气坏了。本打算夜间到府衙将府官一刀两断，但是他本是皇家的命官，自己若把他杀了似乎不对，当然得想个法子叫国家治他才好。自己想到这里，才暗跟众人来到骆家镇。正赶上刘大爷送大家走了，自己这才假说是骆天锡干爹，先给刘氏治好了眼，又一看那封书信同那个纸折，这才明白，气得老头子一巴掌才把桌子打去了一角。刘氏娘子听古大爷告诉完了，说道："原来干爹是剑客一流的人物，亡夫的冤仇可全托在干爹身上了。"古大爷一听，说道："你放心吧。"

第七章

遇不平义士显身手

古大爷同刘大先生吃完了饭，一同宿在书房之内。第二天早晨，古大爷告辞往江南访友，刘大爷问道："老爷子这个仇怎么报法呢？"

古爷说道："你们在家里听信吧，不出二日必有消息，再过三五天府官一定得撤职拿问，巧了就许命丧无常。"

刘大爷兄妹半信半疑，又不敢十分盘问。老头子将要起身，就见小孩子骆敏，一伸双手，把老头子的衣服拉住，口中说道："古爷爷往哪里去，我跟着。"一任刘氏百般地来哄，他只是双手不放非跟着不可。古爷一看这孩子的面目体格，可就乐了，说道："干女儿，按说我这个话，可不应当说。因为你们现在是孤儿寡母，不能片刻相离，但是我看这个小孩子，倒是有点学武的福分。你要能够舍得分别，等我由江南访友回来，我把这孩子带到陕西古枫林，凭着我兄弟二人这身武艺，不到十年准保还你一个武艺精通的孩子。可是一来怕你舍不了儿子，二来孩子太小，离不了母亲。"

刘氏一听说道："干爹，这么大孩子成吗？"

老头子说："这么大，哪能练武呢？不过操练他的身体就是了。为什么我说这个话呢？因为我爷俩很投缘。如若不愿意，你可说话，千万别勉强。"

刘氏说："干爹你老回来不是还由这里过吗？等你老回来再说吧。"

古大爷一听，说道："甚好，等我回来再瞧孩子。"说着古大爷告辞往江南去了。

再说刘氏娘子同刘大爷回到家中坐定，互相研究古爷怎样去替自己报仇，等吃过了午饭之后就见老家人进来报告，说："王老师来了。"刘氏娘子说："快请。"

就在这个时候，刘大爷已经把王老师请进来了。一进门说道："姑太太我听你哥哥说，你的眼有人给治好了，是吗？"

刘氏说："是的，托你老的福，这几天把你老可累坏了。"

王老师说："我倒不累。因为有个喜信，我特来告诉你们。"

刘氏说："什么信呢？"

王老师说："前半天我派人到府里去打听你这事府里怎么办的，今天下午我打算动身进省。没想到派去的人回来说，虽然没听见信，可是听说府里把印丢了，不独丢了印信，那狗官的辫子夜间睡觉，不知被什么人给割了去，库里头还丢了好几千银子。这个事情，省里要知道了，你想做官无印，还不是个杀头的罪吗？没想到我们这个仇，有人给报了。如果这个事是真，这就叫天网恢恢，疏而不漏。你说这不是一个很好的消息吗？"刘大爷和刘氏听了，不觉暗暗点头，心里明白。正说着，只听外面有人说道："刘大哥走了没有？"

刘大爷一听原来是陈先生，刘氏说："陈二弟呀，请进来吧，我哥哥还没走呢。"

原来这位陈先生名思孝，同天锡是换帖的弟兄，昨天领尸他也在场。今天他一进上房，说道："大嫂子，你猜怎么样？真是说大快人心，狗官他遭了报了。"

一抬头瞧见王老先生，说道："老师几时来的？"王老师说："刚才来到呢。"

刘氏说："叔叔怎么知道狗官遭报了？"

陈思孝说："我今天一早就去到城里，打听他有什么举动没有。不想到城里，跟稿案上刘师爷一打听，原来狗官夜里把印丢了，府太太差一点没有吓死。丢了印这还不算，夜中狗官正在姨太太房中睡觉，辫子被人给割去了。管库的也来报告说：库里五千一鞘的银子，丢了一鞘。我听见这个消息，欢喜得了不得，准保不消半月，这小子就有砍头的罪名，你说这不是大快人心吗？"

王老师说："这个信我倒听说了，但不知是真是假。"

陈思孝说："怎么不真呢？老师听谁说的？"

王老师说："我也是今早派人打听来的消息，就怕是谣传。"

陈思孝说："这个事千真万确，这是他们自己人说的。因为今早用印，才知道印丢了，狗官因为没有辫子不敢见人，管库的查库，少了一鞘银子。若不真确，这个信绝不能向外传。"

王老师说道："既然如此，咱们暂先听听，省里有什么消息没有，先给天锡封灵出殡，然后再看这个狗官的结果。如果他手眼通天真能死里逃生，我们再想法子，反正不能让他逍遥法外。姑太太你瞧怎么样呢？"

原来刘氏自从听说府官断发丢印，就知道此事是古大爷所为，但是他半夜的工夫，就神出鬼没，做出这种惊世骇俗的事业，真是剑客做事迥异寻常。我儿真要有这么一位老师，教他成名，何愁不能名扬四海呢？自己正然思索，忽听王老师一问，连忙说道："老师这个事情，还是你老人家同各位弟兄及我哥哥，大家看着办，我一个妇道人家，知道什么呢？不过又得教老师劳心受累。"

王老师连连说道："只要你们过得去，我受点累算不了什么。"于是王老师同一干朋友，就给天锡主办丧事，少不得搭棚候客，成服安葬，到了时候各亲友来上纸，来的人还真不少。一者因为天锡人品高尚；二者好奇心盛，都想打听打听怎么回事。所以差不多的全来吊丧，两天的工夫把天锡总算是风风光光葬入祖坟。

这个时候各村镇可就沸沸扬扬全都传嚷开了，府大爷因为丢失印信和五千库银，已经押解进省，府事已经由省里派人接管了。骆家听了这一消息，固然欢喜，一班受过害的乡民，没有一个不合掌念佛的，都说天公有眼，恶人自有恶报。

88

你道府里这事，省里怎么知道得这么快呢？原来抚台这天夜里正好在睡觉，忽听床前"啪"的一声，连忙睁眼一看，灯火摇摇，并无一点动静。自己坐起来向桌子上看，只见桌上放着一个大红柬帖，连忙下床。借着灯光一看，只见帖上写着两行铜钱大小的字迹。写的是淮安府贪财好色，陷害良民，应当从重惩办以安人心。在红帖底下还有一个纸折儿，纸折上面头一段是骆天锡因为受了府官的陷害，给刘氏写的那封信。第二段就是知府自己的亲口实招，并且上面还是签名盖章。

这位抚台原籍是山西太原府人氏，学问渊博，胆识过人，赋性刚直，可称疾恶如仇。一看这两个字柬，勃然大怒，立刻穿好衣服叫家人掌灯，一直出了内室，奔了书房，又叫家人把陈师爷请来。这位陈师爷精明强干作幕多年，一听东家夜中相请，就知道有事相商，连忙穿齐衣服，随着家人过来。一见抚台在书房坐着，连忙上前相见，说道："不知夜中呼唤晚生有何事议？"

抚台说："先生请坐，方才我在内室得了一个东西，请先生瞧瞧怎么个办法。"于是取出两个字柬递给陈先生。

陈先生一看，说道："东翁这个东西从何处得来？"

抚台说："不知何人放在我的寝室之内。"

陈先生一听，说："我明白了。这一定是淮安知府霸占民妻，强迫人命，才惹得绿林人出头干涉，夜中前来送柬。这事东翁还是从严办理方是，因为现在的绿林人差不多的全是自命为侠义之士。他们的武术，可说是妙手空空，如若东翁把这个事情从宽办理，恐怕这个绿林人，对东翁还有不利呢。你想凭知府给骆天锡立的字据硬会到了他们的手中，他们这种神出鬼没的法术，就可想而知了。"

抚台一听连连称善，说道："这种贪财好色的官员，辜负圣恩真是死有余辜，先派委员去淮安府调查这个案件。"于是教师爷连夜办稿。第二天派委员连夜动身，去淮安府暗中查案，赶到委员到了淮安一调查，把这个案的始末，可就查明了。不独查明了此案，连知府丢印带失去五千两库银，全都查了个清清楚楚。

那委员连夜回省报告抚台，抚台得了报告这才派员一面接收府事，一面将冯家驹押解进省。

到了安庆，抚台自己讯问，又用那一纸凭据，这才把冯知府驳得无话可说。紧跟着接署的委员报告，淮安府的印信丢失，库银短少了五千两。抚台这才令师爷，拟好奏折，派专人连夜进京。

当今万岁本是有道明君，一瞧奏章，立刻龙颜大怒，御笔亲批："据奏淮安府知府冯家驹，谋占民妻，逼死人命，并将印信库银丢失一案，查该知府，职司民牧，竟敢贪淫草菅人命，且办事不慎，致将印信库银丢失，言之殊堪痛恨。既经该府严加审讯，供证确凿，自应拿解来京，交部依律问拟。唯该犯官罪大恶极，若不就地明正典刑，实不足以平民怨。着该抚立即予以正法，用伸国法而昭炯戒。其所失库银，应将该犯家产查抄备抵，不足之数即将该眷口由官变卖补偿，迅即遴派干捕，将失印勒限找还为要。至滑秉寅，身为士绅，应如何自好，乃胆敢结交官府，狼狈为奸，着即一并正法，以惩奸宄，而免效尤，并着吏刑两部知道。钦此。"这道圣旨一下，欢喜了安善良民，吓坏贪官污吏。

原来古大爷自从离骆家镇，一直到了安庆府，夜中给抚台留下了柬帖，自己可就奔了武昌。到了通真观，正值通真子在观中闭坐，未曾出门，二人见面，互道倾慕情形，古大爷一连住了十余天，这个时候正是陆贞在通真观练艺的时期。通真子引见给古大爷。古大爷听说陆贞十三岁背母寻师，心中十分欢喜，说道："大哥你瞧这些徒弟，一个强似一个，你瞧小弟我，兄弟二人年将古稀，并无一个得意的门人。"

通真子说："贤弟，你的拣选太苛，不然的话，徒弟还不是有的是吗？"老哥两个，说罢一笑。这天古大爷忽然想起骆敏，于是辞了通真子顺着大路就回骆家镇来了。到了骆家镇附近一打听，这才知道府官就要由省里发回淮安，连同滑利虎一并就地正法，并查抄家产，变卖家眷赔偿库银。古大爷打听明白这才心气为之一平，但是这印怎么办呢？库银是不能再还他了，这口印必须给他送去才是，可是非瞧着狗官受了国法，才能还他的印信。自己想好了主意，这才奔了骆家镇，到了天锡门首一打门，只见老家人出来，说道："喝，老爷子回来了，我们大奶奶天天想你老，这一晃一个多月了，你老快往上房请吧，我给你老泡茶去。"

老头子含笑点头，一直来到院中，说道："干女儿在屋中吗？"

刘氏娘子一听，说："干爹回来了，你老请进来吧。"说着领着两个孩子迎出屋门。古大爷进了上房，小孩子过来给大爷磕了个头。老头一回手从怀里掏出一个小小的布包："这里是三百两金叶子，叫你妈妈给你买点东西吧。"

一回头对刘氏说："你收起来吧，认了回子干爹也没有给你一点儿见面礼儿，你留着垫补着过日子罢。今天我住下听听这狗官结果如何，我还要看着他出红差呢。等我走的时候带着小孩儿，你瞧怎么样呢？"

刘氏一听，不由得感激而泣，说道："因为儿子的事，你老费尽了心机，女儿还不知道怎样谢你老人家，现在又留下这么些钱，叫女儿心里怎么过得去呢？再说敏儿这孩子，年方四岁，再叫你老人家养育成人，越发叫女儿粉身难报。"

古大爷一听，掀髯大笑。说道："孩子，你怎么说出这样话来，你若这么一说，不太客气了吗？谁叫我赶上了呢？不过孩子太小，乍离了娘，怕他啼哭，可是我也有法子哄他，就是怕你舍不得。如若你舍得，我每年送他回家一趟待上十天。"

刘氏说："我还能不愿意吗？不过干爹在骆家身上费的这份心，可太大了。女儿只可立个长生禄位，祝你老人家寿比南山就是了。"

古大爷一听哈哈大笑，说道："你哪里知道，我活的年岁越大，受的罪越多呢。"爷俩儿个定规好了，到了第二日，古大爷去到府城一打听，说是府官冯家驹已由省里解回来了，第二天正午出红差。老头子一听又回了骆家镇告诉刘氏娘子。到次日，法

91

场上斩冯知府同滑秉寅。骆家镇刘氏娘子给骆天锡上供，两下里闹了个适逢其会。斩了冯家驹之后，因为他那些姨太太连家产早叫人家拐跑了，所以官款无法偿还，只可把官太太同三个小姐，一同发官媒变卖，方能赔偿官款。

再说古爷，看着冯家驹正法之后，可就把印信给府衙门暗暗送去了，还写了个柬儿。写明了这个是杀一做百的意思，以后再有这种官吏，仍然是照此办理。到了第二天雇了一辆车儿，别了刘氏，带着骆敏，奔陕西下来了。一路无话。

这天到了凤翔府古枫林，老头子领着小孩到家内，对兄弟古化秋一说经过。二爷一看孩子，骨格清奇，最奇的孩子从离了母亲，始终没有哭过一声，每日总是欢天喜地。但是古大爷恐怕自己兄弟，对孩子或有个照顾不到，孩子受到委屈，于是每年花二百两银子雇了一个乳母，专照应孩子每日吃喝玩耍睡觉等事。哥俩每天给他曲胳膊盘腿，用药水泡洗周身。每日的玩物，说是木做的小刀小枪和铁皮的空球、铁皮的空棍，各种物件。

光阴似箭，日月如梭，不觉三年已过，骆敏年方七岁，叫二位老人给活动得肌肉丰盈，骨坚似铁。古大爷每年送他回家一趟省亲。转眼十年的工夫，骆敏长成十七岁，亲承二老的传授，又加上自己赋性聪明，所以前后十三年的工夫，把二老的能为学去了十分之七八。

本来二位老人家自幼练的是童子功，无儿无女。自从收了这么一个徒弟，每日拿着调理小孩，作为消遣，所以十三年的工夫练成的一身惊人的武术，最得意的是闭穴双镖。这对镖正名叫作点穴飞锥，因为在袖中两肩之上绷着两个伸缩轴儿，上面缠着七尺长的鹿筋绳，上端有勾儿挂在袖口之上，腕子一低那镖上的皮套就挂在钩上，双手一撒能点周身三十六路穴道。还有十二双铁蝠金针、十二双飞燕金针。

他虽然武术练成，但是功夫的火候可没达到炉火纯青的地步，因为他年岁太小并没有一点经历。这天二老一看孩子的技术也有了八成了，所欠的不过功夫一步，也到了出头问世的时候了，于是把孩子叫到跟前，道："今年又到了你回家探亲的时候了，这次回家见过你母亲之后，你可以在江湖上经历经历，因为要打算出头露面，非闯荡江湖不可。现在你的武艺，虽然不敢说天下无敌，可差不多的主儿，不是你的敌手，但是你可要小心遵守本门的规矩。不然的话，别看你是我二人得意弟子，到了那个时候为整理门户计，绝不能容你活在世上，败坏为师名誉，受人唾骂，你可要记住了。现在你练艺总算第一步成功，今天一别与每年不同，因为你这一次在最近不能回来，所以我二人送你一个外号，叫人一听就知道你是我二人徒弟。你这个外号就按你使的暗器本势来取，这两种东西是我二人独自创造，所以你的外号就叫燕蝠齐飞。话已说完，你带了路费和兵器，就此回家去吧，几时愿意回来，就几时回来再练。"

骆敏一听，叩别了二位恩师，一路奔家中走来。这天来到家中一瞧，就见老家人低着头坐在门房，自己也没有言语，一直奔了上房。方一进屋，就见母亲同妹妹红霞，哭得如泪人一般，一瞧骆敏进来，母女二人越发大哭。骆敏一瞧，说道："母亲同妹妹倒是为什么这样大哭呢？"刘氏娘子这才如此这般仔细一说，把个骆敏气得三尸神暴跳、七窍生烟，口中骂道："好你高家三个小辈，你竟敢欺侮到我的跟前来了！我若不教你认得我骆成英，那就算你们祖上有德。"

诸公，你道这骆敏为什么这样大怒，那刘氏母女因何那样痛哭呢？原来在三天以前，从外地来了一伙跑马戏的，三男三女，在骆家镇玩了三天马戏。要说这几个人的功夫，真不含糊，地下功夫是十八般兵器，玩绳走索；马上的功夫就是一路捡金钱，童子拜观音，八步赶蟾，镫里藏身，各种把戏，马上步下真是绝妙精伦。刘氏娘子以为在本村玩戏，又是在门口上，领着红霞在门口上看了一回马戏，可巧叫高家堰的闹海鱼瞧见了。

高义本来是个色中的饿鬼，哪里见过这样的美貌佳人，在门前一站，可说是神色秀逸鹤立鸡群，把个高义看得神魂飘荡，目眩头昏。回到家中立刻打发一个走狗，名叫槐忠，去到骆家镇打听，那是谁家女子，多大的年岁。这小子因为专门搬弄是非，所以大家全叫他坏种。等他到了骆家镇一打听，这才知道十年前被淮安知府害死的骆天锡，就是这个姑娘的父亲。姑娘名叫骆艳，小字红霞，因为天锡早死骆敏外出，家中只有母女度日。这小子回去对高义一报告，高义立刻打发人到骆家提亲。

刘氏娘子，早知高家堰五年前出了三个水贼，名叫高义、高智、高信，如今一听给女儿提亲的正是高义，而且还是做姑，刘氏当时一口拒绝。因为自己是寡妇孤儿，所以当时并没有张口骂他。那媒人撞了一个钉子，回到高家堰，无中生有对高义一说，并说骆大奶奶当面如何毁骂，气得高义暴跳如雷，说道："我若不将骆家女儿娶来做姑，我就不叫闹海鱼！"于是打发媒人再回骆家镇去说，应了便罢，如若不应明天下午来轿抬人，官私两面随其自便。等媒人到了一说，刘氏娘子一听，当时就把媒人骂了一顿，等到媒人走了，母女二人不由得抱头大哭。

这个时候，正赶上骆敏回来，一问母亲，他如何不气，于是夜晚入高家堰，锥伤高氏弟兄，巧遇尹成、陆贞同霍星明。这就是骆敏的一段略历小史。

再说霍星明，一听骆敏是陕西二老的徒弟，才知道是师兄弟。骆敏一问他三位因何来此，原来全是因为不得过河，听店家说高氏兄弟不法，才来夜探高家堰。骆敏当时就请尹成、陆贞一同回家，三个人并不推辞，一同奔骆家镇而来。这时天已大明，来到门首一打门，老家人开门一看原来是少爷同着三个人一同回来。骆敏把三个人让进正房，老家人烧水泡茶擦脸，骆敏回到上房禀告母亲。刘氏娘子一听，说道："这恐怕不妥当，你扎伤了他们两个人，恐怕他们不死心，他们若再来报仇，那怎么办呢？再说你若不在家，我岂不更没办法了吗？"

骆敏一听，说道："我师兄人称小诸葛。等我同他商议商议再说。"于是回到正房对大家一说，霍星明说："不要紧，我们今天晚上去到府里，给府太爷送个信，请府太爷把他们拿了就完了。"于是提起笔来写了一个字束，等到定更之后，由尹成巡风，霍星明前去寄柬。

再说现在的这位府太爷，姓郑，名叫晴波，字晓澜，原籍是河南开封府人氏，乃是翰林出身，学问渊博，品行端正。自从领凭来署淮安，他就听说淮安府洪泽湖一带，是个水贼出没的所在，自己立意要为民解除痛苦。

他有一个表弟，是开封府南门外石家坨的人，姓石名昆字太璞，在江湖上大大的有名，人称十粒飞星百灵侠。手使一口红毛宝刀，能削铜剁铁；囊中十粒钢丸如鸽卵，连珠发出，百步取人，百发百中。这是一种特别的技术，所以有十粒飞星这个外号。虽然年岁不到四十，可是精明强悍，在江湖上闯荡以来，提起百灵侠全都知道，所以这位郑知府聘请他来淮安府帮忙治盗。石昆一听表兄相请，点头答应。到任半年有余，没有发生过一次匪警。

高家堰这哥三个原先本在湖里使船，后来回到高家堰，安家立业，可是并不敢明目张胆闹。自从前年他们投了云南玉龙山金波寨，仗着金波寨的势力，可就大闹起来了。郑知府本也有个耳闻，早有心调兵把他剿灭，但是苦于无隙可乘。更兼着百灵侠时常说，得放手时且放手，对绿林人不要得罪太深了，兔死狐悲物伤其类。如若把他们得罪太厉害了，唯恐他们对你老有不利的行为，所以郑知府也没有干涉他们，再说他们在本地上也没有案子。

这知府太爷早晨尚未起来，就见桌上刀柬。他拔去刀，拿下字柬一看，上面写着一行字迹，虽然合辙，可不押韵："字柬太爷知，盗贼得意时。家住高家堰，人称闹海鱼，独霸淮安府，商贾尽遭欺，民间美妇女，户户受凌夷。"下面又有一行小字，言"高氏兄弟勾结云南玉龙山立意谋反，若不早除，恐成大害。"末后写着"赛元霸、小白龙、小诸葛、燕蝠齐飞，今叩禀。"知府看完未言语，把字柬放在桌子上，匕首放进抽屉之内，赶紧梳洗，已毕，叫家人去请来石老爷。

知府说道："贤弟，我今夜得了一件东西，你瞧瞧这事应怎么办?"知府取出匕首同字柬,递给石昆。石昆把字柬看完,不住地摇头。

郑知府说:"贤弟,这个事你瞧怎么办呢?"

石昆说:"这个小白龙,等我想想。"于是暗暗说道:我倒是知道,是尹家林的人氏,这个小诸葛我也有个耳闻,全都很正气。但是这个赛元霸同燕蝠齐飞,不知是做什么的,大概是新出世的英雄。但是他们对高家堰又有什么冤仇,前来寄柬呢?这分明是来摘我这个百灵侠的牌匾。可是也不怨人家不对,本来我身为侠客,就不应当留匪人在我脚下立足。但是我因为怕给表兄多得罪绿林人,所以我就未曾干涉,不想就有同行给我来了这么一手,你说这个事怎么办呢?

知府一瞧石昆沉思不语,说道:"贤弟,要依我说,这个事就不必客气。明后天,贤弟你暗中带人去把窝子给他剿了就得了。"

石昆一听连连摇摇头,说道:"剿倒是好剿,拿也好拿,但是若拿错了呢?这里头不定得伤多少人。一个拿不住跑了,仇可就从此结下了。我倒不怕,就怕表兄你从此种下了祸,再说又没有人告发,你凭什么拿人呢?他劫掠商贾,霸占妇女,有什么凭据呢?就算把他们拿来了,靠什么给他定罪呢?"

知府说:"难道罢了不成,我们就不闻不问吗?"

石昆说:"那也不能,不过得想个完善的法子。兄长你先别忙,我在附近的地方访访这四个寄柬留刀的人,访明了再说。好在我来的日期太浅,认识我的不多。明天我改扮行装,在附近一带访访这几个人,就近查访高氏兄弟的劣迹,然后咱们再定办法,就名正言顺了,兄长你瞧怎么样?"

知府一听,暗道:难怪人称他侠客,打算事情是又沉又稳八面见光,想到这里连连点头,说道:"贤弟,你就瞧着办吧。"

第二天,石昆带好了红毛宝刀,暗暗地出府衙后门,在邻近有集有店的各村,一连访查了三天,并未访着一点消息。这天来到一个小村镇名叫江村,在一个小酒馆内喝酒,听见两个吃酒闲谈。说的正是高家堰，高氏兄弟坐地分赃，大庄主好色欺压良善。百灵侠一听，可就入了耳了，于是在旁边侧耳听，又听一个说道："高家不法你怎知道呢？"

那个说："你没听说前几天闹贼吗？"

这个人说："听说了，闹贼莫非说就算人家不法吗？"

那个说："你瞧，闹贼就是因为他们不法来的嘛。"

这个说："你既知道，何不说说我听呢？"

那个说："说说就说说，这还怕人吗！你知道高家堰南边那个骆家镇吗？"

这个说："知道骆家镇怎么样呢？"

那个说："在十三年前骆家镇有位先生骆天锡，不是被那时的知府害了吗？"

这个说："我怎么不知道呢？知府出红差，我还看热闹呢。"

那个说："骆先生有一个儿子名叫骆敏，一个女儿名叫红霞。这个骆敏听说在四岁就跟着一个武术大家学艺去了，家中只剩下姑娘同她母亲，姑娘今年十六七岁了。"

这个说："你说高家怎么说到骆家去了呢？"

那个说："你真糊涂，不是事情起在骆家身上吗？"

这个说："你就说吧。"

那个说："这位红霞小姐长得足够十二分人才，貌比西施。不知什么时候让大庄主瞧见了，非娶人家做妾不可，立刻打发媒人去说，等媒人到了一说，你猜怎样？人家不愿意。媒人回来对庄主一提，大庄主就火了，立刻告诉媒人再去提亲，如再不应，明天就抢人，这一来你猜怎么样？偏赶上骆大奶奶是个死心眼儿，一顿大骂，把媒人就骂跑了。本来这个亲事，你想应该吗？漫说人家书香门第的姑娘，就是小户人家的姑娘，谁肯把姑娘去给人做妾呢？"

这个说："这样一来，大庄主不更火了吗？"

那个说："可不是更火了，谁知道当天晚上高家就闹起贼来了。由房上跳下了一个小孩子，手使一对不知叫什么镢，一顿镢，把大庄主和二庄主全都镢瞎了。还战败了高家同南方来的朋友，后来没有人敢同人家打了，人家才走了，你说这个小孩子有多厉害吧。你知道这孩子是谁?"

这个说："我又没瞧见，我怎么会知道呢? 莫非你知道?"

那个说："当然知道，就是姑娘的哥哥，骆敏骆成英呢，原来人家学艺回来了。

这个说："回来得怎么这么巧呢?"

那个说："当然巧，要不怎么叫无巧不成书呢。"

这个说："你瞧见了吗? 说得像真事儿一样。"

那个说："我没瞧见，可我西邻的二哥在高家雇工，我听他说的。并且那个孩子自报姓名是骆敏，外号叫什么飞呢，我也没听清楚。你想我们当庄丁的二哥要不说，我怎么会知道呢? 你想这一段，是不是高家不法? 最可惜那个骆敏把他们镢瞎了，没有镢死他们。现在听说他们庄上又由南方来了好几个朋友，还有侠客呢。"二人说着喝完了酒就走了。

石昆听了这一番话，自己一想，那个寄柬留刀的，大概就是骆敏。方才不是说骆敏的外号是什么飞吗，大概是燕蝠齐飞，他们没听明白所以说不上来。既然得了踪迹，我先到骆家镇访访骆敏，然后再想法子办高氏这几个匪徒。这个事幸巧没办紧了，不然非坏不可，真要高家又来了成名的人物，我一个如何能成呢? 如若当场丧命倒不要紧，如若被获遭擒，自己百灵侠的名誉安在? 心中想了半天得了主意，暗道："我若访着骆敏，不就有了帮手了吗? 难道说为他的事，请他出头也还能推辞不允吗?"想到这里，于是还了酒钱，出了酒铺一路溜溜达达直奔骆家镇而来。

再说骆敏，自从霍星明同尹成二人在府衙门寄柬留刀之后，依着尹成，就要告辞动身，可是霍星明说："这二位若回了家，府里倘若不发生效力，高家堰夜中前来报仇，这怎么办呢? 没有老太太和姑娘好办，现在又得保护内宅，又得预备众寇，我同师弟又太单，这不是束手待毙吗? 我的意思请二位多住几天，听听消息然后再定行止，可不知二位心里怎么样？"陆贞一听也对，本来要救人就救到底，真要夜中有人搅闹骆家镇，他二人还真是麻烦。想罢对尹成说道："尹贤弟你看怎么样呢？我们可以多住几天吗？"

尹成说："那有什么呢，反正我们回去也没事。"于是二人复又住下，一晃过了三天，也没听见府里有什么动作。四个人每天也不出门，只在书房中谈话，越谈越投机，于是四个一商量，朝北磕头结为金兰之好。陆贞是大爷，霍星明是二爷，尹成是三爷，骆敏是老兄弟。于是四人重新到了上房，拜见了骆大奶奶，回到书房摆上酒席，吃酒谈心。哥四个正吃过午饭，散坐吃茶，就见老家人进来说道："外边有个河南人，自称姓石名昆字太璞，人称十粒飞星百灵侠，要见少爷。"

骆敏一听说道："请进来吧。三位哥哥见他不见呢？"

陆贞说："见他何妨。"于是兄弟四人一齐迎到二门，就见老家人从外面领进一个人来，看年岁四十来岁。剑眉虎目、鼻直口方、细腰宽臂、双肩抱拢，身穿着青绸子大褂、白布袜子青缎子豆包鞋。手中提着一个长条子包袱，笑嘻嘻地跟在家人背后。

四个人虽然观看人家，可是人家也瞧见自己四个了：头一位三十多岁，青绸子大褂白袜皂鞋，圆脸膛，眉分八彩，目似春星，五尺高的身材威风凛凛。第二位也是五尺多高的身材，穿着灰绸子大褂，白袜皂鞋，三十来岁的年纪，面如白玉，两道浓眉，一双眯缝眼，一看就知道是个能言善辩之士。第三位二十多岁，面如少女，细条身材，外罩蓝绸大褂。第四个，十六七岁的年纪，头梳髻，面似桃花，一双眉斜飞入鬓，二眸子皂白分明，唇红齿白，十分的俊美，身穿蓝绸子大褂，白袜云鞋。四个人笑嘻嘻地一齐说道："不知石侠客驾到，恕我兄弟未能远迎，当面请罪。"

石昆说道："石昆来得鲁莽，还请众位海涵，不知哪位是骆侠客？"

骆敏说："不才就是骆敏。此处不是谈话之所，请到里面待茶。"

石昆说："来此就要打搅。"于是五个人谦谦让让来到书房，分宾主坐下，家人献上茶来。石昆一一领教了另三位的姓名，哈哈大笑说道："石某一日会得四侠，真是侥幸得很。"

骆敏说："不知石侠客来到舍下有何见教？"

石爷说道："石某有点小事，所以不揣冒昧，来到府上。"

骆敏说："不知有何见教？"

石昆这才说道："愚下有一点小事不明，大概阁下四位也不会瞒着。"

陆爷说："什么事呢？"石爷就说："我受郑知府之聘来到淮安，久闻高氏兄弟不法，因为怕给知府多得罪仇人，再说他们在此处又没有作案，所以我未加干涉。又因无人告发，所以不能名正言顺拿他治罪。没有想到前天，府衙之内有人夜中留刀寄柬，留下四位的美称。我访了好几日，才访知四位在此暂住，所以我找到府上，第一问在府衙留柬的是你四位不是；第二还有大事相求。"石昆滔滔地把话说完。

骆敏一听说道："石侠客，你老问到这里，我们也不瞒着，那个柬儿，是我兄弟所为，因为我暗探高家堰，扎瞎了高义高智，未曾将他伤了性命。当时我因为留下姓名，所以恐怕他暗中报复，不得已是暗中寄柬请府太爷办他的罪名，不想倒惹得石侠找上门来。要按说阁下人称侠客，卧榻之下就不能容留小人驻足，我们暗中告发，阁下就应该拿他治罪。如今你老不但不想法除去高氏兄弟，反倒找上我们的门来，大概是因为我们寄柬留刀，于阁下的名誉有关。可是我们并不知道阁下在衙中驻足，如若知道，我们也不多此一举。现你老既然问到这里，我们当然承认，可是还用不用我们同到衙门去打官司呢？"

陆贞一听，暗说："老兄弟这一套话，可真够厉害，瞧瞧石昆怎么答复吧。"

只见石昆听完了骆敏的话，不独不着急，反倒哈哈大笑，说道："骆侠客，你先别着急，听我说说我的难处。本来人称侠客，就不能容小人同在境内驻足。但是有一条，要是在河南开封府，

100

那可就说不定得凭着手中刀，不论如何，也要把他驱逐出境。现在的立场可就不同了，因为什么呢？我受聘来到淮安，与在开封做侠客不一样。在这里的责任，是保护知府，或是有他的朱批火票，替他拿贼。余外的事，就是民不举官不究，不能无故地给主官多得罪仇人。要按说我们做侠客的，得罪人可算不了什么，可是我们虽然不怕，知府他要不做官了呢？这样绿林人找了他去，他受得了吗？所以说现在的立场，不能同开封相比。但既然你们众位告发了，这可就不能再顾一切了，只可出头去办，但是办这种案子得有办法，如若一个办法不妥，可就给府上同知府种下仇了。我不能每年尽跟着知府，可是骆侠客，你能不能每年尽在家中蹲着哟？常言说得好，不怕贼广，就怕贼想，你一拿他，把他闹了个家产尽绝，你想他能叫你安生吗？如若我们一离身，他们就来胡搅一阵，你该怎么办呢？所以我说得有个彻底的办法才算完全。我访着你们没别的，还是请你们几位出头相助，不知众位意下如何？"

百灵侠这个人，可算是涵养的功夫纯深，不然的话就得当场决裂。你想堂堂的侠客，硬叫人家当面刻薄一顿，哪能再开口求人呢？百灵侠这个人可就不然了，天生的心思周密。因为自己既是捕头的性质，当然与侠客不同，案子办妥了更好，若办不妥呢？还得给自己同上司找站脚的地方。若不把骆敏邀出来，总算没有原告。要按高义的行为，不用原告就可以出票拿他，如果手到擒来，那就没得说了。如若拿不住跑了呢，自己带去的捕役，难免受伤殒命，这怎么向上呈报呢？无凭无据出票拿人，捕役受伤，那算官府轻举妄动，巧了就许落个依官欺人的罪名。如若把骆敏邀出来呢，第一有了原告，不怕捕役全都丧命，那算个因公殒命。拿不住跑了，那算畏罪脱逃，对上司呈报，就有根有据，要按官话说，得把骆敏传案，方算完全，但是于江湖义气上未免稍欠完善。如此一来在表面上算是邀骆敏帮忙，无形中就算有了原告，所以说侠客办事必须八面周到，既不开罪于人，又不犯江湖的规矩。

第八章

众英雄大破高家堰

再说陆贞听百灵侠一说，暗暗地把大拇指一伸，心中说道：好厉害的石太璞，不愧人称侠客，我们这一出头，无形中就算有了原告。如若拿不住跑了呢？我们也在当场相助，不能尽说人家无能；拿住呢，也叫我们瞧瞧不枉人称侠客。再说到我们伸手相助也是应尽的责任，他这一请我们出头，真可算四面见线没有漏空的地方。漫说这个事由我们身上引起，就按江湖的义气，也当竭力相助。想到这里，没等骆敏答言，自己就说道："既是石侠客看得起我们兄弟，我们还能不出头相助吗？你老人家说几时咱们动手去办，我四个人均听指挥，请你老定规好了时期，赏我们个信就是了。"石昆一听连连称谢。

这个时候，天可就不早了，于是骆敏叫家人往外面馆子里去叫饭，留石侠客在家吃晚饭。石昆一看人家四人实意相留，自己不便推辞，工夫不大酒菜摆齐，立刻入座吃酒。五个人仔细一谈，石昆这才知道人家四位全是剑侠的门人，不由得更加敬重。石昆吃完了饭，就住在骆家，次日起来，兄弟四人陪着石昆吃完了早饭，石昆告辞回衙，兄弟四人送到大门执手分别。

百灵侠风风火火一直来到府城，由后门进了衙门。正值府官完了案件，退堂休息。百灵侠来到书房，将这几天访查的经过一一报告了府官。郑晓澜一听，说道："贤弟，这个事怎么办呢？"

石爷说："依我说，今天先打发人往高家堰探一探，究竟他们那里来了多少人，我们好通知守备同时带兵剿匪。"知府说：

"你看着办吧。"于是百灵侠暗中派人前往高家堰打听。

等派去的人回来报告，才知道除了高氏兄弟之外，还有镇海龙樊瑞、双钩太保林兆东，又来了少华山金星寨潼关八鸟中的大爷摩云金翅鸟陈山、八爷九头鸟米瑞。他们二位原同高信认识，此次前来，本意是往云南玉龙山，特意绕道来看高信。还有由玉龙山来的祥泽寨的寨主清风侠羊天受字子祐、前八寨蓝田寨的寨主金鞭太保徐通字远达、后八寨飞鹏寨的寨主烈火侠芮灵字知机。他们全是玉龙山派来接饷银的。更有山东青州府云门山清妙观的观主九首蜈蚣李玄修，带着徒弟小蝴蝶葛三雄、小莲花沈听秋。他们师徒本同闹海鱼高义是朋友，因为铁拐刘利在鱼鳞镇被陆贞一锤震动心房，开口吐血，经葛三雄和沈听秋把他送回青州府云门山，不想伤重身死。李玄修一问，才知道被陆贞锤震伤重身亡，被那二人说动了心，要访访这个陆贞，给刘利报仇。于是埋了刘利，带着两个徒弟，直奔江南，顺道来看高义。

再说百灵侠石昆，一听探信的报告，人家又来了七八个人，于是禀明了知府，暗中通知守备调兵剿贼。原来这位守备姓伍名梁字成栋，三十多岁，手使一条铁枪，重约三十余斤，招数是六合门的传授，真有万夫不当之勇，所以人送外号铁枪赛项羽。性如烈火，疾恶如仇，马上步下全都来得。这天正在衙中闲坐，猛接到知府衙门调兵的文书，于是换上官服，来见知府。知府连忙把伍大爷接进中堂，坐下献茶已毕，伍大爷这才问府尊调兵何事，知府就慢慢把高家堰不法的情形一说，伍大爷一听说道："府尊，打算几时调兵剿匪呢?"

知府说："打算今天夜晚前往捕盗，还请老寅兄严守秘密为要。"

伍大爷说："那是当然，到时领兵前去，不知还有何人?"知府就把自己的表弟石昆邀了几位侠客临时相助的事说了。

"不过这个事情，老寅兄把兵调齐，夜间出发，把高家堰四面围住，内中交战拿贼，自然有舍亲同那几位侠客负责。因为老寅兄不能纵房越脊，所以不叫你进庄冒险，你就在外面捉拿漏网的贼人就是了。"伍大爷同知府商量好了，这才告辞回衙，预备一切。

单说石昆，暗中写了一封密信，派人暗暗送到骆家镇知会陆贞，四人夜晚三更在高家堰以南松林相见，一切布置妥当不表。

再说高家堰高氏兄弟，自从那一天夜中被骆敏刺伤眼睛，兄弟三个人同林兆东、樊瑞五个人商议报仇之策。正要聘请能人，正赶上金波寨又派来了徐通羊天受和芮灵前来接镖，一见高义高智的眼睛，就问二人怎么回事，林兆东就把那天夜中之事说了一遍。

烈火侠芮灵可就说了："高大弟，我们屡次劝你，不要贪淫好色，你总是不听，早晚非把咱们的大事闹坏了不可，因为这种事情正人君子全都痛恨，遇上硬手就有性命之虞。再说你若叫咱们总寨主同三个老头子知道了，你非有杀头之祸不可。现在因为你新入了大寨，他们还不知道你的根脚，我劝你还是改一改才好。"

正然说着，忽见家丁来报，说："清妙观的李道长，带着两个徒弟来拜。"

高义一听，说："快请。"

不多时李玄修进来，一见二高的眼睛，说道："为什么这个样子?"二人对李玄修一说，并请李玄修帮他复仇。李玄修说："不忙，等你眼睛好了再想办法。"正然谈话，忽见家丁来报，有金星寨潼关八鸟的大爷同八爷来访，高信连忙接进来。大家互相一指引，金星寨的二鸟同玉龙山的三位可就急了，本来老道师徒全是采花的淫贼，别说跟他们同住，就是同他们在一处长谈全栽跟头。所以那五个人略一举手，就各自坐下了。好在金星寨的二鸟本打算投入玉龙山，不想在此遇上，所以他五个谈到一处。书不重叙，一连住了四天，沿河的饷银也来齐了，玉龙山的五个人打算一半天，就同潼关二鸟押着饷银回山。

这天晚上正在大厅之内谈话，清风侠羊天受猛听外面微微有点声音，似乎衣襟带风，自己不由一怔。这个时候大家可就完全听见了，微一怔神，就听外面南房上有人说道："高氏三寇还不出来受死，等到何时！"

高信一听知来了仇家，一伸手在墙上摘下一面小锣当当当响了几下，就听四面八方锣声震耳。高义高智这时眼睛已经好了，说道："众位亮兵器，外面来了仇家。"于是各摆兵器，出了客厅。这个时候客厅外面灯笼火把照得十分明亮，只见由南房上"嗖"的跳下一个人来。身高五尺，细腰宽臂，双肩抱拢，一身青色的夜行衣，青绢帕包头，斜拉麻花扣，鬓边颤巍巍地戴着一枝守正戒淫花。怀中抱定一口红毛宝刀，立在院中，威风凛凛，口中说道："高氏三寇，快快出头受死！"

高义一听，首先一拧九节钩链枪来到当场，口中说道："小辈通名，大太爷枪下不死无名之鬼。"

只听那个人道："家住河南开封府，姓石名昆字太璞，江湖人称十粒飞星百灵侠便是，你可是闹海鱼高义？"

高义说道："知名何必故问，我同你远日无冤近日无仇，因何夜中搅闹我的宅院？"

石爷说："因为你强抢民女，霸占淮河，坐地分赃，意图造反，所以我带领官兵前来拿你，识趣地放下兵刃饶你不死。"

高义一听说："好小子，竟敢口出大言，接兵器。"说着双手一抖，枪走中盘，直向百灵侠当胸就刺。石爷一看枪离胸膛不远，一上左步，用左手一推枪杆，右手的刀头向下顺着枪杆向里便划。高义一撤步，打算用外带环，把刀给拨出去，不料人家来得太快了，枪还没有动，那刀就到了胸前，那高义一瞧只可闭目等死。石爷也不砍他，一举左手在高义胸前"啪"的就是一掌，高义一歪身扑地坐在地下，将要翻身立起，忽见眼前一晃，来了一个人，用手在高义的肩头上一按。高义立刻周身发麻，不能动转，被人家一把抓住十字绊，提到南房之下放在地下。因为这个人身法太快，等他站住，大家方才看清，来人也是一身青色夜行衣，背后插着一对倭瓜紫金锤。就见人家站在墙下，看着高义也不捆绑，大家这才知道高义被人家点了穴了。

这时高智一分双拐，左手拐一晃石爷的面门，右手拐抡起来当头便打。石爷一上步用金刀一磕单拐，顺水推舟刀奔高智的脖子。高智一蹲身躲过金刀，没想到百灵侠用个翻身踩子脚，左腿飞起，"嘣"的一声踹在高智的胸膛之上。高智一歪身，撒手扔拐倒在地下，还没有起来，猛觉着脊背被人家踢了一脚，立即同他哥哥一样不能动转，被人提起来放在南墙之下，同他哥哥放在一处。大家一看这个人二十多岁，面如少女，身背一对日月凤凰轮，同那个使锤的立在一处，也不捆人，大家才知道高智也叫人家点了穴了。大家一看暗道："不愧石昆人称侠客，高氏兄弟一照面全都被擒。"

葛三雄对李玄修说道："那个使锤的就是陆贞。"

老道一听气冲斗牛，一回手把拂尘插在大领之上，紧跟着亮出宝剑，一个箭步跳在当场，口中说道："石昆，我们无仇无恨，请你撤退，我要会一会这个赛元霸陆贞。"

陆贞一听，一纵身来到当场，说："石兄，请你休息，我问问这老道。"石昆无法，只可退下身来。陆贞双锤一分，说道："老道通名受死。"

老道说："你要问祖师爷，乃是山东青州府云门山清妙观主，九首蜈蚣李玄修是也。"

陆贞说："原来是采花的淫贼、下流的盗寇，今天活该你报应临头。"说着流星赶月双锤向下就打，老道抽身举剑相还，二人战在一起。要说老道的武术还真不错，论身份说，足够侠客的资格。可是跟陆贞走到一处，他可差点，动手不到十个照面，就被陆贞的双锤把他困在当中。小蝴蝶葛三雄同小莲花沈听秋，一见老师不是陆贞的对手，二人不约而同，一个摆单刀，一个抖链子双镰，直奔陆贞。

陆贞一看，不由得有气，说道："好两个小辈，在鱼鳞镇饶了你等性命，不思报德，今天反来捣乱。我若叫你三个小子走了，那算我枉称赛元霸。"说着刀到了近前，陆贞左手锤向外一挂，右手锤向着葛三雄面上一推，就听"扑哧"一声，葛三雄脑浆迸裂，倒在地下。

这时沈听秋的链子双镬已经来到腋下，老道的宝剑也到了近前。陆贞一看，向前一探身，左足用了一个扣步，身形一转，躲过双镬同宝剑，双锤风扫叶，向外一挥，正扫在沈听秋的腰上。这一锤把小子打出去了七八步远，小子一抖手扔了双镬倒在地下，一声也没言语立刻身死。

老道一看，一照面两个弟子双双身死，心里一难过，宝剑抽回来稍晚一点了，"当"的一声碰在锤上，"嗖"的出去了三四丈远掉在地下。老道大惊，赶紧垫步拧腰，跳出圈外，"嗵"的一声上了西房。陆贞说："恶道哪里去！"只听房上说："走不了！""啪"一声，又把恶道撞下房来。原来上面正是骆敏站在那里，老道惊魂未定，一心逃走，也未留神房上有人，所以被骆敏一掌正打在前胸之上，一歪身摔下房来。陆贞过来在他胸前一点，把老道制住。

这个时候金鞭太保徐通，把双鞭一摆，奔陆贞扑来，烈火侠芮灵，亮出宝剑奔了石昆；清风侠羊天受一个箭步正要去救高氏弟兄，不想由房上跳下一个人来，手捧点穴飞锥，挡住去路。高信一看，说道："羊大哥，这个小孩子正是骆敏，千万不要让他走了。"于是六个人战了三对。

徐通同陆贞战了个平手，十个照面以后，渐渐就不成了。摩云金翅鸟陈山说道："徐寨主，我来帮你。"一摆手中短把牛头镜，双战陆贞。这时芮灵一口宝剑同石昆对敌，也是不占上风，看情形工夫大了也得败北。清风侠羊天受一支清风剑同骆敏战在一起，也将好平手。高信一摆分水莲花夺，过来双战骆敏。九头鸟米瑞一摆凤尾双拦来双战石昆，正正的两个打一个。

工夫一大，你猜怎样，石昆同骆敏那里尚还看不出一定的胜负，就是陆贞一对六瓣紫金锤，如同流星赶月，雨打梨花，一片寒光把徐通同陈山二人迫得只有招架之功。要按说双鞭同牛头镜，还有金锤，全是沉重的兵器；但是二人比陆贞差得太多，所以招数显着迟慢，倘若无人相助，二人恐怕被获遭擒。双钩太保林兆东一看不好，赶紧一分双钩，跳到近前，三战陆贞，这才勉强打个平手。

九头鸟米瑞同烈火侠芮灵二人同石昆战在一起，石昆一口红毛宝刀，锁闭住三般兵器，米瑞稍一失神，左手剑碰在刀上，"呛"的一声，削成两段。哪知石昆左手暗藏一粒钢丸，他一瞧米瑞向外一纵，于是左手一扬，一点寒星奔米瑞的面门飞来，米瑞脚尚未曾站地，眉眼中间早中了钢丸，"哎呀"一声，血流满面，二目难睁，坐在地下。这时，樊瑞一瞧米瑞受伤，一分手中连环双刺，来助芮灵双战石昆。

米瑞正立起身来，不防"嗖"的跳下一人，此人正是霍星明，宝剑一指奔米瑞劈来。米瑞这时面门带伤，血液迷离，又是赤手空拳，如何敌挡，两个照面被霍星明一脚踢个跟头，踏住脊背，拧胳膊拧腿捆了结实，同高义、高智、李玄修放在一处。霍星明仍同尹成立在墙下观瞧。

单说骆敏一对点穴飞锥，同清风侠羊天受、乘风破浪高信三个人战在一处，一对双锥上下翻飞，清风侠一口清风剑，高信一对莲花夺，竟连半点便宜全没有。正战之间，听"哎呀"一声，米瑞受伤，被人家擒住。高信微一失神，骆敏的左手锥一松手，"噗"的一声，高信左肩井穴中了一锥，"当"的一声左手夺落在地下。高信一纵身跳出圈外，将要逃走，尹成一摆双枪拦住去路，说道："哪里走！"高信一臂受伤，只一只右手，如何是尹成的对手，三两个照面被尹成一腿踢了一个跟头，按住捆上。这个时候只剩下羊天受，独战骆敏可就更不成了。这边樊瑞同芮灵双战石昆，也是不得便宜。

徐通、陈山、林兆东三战陆贞，还被人家迫得团团乱转，稍一失神就有性命之忧。这个时间可就大了。陆贞一看，他三个拼死恶斗，我若不拿住个活的也叫旁人笑话。想到这里锤招一变。三个人一看，可了不得了，周身前后尽是锤头，不见陆贞的踪迹。这就是陆贞相逢老师二十年来所得的锤中精华，这一路锤名叫迷踪锤，共分三十六路，每踪分六十四招，要不怎么陆贞在小一辈的侠客中算头一位人物呢！那陈山三个人一瞧被人家锤头困住，不要说战，连跑都跑不了。时间一大，陆贞一锤把陈山的牛头铛打落尘埃，一抬腿把陈山踢了一个跟头。林兆东同徐通得了空隙，一齐跳出圈外，口中说道："风紧扯活。"

这个时候羊天受战骆敏，看看要输，一听徐通叫跑，于是一挫腰向外一纵，脚未沾地，骆敏右手锥一撒手，在羊天受右肩微微点了一点，道："念你是成了名的侠客。如若将你刺伤，可惜你一生的名誉，这不过先给你送个信儿罢了。"羊天受一声不语，跳上房去。这时樊瑞同芮灵也抛开石昆，跳上墙头，一同奔西南逃走，陆贞大家并不追赶。这时陈山也被尹成捆上。

玉龙山的五个人向外一走，一瞧高家堰，四面被官兵围了个水泄不通，全都弓上弦刀出鞘。你虽看他五个人不是陆贞等人的对手，但是要同这些兵士遇上就如同大人斗小孩一样，三晃两晃全都出了重围，逃回玉龙山去了。

守备伍大爷一瞧群贼逃走，赶紧带兵向里围，把高家的宅舍团团围住，伍守备手持单鞭，进了大门。一看许多的庄丁，跪了一地，满地上尽是刀枪，就见石昆向众庄丁正在讲话。原来自从五个人一跑，石昆对众庄丁说："你们赶快扔下兵器免死，不然就一个也走不了。"大家一听，于是扔下刀枪跪了一地。石昆一瞧守备伍老爷进来了，说道："守备老爷来了，一共拿住了六个活的，两个死的，跑了五个，请守备老爷搜查他的家眷，封他的宅舍，我们可要告辞了。"

伍爷说："好吧，以后的事全交给我就是了，你们几位请回休息吧。"于是石昆领四个人出了宅院，一瞧外面的兵丁，全都精神活泼，手拿刀枪弓箭之类，如临大敌一样。石爷说道："老哥儿们，让一让吧，我们过去，里面的贼，全拿住了。"

兵士一看认识是石爷，说道："石老爷，辛苦了。"于是大家一闪，让出一条路，石爷领着四个人，一直出了高家堰。

这个时候天已黎明，五个人包好了兵器，换上白天的衣裳，一直奔府衙而来。走出不远，小诸葛霍星明说："石侠客，现在

109

事情已经完了，我们又不愿意出头当原告，何必去见府大爷呢？再说我们曾寄柬留刀，总算是犯法，现在去见府大爷，我们算是做什么呢？"

石爷一听，连忙说道："四位侠客千万不要这样说，我昨天就同府官商量好了，以前的事不提，单说这件事，算是我聘请你们几位相助拿贼。现在贼也拿住了，还有什么说的吗？再说知府还要见你们几位呢。"苦苦相约，四人无法，只好随石爷一同来到淮安府。此刻已是巳时左右了。石爷请四位暂在自己屋内休息，自己到内宅去见知府。府太爷因为派人前去拿贼，刚把公事办完，也是一夜未睡。石爷一见知府，报告了一切经过，并说："人犯全都交给了伍爷，大约下午就可以押贼回府。"知府说："你请的那几位帮忙的呢？"

石爷说："我已经把他们请进衙门来了，要不是他们几位，我一人是绝对不成。"

知府说："现在哪里呢？"

石爷说："现在我那屋里坐着休息。"

知府说："既然他们来了，人家帮了我们忙了，你请他们去到客厅，我见见他们，也谢谢人家。"

石爷说："大人可别提以前寄柬留刀的事，因为在晚上我邀人家的时候，人家不来，因为怕你怪罪。是我对人家说，以前的事再不提起，算是我请他们相助擒贼，他们四位才来的。"

知府说道："那当然不提了，既然人家替我们出力，我们要不谢谢人家那还对吗？因为人家并不在官应役，这总算是客情呢。"

石爷一听，说道："既然兄长如此说，待我去到外面同他们说说，我先请他们客厅内坐，你老随后去就成了。"

知府说："好吧。"石爷于是来到自己屋内，把四个人请到客厅等候，紧跟着家人打帘子，说："大人过来了。"五个人一听站起身来，一齐向太尊行礼。

郑知府说道："众位义士请坐，未领众位贵姓高名？"

四个人连忙各通了姓名。知府说："今夜这个事情，多亏众位拔刀相助，方能拿住群贼，给这一方除此大害，不能说不是众位的大功。本府职在除凶去暴，为人民解除痛苦，这一来众位努力立下的功劳，本府反倒坐享其名，这本处的百姓以及淮河往来的客商，全都无形中享了幸福，本府这里先替本处的百姓谢谢众位。"说罢躬身一揖。

四个人一看，连忙顶礼相还。陆贞说道："太尊为民除害，小民等理应竭力相助。况除暴安良本是练武的应尽的责任，自问毫无德能，蒙太尊不惜纡尊降贵面赐教益，又复过蒙奖励，不胜感愧之至。"

知府这才让大家坐下，衙役献上茶来。知府说："众位身怀绝技，为什么不一刀一枪去到边疆上求取功名，将来图个封妻荫子？本府实为众位可惜。"

霍星明一听，连忙说道："太爷说的固然是金玉良言，但是小民等出身草莽。第一没有那种福分。再说闲散惯了，一旦若入了官场也受不了这种拘束，反不如这么无拘无束倒觉着身心安泰。"

知府一听，连忙点头，说道："按义士这样说法，不贪功不求名，只求合乎人情天理，可说是十分清高，这一求倒显着本府龌龊不堪了。"

霍星明一听，说道："太爷说得太谦了，若各处的府县全像你老人家这种爱民如子，两袖清风，不避权豪的办法，小民佩服之至。"

谈了工夫不大，知府说："现在本府还有点小事未定，请石贤弟代我相陪就是了，四位如若无事，很可以多住几天，我们也可以畅谈几次。"

兄弟四个人一齐说道："蒙大人不弃，小人等如有闲暇，一定前来请安。"于是送走了知府，四个人由石昆领导，一齐又到了石昆屋内，刚刚坐下，只见外面家人抬进了一架食盒，说道："石老爷，这是太爷叫送来的，请你老人家陪客。"

石爷说："抬进来吧。"于是众人摆开桌椅，打开食盒一看，里面是一桌上等的燕翅席，五人这才入座开怀畅饮。工夫不大，吃完了早饭，四个人托石昆入宅辞别，也就告辞回骆家镇来了。再说尹成要邀着霍爷和骆敏，一同到尹家林去住几天。还是陆贞说："这个事还不算完，我们把事情闹起来了，若不听个实在，可未免地对不起石昆，我们不如多待几天，听听府里的消息，然后再走。"

霍爷也说："应当如此。"于是又住下。到了第三天，听人传说，府衙大狱里，今天夜间跑了强贼三名，后来一打听，才知道是九首蜈蚣李玄修、九头鸟米瑞、摩云金翅鸟陈山越狱逃了。又听得知府于贼人越狱之后，赶紧详明上宪，不到几天的工夫，批示回来，就把高家哥三个就地正了国法，通缉越狱的贼人，又把高家的财产查封入官。陆贞等得了这个消息，这才放心，邀了霍星明同骆敏，兄弟四个，拜别了骆大奶奶，一同奔河南彰德府来了。

这天到了尹家林，正赶上大爷尹玉、三爷尹昌全在家中，于是由二爷尹成给五个人互相一一介绍，又将陆贞同骆敏他们的来历一说，并将沿途所经的一切全部仔细说了一遍。大爷同三爷这才知道新结的三个盟兄弟，全是剑侠的门人，武术精奇，不由得十分欢喜。于是一叙年庚，仍是尹大爷居长，陆贞行二，霍星明居三，尹成居四，尹昌居五，骆敏还是老兄弟。哥六个每日在家中谈论武术，研究功夫，一晃住了两个多月。

这天三爷霍星明就说："大哥我瞧你这里，看上去也不像是个富有之家，类乎咱们，练成了武术，既不保镖，又不护院。咱们若尽这么一吃，这算做什么的呢？头一样对不起咱们的艺业，再说可就违背了老师当年传艺的苦心了，还有一件是将来吃什么呢？"

尹玉说："三弟依你怎么办呢？"

霍爷说："咱们不会也沿着漳河一带使漂儿做买卖吗？"

尹玉说："莫非我们也学山寨主打抢路劫不成？"

霍爷一听说："大哥你可别把打抢路劫看低了，因为这个打抢路劫得分了界限。"

尹玉说："怎么办法呢？"

霍爷说："真要不分好歹，见人就劫，见钱就抢，利用熏香、蒙汗药酒，那算是贼。我们这个办法跟那个不同，先得说有五不劫。"

尹玉说："哪五不劫呢？"

霍爷说："第一不劫孤行人；第二不劫镖车；第三不劫公帑；第四不劫孤寡；第五在本地面不劫。"

尹玉一听不由得一笑，说道："贤弟你这不劫那不劫，那么做这个买卖干什么呢？"

霍爷说："你别忙，听我说完了你再批评。我说一不劫孤行客是为什么呢？凡是孤行客，全不是大客商，第一没有多少钱，再说他好不容易将本图利赚几个钱来，养家糊口，你给他劫了来，他就得饿死。再说也不值得一劫呀，所以我说一不劫孤行客。二不劫镖车，因为镖车全是江湖人开的，我们不能失了江湖的义气同规矩，只要他们走镖的不失规矩，我们也绝不劫他，这是维持江湖上的公理。三不劫公帑为什么呢？是因为公帑是国家之物，我们不能藐视国法。第四不劫孤寡，是为什么呢？人若到了鳏寡孤独的程度，那是最可怜的，我们做侠义的，应该怜恤他们才是，哪能再去劫他呢？第五在本地面不劫，是为什么呢？因为本地面的各衙门，凡作公的耳风全灵，你若在本地上做买卖，十有八九窑儿安不住。因为你尽给本地面留案子，官府一定怕麻烦，或者动兵剿捕，或聘能人，一次不成两次，两次不成三次，几时轰了，几时为止，不然就没有安定的时候了。所以有句俗话是兔儿不吃窝边草，何况是人呢。

"不独五不劫，还得保义镖。怎么叫保义镖呢？比方说有遭难的忠臣孝子义夫节妇，或是正式的往来商贾。怎么叫正式的往来商贾呢？就是将本图利公平交易的买卖人，由我们这里经过，我们得沿途暗中保护送他出境，不能教他在本地面出了是非。如若他们出了是非，叫江湖人士耻笑我们没有开门立户的资格了。

那么我们是干什么的呢？我们劫的是贪官污吏解任回家，或是奸商猾贾欺骗百姓，或是土豪恶霸出外游行。只要听见说，那是绝不客气，跟着他离开本地面，或明劫或暗取，非把他划个两手空空不可，而且非到势不得已，不可伤人。我们劫来的这种钱财货物，可不能任我们自己挥霍，那么做什么用呢？就是周济贫困恤寡怜孤，最要紧的是，无论何处有了水旱天灾，我们必须尽力暗中接济，这个名字就叫井里打水往河里倒，自己原无事尽为他人忙，所以江湖上对这个就叫作侠。虽说侠以武犯禁，但是比起奸诈害民的官吏，可不强着万分了吗？我们真要这么做起来，不消三年就可以名利兼收，你们哥几个看看怎么样呢？"

尹大爷一听，说道："还是三弟精明，不怪人称小诸葛。可是我们做水路还是做旱路呢？"

霍爷说："水旱两路全可以，无非得多用精明强悍踩盘子的伙计。在这周围二百里之内，广设耳目。还得在各城镇多设卧底的伙计，到时候方能消息灵通。不然真若有了应劫不劫的，那岂不叫江湖上笑我们不够资格吗？"

尹大爷一听说道："贤弟你指挥一切就是了，我们几个是一律听从。"商定了之后，霍三爷可就暗中排兵布阵，安置指挥。不到一年的工夫，做了三次大买卖，可就成了功了。就说手底下的踩盘子伙计就有六七百个，分布在各处四路探听。说到钱足有百十多万，同各处的绿林人、正气一点的山王寨主都有联络，越来声势越大。一般的绿林人中可就知道在漳河一带有个尹家林了，当家的名叫金顶貔貅尹玉。真是不到三年的工夫，名也有了，利也有了。

这一天霍爷对尹大爷说道："我们现在的名誉是立起来了，可是外表也得把虎头支起来，才像个样子。"于是召集人夫，在本村周围掘下了护庄河，筑起了土围子，四门上修好桥梁，里面建设房屋，整理街道，这样一来尹家林可就成了局式了。恰巧尹玉的宅院后面有一片空地，方圆足有一百五六十步。霍爷说：

"大哥你瞧现在我们的财产虽然不多，可是也得有个地方贮存才好。现在我们的房屋虽然很多，我瞧完全不能贮藏货物。"

大家说："依三哥你怎么办呢？"霍爷说道："我瞧后面那片空地方很好，我们不妨在那里起造一座仓库，储蓄所有的财物，以备将来。内中安置上转旋螺丝机关，这种机关，可是不能安上杀人的利器，最厉害不过将人困住，或是被获遭擒。里面再安上点武术趟子，我们闲着可以操练身体，以作消遣。"

尹玉一听说道："你瞧着办吧。"于是霍爷在各处搜请能工巧匠，购买各种五金和木料，量好了地盘，按好了基础，霍爷才由自己的屋内取出一张楼图来，按图修造。这一座楼足足用了一年零三个月，这才修成。赶到装置机关，由霍爷亲自动手，一切配合，别人可就见不着了，就是看见也莫名其妙。等到一切全装置好了，把所有的财货一齐移入楼内收藏，这时霍爷对大家说："现在楼已造成，所有的货币也完全收好。今天由我领导，咱们往楼内瞧瞧。"大家一听，十分欢喜，霍爷领着大家各处观看，大家亲自开动机关。一切的木人木狗，同各种的机关真同活的一样。陆爷说："不怪人称你妙手霍星明，这座楼就可以作为你这个外号的代表，可是这座楼既然这样的奇巧，还得给它取个名儿才对呀。"

霍爷说："这座楼我打算取它叫明志楼，因为我们并不是志在为盗，所得来的东西，全是不义之财。用这座楼就表明我们的志向，你们五位瞧如何呢？"大家一听，俱都称妙，于是回了聚义厅，令木匠刻匾悬挂。

这天陆爷同尹氏三杰正在坐着闲谈，忽见北路的伙计来报："山西大同府镇远镖局的镖往山东送，我们通知下边人，是不是同他们打个招呼？"陆爷说："镇远镖局是谁开的？"

伙计说："镇远镖局是两位镖主，一位姓娄名玉外号人称铁掌猴；一位姓卢名俊人称通臂猴，每人手中一条子母三节螺蛳棍，招数是七十二路行者棒，十二支牙梭三棱凹面毒叶镖，武术高强。在大同开设镇远镖局，一晃五六年了，再没有出过一回事，在江湖很叫得开。二位镖主人也和气，永远没有失过规矩。

听说他二位是师兄弟，是江湖七雄的门人，娄玉是二爷双轮邱雨的门人，卢俊是六爷卧海龙江涛的门人。"

陆爷一听心中一动，对伙计说道："江湖七雄现在什么地方居住？你们知道吗？"

这个时候尹昌说："原先倒知道他们住在山西寿阳县内，以后听说他们隐居了，不晓得他们搬在什么地方，这五六年来没有消息。"

陆贞说："他们的镖既然动身，你们打听准了，几时来到咱们这里，把镖银给他留下，我要问问这个江湖七雄。"

尹昌说："二哥为什么同江湖七雄这么过不去呢？"陆爷说："当初我哥哥被邱雨一掌击死，父亲由此一气身亡，虽说是祸由自取，但是我也得会会七雄。讲说明白，并非是惧怕七雄的威名，不敢报复，不过遵守江湖上的道义，所以才不去找他。"尹大爷说："那么二爷你不会去找二爷邱雨同他说明吗？"

陆爷说："第一不知他们的去向，第二找着他又怎样呢？不过把话说明了完事。知道说我们遵守道义，不知道的岂不说我们不敢报那父兄大仇，反倒登门谢罪吗？现在我们虽然不知七雄的去向，可是他徒弟一定知道邱雨存身的地点，我们一旦把他的镖银留下了，那时我再同他们一讲和，不就完了吗？既不失江湖的义气，又不失自己的面子，这不是两全其美吗？我们又不是要人的镖，不过为的引出邱雨这个人来。我们也瞧瞧七雄的武术，为什么号称七雄，然后再托人从中说和，就是当中没人，我们不会见坡就下吗？"

尹大爷一听，十分有理，于是大家一商量全都同意。兄弟六人规定好了，就打发伙计向四面探听。这天伙计来报镇远镖局的镖，到了清风嘴旱苇塘，大家一同带领庄丁战败了镖师，可就把镖留下了。因为打算后来还要讲和，所以对镖局的人员，一个也没有伤害。这时镖局子的人员可回了大同府了，所以七雄老兄弟先托裘逸过去往尹家林探听尹氏三杰的消息。裘爷当时应允，于是领着崔三一直回大同镖局来了。

第九章

七雄六义逞侠风

这天来到镖局子门首，伙计们一瞧这可稀奇，头戴烟毡大帽，身穿青色的破棉袍，破裤子飞满了花，破袜子跟地皮一个颜色。拿着一条铁烟袋，闪光雪亮，看情形这条烟袋足有十好几斤重，真像个乞丐，要不是崔三跟着，非将他吆喝走了不可。就听崔三说道："老爷子，你老候一候，小子我通知镖主好来迎接。"裘爷点头，只见崔三进去，工夫不大，就见二位镖主从里面跑出来，说道："老爷子几时来的，小侄未能远迎，这里给你老磕头啦！"

裘爷一摆手，说："起来前边带路。"

伙计们一看，暗道："这个破花子是谁呢？好大架子，怎么二位镖主这样恭敬？"工夫不大崔三出来，大家一问才知道是名驰冀北的燕冀大侠。

再说，裘爷随着二位镖主来到柜房坐下，伙计献上茶来，裘爷说："你们这个事，我全听崔三说了，明天你们两个去一个，带着伙计前去要镖。我在后面跟着，有了事，自然我出头解决。"娄玉点头答应。到了次日，娄玉带着两名伙计，寸铁不带，身穿长大衣服，这是镖局请镖的规矩。三个人就奔彰德府来了，天到过午来到尹家林，一看周围一丈二尺宽的护庄河，一丈二尺高的土围子。上面有垛口，四面四个围子门修的砖门楼，门外用条石修的小桥，从漳河引来的活水，灌满了城河，足有一丈多深。河两岸用木头做的栏杆，河内种满莲花。

娄玉带着伙计进了西门，一看街道整齐，房屋紧凑，做买做卖的，还有士农工商，非常的热闹。娄玉找了个老头，向人家一打听尹庄主的住宅。那个老头用手一指，说："你往正东走。到了十字街往南一拐，第一所大房子，坐北朝南的门楼。门前一路八棵垂柳，就是他的住宅。"娄玉一听到一声"劳驾"，带着伙计一直来到尹玉的住宅。一看门前坐着十几个家人，全是青衣小帽，看着倒是很规矩。娄玉一抱拳，说："众位辛苦，劳驾通禀一声，就说山西大同府镇远镖局的镖主，铁掌猴娄玉前来拜庄请镖。"

庄丁一听，不敢怠慢，连忙说道："娄镖主请门房坐，小子就进去通禀。"庄丁进去了工夫不大，就听里面说道："娄镖主在哪里？"由里面出来了六个人。

这六个人一色的青绸子大衫，白袜洒鞋，一齐抱拳拱手满面含笑，就听头一位说道："娄镖主在哪里？不才兄弟迎接来迟，当面请罪。"

娄玉连忙还礼，口中说道："不才来得鲁莽，请六位庄主海涵。"二人携手向里相让。娄玉同大庄主一拉手，尹玉一用力，娄玉早知道有这一手，已经提防着，尹玉就觉着娄玉的双臂如铁，赶紧撒手相让。娄玉一打量尹玉，四十上下的年纪，五尺高的身材，赤红脸，浓眉大眼。头上正当中一块巴掌大的黄头发，如同金线一样，所以江湖人称金顶貔貅。

大庄主也打量娄玉，只见他中等身材，细腰宽臂，双肩抱拢，三十多岁的年纪。窄脑门子尖下巴，两道剑眉，一双圆眼，黄焦焦的眼珠子，滴溜溜地乱转。身穿青绸子大褂，白袜子皂鞋，带着两个伙计，真是精神百倍。

娄玉一进大门，转过映壁，原来是一片广场，黄土填的甬道四通八达，有三四所院落，每所各有二三十间，在最后还有一座高楼。六位庄主领着娄玉奔了正中那所房来，走到近前一看，向南的大门带门洞，一进大门就是门房，迎面是个长方院落。二门是个屏风门，一进屏风是个大当院，一概用方砖铺地，砌出许多花池子，里面栽花种竹。正房是七间大厅，外面南房也是七间，东西配房各五间，全是前出廊、后出厦的瓦房，正房门上挂着板帘，大概这一所是专为待客用的。正房门口站着四个家人，青衣小帽，打起帘子。

六位庄主让娄爷进了大厅，一看内中无甚陈设，正面摆着一张花梨大案，案后面摆着六张交椅，一是大红走金线的桌袱椅披。案前面雁翅儿列着十几张方凳，靠北山墙两边放着刀枪架子，上面插着十八般兵器，正当中悬着一块立匾，写的是"正心堂"。六位庄主让娄爷上首落座，尹大爷领着五个盟弟在下首相陪。庄丁献上茶来，娄爷这时抱手当胸，说道；"大庄主，请你给我介绍介绍这几位朋友。"

尹大爷这才说道："众位贤弟，我给你们介绍介绍，这是山西大同府镇远镖局的镖主，姓娄名玉，人称铁掌猴，是江湖七雄二爷双轮邱雨的门人。这是我二弟陆贞，人称赛元霸。这是我三弟姓霍双名星明，人称小诸葛。这是我二舍弟，名叫尹成，这是我三舍弟名叫尹昌，这是我的六弟名叫骆敏，字成英，人称燕蝠齐飞。"大家互相一客气，复又入座吃茶。

娄爷这才说道："前几天敝局有一支镖，往山东去送，也是娄某不得闲，所以托了两位镖师，带了几支镖。行到清风嘴旱苇塘，大概是失了规矩，才惹得贵庄把镖留下。这不怨贵庄留下镖银，都怨娄某用人不当，再说也是两位镖师经验太少，所以才惹得六位庄主怪罪。今天我娄某按咱们江湖的规矩，特来赔罪，还请众位念江湖的道义，把镖银赏下来，好叫他们起镖，过后我娄某总有一份谢意。"

要按江湖规矩，镖主因为理短，请镖谢罪，山主或庄主就该把镖银发还，叫人家起身就算对了。但是这一次留镖，并不是这种用意，所以娄爷将把话说完了，只听二爷陆贞说道："娄镖主千万不要这么说，这个事情并非贵局失礼，也不是镖师失了规矩，要说错，还是我们无理取闹。我们这个无理取闹，可是另有一个缘故，第一阁下的业师，人称七雄排行第二双轮邱雨，天下闻名。我本意欲请老七位来到敝庄，但是苦于不知这七位的住址，所以再三地打听，才知道阁下是二爷的高徒，当然深得二爷的真传。我要找到大同前去领教，又显着我们到门欺人，十分的不对。不如不按规矩把镖留下，镖主自然前来要镖。就请镖主把贵老师替我请到敝庄，我们一定把镖银一分不短送到清风嘴。如若令师不到，单凭镖主前来要镖，我们能失了江湖规矩，也不能叫你把镖银拿了去。说真了我们这就叫强词夺理，不讲人情。我们拿镖银做个当头，几时二爷邱雨来了，我们把镖银送还。如若二爷不敢前来，那时镖银也送出庄去，若单凭镖主一说，立刻就拿镖银，那如何能够呢？镖主你也不必着急，我们这就叫不讲情理，说难听的就是不够程度。"

娄爷一听心说要坏，真要他强词夺理那倒好说，不怕说僵了，当场动手，那算他不够程度。现在他不但认错，而且还真认不讲情理，就因为同我老师过不去，他才不给镖银，你说这个事情怎么办呢？

娄玉正在为难，寻思答话。忽见庄丁来报，说道："庄主，外面来了一个乞丐，拿着个大铁烟袋，要见庄主。"

尹大爷说："你们多给他几个钱不就完了吗？见我做什么呢？"

霍爷一听，说道："且慢，大哥你老这算粗心，江湖上的异人不可胜数，你老知他是做什么的。"一回头对庄丁问道："你没问他的姓名吗？"

庄丁说："他自通姓名，说姓裘，名逸，字山民呢。"

霍爷一听，说道："大哥，还是把他请进来为是。当初我听家师说过这一位，大概是燕冀大侠。无论是与不是，请娄镖主少坐，我们兄弟六人先迎出门去一看就知道了。"

于是兄弟六人对娄玉说道："娄镖主暂坐片刻，我兄弟去去就来。"说着六个人一同离开正心堂，一直来到大门之外，用目一瞧。只见大门外站着一个乞丐，头戴一顶烟毡大帽，卷着后沿，前边遮住二目，两撇小灰胡子。身穿一件破棉袍，真是补丁叠补丁，下身穿一条破棉裤，两只破棉鞋，破袜子跟地皮一个颜色。右手拿着一个大皮烟荷包，足够一尺多长三寸来宽，用皮绳穿着，一头拴着一个大铁环，足有手指粗细。还有一个铁烟袋，二尺多长，核桃粗细。尹大爷一看说道："前面来的可是燕冀大侠，裴老义士，想我兄弟未曾远接。我们这里赔罪了。"

就听裴爷说道："岂敢岂敢，老朽来得鲁莽，还请六位庄主海涵。"

尹大爷说："此处并非讲话之所，还请你老人家里面一谈。"

裴爷说："正要打扰。"于是六位庄主在前，裴爷在后，一直来到正心堂。家人打起帘子，请裴爷来到堂内，分宾主坐下。裴爷一问大家的姓名，大庄主尹玉一一指引。裴爷说道："自从六位在尹家林聚义以来，老朽早就有意相访，因为好动的毛病，所以总不得闲。今天可算万幸，六位全部在家，老朽今天又得了六位小朋友，真是痛快得很呢！"

尹玉说道："不才兄弟六人自从出世以来，年轻节薄，多承各处的老少侠义垂青，方能得有今日，不想现在你老人家又光临敝舍，实在是蓬荜生辉，给愚兄弟增光不少。"

裴爷说："六位庄主太客气了。"回头问道："娄镖主来到尹家林有何贵干呢？"

娄爷于是又把清风嘴丢镖的始末说了一遍，自己因此前来请镖，"但是二庄主因为同家师当初有一点小小的夙怨，所以他主张不放镖银出山。小子我又因为家师既然当初开罪过庄主，所以我这里正在为难，不想你老人家就来了，这不是你老人家赶上了吗？没别的求，你老说和说和吧。如若我的老师他老来了，岂不更把庄主给得罪了吗？"

裴爷一听娄玉这片话，不由得暗笑，娄玉这小子真是嘴把式，照他这一说，倒像尹家林这伙人完全不是他的对手，不过他不肯再得罪他们罢了，这真得说好汉出在嘴上。想到这里一拱手对陆贞说道："二庄主，留镖请镖这乃是江湖的规矩，二庄主为什么不把镖银还他们呢？"

陆爷一听哈哈大笑，说道："老义士，你老人家不知内中的细情，方才我同娄镖主已经谈过了。本来这一次留镖，并不是镖局失理，乃是我无理取闹，不过小可久闻江湖七雄威名，尤以邱二爷为最，所以我打算会会他老人家。只是苦于不知他老的住址，所以再三访听，才知道娄镖主是邱二爷门下的高徒。如今我若故意不还镖银，非二爷出头不可，不是二爷无形中就出头了吗？"

裴爷一听哈哈大笑，说道："二庄主你这个话我明白了，一定当初你同邱二爷有过节儿了，今天谁叫我赶上了呢。本来我同邱二爷也有一面之识，同阁下六位也得说一见如故，我打算从中给你们两个调和调和，不知道二庄主你老的意思怎么样？"

陆爷一听连忙说道："老义士你老人家可听明白了。要按说名驰冀北的老侠客出头给维持事情，第一得说赏给不才的面子不小，第二可就算是两人的福神，但是你老调解得早了一点，既然你老出头维持，早晚有求你老解和的一天。"

裴爷一听，说道："二庄主，到什么时候才算不早了呢？"

陆贞说："你老要调解非邱二爷出头不可，到那时你老一说，可就算完了。"

裴爷说："我同两人全是朋友，我这个了事，是金砖不厚，玉瓦不薄，仇宜解不宜再结，如若冤冤相报，何时是完呢？再说你跟二爷有仇应该去找二爷报仇才是，你跟镇远镖局不是没仇吗？咱们这么办，你先叫他们镖局子起镖。你不知道二爷邱雨住在什么地方，我倒知道，现在他们移居寿阳城南八里远近，地名红柳坡，现在改名七雄堡。老朽作为访友，我领你去，你瞧怎么样？你何必对镖局子过不去呢？再说镖局子又不是二爷开的，你两人大概也没有多大冤仇，何必这么没完没了呢？"

陆爷一听，说道："老义士你老不用说了，我不是说过了我不对嘛，虽然镖局子不是邱二爷开的，可是他令高徒开的，不是同邱二爷开的一样吗？你老不是说没有多大仇吗？你老不知道，父兄之仇不共日月，所以说非二爷出头不算完事。你老人家要非管不可，我陆贞宁可得罪你老人家，也不能让娄镖主把镖拿了去。依我说，最好现在你老先别管，等到了完的时候，你老人家不管也不成，哪怕我给你老磕头呢，那就应了你老那句话了，谁叫你赶上了呢。"

裴爷一听，说道："二庄主，你们究竟是什么冤仇，可以说出来让我听听吗？"

陆爷说："那有什么不可呢？"于是把当初结仇的原因仔细说了一遍，又说道，"按说我兄长之死是他祸由自取，我父亲之死算是由于自己是非不明，可是我要放下不管，教江湖说起来，我陆某算是个什么人呢？所以说非邱二爷出头不能算完。"

裴爷一听不由得哈哈大笑，说道："二庄主，你既然知道令尊同令兄做事不对，为什么还非报仇不可呢？"

陆贞说："我不是对你说明白了吗，明知不对，也得报仇。如若不言不语，江湖上一定得说，姓陆的不报仇，并不是遵守道义，而是怕人家邱二爷的威名，不敢报复，要不父兄之仇为什么这么不言不语呢？就是找不着二爷邱雨，也应该找他的后代门人哪。虽然说父兄不对，难道说还能不是父兄了吗？别人要这么一谈论，叫我还怎么在江湖上混呢？所以说这个仇一定得报，不怕裴二爷一掌将我击死，那算我学艺师不精，也不能怨人家心狠手黑。你老非叫我把镖给了人家，言归于好，你老请想，这如何能够呢？"

裴爷一听，心中说道："这小子真把没理的事说得有了理了，你说我还能栽在这里吗？"想到这里，不由得着急，把烟毡帽向后一推，说："陆庄主，这个事情按理说，老朽既然出头调解，你就该完了才对。为什么呢？你想我这么大的年纪，出头了事，如若了不完，你叫我怎么出尹家林呢？不想我说了半天，你是满不听题，你想往后你还怎么交朋友呢？咱们这么办，你看我偌大年纪，在二庄主这里讨个脸儿，成不成呢？"

陆贞一听，老头子是没的可说了，我若再挤对一点儿，就许把老头子僵火了，真要火了也不错。我也看看这燕冀大侠的武术如何，哪怕过后我再给他赔礼呢。陆贞想到这里说道："老义士，你只顾了你老人家面目难堪，你老就不想我陆某大小也有个微名，我的面目何在呢？你老人家要非此不可，这么办，求你老人家辛苦一趟，去一趟七雄堡，给邱二爷带个信。我等他半个月，他如不来，那时我哪怕一步一个头，拜到隐贤村再请你老出头了结，你看如何？"

老头子一听可就烦了，本来了事不成还有事在，裴爷哪能给他带这个信呢，这不是当面刻薄人吗？裴爷不由得双睛一瞪，说道："陆庄主，你这就不够朋友！我老头子了的事是好朋友的事，成有你们的事在，你不该用言语奚落我老头子！我合着是到了你们家里头了，要打了事的对不对？这分明是欺压老夫，今天我要领教领教你这个赛元霸，没有别的，咱们院里见吧！"

说着站起身，陆贞一看老头子急了，说道："老侠客，我陆某可没敢同你插手比拳，这是你自己倚老卖老，你别看你坐镇幽燕，你要打算来镇尹家林可办不到。你老人家不是要动手吗？我们也只好奉陪。"

回头对尹大爷说道："大哥，既然老侠客打算动手，我们不如陪着老人家走两趟吧，就是输了，输在高人手里，还算难堪吗？"于是命家丁打起帘子，七人一同走到院中。娄爷一看说僵了，自己也没有办法，只好也跟到外面。

那裴爷走到院中一站，把烟袋掖在腰里，说道："你们哪一个先过来动手？"

就见翻江雁尹昌尹三爷说道："老侠客，我给你老接接招。"一纵身形来到当中，向前一进步，左手一晃，右手向着裴爷胸前就是一拳。裴爷向后一退左步，身形一闪，用两个手指头一戳尹昌的袖子，手腕向下一沉，就见尹昌身形向前一栽，将要躺在地下。裴爷一伸手，抓住尹昌后心的衣服，说道："五庄主请你休息。"尹昌一怔，真不知道自己为什么倒下，又教人家给抓起来，看来人家高明得多，于是一言不发退在廊下。

这时候六爷骆敏一看五哥一照面就输了，知道裴爷的武术精奇。自己暗想，我随二位恩师一十四载，可不敢说高，自从出世以来，可没遇过敌手，今天我何不领教领教这位燕冀大侠，也看我够个什么身份。想罢一纵身来到当场说道："老侠客，我给你老接接招吧！"于是双拳一晃，直奔裘爷的门面。

裘爷一瞧这位六庄主，头梳双髻，面似桃花，还是一个童子，不由得起心里爱惜。一看双拳离面门切近，一上左步用右手向上一穿，左手奔骆爷肋下便打。骆敏一撤右步，右手向下一奔拉，左掌"嗖"的一声奔裘爷面门打来。裘爷一看这孩子好快的手，足见他受过高人的传授。不由得一高兴，心想我给他领领招，也看他是哪一门手术。想到这里施展身法，展开双拳，同骆敏打在一处。骆爷一看，心说不怪人称燕冀大侠，真得说高，今天我绝不是人家的敌手。二人动手七八个照面，打了三十多个回合。

裘爷一看孩子的招数，真不亚如狂风骤雨，今天我要把他打倒了，可惜燕蝠齐飞的名誉。想到这里，正赶骆敏双手向自己双肩上一按，老头子双手一合向前一伸，由骆爷肘底下过去，两个中指正点在骆爷的两个乳根之穴上，双手要一坐腕子，一发真力，骆爷就得当场丧命。裘爷偌大年纪，如何肯做这样狠毒事情，于是两指向下一划，说道："小朋友你也休息。"骆爷知道人家手下留情，不伤自己，连忙向后一退，一抱拳说道："老侠客手下留情，我谢谢你老人家。"说罢退到廊下。

裘爷说："还有哪一位？"陆贞一看，兄弟六人，按武术，除了自己，就是尹大哥，再就是六弟，现在六弟败了，还能让大哥出头吗？于是一纵身形，说道："老侠客我来接招。"话到手到，左手一扬，右手一伸用了个单撞掌。裘爷一瞧暗道："小子好快的手。"裘爷一上左步，右手一捋陆贞的腕子，左手向陆贞肋下一按。陆贞一侧身形右手一拳，左手掌带风声，向裘爷头上砸来。裘爷一撤右步，右手向上一伸向外一卷，这一扫名叫抗掌，把陆贞的左手卷到外面去了，右掌向下一落直扑陆贞的胸膛。陆贞右手一拳向怀中一抢，名叫立桩，跟着右掌翻背手向裘爷的面上打来，这一招名叫摔掌。裴爷一看怪不得小子狂，真有两下子，我若不叫你认得我了，恐怕你还要目空一切。想罢招数一变，把自己的看家拳可就施展开了。

原来裴爷自幼受过异人传授，有一趟八面进身如意掌，平生指着这趟掌法成名，没有逢过敌手。今天一施展，可就把陆贞给围住了。陆贞一看心中骇怕，只想随老师练艺二十年，赐号赛元霸，实指望打遍天下无敌手，不料今天遇上裴逸，别想说赢，准保不输全都不易，真要被人家一掌击倒，自己尚在其次，岂不给老师丧尽名誉？于是也把拳法一变，三五个照面，居然走出圈外。心中暗想，趁此下场，倒是很好的机会，不然工夫一长，非输不可。想罢双拳一抑，说道："裴老侠客，且慢进招，我有话说。"

裴爷一施展八面进身如意掌法，准知道陆贞必输，心想只要用掌法把他围住，那是稳操胜算。不想陆贞能从从容容走出圈外，自己十分的惊讶，暗道后起者竟有这样人物，真是能人背后有能人，看起来为人不可目空一切。

裴爷他哪里知道，陆贞有一种护身绝艺名叫退步连环掌，这是通真子一生的绝技。只要与人比较，一看对方技艺超出己上，势不能敌，赶紧把这趟掌法施展开了，一招一式就同练拳一样，自然而然地就可以走出圈外。这个掌法，只可护身，不能击人，陆贞练这趟掌，整整地花了三年的工夫，所以陆贞在这一部书中，未曾一次被人窘困到底，原因就是这趟掌法的关系。

陆贞这一走出圈外，裴爷可就纳了闷了，本来没有看出他有什么出奇的招数，可就是自己没有把人家围住，将要进身追赶，就听陆贞说有话说，于是站住身形，说道："二庄主未见胜负为何撒招？"陆贞说："老人家，我们本不是仇杀恶战，何必定分胜负呢？再说我若败了，小小的虚名就算化为乌有，你老人家看看，岂不可惜？再说你老人家倘若万一失神，一世英名亦付东流，悔将何及？我因为不是你老的对手，这才走出圈外。你老的名誉已成，对于后辈正宜诱掖提携，何必不忍一朝，定要分出胜负呢?"

裴爷一听,暗道:"这小子说的真有道理,再说自己虽然输不给他,可是无法赢他,再动手也不过如是,不是白生气吗?"于是说道:"不比倒也可以,但是请镖的事情怎么样呢?"陆贞一笑,说道:"还是那句不通人情的话,非邱二爷出头到了敝庄不能解决。"老头子一听,这可没有办法了,这小子软硬不吃,俗话就叫缠磨头。

这时外面进来了个庄丁,报道:"门外有山西寿阳县城南七雄堡的六位庄主前来拜庄。"陆贞一听,不由得大喜,对裴爷说道:"老人家,你可听见了,现在江湖七雄来了六位,这可应了你老那句话了,这个事谁叫你赶上了呢,将来还得你老给调解。可是现在你老千万别开口,为什么呢?如若我们闭口不应,你老人家的面目安在呢?因为凡是年高有德的人来到敝庄,我是一概以老前辈看承,绝不敢说一句无礼的话。方才我对你老说的那种无礼的言语,那是故意教你老生气,还请你老原谅才好。"

老头子一听暗道:"这小子是怎么回事呢,他倒是什么意思呢?你说他诚心同七雄作对,他可处处计念着和平解决,索性连和事人都安下了。你说他不是同七雄为仇呢,他可非见邱二爷不可,而且口口声声要报父兄之仇。要按武术说,别瞧七雄兄弟武术精奇,恐怕也制不了他。"

不提裴爷暗中思想。单说陆贞对裴爷把话说明,尹大爷带着五个兄弟一同向大门走来,走到大门一看,只见门外站着六个老者。头一位,须发皆白,微微地谢顶。第二位也是发赛冬雪,须似秋霜,肋下悬剑,原来是一位出家的道长。第三位形同乞丐貌似花郎,七十多岁,须发不亚如挂雪的飞蓬,手中持着一支三尺多长的铁笛,真有鸭卵粗细。第四位皓首虬髯,一双碧目,神光炯炯,约有七十余岁。第五位风神潇洒,一部花白胡须,威风凛凛,肋下悬剑。第六位五短身材,六十多岁,瘦小枯槁,金睛乱转。这六位在门首一站全都是面带笑容,双方拱手后一齐进了正心堂。邱爷用目一看,裴爷同娄玉全都坐在厅中。再说裴爷一见邱二爷大家来到，连忙起身让座。娄玉过来给老师和各位师叔磕头，立在邱爷背后。

尹大爷同五个兄弟在下首相陪，互通姓名。家人献上茶来，吃茶已毕，就听邱二爷说道："前者镇远镖局的镖车走到清风嘴旱苇塘，被贵庄将镖银留下，当然是他们失了规矩，以致惹恼了众位庄主。若按说留镖请镖原与我邱某无干，再说我隐居七雄堡，原打算不问世事。不过听镖局伙计报告，此次留镖颇与老朽有点关系。再说小徒前来请镖，出来了十余日的工夫不见回去，所以我第一前来看看他们请镖是否合乎手续，第二同着几位盟弟前来拜会六位庄主，请问一声，我邱雨有何不到之处，以至惹得江湖朋友对邱某发生不满？现在小徒既然在此，不知请镖的事情如何，并邱某有何问罪之处，还请庄主明言示知，老朽愿闻。"

尹大爷听了，双手一拱，说道："这个事要说其错全在我们。不过内中的情由，得细细地分说明白，本来这个事的起源，起在我的二弟身上。"于是就把当初邱爷如何掌震陆元，气死陆天霖，陆贞千里投师，仔细说了一遍，复又说道："邱二爷你老请想，要按侠义的道德，这个仇可就得放在一旁，不能再道只字，为什么呢？因为那算祸由自取。但就父子的关系，可就不能那么说了，真要是只字不提，我那二弟陆贞可就不能再在江湖上站立了。旁人必说惧怕二义士你老的威名，不敢存报复的思想。但是江湖七雄正大光明，人所共知，要为个人私仇不遵道理，也实属惹人唾骂。满打算找你老人家叙说明白，又不知道你老仙居何处。所以我兄弟议论了几天工夫，这才想起对镇远镖局无故留镖，无论何人出头，全不放镖出境。第一为的是把你老人家引出来，说明以往的情由。第二领教领教你老人家的武术，这就算报了仇了。方才裘老义士还说他老情愿带着我二弟前去拜谒你老人家，你想我二弟若再去到七雄堡，岂不叫江湖人说他不独不敢报仇，反倒登门谢罪吗？所以说必须把你老请到这里，大家说明。方算两家全都不伤面子，第一我二弟不落个赔罪的名誉，第二你老人家也得一个优容晚辈后生的美名，这不是两全其美吗？就是因为这个缘故，裘老侠客也要出头维持，我二弟还故意不讲情理，同裘老义士双方动手。虽然动手，这也不过是游戏性质，这个时候各位老义士可就来了。还有这件事情也得当面说开，我们兄弟几个人有个游戏的所在，咱们完了事，请你们几位到那里消遣消遣。"

邱二爷把话听完，说道："大庄主，现在我也来了，这几个条件我是完全接受，不知现在该怎么样呢？"

尹大爷说："原先不是跟裘老侠客说过了吗，只要二义士你老人家一露面，立刻就请娄镖主起镖。现在第一步就照着原定的办法，就请娄镖主派人接镖，我这里派人把镖送到清风嘴，以全两家的面目。话也说明了，还请娄镖主原谅一切，我们不是错了吗？以后我们去到大同登门谢罪就是了。"

娄玉一听，不敢答应，两眼看着邱爷，邱爷说："既是庄主把镖银赏下来，你可以去到本镇天心店，叫伙计接镖就是了。这里的事有我们了结，你们去吧！"娄爷一听，于是告辞，尹大爷把娄爷送出大门。娄爷一问天心店，有人告诉他就在南街，于是到了南街天心店里一看，喝，连镖师带伙计及客人全都来了。

原来邱爷大家本打算在七雄堡听候消息，赶裘爷走了之后，二爷一想，这个事本由自己所起，真要不露面恐怕完不了。如果再等裘爷回来，往返得多少时间，不如自己去一趟尹家林，看一看这尹氏三杰同这个赛元霸的人格如何。如若人格正直，巧了就许交几个朋友，如果人格不正，除了他们也给百姓除一大害。于是对大爷一说。大爷倒是赞成，不过一问谁去，三爷四爷五爷六爷七爷全要去，全是恐怕人太少了孤单。一个不谨慎，就许把一世英名付与流水，所以大家全要去。

大爷自己在家看家，老哥六个这才一同奔大同走来，到了镖局子一问，伙计说："老爷子你老来晚了一步，前半天镖主及裘爷全走了。"邱爷一听，说道："既是他们全走了，你把此次出事的人员连同客人招集齐了，一同跟我前去要镖。"大家赶到尹家林之后，邱爷叫大家在天心店等候，所以娄玉才同大家会在一起。于是算清了账目，直来到清风嘴等候。工夫不大，尹家林的庄丁把镖车送来，客人一检查，原封未动分文不短，于是大家起镖奔山东去了。

再说邱爷，一见娄玉走后这才说道："现在镖银已走，总算庄主赏给我们的面目不小，以后再谢，不知还有何事？"

尹大爷说："第一为的是把你老引出来，第二为的是领教你老人家的武术，就算我二弟报了仇了。第三我们这儿有一点不值钱的东西，把它放在一个地方，如若你们老几位手到拿来，那就算是我兄弟输了，情愿以此作为一个谢罪的东西。如若老几位拿不出来，我们也将这个物件相送，一来是联络感情，二来是作为进见之礼，并且可作为此次无理留镖谢罪的物品。这不是裘老侠客也在这里，就请他老人家做个调解人，咱们双方全有面子。几位老侠客，看看此事意下如何？"

邱爷一听心中暗想，好一个金顶貔貅，他处处站稳脚步不栽跟头，这还不算，并且把了事的也安排停当。分明是愿意了结，可是必须较量较量，还有谢罪的物品，比方说，我们若不能手到拿来呢，七雄的威名从今以后可就栽到家了。看起来别看他们几个人年轻，做事真得说有根有据。想罢说道："既是大庄主你说出来了，老朽几个人还能驳回吗？但是我们现在先履行哪一条呢？"

尹大爷一听，说道："你老人家先别忙，我还未将这个谢罪的物品拿出来呢。"

于是一回头对庄丁说道："你去到内宅见大主母要我原先交给她的那个盒子，把它拿出来。"庄丁从内宅出来时，怀中抱定一个长方木盒，足有三尺多长，五寸多宽，进来放在桌子上。尹大爷站起身形，伸手把盒子打开，由盒中取出一物，打开包袱一瞧，原是一口单刀。黑鳞鱼的鞘子，真金什件，刀盘盒吞口是一个整龙头，龙眼睛是两颗樱桃大小的明珠。珠光射出半尺远近，刀把用紫丝绳子缠着，刀督也是一个龙头，张着口，口内含着一个鸽卵大小的金球，两个龙眼睛也是两颗明珠。在两腮上穿着一个手指粗细、茶盅口大小的金环，手腕子一动哗啦啦乱响。那尹大爷手执宝刀说出一番话来。

第十章

明志楼夜获双雄

那尹大爷手执宝刀对众人说道："各位老人家请看这口刀，前年敝庄修盖了一座明志楼，为什么叫作明志楼呢？不过是表明我们兄弟六人虽然身居绿林，并不是志在为盗。这是修楼掘土时由土里得来的，我把它交巧手匠人精心修理，才露出本来面目，也知道是口宝刀，就是不知道它的出处和名目。你们老几位闯荡江湖，最少的也有四五十年，可谓经多见广，一定能知道它的名目。常言说好宝剑赠与烈士，所以我才立意以此物相送，作为一种谢罪的物品。并且说开了，我们取个笑，把此刀放在明志楼上，任凭老几位去取，可是我们这座楼上面装置着几种机关，这个机关可不是杀人的埋伏，也没有有毒的物件，不过中了机关至多身带微伤，或是被获遭困，绝对没有意外发生。咱们以三日夜为期，取出来不伤身体，那算我们输了，咱就实行末后的条件，言归于好。取不出来，也实行末后的条件，不知各位老侠客以为如何？"

邱爷一听，心中暗想，取出来言归于好，取不出来也言归于好，并且还用宝刀考教我们。这口刀不用说取出与否，就是叫不出个正当名目，那时我们七雄的名誉可就付与东流了，这个事情挤到这里可是不能不答应，于是说道："既是尹庄主这样说法，我是无可无不可。"用目一看自己五个盟弟，一个个手拈胡须微笑不语，唯有七爷东方，用目观看自己。

二爷明白他善作机关埋伏，大概这机关他一定能懂，于是心里略宽了一步，一伸手从尹玉手里接过宝刀。左手拿住刀鞘，右手拿住刀把一摄崩簧，只听"呛啷"一声，宝刀出盒，真不亚如龙吟虎啸，寒光闪闪，冷气侵人，活似一汪秋水，耀人二目。邱二爷仔细一看，这口刀通体三尺六寸六分，头上作成缺尖式，足有三寸多宽，一身龙鳞。二爷看罢，不明此刀的来历，一伸手递给谷三爷。谷三爷接过来，掂了掂分量，量了量尺寸，往下传递，不多时连裘爷全看完了。尹玉接过刀来插入鞘内，说道："众位老侠客可知此刀的名字及出处？"

就听三爷谷玄真说道："大庄主，贫道对于宝刀宝剑可不认识，不过这口刀我倒听见说过，只不知是与不是。"

大庄主一听，说道："你老人家既然知道，何妨说出来我们听听呢。"

谷爷说："此刀出在大晋，赫连老丞相所造，一共三口。头一口，通体身长四尺，按一年的四季，把长一尺二寸，按十二元辰，刀长二尺八寸，按二十八宿，刀把不用物缠，造就一身鳞甲。连刀把带刀盘是一条整龙，如同现在的斩马刀相仿，其名叫作龙鳞。第二口通体身长三尺六寸，按周天三百六十五度有奇，把长八寸，以合八卦，连盘带督是一条整龙。龙口吞着刀身，在刀面上龙头的前面有一个透眼，内中含着一粒弹子大小的钢珠，其名叫作龙壳，俗名叫作劈水透珑刀。第三口也是身长三尺六寸六分，刀把是两条龙，一个龙头抱着刀身，一个龙头含着一粒钢珠，龙腮上穿着一个钢环，那个龙鳞可起刀身上，这口刀正名叫作龙纹，俗名叫作大环。

"这三口刀全有四益三绝之称。那四益是什么呢？一决胜负，就是出兵打仗，主帅身佩此刀，如若这一仗能够胜了，此刀在鞘内自己铮铮作响，如果此刀无声无响，那就趁早收兵，不然非败不可。二防盗贼，就是房屋之内，如把此刀挂在墙上，它自己能在鞘内作响，你就赶紧盯着它，今天夜里一定闹贼。三惊刺客，就是如若身佩此刀，出门远行，前面有刺客，这口刀自己会刀出鞘外，或二三寸或四五寸不等，自己就赶紧留神，前面一定有小人潜伏。四避邪魅，就是若身佩此刀，夜晚走路，一切的邪魔鬼怪不敢近前，这就是四益。那三绝是什么呢？就是切金断玉砍毛发，这就是三绝。我见大庄主这口刀的尺寸同形式，好像那第三口龙纹大环刀，是与不是我可是妄谈。"

尹大爷一听说道："三爷可谓博古通今，这一段定刀论，使我顿开茅塞，此刀一定是大环刀无疑了。"于是把刀放回盒内。邱二爷说道："大庄主，我们现在应该履行哪一条了呢？"尹爷说："第一条是请你老人家出头，这不是你老来了吗？第二条可就是研究武术，这个研究的性质可是游戏，点到为止，指到算输，可不能下其毒手。因为我们这是友谊的比赛，咱们现在就履行第二条。"于是告诉庄丁在外面预备，工夫不大，庄丁进来说道："已经预备妥了。"尹大爷说道："请大家外边坐吧。"于是大家起身，家人打起帘子，众人来到外边。

铁笛仙四爷白天乙性最急，手持铁笛，先来到当场，口中说道："不知哪位庄主前来赐教，白某奉陪。"

就见六爷骆敏手捧一对点穴飞锥，说道："小可不才给你老接招吧！"说着左手锥一晃，右手锥奔白爷的面门扎来，白爷向后一仰身，铁笛向骆爷的小腹便点。骆爷双锥十字架向下一按，白爷的笛子一翻手，又向骆爷的头顶击来，骆敏向左一上步，右手锥向外一挂，左手锥奔白爷右肋就点。二人抽招换式打在一处，三五个照面骆敏回身就走。白爷一看孩子要走，自己把铁笛一横，进步就追。只见骆敏一回身双手一扬，双锥出手，一只奔了白爷的面部，一只奔了白爷的小腹。按说这一招就不好躲，顾上顾不了下。哪知会者不难，白爷本来右手托笛，横在胸前，拿着当中，眼看双锥到了身上，白爷一上左步用铁笛一立，向右一推，"当"的一声，两只锥一齐落下。白爷说道："原来如此！"这时骆敏抖手双锥，白爷的铁笛向前一伸，可就到了骆敏的胸膛上了。这一招真是迅雷不及掩耳，白爷如若一用力，骆敏就得当场身亡，可是白爷的铁笛微微一沾骆敏的衣服，立即右手一撤，说道："小朋友，请你休息吧！"

骆敏面目一红，说道："谢谢你老手下留情。"于是退下身来，说道："大哥，小弟武艺低微，请你另派别人。"

未等尹大爷说话，二爷陆贞说："六弟你暂时休息，还是愚兄领教。"

说着一抱双锤来到当场，说："白四爷，不才领教，请你老进招吧！"双锤一分，做出"大鹏展翅"的架势。白爷一看，一举铁笛，迎头便击。陆爷左手锤向上一迎，右手锤向白爷的前胸推来，这一招叫作"金锤亮月"。白爷铁笛向下一垂，一上左步，用铁笛一磕锤头，紧跟着顺着锤的上面向陆爷的面上打来，这一招叫"拨草寻蛇"。二人抽招换式打在一起，陆爷仔细一看，白爷的铁笛没有一定的招数，有时当刀，有时当剑，有时当棍，招数是层出不穷，内中真有许多叫不上名儿来的手法，要按这个样子自己非输不可。于是招法一变，改了迷踪锤的路子。

白爷一看，暗道怪不得小子要找我们七雄比艺，他真受过名人的传授。只听锤带风声，如同狂风骤雨，四面八方尽是锤头子，陆贞的身形围着自己滴溜溜乱转。心中暗道：小子你不用狂，我今天若赢不了你，我就不叫报应了。于是把铁笛舞动，几个孔儿随着风声，真如八音合奏，十分好听。二十来个照面，陆贞一看又被笛围住了，心中暗想：我若再延长时间，可就要输了。于是把退步连环掌的招数变作锤法施展出来，三五个照面走出圈外。白爷不由得暗暗稀奇，暗道，我蒙江湖抬举称我一声剑客，武术虽然不高，今天就没看出他是怎样走出的，这不是怪吗？正要进步追赶，就听陆贞说道："白四爷且慢进招，你老请先休息，我再请一位庄主领教。"

这个时候邱二爷将要上前，就听飞行剑客云靖说道："陆庄主我来领教。"说着来到当场，左手一拢剑匣，摄崩簧向外一扯，只听"呛"的一声，宝剑离匣，如同一汪秋水。只见云六爷右手抱剑，用左手一指，说道："二庄主请来领招。"陆贞早就知道这位飞行剑侠，剑术绝伦，一口湛卢剑三十六路天罡剑法可称得上压倒四方，于是小心翼翼向前进招，把锤法一施展，同云六爷打在一起。再瞧云六爷一口剑走开了，不亚如银龙闹海，化成一团白光围着陆贞来回乱转。也亏得是陆贞，换个人早就败了。陆贞一瞧，可了不得了，一个照顾不及就得栽个跟头，正要施展锤法走出圈外，不想自己的左肩头被人家轻轻地按了一把，于是一挫腰纵出圈外，说道："老剑客手下留情，陆某这厢谢谢你老人家。"云六爷说："二庄主，这该怎么样呢？"

陆贞说："仍请你老休息。陆某还要请一位庄主领教。"云六爷一瞧，心中暗道："这小子是不论输赢非把我们弟兄领教全了不可，你就是领教全了，你也占不了上风。"于是定剑还匣归了座位。这个时候邱二爷可就站起来了，手捧一对五行轮，口中说道："陆庄主，老朽也要领教你的锤法。"于是双轮一分做出"鹤立沙滩"的架势。陆贞暗道："方才一个不留神，输与云靖，大概这七雄的本领全都绝伦，今天准保不再失败，全不容易。"于是小心在意，双锤用了个"泰山压顶"向下打来。邱爷一看，双锤切近，向右一步，左手轮向上一撑，要剪陆贞的腕子，右手轮直奔陆贞肋下截来。陆贞一看招法厉害，向后撤一左步，左手锤向外一荡，右手锤盖顶砸来。邱爷抽招换式，二人打在一处。邱爷这对轮六十多年来未逢敌手，运用起来真好似雨打梨花，陆贞这对锤施展开了也如同狂风骤雨。二人走了三十多个照面，邱爷双轮一并回身就走，陆贞一瞧暗道："老义士，你要走那如何能够？"遂进左步左手锤直奔头顶，右手锤直奔后胯。

眼看着锤离身不到二寸远近，就见邱爷身形向右一转，闪开双锤，左手轮向上一托，已经到了陆贞的手腕之上，右手轮迎面劈来，这一招名叫"迎风劈柳"。陆贞一看，左手是回不来了，右肘也叫人家压在轮下，冷飕飕二寸多宽冰盘大小的纯钢圈子已经到了面前，这要换个别人只有闭目等死。那陆贞不愧练艺二十年，受过高人的指教，真有救命的绝招，就见猛地身形一仰，平着身形仰在地下，这个名叫"铁板桥"。紧跟着腰部一用力"嗖"的一声，出去了足有一丈有零，双肩一晃站在地下。说道："二义士我算输了。"说着将双锤放在地下，他这一招连邱爷全都出乎意料之外，别看是赢了，还得佩服人家，一听陆贞认输，说道："陆庄主，这是你让我年迈。"家人过来捡起双锤。邱二爷说道："陆庄主既让了我，不知还有哪位前来赐教？"

那陆贞想七雄果然本事超群，再比也是不行，遂说："不才兄弟既然输了，也就不必再相较了，还是按着原序履行第三条吧。"邱爷说："既然如此，我是一听尊命，但是这个明志楼在什么地方呢？"尹大爷叫家人抱定龙纹宝刀的匣子，尹大爷同五个兄弟在前引路，邱爷带着大家在后跟随。转过当中的一所大房，后面还有三所，各处栽花种竹，十分精雅，又转过了一个房角，可就瞧见明志楼了。于是尹爷领着大家围着楼的外围墙转了一周。

原来这个外围墙是个八角形的，每面有十丈宽阔，当中一个黑漆门楼，清水起脊磨砖对缝，上面是泥鳅背，下面的墙是用虎皮石乱砌的。除去三尺多的条石基城，一共一丈二尺多高，墙根下面是八尺多宽、一尺多高的墙沿子。每个门楼全是五层台阶，各门全都关着，门上钉着盘大的铜环子。

尹大爷领着大家依然绕到南方，离为火的方位，把庄丁们止住，对霍星明说道："三弟你可以头前带路。"于是霍三爷领众人上了五层台阶。尹大爷一回手从家人手内接过宝刀匣子，自己抱在怀内。只见霍爷用手一推大门，门分左右，里面是一丈五尺方圆的一间屋子，向东西两面全有门儿。门可是关着，出了北面的门儿前面是第二道围墙。

东方七爷一瞧明白，这头一层既是按八卦的方位，当然是六十四卦，一定是六十四间房子，全能通连。再瞧地板上全是一指宽阔、横三竖四的缝子，这一间房子里面可是空无所有，正要开口来问，只听三爷霍星明说道："众位老义士，这是头一层，按八卦的方位共分六十四间，每间里面含着一种武术的路子，只要你一进大门踩动机关，自然发生作用。可是你老要能把第一间的武术破去，下面的千斤坠走动，自然上首那一间就转到你的面前，接连不断，这六十四间转完为止。内中飞禽走兽昆虫全有，可是你老要知总弦在什么地方，把总弦摘下来，自然这房子就不转了，破去第一间就算完事。这里面的一切物件全是用木料制成，可不许用宝刀宝剑随便损坏。小可久知东方七爷人称飞星子妙手先生，当然对于一切的机关十分明了，我这是班门弄斧，你老人家可别笑话。"

七爷说："三庄主何必如此客气，老朽不过承朋友过誉，徒有虚名。"霍爷领着大家直向里走，一出门是五层倒下的台阶，台阶下面是三尺宽的墙沿子，也是八角形，在台阶两边有两个八尺多高的井亭子，路沿子下面直顶二道墙，完全是水。大概围着二道墙是一条大河，河内满栽莲花，由第一道墙到第二道墙足有七八尺宽，那河也有六七丈宽。由霍爷领着大家顺着外墙沿子转了一圈，外边的八门全是一样，每门旁边全是两个井亭子。再瞧这第二道墙也是八方八面，不过分十二门，正南正北正东正西全是两个门，东南东北西南西北四个角全是一个门，门的颜色和墙的形式，全同第一层一样。由大门到二道墙的门户，全有通道连接，不过这个通道全是方砖铺成，在上面一走，蹬蹬的乱响。不问可知下面一定是空的，为的是流通河水，每面一个门的一条通道，两个门两条通道，做成人字形。

霍爷领着大家仍然转到南方由偏东的一条通路走来。七爷一看便知道这十二个门按十二元辰所造，走到门前，上了五层台阶，用手把门一推，门分左右。大家一瞧，原来是一丈五六尺见方的门洞儿，门内空无一物，地板也是横三竖四的缝子。出了后门一瞧，也是五层倒下的台阶，这就瞧见明志楼了。

只见这座楼高有六丈，共分三层，上层是圆形的，周围尽是门窗，赤红油漆，十分光亮。顶子形如一把大伞，一个焦黄的金顶儿，靛蓝的琉璃瓦。走水檐子罩出足有八尺远近，檐上挂着风铃，下面周围是三尺多高的朱红栏杆。中层是四方形的，南面门是黄色的，连窗棂子通体皆黄，在门上面悬着一块立匾，白地红字是明志楼三个大字。上面飞檐，红椽子蓝瓦，檐上也挂着风铃，下面也是三尺卞字朱栏围绕。下层是个八角形的，也是蓝瓦红椽子，飞檐上挂着风铃，下面的墙面全是白色的，连栏干带门窗全是白色的。再下面就是楼基，高约九尺，共分三层，每层六级台阶，共分八面，全是白色条石做成的，四外围着四尺高的通道。这通道白石铺成，上面横三竖四尽是缝子。通道下面的平地用黄土填成，十分平整。在楼门前楼基下边，站着两匹红马，身高八尺。从头到尾长有丈二，如同火炭一般，通体连一根杂毛也没有，看去颇有神骏气概，站在那里动也不动，仔细一看原来是假的。

霍爷领着大家上了十八层台阶，进了门，里面是四四方方的三间屋子，还是一明两暗，里面陈设真是几净窗明。上面是白纸糊的顶棚，正面悬着一幅八仙庆寿图，两边一副对联："唯大英雄能本色，是真名士自风流。"屋中条案桌椅所有的摆设十分讲究。

在屋子当中有一座八角的木台，台上放着一只铜鼎。就见霍爷一按铜鼎的左耳子，听见西里间"哗啦"一声，霍爷领着大家到了西里间一看，原来里面的陈设也十分整齐，靠北墙放着一张大床，床上挂着黄罗宝帐。就见帐子当中，由房顶上垂下一条软梯，霍爷到了床前，用手把左首的床柱子一推。"吱"的一声连床带帐子分为两段，当中现出一个方圆二尺大的地方，那条软梯不偏不倚正落在空地上。

霍爷领着大家顺着楼梯上了二层楼，到了上面一看，也是一明两暗的三间房屋，这条软梯正悬在外间北墙下面一个方洞之内。就见北墙上面离地六尺多高，安着一个铜龙头儿，龙口内悬着一条七八寸长的铜链子，粗若胡桃，链子下面坠着一个碗大的铜球，正对着方洞。

霍爷一见大家上来了，一伸手拉住铜链子向下一拉，只听"哗啦啦"一响，立刻下面的软梯收将上来。"啪"的一声，由墙上倒下一块木板，正盖在四方洞上，真是严丝合缝。霍爷又把龙头往上一托，又听"哗啦啦"一声，北墙下半截向两旁一退，当中出现一个五尺方圆的洞儿，由洞内咕噜咕噜出来一张方桌，正正地放在那块盖梯的木板之上。北墙上那个方洞紧跟着也"吱"的一声，合到一处。

大家四面一看，这间屋子并无陈设，只是正当中放着一座八角的木台，台上正当中刻着一个太极图，木台四周放着八张椅子。只见霍爷在那个太极图的当中用力一按，就听东屋里微微有点声音。于是霍爷领着大家进了东里间一看，同外间一样并无陈设，在屋当中放着一座八角木台，上面也刻有太极图，八面八把椅子，在门后靠北墙放着一条楼梯，顶上是个圆洞。

霍爷领着大家顺着楼梯上了三层，这三层楼原是圆形，周围尽是门窗，内中方圆足有五丈大小，正当中一座三丈见方的八卦石，一共三层，每层一尺高，一层比一层小进三尺，形如三尺台阶。正当中六尺见方三尺多高的一座八角台，台上面盘着一条五爪金龙，龙头张着口向上扬着。房顶上面一个八角的天井，周围向下垂着朱红栏干。天井中也盘着一条五爪金龙，龙头向下垂着，张着口，口内垂下一条金链，链下系着一个盆大的金球，球下面一个金环，环上一只小小的金钩。

就见霍爷在尹大爷怀内接过木匣，打开匣子取出刀来，顺着八卦台，一层层走到上面。到了八角台前，将脚蹬在龙口上，一扬手将刀挂在金球下面的金钩上，一翻身跳到地下，对邱爷说道："二义士你老请看，现在把刀挂在此处，咱们三天三夜为期，请老几位到这里把刀拿了去，那就算赢。我们这座楼并无一人在内看守，进大门就是机关，但是所有的机关可没有杀人的利器，最厉害不过是使来人身带微伤。再不然是被困住，只要困在楼内，我们在正心堂内自然知道，赶紧前来解救，也不论一次两次，直到三天为止。"

大家一听也只可如此。于是霍爷带着大家又在楼上瞧了一回，原来在地板上围着八卦台，乾三连，坤六断，震仰盂，艮覆碗，离中虚，坎中满，兑上缺，巽下断，大家上来的那个圆洞正是巽宫。不必说，大家下去之后，那块圆板仍然盖上。大家随着霍爷下了三层楼，一回头那个楼梯自己晃晃悠悠回了房顶，嵌在上面，一丝也瞧不出来。

霍爷请八义六侠来到外间坐定，又请本庄的五位在里间坐定，就见霍爷一伸手在那太极图的阳鱼上面一按，大家就觉得一阵头晕，眼前一黑，再看已经到了下面当中的屋内，里间的五位也由内屋出来。

大家一齐称赞霍爷，说："此楼的机关真是灵妙非常，三庄主不愧人称妙手。"霍爷说："众老义士过奖了。小巧之术，在东方七爷面前，可算贻笑大方。"

七爷说道："三庄主妙手灵心，老朽实在佩服。"说着大家随着霍爷一出楼门，原来已经变了方向。方才进来时为南方离为火，门前本来拴着两匹红马，现在一看变为坤为地，门前变为两只黄羊了。这时只有东方七爷明白，这是火能生土的意思，他这楼上的屋子一定能互为移动，楼下一定有千斤坠着。自己也不言语，随着霍爷一同出了头层大门，一直向正心堂走来，归了座位。

尹大爷说道："小可兄弟现在同众位老义士总算把手序订好了，请你们老六位就在这正心堂休息，暗间之内大概也可以住得下，我们也可以多谈几天，不知众位老义士以为如何？"

邱爷说道："既承抬爱，焉敢推辞，不过打扰贵庄，心内不安罢了。"

尹爷说道："老人家不必客气，我们原是道义相交，此次不过游戏而已。就是我二弟，也是为的将你老请出庄来，就说现在的用意，也不是非报父兄之仇不可。大概这种情形，老人家一定原谅。"说着天色已晚，摆了二桌酒席，一桌是邱爷为首，尹大爷作陪，一桌是裴爷为首，陆贞作陪。酒后散坐吃茶，老少十三位坐到了天过初鼓，陆爷说了："哪位老义士去到楼上取刀呢？"

就见七爷东方玉站起身说："老朽不才，去到楼上看看，取不出来，六位休要见笑。"

谷三爷同云六爷一齐说道："我两个同七弟前去。"

二爷邱雨说道："既是三位贤弟替愚兄效劳，可千万小心。"

141

三人辞了众人，转身出了正心堂。

三位爷一直奔明志楼走来，到了楼的外围一看，八个门上全都挂着牛角气死风灯，十分的明亮。东方七爷领了三爷六爷由南面向西绕，刚到了西北乾方，只见门已大开，五层台阶是五层翻板，已经全被人踏开了。借着灯光向门内一看，只见地板上倒着两个人，一个折了胳膊，一个掉了脑袋。三个人不由得吃了一惊，仔细一看原来是假的，两个假人每人脚底下带着两条丝弦。东方七爷说："三哥六哥，现在楼内一定进去人了，这个人一定是不懂机关，仗着身体灵巧，过了头道机关。我们先别进去，少刻这个人一定会被机关拿住，我们暂且躲开，听听动静，然后再上楼取刀。"

谷三爷云六爷说道："不错，我们先听听有什么动静。"三个一同奔了正西，坐在黑黢黢的一片大松林里。工夫不大，就听楼上"当"的一声钟响，东方七爷说道："探楼的朋友一定被获遭擒，少时他们一定来看。"

再说正心堂内邱爷同四爷五爷，还有燕冀大侠，正同六位庄主闲谈，只听钟声响亮，由墙上挂着的一个大方匣子内跳出一个三寸来长、一寸来宽的小铜牌子。霍爷说道："二义士，东方七爷被困在头层楼的天花宝盖，我们赶紧去救，不然恐怕三爷同七爷用宝剑损坏机关。"

于是霍星明带着四个庄丁直奔明志楼来了。工夫不大来到乾宫门外，霍爷一纵身上了第五层台阶，把门旁的一个门环子一拉，"咕噜"一声，翻板扣好。陆贞领着家丁上了台阶，一进大门，见两个假人倒在地下。霍爷说："东方七爷这就不对，不该用宝器损坏机关，这太不够朋友。"说完一伸手，将两个假人脚下的走线勾儿摘下来拎到墙根底下，挂在墙上，又把门后头一个铜环子拧了三扣，令家人将木人放在墙下，领着大家到门后一瞧，翻板未动，就知道是跳下去的。

霍爷一纵身上右边的井亭子，跳将下去，工夫不大又纵上来。于是教陆贞带着家丁上了台阶，自己领着顺通道一直奔了二层门。到了近前一看，台阶的翻板并未曾动，那门带门框全沉入地中去了，上面压着一条铁梁。霍爷一抬头，看准了上面的椽子，在第三根椽子之上嵌着一个铜疙瘩，霍爷向上一纵，一手抓住椽子，一手把铜疙瘩拧了三扣，只见铁梁也起来了，那门和门框都复了原位。霍爷又一拉门环，这才叫陆爷带着家丁一同进了二门。

原来这个宫位在十二元辰里面，属于亥宫，楼前的两只大猪已经离了地位。霍爷一纵身，下了五层台阶，一踏通道，就见那两只大猪双身一纵，直奔霍爷扑来。霍爷见前边那一只来到切近，身形向后一倒，左脚飞起，正踢在猪的下嘴唇上，那猪立时站住。后面那猪也来到近前，霍爷向猪头上一按，这只猪也不动了。于是将猪耳朵每个拧了十几扣，又从地下拾起二十四支竹箭，一按猪的左眼，两只猪一张嘴，抬起头来，霍爷在每只猪口内装上十二支箭，又一按猪右眼，"咯噔"一声，箭已入了巢子。于是霍爷回到二层门，在五层台阶下面有一块三尺见方的青石。霍爷在石边上用力一踩，这块石头可就立起来了，原来是一个洞穴。一翻身下了地穴，就见那只猪"吱"的一声回了原位。

这时霍爷方才从地穴上来，盖好了石穴，同陆爷领着家丁一直到了十八蹬台阶之下。一瞧第一二三蹬的翻板已经动了，可是并未损坏，于是在右首第一个石栏下面有一个五寸来高的石柱，用脚向下一蹬，踩得同地一样平，这才带着家丁上了十八层台阶。平台的石面并未曾动，霍爷又把石阶当中的一个银锭扣儿一推，带着大家直奔楼门。只见楼门大开，里边一切全都未动，就见正当中一个手指粗细的铜丝拧成的罩儿，形同一口大锅。上面一条铁链子系在房顶上，高有八尺，大有三尺，里边尽是倒须钢钩，在里面扣着一个人。

借着屋内的灯光，一看，只见这个人细腰宽臂，双肩抱拢，五尺多高的身材，一身青绸子夜行衣靠，青绢帕包头，鬓边斜插一朵守正戒淫花，看年岁三十上下，俊俏人物，背后斜插一把雁翎钢刀。大家一看就是一怔，原来不是东方七爷他们，却是另一个人。

第十一章

镇龙坡侠僧除怪

霍爷于是来到楼门下面，在两边门框上本就一边嵌着一条金龙，张牙舞爪，双角齐出。霍爷将左门框上那条龙的犄角用手一按，就见那个铜铁罩儿向上一起，回到屋顶之上，由屋顶开了一个圆洞儿，那个罩儿缩入圆洞之内，"啪"的一声，由洞内飞下两条皮套儿。不偏不倚，恰巧套在那个人双肩之上，皮套一收，生生将那个人拖离地面。霍爷于是走到近前，将那个人的搭包解下来，捆上二臂，又将皮套摘下来，一松手"哧"的一声，两条皮套缩回屋顶，复又细看，各部器息俱都未动，于是对陆贞说道："二哥，你先把这位英雄请回正心堂内，我收拾收拾消息①，然后回去。"

陆贞点头，带领庄丁同那个被擒的壮士，下了十八层台阶，出了二道门，顺着通路，出了大门，一直奔正心堂来了。工夫不大，来到正心堂处，陆爷进了正心堂，尹大爷说："二弟，是哪位老义士困在楼上？"

陆贞说："楼上困住的并不是我们的人，原来是另一位，我们不妨将他叫进来问。"说着将要叫庄丁，只见霍星明由门外进来。陆爷说："三弟收拾好了吗？"霍爷说："妥当了，只是那个假人得另换一条胳膊，那只好过几天再说，可是那个被擒的人怎么样了？"陆贞说："我们将要把他叫进来问，三弟你就来了，你

---

① "消息"，指设各种陷人的机关。

144

先坐下休息。"陆贞回头对庄丁说道:"你们去把被擒的那位请进来,我问问他。"庄丁答应,转身出去,工夫不大,只见推推拥拥由外面推进那个人来。陆爷令庄丁搬了一个凳子,说道:"朋友,你先请坐。"

只见那个人一言不发坐在凳子上,邱爷四位一看,不认识,起先一听钟响,还真以为是东方七爷在楼上被困,不由得提心吊胆,现在一瞧可就放了心了。

这时候就听霍爷说道:"朋友贵姓?我们素不相识,又没有冤仇,为什么半夜三更来搅闹我们的宅院?"

就听那个人说道:"朋友,某家既然被获遭擒,请你或杀或剐,可不许用言语刻薄我;你们如若用言语奚落,就别怪我骂你们。"

霍爷说:"朋友,我并没用言语刻薄你,你何必着急?我不过请问你的姓名,我们并不认识,你为什么搅闹我们的宅院,难道说这就是刻薄人吗?"

那人说:"我既被擒,只求速死,你们问我的姓名做什么?"陆爷说:"朋友,你这个人,可真难说话,我们不是没有说要杀你吗,为什么你口口声声只求速死呢?常言说得好,天下人交天下友,我们问你的姓名,自然有个心意,你何必这么不悦呢?难道说阁下是无名氏吗?既然相遇全是有缘,问问姓名,又有何妨呢?"

那人一听,说道:"朋友,你既然要问,大丈夫行不更名坐不改姓,家住陕西华阴县四贤庄,姓白名敬字子谦,江湖人称银白熊。提我你不知道,提我的父亲,虽不敢说人人尽知,但你们总有个耳闻,他老人家单讳一个哲字,字是天侠,江湖人称红眉剑客。"

陆贞一听,"呵"了一声,说道:"原来是少剑客到了,这可怨我们无礼,太对不起朋友了。"于是陆贞站起身来,一伸手把绳子解开,说道:"请白兄千万别怪,先喝碗茶休息休息。"家人一看赶紧斟过一碗茶来。

白敬一看，把手一拱，说道："不怪江湖传说尹家林六杰义气深重，果然名不虚传，我这里先谢谢众位。"陆爷说："白兄不必客气，请坐吃茶，我们还要谈一谈呢。"白敬说："在座的众位老少英雄，我白某出世年浅，全不认识，请庄主给我介绍介绍。"

　　陆爷这才把本庄的各位庄主连自己全说了姓名，白敬对大家互道倾慕。陆贞又接着把邱二爷、白四爷、江五爷还有裴爷老四位一一指引，白敬连忙行礼，说道："原来是江湖七雄，前辈的老英雄，小子失敬。"邱二爷四位说道："不敢当，白少剑客请坐下谈话。"于是大家坐下。

　　陆贞说道："白兄，我们尹家林虽然出世年浅，可没敢得罪过江湖的朋友，不知阁下为何夜间来到舍下？依我的愚意，莫非阁下受了小人的蛊惑，抑或是我们有了不合规矩的地方，不然，绝不能惹得白兄不满。本来我们既不认识又无仇恨，若不是这两种缘散，何至惹得你老夜涉险呢？如果你老受了人的蛊惑，我们说开了就算完事；如若我们有了不对的地方，请白兄说出来好研究研究，果然不对，我们一定要当场认错。白兄千万不必客气，请你当面指示明白。"

　　白敬一听说道："二庄主，若问我来探贵庄的缘故，你先瞧瞧这封书信，然后再一说你就明白了。"说着由怀内掏出一封书信，递给陆爷。陆爷连忙接过来，送给尹大爷观瞧，尹大爷看过了，仍然交给陆贞。陆贞看完依次往下传递，直到骆爷看毕，这才重新交给陆贞。陆贞说道："这封信乃是一个请帖，同阁下来探明志楼，有什么关系呢？"

　　白敬说："这个请帖你老看清了谁是主人吗？"陆贞说："看清了，头一位是云南玉龙山金波寨的大寨主，神拳无敌灵威叟，大爷方化龙。第二位是万里追风长髯叟，二爷江天鹤。第三位是神掌白眉叟，三爷蒋东林。"

　　白敬说："他们三位人称南方三老，自从盘踞在玉龙山二十多年，始终也没有做过一次不法的事情。后来又请来了一位军师，复姓诸葛，单名一个周字，号闻人，江湖人称圣手先生。这个人上知天文下知地理，三教九流无所不通，诸子百家无所不晓，引斗埋伏排兵布阵，可说是没有不知道的。自从这个人一来，才重整玉龙山。把玉龙山分出前后中三路共二十四寨，余外还有水八寨，总名叫作金波寨。金波寨的总寨主十分年轻，姓朱名复，字意明，原是前明皇室嫡派的子孙。现年二十多岁，胸怀大志，要谋夺大清一统江山，恢复明朝的天下。他入了金波寨不到一年，每日同寨中各寨主研究武术，叫他把所有的寨主完全战败了，连三老全不是他的对手，所以大家尊他在金波寨坐了第一把交椅。当初家严同不才兄弟都与他见过面，分手之后，听说他图谋不轨，在金波寨造了一座百灵楼，内藏一本《龙虎风云谱》，上写所有的各位寨主的名姓，每日招兵买马积草囤粮。今年二月间，从南方来了家严的一个朋友，是直隶大名府艾家庄的人氏，姓艾名元字天民，江湖人称奇情剑客。他说有人在南方交给了他一个柬帖，请他给家严带来。家严一看这个帖不明白用意，一问艾老剑客，才知道是金波寨打算网罗天下的英雄，在今年五月端阳节开一个天下英雄会，用柬帖分请各路英雄，前去赴会。因为朱复年轻誉浅，所以柬帖用的是三老署名。家严得了这封请帖，才打发我同我二弟白纯，往山东茅山山下三公堡，去见茅山三剑：太乙剑客古天心，无形剑客孟天祥，混元剑客元天固。带着这个请帖教他们瞧，请他们一同前去赴会，到时好给玉龙山剪除羽翼，暗中帮助国家。我两个走到这里，久闻六位光明正大，打算进庄拜望，一同邀着六位前去云南观光。后来又听说你这里有一座明志楼，里面尽是机关，是我兄弟好奇心重，打算暗中进去瞧瞧，不想我就被获遭擒了。现在我兄弟白纯，大概也进了埋伏，十有八九也围困在里面，真是可笑得很。"

那白敬说完原委，众人才知其详，陆贞一听说道："原来白纯兄也来了，我们赶快去请。"

不提大家寻找白纯，单说玉龙山金波寨的总寨主朱复，他原本是大明朝的嫡派子孙。自从闯王攻破承天门，思宗皇帝煤山殉国，那些皇子皇孙，同许多的皇室近族，全都四散逃走，隐姓埋名分处四方。朱复的父亲名叫朱文，字建武，乃是饱学儒流。他带着家眷，暗携珠宝逃到贵州省清凉山下，地名镇龙坡，在贵阳府西南，距城四十余里。这里荒远偏僻，不易为人察觉，再说朱文也喜爱这个地方山清水秀，于是就在这个镇龙坡，置房买地住了下来。

朱文自从来到镇龙坡，一晃住了二十余载，闯王已经被吴三桂平定，清世祖顺治皇帝驾坐金阙。这位朱文一看，大清江山总算国基安奠，明朝永历皇帝偏处一隅，也不过是东奔西走，郑成功虽然占据台湾，可也没有恢复明朝的希望，自己于是也把返归故里的念头打断了。于是，他每日同本地的几位文人，栽花种竹，饮酒赋诗，同降龙寺的方丈，更称莫逆。虽然半顷田园，倒也怡然自乐，但是年过半百，可惜膝下犹虚。这年朱文五十九岁，朱太太四十九岁，生下了一个孩儿，老夫妇一看自然爱若掌上明珠，取名朱顺，字是戴天，不过因为天意亡明，只可戴天之恩顺天之意，以度一生罢了。

朱文同清凉山上降龙寺中的和尚空空长老本是莫逆之交，他时常去寺中与长老谈论儒经佛典。这位空空长老，乃是一位世外高人，琴棋诗画，武略文韬，三教九流，诸子百家，以至于医卜星相，飞星奇门，文武两科的技艺无一不知，可说是一位博古通今道德高尚的僧人。他的年岁，大概是有一百多岁，因为养的功夫深纯，所以面目步履一切都同少年一样。他须发雪白，可称是鹤发童颜。这座降龙寺并不是十分了得的大庙，也不是十方常住，所以内中只有两个火工供应一切的奔走，两个小沙弥专司暮鼓晨钟。真是叩户苍猿时献果，守门老鹤夜听经。朱文时常同这位空空长老坐到一处，不是饮酒赋诗，就是着棋观树，年年如此。

他原不知空空长老是个奇人，朱文的发现，也是一个偶然的机缘。这一年，清凉山后忽然起蛟，山洪暴发，把山后一带的居民淹死无数。这座镇龙坡幸亏是在山前，所以未遭波及。这天朱文吃完了早饭，自己一个人打算去降龙寺找空空长老，刚走到半山腰，就见空空长老带着两个沙弥，急急向后山走去。一个沙弥肩着禅杖，一个沙弥怀抱宝剑。朱文一看，心中纳闷：这是做什么去呢？我们相交二十来年，未见他出过一次降龙禅院，今天带着禅杖宝剑，直奔后山，莫非有什么事吗？我何不跟在后面，瞧瞧他的行动，看看到底有什么秘密。于是朱文可就暗中紧跟不舍，工夫不大，来到后山一个岩头之上。

朱文一看，原来在岩头上，不知什么时候摆着一张香案，案上设着香烛纸马五供蜡扦等物。朱文暗想：莫非今天他来祭祀什么神圣，但是何必前往后山呢？正在纳闷，就见老和尚来到案前，两个小沙弥一边一个，站在香案两头。那空空长老，伸手拿起一封香来，点着插在炉内，跪在案前蒲团之上磕了三个头，便站起身来，向对面观看。朱文也随着和尚的眼光，向对面观看，可是看来看去，也看不见什么东西，感觉非常奇怪。正在这时候，忽见云生西北雾长东南，天上一团一团的黑云，如同奔马，直向山头聚拢，顷刻遮住阳光。工夫不大，浓云如墨，黑气漫空，狂风骤起，透体生寒。再瞧空空长老，已经盘膝坐在蒲团之上，手敲木鱼，口内喃喃念起经来。朱文一看，心中暗想：看这个样子，立刻就有大雨，自己可往哪里去避雨呢？他有心赶紧回去，又惦着老和尚。面对这种奇异的举动，非常想看个明白。于是，他找了一株松树避雨，打定主意要看个究竟。

这时和尚把木鱼敲得十分响亮，那诵经之声越发地响彻云霄，那天上的黑云越聚越厚，眼看要压到头上，狂风也越来越大，真有拔木倒屋之势；声响如同牛吼。在这个空山寂静的时候，风声经声木鱼声，互相应答，真是别有一种情趣。朱文正在观看，猛的一个闪电，红光满目，大地全都变成鲜红的颜色。电光一过，紧跟着山摇地动，震天的一个大霹雳，震得人耳聋目眩。雷声一过，拳头大的雨点，迎面飞来，自己幸亏坐在松树下面，枝叶遮住雨点；再一瞧和尚，坐在风雨之中，木鱼儿敲得连声响亮，经声越发紧急。那两个小沙弥手捧着剑杖，迎着风雨，精神也越发兴奋。这个时候的风雨越大，雷声越紧，真是雷电交加，大雨如注，不亚如天崩地裂，险些震倒了这座岩头。再瞧黑云更厚了，眼看就要压到头顶上，那个雨也如同倾盆一样，转眼的工夫，山洪暴发，万壑奔流。朱文这时也看清了这个雷的方向，原来那个雷，一个跟着一个，直向北面山洼内射去。朱文探头向山洼内一看，吓得把舌头一伸，险些哎呀叫出声来。

原来在山洼之内有一块三丈高、一丈粗细的大青石，在青石上面缠着一条锦鳞大蟒。这条蟒，足有缸盆粗细，在石上盘了约有四五个周围，尾巴拖在积水之内。一颗头竟有水缸大小，两个眼睛好似水盆，射出逼人的光芒，周身鳞甲掀动，金光闪闪，一开口吐出三丈长的蛇信，红如烈火。一抬头翘起两三丈高的一颗蛇头，摇摇摆摆，目光一直射到岩头上面的三个和尚身上。猛然红光一闪，好似一条金龙，一个霹雳向蟒身上射去，只见那蟒身上的鳞甲微微掀动，那雷就空用无功。这个时候，雨更大了，天雨相连接到一处，那雷更紧了，各处的飞瀑流泉，直向山洼，奔流而下。工夫不大，把一个偌大的山洼，变成一片汪洋大泽，那蟒的下半身已经浸入水中。

再瞧老和尚，止住经声，二目一闪，由沙弥手内接过宝剑，向外一抽，"呛"的一声，宝剑出鞘，不亚如一汪秋水，正赶上一个霹雳直向蛇头击去。那蛇把头一扬，一张口吐出二丈多长的蛇信，由信上发出一片青烟，立刻把神雷阻住。再瞧和尚把手一扬，只见一条白虹，如飞云逐电，直奔那条大蟒射去。那蛇头抬起来刚刚抵住神雷，这条白光不偏不倚，笔直地射在那蛇的七寸之上。原来是口宝剑，一下子刺在蛇的身上。那蛇伤着要害，将头一低，紧跟着一个霹雳，如同天崩地裂，正正落在蛇头之上。这个时候，那个蛇的身体一伸，立刻把一洼积水，旋起一座水塔，水塔一落，那条数十丈长的大蟒可就死在水中了。虽然身死，它的余威还在，只见它在水内翻滚挺折，一路乱滚，直把一个一丈方圆二三丈高的大石，用尾巴来回打了粉碎。这个时候，这一片积水，可变成红水了，蛇也死了，雨也住了，雷也不响了，电也不闪了；再瞧空空长老同两个小沙弥，也成了落汤鸡了。

那长老一瞧，蛇身横在水内，立刻带着个沙弥，向岩下洼绕去，工夫不大，已经绕到山洼积水边上。只见那许多积水，顺着山石缺口，大小的隙缝，四处奔流，声如牛吼。直待了足有半个时辰，这才把积水泻去了十分之八九，露出许多高低不平的石块。那大蛇也曲曲弯弯死在地上，距离两丈多远，蟒身上插着一口宝剑，前面只露出剑柄，剑尖透出脊背。只见老和尚一伸手将剑拔将下来，身体向后一纵，退出约有三丈多远。此刻，血涌如箭，由剑口喷射出来，也亏了老和尚身体敏捷，不然非溅一身鲜血不可。由此可见此蛇之大，死了偌大的工夫，流了许多鲜血，宝剑一拔还有偌大的血力。

这时，和尚手提宝剑，走到蛇前，宝剑一挥，割下蛇头。老和尚用剑把两个蛇目挖出来，鲜血淋漓，约有大海碗大；老和尚又将蛇头劈开，在头内取出碗大的一块血肉。老和尚用青藤把这三块血肉缠在一处，交给小沙弥拿着，一回身在腰内取出一个小小的白瓶，拔下塞儿，倒在手心里一些药末，洒在蛇头和蛇身上。这条蛇立刻向一处抽缩，渐渐地化成一汪清水。然后，老和尚把瓶儿带起来，把剑交给小沙弥，自己双手合十，口内喃喃念起经来，围着那汪清水足足地转了三个周围，这才带着小沙弥上山来。到了山头香案之旁，叫小沙弥去请朱先生过来。小沙弥答应一声，奔松树走来，到了松树后面，说道："朱先生，方丈请你那边谈话。"

再说朱文，这半天的工夫，看得二目发直，小沙弥说话，他全没听见，直到小沙弥又说："朱先生，老方丈请你那边谈话。"这才愣愣地说道："好吧。"站起身来随着小沙弥来到香案前面，说道："老方丈剑术通仙，鄙人不胜钦佩。这一来给世人除去大害，真是功德无量。"

老和尚口念"阿弥陀佛"，说："朱先生太夸奖了，这条蛇本应被天雷震死，老僧不过略效微劳，何功之有呢？再说它要不是勾动山泉，淹死居民牲畜，也不致上干天怒遭到雷击。它真要勾动山泉，自己找个深山古洞，悔过潜修，也可以躲过天灾。它不但不知改悔，反倒显露原身，同神雷相较，所以老衲算准时刻，帮助神雷用剑将它刺死。这就叫自作孽不可活，若不把它除去，以后不知道还得伤害多少生灵。自从阁下站在我的身后，我就知道，不过阁下为人正大，所以并不避你。本想同你接谈，又怕误了时刻，所以没有同你说话。现在我们被雨淋得周身湿透，不如去到庙中，换上干衣再为细谈。"

朱文一听，这才觉出周身被湿气浸得十分难过，自己低头一看，周身水滴淋漓，好似落汤鸡一样，不由得好笑，再瞧瞧老和尚同两个小沙弥，也周身是水，连忙说道："老方丈说得有理，我们回庙再谈吧。"

空空长老仍令小沙弥提着禅杖宝剑，还有那三团血肉，带着朱文，一同走下山来。进了降龙院，一直步入斋室，老和尚命火工去到后山收拾香案，令小沙弥取出干衣，说道："朱施主，暂且受点委屈，穿上老衲的僧衣，等把你的湿衣烤干了，再换下来。"

朱文连连称谢，于是大家一同把湿衣换下来。朱文自己低头一看，居然变作了一个僧人，不过头上多着一条发辫。这个时候火工已经端上茶来，老方丈同朱文对坐饮茶，朱文这才问道："老方丈，你缘何知道此次发蛟是这条蛇精作怪呢？再说怎样知道今天这条蛇怪要遭雷击呢？"

空空长老不由得微微一笑，口称："朱施主，你要问此事的始末，让我慢慢告诉你。老僧在家姓李，自幼出家，在大明中叶的时候，拜天台山紫灵上人为师。多蒙他老人家尽心指点，奈我天性愚鲁，相随七十余年，对于一切飞星奇门文武两科的技术，尽心学习，才将他老人家的学业得来了十分之三四。对于性命之学，三乘佛法，可说一无所得，于是又苦心研究二十来年，方才得了一点门径。后来上人圆寂之时才将大乘的功夫相授，但是我只将静中生灵的第一步功夫做得稍有进步。在前一个月，我在入定的时期，查出本山空灵峰下，潜藏着一条千年怪蟒，可是它的

152

巢穴，正正地坐在本山的一个泉眼上面。如果它要静卧潜修，那山泉一定得被它阻住，不能发泻，就是发泻，也不至如此厉害。但是它千载修炼，已经躲过两劫，它若再躲过这末次的雷击，即可脱去皮囊，神游物外。它因为修炼得雷火不能伤身，所以处心积虑，同雷神相抗。它这一出头不要紧，勾动山泉，山洪暴发，把这一带的村庄变成了泽国。它自己也知道，轻举妄动罪犯天条，如果找一个深山古洞静候天刑，那倒会感动天庭，念它苦修不易，未必不网开一面，许以自新。不想它野性难驯，要凭小小的道力逆天而行，于是我才暗助神雷，用飞剑将它杀死。真要被它躲过末劫，它必以为自己可以胜天，以后不知得有多少生灵涂炭呢。"

二人正在谈话，小沙弥已经把朱文的头巾衣履用火烘干，送进斋室。老和尚请朱文换好了衣服，火工可就把饭菜端过来了。老和尚又留朱文吃过了午饭再行回家，朱文也不推辞，入座用膳，席间二人又谈了许多闲话。午饭用完，朱文这才告辞回家，空空长老送出山门，二人拱手作别。

单说朱文顺着山路慢慢走下山来，这个时候红日斜挂，万里无云，一阵阵山雀乱噪，各山头被雨水洗得清净无尘，一条条飞瀑流泉声震耳鼓。朱文来到自己的门前一看，朱太太正抱着儿子朱顺，在门前闲眺，一抬头见丈夫回来，连忙说道："大概今天遇雨了吧？午饭在什么地方吃的呢？"

"可不是遇上雨了。"朱文一边说着一边抚摸孩子，"今天被雨淋了个湿透，蒙寺里的方丈给我烘干了，又留我吃了午饭，我才回来。"

夫妻二人进了上房，丫鬟斟过茶来，朱文一面吃茶，一面把今天在山上所见的老和尚如何斩蟒，说了一遍。把个朱太太吓得目瞪口呆，不住地念佛，直说这位方丈八成是罗汉降世，不然哪里有偌大的能为呢？

朱文每日除了栽花种竹以外，毫无别事，似这样悠游岁月，转瞬过了三年，朱顺已经三岁了。这年也是合当有事，朱文的住

153

宅，本是一所小小的四合房，一共十六间，分成里外两个院落。正房后面是一个小小的花园，约有十余亩大小，周围石块砌成八尺多高的围墙。里面也开了一条大溪，几个小小旧荷池，溪上也种了几株垂柳，还有用人工堆成的假山，筑了几处小小的亭榭，虽无四时不谢之花，可也清雅宜人。在正面盖了三间草厅，匾额是"乐天知命"，在这乐天堂前种了一百多株牡丹，虽无异种，但也各尽其妙，又加上这位朱先生爱花成癖，每日亲自浇灌，每到春夏之交，牡丹盛开，五光十色灿如锦绣。又加上清流荡漾，池水澄澈，岸上垂柳成荫，池内锦鳞游泳，可说是和风拂面，清洁无尘。所以每到春天，朱文必要安排几桌酒席，邀请本村的乡邻，在那乐天堂前欢饮一日，一来是联络乡情，二来自己是个独门外户，对本处的住户必须有一种亲近的表示。这年到了三月中旬，牡丹盛开，朱文照例安排酒席，邀请乡邻宴乐。这年的牡丹开得十分茂盛，各乡邻饮酒看花，也十分高兴，有人说道："朱先生，我们年年这个时候扰你老一次，我们也无法回敬，不来又觉着对不过你，真使我们心里不安。"

朱文一听连忙说道："众位乡亲千万可别这么说，你想我朱文，本是一个外乡人，寄居贵处，无一点不受大家的照应，无一处不受大家的栽培。我沾众位的光可大了，区区这么一顿饭，又何足挂齿，这不过是略表微忱罢了。再说我们全这大的年岁了，乐一年少一年，聚一次少一次，不过我没有那么大家产，真要像人家有钱的，就是天天聚首，也不算多。现在不过每年一次，众位还提到话下，这不是更叫我抱愧吗？"

大家一听，说道："你太客气了。"于是当日尽欢而散。

单说本村有一个人姓仇名仲表字古石，年纪四十多岁，本是个大家败落的子弟。幼年的时候，飞鹰走狗，指着家中有两个糟钱，捐了个监生。这一来可就成了绅士一流的人物，每一动身居然翎顶辉煌。最专长的就是拍马吹牛，并且阴毒险狠。这一上了年岁，越发结交官吏走动衙门，包揽词讼坑害乡民，总之虽然名列缙绅，却是无恶不作，所以大家替他起了一个外号，叫作"飞天烙铁"。为他一沾谁，谁就得脱一层皮。虽然他品行卑污，人格低下，可是大家全都不敢得罪他，还得恭而敬之，所以朱文每年请客，必须把他请到第一席，坐第一个座位方罢。今年请客仍然把这位仇先生早早地邀上，赶到了时候，派人一请，不想他有事进城没有赶回来，因为人已邀齐，只好不再等他，赶到了仇大爷由城内回来，也就到了第二天了。

他一听，朱家已经把客请了，不由心中十分不悦，暗暗说道："好一个朱文，你这次请客，真要有三位或二位不请，我倒不恼，现在你不该单独把我给除外。你既然知道我不在家，你就应该改期才是，你这一不改期，当然是瞧不起我，教别人瞧看我不够请的资格。这分明是给我难看，这不是你成心给我不好看吗？这若不教你认得仇大爷是谁，我就枉称飞天烙铁。"

世上人心各一，本来人家请客是为的联络感情，通知之后定好日期，到时你若无暇就可以不去，绝不能因为你一个人，大家全都等你。所以说这种人就得算是小人之尤，说俗话，就是不讲理的地痞。

仇仲既然对朱文存不满的心理，当然他要无事生非。单说这个镇龙坡，属贵阳府管辖，府官姓程名继先，字绳武，原籍是河南中州人氏，为人倒是老成练达。但是有一种毛病，就是惧内。因为他当初是一个不第的寒儒，家内父母双亡，一贫如洗。这年正当北京大开科场，他于是求亲告友措置川资，由河南起身，直奔北京走下来了，一路之上不过是饥餐渴饮，晓行夜宿，非止一日。这天到了北京，就住在前门外大栅栏吉顺老店之内。这个店里的店东姓李名哲字又贤，秉性直爽，仗义疏财，同这位程继先一谈，倒是投契。赶到考场试罢，回到店中，满想鳌里夺尊，大魁天下，谁知放榜之后竟自名落孙山。程继先这一气非同小可，又因为川资短少，举目无亲，不知不觉忧思成疾，可就病倒在店中。幸而李店东怜他异乡孤客，每日给他请医调治。这一场病，足足地病了一个多月，方才病退灾消，病虽好了，可是也两手空空了，店钱饭钱，反倒欠下许多。

这天晚上吃过了晚饭，程继先打发伙计把李店东请到屋内，李店东说道："程先生如今病好了吗？"

　　程继先说道："多承你老惦记着，现在好了，今天请你老过来，有一点事情同你商议。"李店东说道："不知先生有何见教。"

　　说着二人对面坐下，程继先说道："自从我来到店中，住了两个来月，没想到病了一个月，多蒙你老人家处处照应，方才病体痊愈。真要换个旁人，纵不病死，也得饿死。现在受你老的大恩身体已然复原，自知道这一个多月的工夫，我一个人一切的用度，当然亏了不少。但是我一个异地寒儒，这笔欠款，真是无法偿还，我可不知道你老怎样打算，说到我如果再要赖在店中，不作打算，你老想想我这不是恬不知耻吗？所以我今天请你老人家来，跟你老把话说明了，我打算三五天回归故里，求你老再给我安排几个路费，等我回到家中，再行设法偿还，不知你老看着怎么样。"

　　李掌柜一听，微微一笑，说道："程先生，你听我说，要按说自从先生你病在店中卧床不起，我明知你是一个落第的寒儒，那么我为什么还照顾你呢？这不过是出门人的义气，常言说得好，在家靠乡邻，出外靠朋友。遇到一处就是有缘。再说谁没有个三灾八难呢？有钱的病人就有人管，穷人病了莫非说就得命丧无辜吗？这个事请你不要挂在心上。至于你在店中，病了一个多月，通共耗了不到二十两银子，可是我要说不要了，先生你觉着过不去，可是我要说要，你现在哪里有钱呢，这不是你今天说到这儿了吗？索性咱们说开了，你几时有钱，几时还账，如若没有钱呢，咱们那可就是交了朋友了。再说出外的人谁没有为难的时候呢？家有万贯，还有个一时不便呢，这个事情你也不必放在心上。就是对于先生你回归故里这一层，我有点不赞成。我可不是拦先生你的高兴，这个回家，依我说，你可作为罢论，因为什么呢？你今年虽然不第，不是还有明年吗？梁灏八十二岁，才中了状元。这功名二字尽早总有个命定，你焉知道不是大器晚成呢？比如说，今年回家，明年你还来不来呢，虽说相隔不远，可是这一二千里路程你得多少川资呢，所以我说你不如耐守，准知道明年不能平步登云吗？"

程继先一听不由得咳了一声，说："李店东，你老这一片金玉良言可完全是为我，可是我何尝不作这种思想？但是有一件难处，你老请想我一介寒儒，肩不会担担，手不能提篮，你叫我指何为生呢？"

李又贤一听，哈哈大笑，说道："程先生，闹了半天，你是愁着没饭吃。你想年年开科取士，莫非说应试的举子全是富有之家和本地人吗？就怕你没有能力，真要你学问深远，何愁没有饭吃呢？往大里说，给各衙门做个幕友师爷，一方自己刻苦用功，单候明年秋季大考。如若不然，找个馆地给人家教训蒙童，一方自己研究学问，等候明年应试。说到最下等，各处游学不是也能吃饭吗？现在生在这种太平盛世，就是每日写点字画沿街去卖，也可以进钱糊口，你怎么就愁起没饭吃来了？"

程继先一听，一声长叹，说道："蒙你老多方指教，可是作幕教馆，全得有人介绍，我在北京城，除了你老人家以外，连一个认识人也没有，我就是有天大的学问，你叫我找谁给介绍呢？真要你老能给我介绍一个馆地，那就同救了我的性命一样，哪怕就是在你老柜上帮忙，我也心甘情愿。"

李又贤一听，说道："程先生这不是你说到这儿了吗？你先在店里候几天。我托人给你吹嘘吹嘘，成了呢更好，不成呢，咱再想办法。你可别忙。"程继先一听说道："你老就多费心吧。我也不说谢了，反正我刻骨铭心永感大德就是了。"一连过了三天，这天李店东一直来到屋中见了程继先说道："程先生我有点事情求求你，可不知道你对于这路文字研究过没有。"程继先说："不知你老教我做什么？"

李又贤说，"我有一个朋友，大后天给人家前去祝寿。他已好几次找人作一篇寿文，可是总不对心思，不是太泛就是不恰当。他一托我，我可答应了，可是你要能作，就给他作一篇，如若你对这路文字没研究过呢，我再另找别人。"程继先一听，说道："店东，我当初在这种文字上可也用过心思，不过现在手生了。既然你老把事揽了来，少不得咱们敷衍一下。不过作这种文字，必须把做寿的人年龄出身官阶平生、所做事情以及祝寿人双方的关系还有祝寿人功名，先得问明白了，这篇文章做出来方才恰当。不能移到别人身上去，非这两个人不能用这一篇文章，不然泛泛地说上一大篇，仍然是合不了心思。"

李又贤一听，一拍双手说道："程先生，你这一说这篇文章就错不了，因为你的命意先来的高超。"说着在怀内掏出一个白折儿来，"上面这就是双方的履历年岁与关系，你慢慢地瞧吧，今天下午或明天上午，在这一天之内作成了，明天下午送去。"说着放下折儿告辞走了。

第十二章

刘露秋计陷朱文

再说陈继先，打开折儿他细一看，原来是盐商秦慕渊，给工部侍郎陈文泰，祝六十正寿。这秦慕渊原是个举人出身，年纪四十多岁，那陈文泰是秦慕渊的姑丈。程继先看完了折儿，打开箱子取出文房四宝，磨墨濡毫，可就作起文来。他本是个饱学儒流，工夫不大把这一篇寿文已经脱稿，自己又仔细看了一回，把不妥的字句修改一遍，这才找出一个宣纸的白折儿，慢慢地工笔抄写。他本来写得一笔飞快的赵字，天将过午已经录完，自己坐在椅子上闭目吟味。这个时候伙计从外面端进饭来，程继先一看，是四个菜两荤两素一大壶酒，一份碗筷。只听伙计说道："程先生你先吃酒吧。"

程继先说道："伙计，这是谁叫你预备的？"伙计说这是店东的待敬。吃完了酒，饭是扁食。程继先说："这又叫店东费心。"

伙计把酒斟上，程继先自己入座吃酒，伙计转身出去，工夫不大，把扁食端来，放在桌上。程继先这时酒已吃完，于是自己吃饭，饭吃完，伙计收拾餐具，一回身送进一壶茶来，顺手斟了一碗放在桌子上，说道："程先生你老吃茶。"

程继先说："伙计，你去张罗客人去吧，咱们自己人不用伺候。"

伙计说："外边没什么买卖。再说人很多，今天店东说下午请你老做文章，叫我来伺候茶水。你老用什么，只管言语，我在外屋里候着。"程继先一听，不由得一笑，说道："我的文章已经做完了，店东要给人家送去，就请他给人家送吧。”

伙计一听，连忙说道：“好吧，我去说去。”说着直奔前边去了，不一会，就听外面李店东连说带笑地嚷道：“程先生真是大才，怎么这么快呢。”说着一掀帘子，走进屋来，说道：“程先生手笔真快，受了累了吧？”

程继先说道：“你老太揄扬了，我这不过是对付着应酬罢了，做是做得了，成不成可不敢说。”

李店东说道：“一定能成。”说着把白折儿打开一看，说道：“嗨，抄清了，真快！这笔字也真好，今天下午我就送去，你就听信吧，准不能叫你白受累。”程继先说：“你多费心吧。”

李店东将白折儿卷好拢入袖内，可就告辞走了。到了下午太阳将落的时候，就听李店东在外面说道：“程先生在屋里吗？”程继先说：“在屋子，请进来吧。”

就见李店东满面含笑走将进来，程继先让他坐下，就听李店东说道：“程先生你的学问真好，这篇寿文我送去之后，秦先生一看，真是爱不释手，满口称赞。说是镂金戛玉，非受了千锤百炼之功，没有这种掷地金声之作，并说你那字，写得龙飞凤舞铁划银钩呢。秦先生因为爱你的学问，他细问我是请谁作的，我才把先生你说了出来。秦先生一听十分替你可惜，说是有这样的学问，不能名登金榜，可说是试官无目。”说着又在怀内掏出五十两一封银子，放在桌上，说：“这是秦先生送你的润笔之资，并且对我说他有两个少爷，大的十五岁，小的十三岁，要请你老去到他家内教训两个少爷读书，每年束金三百两，叫我对你老说说。我因为不知你的意思，当时我可没有答应，你如若乐意的话，他说明天他自己前来请你。要按说这个事情可不错，只不知你老的意下如何。”

程继先一听，连忙说道：“这全是你老的栽培，同秦先生的怜贫起见，我程某倘得寸进，一定忘不了你老。这个事情你老就对秦先生说罢，我是很愿意。这不是五十两银子吗，请你老收起来存在柜上就是了。”

160

李又贤一听说道:"程先生你听我说,这不是有了这笔银子吗,你先置办点衣服行李好去上馆,我那点店钱不成问题,请你不必挂心。我攀个大说,明年兄弟你要一举成名,哥哥我求你的地方可就多了,这点区区的饭钱,不是有限吗?"

　　程继先一听,十分有理,再说李店东又是诚心实意,说道:"既蒙你老成全兄弟,那么我可就不让了。"李店东说:"正该如此,你安排罢,我要告辞了。"

　　程继先送走了李店东,自己带上了点银子,走到街上找了一个成衣铺,买了几件衣服,一份铺盖,回到店中。这份高兴就不用提,本来受困他乡,身逢绝地,遇见这种机缘,不啻绝处逢生,旱苗得雨,焉能不高兴呢?

　　第二天午饭后,就听伙计在外面说道:"程先生在屋里吗?"程继先说:"什么事呀?"伙计掀帘子进来,说道:"有盐商秦老爷来拜,现在柜房坐着,同店东说话了,叫我拿了一个帖来。"

　　程继先接过来一看,红单帖上面恭笔小楷写的是"教弟秦慕渊拜"。程继先说道:"你去到外面请秦老爷进来吧。"伙计答应一声转身出去,工夫不大就听院中有人说道:"程先生在哪屋里住?"就听店东说道:"就住上房西屋。"一边嚷道:"程先生,秦先生来拜你来了。"

　　程继先连忙迎接出来,说道:"小弟有何德能,敢劳秦先生玉趾下降,快请屋里坐吧。"

　　二人彼此一抱拳,让进屋内,分宾主坐下。程继先留神一打量秦先生,身高五尺,便衣便帽,四十多岁的年纪,掩口髭须,倒是神清气爽,并无市井的俗气。

　　二人坐定,伙计献上茶来,秦慕渊说道:"久仰先生大才,自恨无缘得见,昨天获读大作,真是满目琳琅,试行掷地,留作金石声,实令人钦佩之至。迨一问又贤兄,始知先生今科名落孙山,以先生之才华,竟未获售,这真应了古人那句话:不愿文章高天下,但愿文章中试官。虽然说试官盲目,但未必不是大器晚成呢。昔梁灏八十二岁,方得大魁天下,况先生正在英年,前途未可限量，万勿以此介意也。小弟犬子两人，拟请先生予以教诲，昨烦又贤兄代达鄙意，承蒙俯允，真令弟感荷不尽。"

程继先一听，连忙说道："小弟一介寒儒，落难旅邸，多蒙阁下垂青，慨助资斧，此德此情正思无以为报。由又贤兄代达阁下盛意，既承错爱，敢不勉竭愚诚，以报厚德。但弟才庸学浅，若同两位世兄同席研究，互相砥砺，尚可勉应尊命，至必以师位推崇，小弟有何德能，讵敢谬膺斯席。"

秦慕渊一听，连忙说道："先生太谦了。"一回头对李店东说道："又贤兄，今天兄弟来得仓促，甚非敬师之礼，俟小弟回去，择定日期，再来迎请先生屈就蜗居吧。"于是起身告辞，程继先送到店门之外，方才回来。

到了第三天，秦宅打发车子，来请先生上馆。这也是程继先时来运转，这一篇寿文，打动了工部侍郎陈文泰。

赶到过了寿期，直接着由秦宅把程继先请到侍郎府，见面一谈也是陈侍郎爱才心切，就令程继先在府里办理文件，问明了程继先出身根底，知道他家世清白，于是就把幼女配与程继先为妻。到了第二年秋季大考，陈侍郎替他上下托人。赶到榜发，竟高高中了第十九名进士，榜下用了个知县，出任山东，到省后又蒙抚台委署泗水县，一帆风顺不到三年，直升到了贵州省的首府贵阳府知府。他的功名富贵，可说完全是由于泰山府内一手造成。

这一来对于太太这一层，未免由敬生出畏来。人之惧内，对于做官行政原没有关系，但是对于随任的一班妻党，可就无形中不敢十分管束了。这位府太太本有一个幼弟名叫陈步云，是陈文泰最小的儿子，又因为人情多有爱惜少子，所以这位少爷未免娇养太过。这一娇养可就惯坏了，每在花街柳巷，挥金如土，结交了一班走狗流氓，常常在外面无事生非，仗势欺人。人家一听他是工部侍郎的少爷，谁还敢惹呢，所以胆子越来越大。陈文泰可是多少也有个耳闻，因为舐犊情深，也不十分注意。赶到程继先到贵州上任，陈侍郎可就打发他跟姐丈同去。第一是练习世故，第二也打算离开他那素日结交的一班流氓，将来大小好给弄个功名。但是人当青年的时候，走入下流，做父母的就该加意管束，令他归入正途，方是正理；若不加管束，反倒教他各处瞎跑，岂不知到处都有流氓走狗，要想躲避，哪能避得开呢。

单说程知府，自从到了贵阳府，要按他做官的经验与能力，可说是一位干员。唯独对于这位舅老爷，可说是没有办法，因为有太太从中袒护着，管又不是，不管又不是，所以只可装瞎装聋，反正他出不了大毛病就得了。可是这位陈步云，若结交几位正人君子，互相规劝，也不至闹出笑话。但是那些正人君子对他不合脾胃，所以他交下的好友第一位就是这个飞天烙铁仇仲仇古石先生。当初因为仇仲住在城里给人家说官司，二人一见，可说是情投意合，居然结了金兰之交。常言说得好，人以类聚，物以群分，这一帮狐朋狗友跟那一班走狗流氓，都是仇仲的介绍，可就全都来了，暂且不表。

单说仇仲，既然打算暗害朱文，只苦于无法插手。也是该当出事，这天正赶上仇仲进府有事，偏偏遇见陈步云在街上闲游，一见仇仲连忙说道："仇大哥，咱们好几天不见了，今天你若没事，何妨去府前街太和轩喝一杯呢，并且我还有点事求你。"

仇仲一听陈步云让他去太和轩吃酒，连忙说道："陈贤弟，我因为每日穷忙，所以总没与你相会。我今天第一是来瞧瞧你，第二有点小事，不想一进城就遇上你了，你若有暇，咱们立刻就去吃酒。"

二人于是直奔府前街而来，到了太和轩一看，座全满了，灶上刀勺乱响，跑堂的一看进来熟座，连忙说："二位爷后面坐吧，雅座清静，前边人多麻烦。"二人随着跑堂的一直来到后面，进了雅座坐下，上酒上菜，大斟大酌起来。

在这酒饭中间，仇仲说："贤弟，方才在街上你说有事求我，不知兄弟你有什么事教我去办。"陈步云一听，说道："大哥咱们相交日浅，你不知道，我有一个小毛病，想着托你。因为你是此地人氏，可说人杰地灵，你一定可以办得到，所以我才说求你。"

仇仲说："兄弟你有什么事呢，只要我办得到，我一定去办，如若办不到，也可以替你来想法子，你就说吧。"

陈步云说："小弟自幼，最爱喜牡丹，我在北京的时候，我那书房同卧室里外摆的尽是牡丹，摆着足有十几盆子，单有一个花匠替我收拾。自从我来到这里一住，不独看不见花儿，连个花的味儿也闻不着了，所以我每天闷得十分难过。我说求你，就是求你给我买几盆子牡丹，因为你是本地人，你一定知道哪里有好种子，只要你能买，不怕多花钱。"

仇仲一听，沉吟不语，暗暗说道："我何不如此如此呢。"他这一沉吟，陈步云可就说了："怎么了，大哥莫非为难吗，为什么不言语呢？"

仇仲说道："这为什么难，不过我想起一个地方来，不独有，而且多，不独多，而且还好，就是怕他不卖。"

陈步云说："不要紧，他不卖，咱们多给钱不成吗？"

仇仲说："人家并不是卖花的，人家养花，为的是自己消遣。兄弟你若不信，明天你去到我那里，在我那蜗房吃个早点心，我领你去看一回牡丹，你就知道我不是虚言了。"

陈步云一听大喜，连忙说道："大哥你今天回家候着吧，我明天一早准到。"仇仲说："好吧，我一定恭候。"

仇仲回到家中，暗暗思索良法："朱文哪，你只顾你请客，把我放在一旁，你可忘了打人一拳，防人一腿了，我教你闭门家中坐，祸从天上来。"

次日天将晌午，只见外面看门的进来说道："外边来了好几个人，说姓陈的同姓刘的，要见老当家，不知你老见他不见。"

仇仲一听说道："快请进来。"一面说着向外就走，到了大门一看，见来了七八位，除了陈步云之外，尽是每日一同吃喝不分的一些闲汉。什么吃喝嫖赌，坑蒙拐骗，尽是些无所不为的人物。内中有一位姓刘，名叫刘露秋，字晓寒。他在衙门是个刑名师爷，原籍是直隶省大名府人氏，也是跟官过来的。可是已经连了好几任了，所以对于历任的案卷，一切府衙门中的大小私弊，

164

没有他不知道的。他是个刑名老手，人虽然能干，但是六行却十分的卑污。

本来在这种山高皇帝远的地方，就有好官，也不敢得罪他们，否则，他们一定可以叫你撤职查办。因为他们手眼通天，上下蒙骗，非把你闹得一塌糊涂不算完事，可说是金光遍地，铜臭熏天。可是自从这位程知府到任以来，就看出这位刘先生厉害来了，但是舍其短而取其材，细心监视，所以还没有闹出大笑话来。刘师爷虽然不高兴，因为知府是陈侍郎的姑爷，本省的抚台，还得高看一步呢，自己可有什么法子呢，不过相机而动罢了。后来一看随任的这位陈步云少爷，是个花花公子，欢喜逢迎，他可就在陈步云身上留了意了，所以一拉拢，立刻水乳交融。他本同仇仲是莫逆之交，仇仲仗恃府衙作恶多端，可说是尽出此公之手。这天听陈步云说，请他去看牡丹，他就叫陈步云把认识的那些狐群狗党，全都叫来，同陈步云去看牡丹，又在本衙之内选了四名健役，作为跟班。他这样做是抬出官家，好欺压百姓。本来同人家素不相识，如果人家不让看，岂不败兴而返，所以带着衙役，好用那吹三班诈六房的手段。再说在那个时期，人民畏官如虎，有句俗话，是屈死不打官司，冤死不告状；又道是衙门口向南开，有理无钱莫进来。虽然皇上派出多少监察，可是官官相护，闹到归齐，还是老百姓没有理，不像现在的时期，人人可以发言，不受那种官府的恶气。

单说陈步云同刘露秋，带着大众到了仇仲门首，仇仲恭恭敬敬把大家接进去，到了客厅，分宾主坐下，仇仲道："不想晓寒兄，同陈贤弟连众位兄弟，来得这样早。咱们说句不客气的话，大家一定没吃早饭，我这里预备了点粗糙的点心，众位将就着吃一点，咱们好去赏花。"陈步云一听，说道："很好，大哥就叫他们预备吧，我还是真没吃点心。"这时家人已经泡了茶来，仇仲对家人说道："那几个跟班的，也给他们收拾酒饭，叫他们在外面去吃。"

家人答应，把跟班的让到外面吃酒，这里面摆了两桌酒席，自然是陈刘二位坐在上首，其余按资坐下。仇仲坐在主位相陪，饮酒中间陈步云可就说了："这牡丹倒是谁家的，我们看完了，是不是可以买？"

仇仲说："提起这位栽牡丹的主儿，可大大的有名，姓朱名文字建武，原是个外乡人，迁居此地，大家议论，恐怕是亡明的后裔，来到此处避难逃灾。自从本朝定鼎之后，他就迁了来了，二十多年可没有别的举动，不过他很有银钱，每年他必须要大宴乡民一次，明着是联络感情，暗中可就不得而知了。"

陈步云说："大哥没有吃过他的请吗？"仇仲说："也去过两三回，不过他十分邀请，我才去一趟，若非他极力请求，谁愿意同来历不明的人做朋友呢？他家有个小小花园，收拾得十分幽雅，内中各样的花木果品，无一不备，最好的就是牡丹，足有二百多株，各色的全有，可惜每年大家只能在他请客的那天看一次。听说夏天的荷花，秋天的菊花丹桂，冬天的腊梅青竹，全都十分茂盛。这个园子真要在兄弟你的手内，我们每日就能够大饱眼福了。这个可就不然啦，非得他请大家去看，才能玩赏一天，不然他就许不让进去，因为他那住宅同园子连在一起，如若进园子非走住宅不可，别处没有门户。"

陈步云一听说道："若按仇大哥这样说法，我们今天岂不空来一趟吗？"仇仲说："为什么白来呢？"陈步云说："不是你方才说的，若不是经他请来的，就许不叫进去吗？人家又没有请咱们，倘若是不叫进去，岂不是白来一趟？"

仇仲一听哈哈大笑，说道："虽然话是这么说，可也得分看花的是谁，类乎咱们弟兄若去赏花，这还不是赏给他脸吗？你先不要忙，咱们吃完了点心，就去走走。"一回头，说道："仇福呢？"就听门外答应一声，进来一个四十多岁的家人。仇仲说："你拿我一张名片，去到朱文家内，问问朱文可曾在家。如若他没有出门，就说我同府里的陈舅老爷，还有几个朋友，今天去他园里玩赏牡丹，请他在家里陪客；如若他不在家，告诉朱太太吩咐看门的把园门开开。"

166

仇福连声答应转身出去，待了不大的工夫，回到客厅，仇仲说："你去了吗?"

仇福说："去了。朱先生说了，陈舅爷几时去，他几时候着，他还叫长工打扫园内的乐天堂，叫人预备酒菜，要请舅老爷同众位爷们吃午饭呢。"

仇仲一听把桌子一拍，说："刘大哥陈贤弟，你看怎么样，准有点特别的面子。他既诚心预备，咱们就扰他一顿春酒，也真难为他，这样的开通。"

吃过早点，一干人全奔朱家来了，本来相隔不远，来到朱宅，只见门口上立着一个长工，一见仇仲说道："当家的来啦，里面请吧，我们当家的在园里候着你老啦，你老往里请吧。"仇仲一听，说道："你在前边引路。"

于是长工在前面引导，进了大门。转过屏风顺着西厢房一拐，就是甬门，这个甬门就是园门。一进园门，只见一条假山挡住去路，这个假山虽然是人工堆砌，也颇玲珑奇巧，上面许多藤萝，枝叶茂盛。转过了假山，前面就是一条小小的清溪，沿溪种着垂柳，真是和风拂面，绿柳垂金。溪上横着一条小小的板桥，过了板桥，前面就是一片荷池，那荷叶浮在水面，水清见底，游鱼喋喋。转过荷池四面一看，园子虽然不大，可是构造得十分精致，茅亭草榭，风雅宜人。

大家跟着长工顺着园路一直奔了正北一片青竹塘来，在竹径里面绕了二十余步，豁然开朗，原来是一片亩余大的空地。四面绿竹环绕，正面三间草堂，倒是十分宽敞，围着草堂，尽是用青石堆砌的花坛，有长的，有方的，也有圆的，形式不一，坛上种了一片牡丹同芍药。这时正值三春之末，牡丹芍药大开，真是绿叶红葩灿若锦乡，姚黄魏紫斗胜争妍，又加上在草堂之前十余株青桐，浓荫匝地，触体生凉。陈步云同刘露秋一看不禁连声喝彩，说道："好地方，清幽得很呢。看起来，这位朱文先生，一定是清雅一流的人物。"

正观赏间，只见由草堂里面走出一位先生，看年岁六十多岁，花白的掩口髭须，便衣便帽气爽神清，笑嘻嘻地立在对面，抱手当胸，口中说道："仇兄相陪众位驾临敝舍，可说是蓬荜生辉。恕我接待来迟，当面请罪。"

仇仲连忙说道："岂敢岂敢，朱先生，我来给你介绍几个朋友。"说着，用手一指说道："这位姓陈，字是步云，是本府太尊的舅老爷，是现任工部侍郎陈老爷的三少君。"一回头对陈步云说道："这就是朱先生，名文字建武。"

二人彼此一抱拳，又给刘露秋同大家一一介绍，彼此对施一礼。朱文用目一打量陈步云，二十多岁的年纪，短眉毛小三角眼尖子，薄片子耳朵，两撇小黑胡子，一脸奸诈的神气。再看大家，没有一个安善良民，尽是些不良之辈，无奈只得拱手相让。进了乐天堂，叫长工将那几位跟班让在清凉坞去休息，自己到了外边又请了几位乡邻，帮着陪客。这伙人一直在这里乱了一天，直到太阳西斜，方才告辞走了。

单表陈步云，自从在朱家饮了一天酒，带着家人回了衙门，心中暗暗地想道：想不到在这种偏僻之乡、未经王化的地方，竟有那么一个清雅的所在，真要能常常住在这个园中，赏花饮酒，这才有点趣味。就是我那京中的后园，也没有这么清幽静雅。待了没有两天，他又同刘露秋找到仇仲家中，叫仇仲领他去看牡丹，少不得朱文又有一番应酬。这以后从三月下旬至四月上旬，一连去了五六次。朱文一连应酬五六天，眼看池中绿盖参天，荷蓇出水，朱文这个应酬，可就有点应接不暇了。虽然无法应付，但是还得勉力恭维，因为仇仲这个小子，是个飞天烙铁，如何敢得罪他呢。

按下朱文不表，再说陈步云，因为三天两头去逛花园，虽然人家不说什么，自己觉着实在有点讨厌，所以一连三天坐在书房闷闷不乐，忽见差人进来说道："仇老爷来了。"陈步云说道："快请。"

只见差人打起帘子，仇仲由外面进来，口中说道："贤弟好几天不见了，你每天在屋内坐着，不嫌闷得慌吗?"陈步云说道：

"可不是，闷得慌，可有什么法子呢？"仇仲说："现在荷花开放，我们何不到朱家去看荷花。"

陈步云说："三天两头去，不怕人家讨厌吗？"仇仲说："那有什么讨厌的呢？"

陈步云说："本来花园又不是公共的。我们若天天进去，人家岂有不烦的道理呢？若是打算天天去逛，我们只可多出银子，买到手内，就能天天住在里面了，就怕人家不卖。"

仲仇一听，暗道："是时候了。"口中却说："凭贤弟你这样的人物，又有府尊给你做主，还能买不到手吗？真要是朱文明白，一看你爱惜，不用你说话，就应该双手奉送才是。我今天回去，明天打发人去说，听听他的口气如何，他若不卖，咱们再想法子。"陈步云说道："全凭大哥办理好了。"

再说朱文，一连应酬了五六次，心里可就烦了，本来牡丹一谢，紧跟着荷花出水，菱芡迎辉，丹桂秋菊相继耀彩，再就是红梅开放，如若说每天应酬，这可就应接不暇了。这天早晨，正在屋中闲坐，忽见家人领着仇仲进来，朱文说道："仇兄如何这样闲在，快快请坐。"

于是分宾主坐下，朱文自己斟茶应客，说道："不知仇兄光顾有何贵干？"仇仲一听，不由得紧皱双眉，长叹了一口气，说道："朱先生，今天来到贵宅，有点事情同你商议，不过对不起你。"说着又咳了一声，说道："这个事情本来怨我，不该多事。"

仇仲这么一装扮，把朱文可就闹怔了，连忙说道："仇兄，到底是什么事呢？"仇仲说："前几天不是府里陈舅爷来了几次吗，要不怎么说怨我呢，他原先说是爱牡丹，问我哪里有好牡丹，我以为他看看就得了，所以告诉他，说先生你这里有。他磨着我领他来看，本来看花不算什么，所以我就陪了他来，谁知小子蛮不知足，来了几趟，他可就爱上你这个园子了。昨天他特意把我请到他的府内，托我来对你说，要出钱买你这个园子，你要多少他给多少。我当时对他说，人家筑置园林，为的是自己消遣，恐怕不卖，比方说你若是朱文，你肯卖吗？我这一说，小子

169

可就光火儿了，立刻拿出他那公子哥的脾气来了。把眼一瞪，说道怎么着，他敢说不卖，漫说我给他钱，就是白要他的，他也得双手奉送过来，你快快对他去说，他若真敢不卖，我自有对待他的法子。你瞧这小子有多么不讲道理，真是仗势欺人的败类，朱先生你看这个事怎么办呢？"

朱文一听，心中一动，双眉一皱，计上心来，不由得满脸赔笑，说道："仇兄，既然陈舅爷看上这个园子，何必讲卖讲买呢？我明天把园子同住宅隔开，另开一个园门，就请他老天天来逛。如若愿意住在园中，园中还有几间草舍，若不嫌窄狭，那是他瞧得起我，何必讲卖讲买呢？再说他又不能长期居住，几时府尊一高升，他当然随任得走，买这种无味的东西，有什么用呢？虽然是我的，他不是一样可以住居玩赏吗，仇兄你何必为难呢？"

这是朱文逆来顺受的一种办法，明知此事是仇仲的主意，但要打算破他这个阴谋，非如此不可。

仇仲一听，心中暗道："好一个朱文，你居然想着躲过飞灾，那如何能成呢。"于是说道："难得你老这么开通，我回去一说他一定愿意。"

说着告辞去了，朱文送到大门，拱手作别。到了次日仇仲坐车进府，见了陈步云，陈步云问道："仇大哥怎么样了？"

仇仲把桌子一拍，说道："兄弟不用提了，活活把人气死，可恨朱文这个东西，园子不卖倒不要紧，他不该张口骂人。"陈步云不由得一怔，说道："卖是人情，不卖是本分，他为什么骂人呢？"

仇仲说："你听我说呀，我由这里回去对他一提，他说原来陈步云这小子是这么一种小人，我的园子，让他玩赏，不过是你的介绍，我瞧你的面子，所以才招待他，怎么小子这么蛮不知足呢？我当时一听，说道：'朱先生你别急，这不过请你把园子同住宅隔开，另开一园门，要多少钱，给多少钱，租也可，卖也可。几时府尊高升，他一定随任，园子还是你的，你何必着急呢？'"

陈步云说："是呀，他说什么呢？"

仇仲说："他一听更火儿了，说道：'仇仲，你不用说了，我的园子，我不卖，他有什么法子？他别以为是工部侍郎的儿子、府尊的小舅子，我可不怕他，他依仗官势强买民宅，说不定我要进京上告，真是狗仗人势的小人。'我说：'朱先生，你不要张口骂人，人家并没说非买不可。你不卖不是作为罢论吗？'可他说：'仇仲你全不是东西，这个事你就不应该来说，给一个风月公子来做走狗，全都是些什么东西，快给我滚出去。'他以下还说了好些难听的言语，也不便学说，当时差一点没把我气死！所以我回来，对你学说，就是你能忍这口恶气，我也同他没完没了。"

陈步云本是个少年公子哥儿，哪里能辨别是非，一听此言，不由大怒，当时就要打发差人，去抓朱文。仇仲一听，已把事斗起来，于是说道："你何必着急呢，想法子治他就是了。"

陈步云于是打发差人去把刘露秋请来。三个人在一处商议，两个坏蛋同一个花花公子可就把计策定成了。

再说朱文，自从应付走了仇仲，一晃过了三四天，没有动静，这天吃完了早饭，自己慢慢走上清凉山降龙寺来。空空和尚方丈正在坐着，一看朱文进来，连忙让座，沙弥献上茶来。

朱文说道："方丈，这几天我心里十分不静，我久仰方丈卜筮通神，我打算请你老给占卜占卜，看看我的月令如何。"

空空长老说道："出家人最忌自作口孽，但是先生起课非别人可比，你写个字我给你测测吧。"朱文说道："可以。"于是提起笔来写了一个牛字，用镇尺把纸压住，说道："老方丈，请你看看这个字义如何？"

空空长老一看，说道："阿弥陀佛，朱施主，请你处处小心谨慎，恐你在最近期内有牢狱之灾。你看你写的这个牛字，在下面添一撇一捺，是个朱字，正合施主的姓氏，可是朱不成朱，恐怕人口有损。为什么说有牢狱之灾呢？你看牛字上面，你用镇尺这一压，正正成了个牢字之形，所以说你有牢狱之灾。再说这个牛字，牛本属午位于南方，朱者赤色，朱雀也位于南方，南方属

171

火，火者阴象也，其中必有阴人陷害。但是若在牛字下面添上一横，化成一个生字，所以说还有一线生机。我瞧你印堂发暗，主有横祸飞灾，我想同你结个善缘，你如到了不得了的时候，就照柬行事。"

说着一开抽屉，拿出一个字柬，送将过来。朱文连忙接来放在怀中，说道："老方丈，你怎么就知道我不得了呢？"

老和尚说："定数难逃，何必再问。那达人知命这句话，就是为朱先生你这一流人物说的。你千万不要灰心，吉人自有天相，沉心静气，自然遇难呈祥。"

两个人说了会子闲话，朱文告辞回家。晚饭之后，老夫妻灯下议论白天的事情，只不知祸由何起。朱文说："莫非说仇仲真要害我吗？但是我没有得罪过他，他为什么害我呢？"夫妻说了一回，也就睡了。

一晃又过了两三日，这天老夫妇正在屋内引逗四岁的儿子朱顺，忽见看门的进来，说外面有人要找当家的。朱文一听来到门首一看，原来是三个公差，朱文说："三位是哪里来的，找朱文做什么？"

那三个人说："我们是府里来的公差，奉大老爷之命，来请朱先生，你老可是朱文朱先生？"朱文说："不错，我正是朱建武。"差人说："今天早晨太爷下了一个条子，令我们来请你老到府里有事商议。你老若有工夫就可以辛苦一趟。"

朱文说："好吧，你三位略微一候，我到里面告诉给家里一句话，咱们立刻动身。"三个差人说："你老可快着点，我们就在这儿等着吧。"

朱文于是转身到了上房，对妻室说道："现在来了三个差人说府里请我，大概真要有牢狱之灾。我这里有空空长老的一个字柬，交给你。如若我今天晚上不回来，你们就打开观看，照柬行事。"说完放下柬帖转身就走。朱太太说："既知有灾，不能不去吗？"朱文道："定数难逃，你千万不要忘了。"

你道公差为什么对朱文这样和气？因为朱文虽然来自异乡，

在这一带很有点声名,全知道是个乐善好施的儒者。再说此次受这种横祸飞灾,完全起自几个小人身上,连公差全有点忿,所以对朱文无形中用了这么一点人情,不忍用那种威迫的手段。到了城内进了府衙,差人让朱文暂在班房等候,自己前去销差。工夫不大,就听里面梆鼓齐鸣,府官升堂,喊道:"带朱文,带朱文!"

只见看守自己的差人说道:"朱先生,里面升堂了。"只见原先那三个差人进来说道:"朱先生过堂去吧。"

朱文说:"走哇。"心中明白,这一定是仇仲他们作的鬼,自己反正没做过见不得人的事情,过堂咱就过堂!所以一听差人相叫,他转身就走。

那三个差人说:"先生就这么去吗?"朱文说:"怎么样呢?"差人说:"我们知道你老是个忠厚长者,但是上边不知道,现在过堂了。请你把王法带上点才成呢,不然我们吃不了。"朱文说:"带上吧。"于是差人一摸兜儿,掏出一挂脖索,双手一抖,"哗啦"套在朱文脖子上,拉着就走。

朱文这个气可就大了,本来没犯国法王章,硬给索上了,于是忍气吞声地跟随差人来到大堂之上。只见府尊高坐堂上,两边摆着许多刑具,站着两行衙役,一见朱文带到,喊喝堂威,说道:"跪下跪下!"

朱文走上堂来,双膝跪倒,伏俯堂前,只听知府一拍虎威问道:"下边跪的可是朱文?"朱文说道:"小人正是朱文。"知府说道:"抬起头来。"

朱文把头一抬面容一正,做官的讲究察言辨色。程知府一看朱文,文质彬彬神清气爽,不像个凶恶之辈,于是张口问道:"你有无功名?"

朱文说道:"晚生是前明的秀才。"

知府说:"既然名列学宫,为什么窝藏盗匪,坐地分赃?从实招来。"

朱文一听,不由得魂飞天外,连忙说道:"小人素日安分守己，并没有做过非法的行为，不知大老爷此话从何说起。"

知府一听说道："你道我冤枉你吗？若不给你个证据，你也不服，来！带证人。"

只听下面应了一声，由外面带进两个铁索锒铛的人来。

第十三章

朱建武避难入空门

知府问："朱文，你可认识他两个？"朱文摇头说道："小人不认识。"

就听左边跪着的那一个说道："朱大哥，你这就不对了，我们舍死忘生在外边作案，你老太太平平在家坐地分赃。现在我们受了罪了，可是你老人家反倒自在逍遥，并不打发人来看我们一看。所以我们受刑不过，才将你老人家招出来。我们这是没有法子，你老也就招了吧，省得自找苦吃，你岂不知人心似铁官法如炉呢。"

这一套话，把个朱文气得火高千丈，"呸"了一声说道："你们全是些什么东西，妄攀好人，你们赶快实话，是被何人主使。不然老爷是精明的，漫说小康之家不能为盗，就是我家中万分的穷苦，凭我名列学宫，也不能身为盗匪。你们既然说我坐地分赃身为盗首，当然你们时常在我家居住，你们可知我那宅院的形状，我多大年岁，我家中还有什么人。你们说对了，就算我坐地分赃。"

两个人一听，说道："朱大哥，我们在你家一住半载，这个事如何会不知道呢？你家就是你夫妻两人，还有一个男孩，今年四岁，你今年六十二岁，大嫂子五十二岁，使着一个老婆子，一个丫鬟，一个长工。你家是一宅分两院，正房内房全是五间，东西厢房各三间，后面就是一所花园。老爷如若不信，可以派人调查，如果查不相符，小人情愿认误攀之罪。"

175

这一番话，把朱文说得目瞪口呆。知府一看，说道："朱文，证据已明，你还敢抵赖吗？快将所做的案件从实招来，以免皮肉受苦。"

朱文一听，向上磕头，说道："求老爷明镜高悬，这两个人不知受何人主使，妄诬良民，望大老爷与小人做主。"

知府一看，这是理屈词穷了，于是一声断喝："好一个刁恶的朱文，大刑伺候！"只听下面应了一声，"当啷啷"一声响亮，三根木为五刑之祖，这一来把朱文吓了个胆裂魂飞，猛然灵机一动，暗道："看这两个匪徒，一定是受了仇仲的主使，不然他们怎知我家院情况？看这个样子，我若不招，他一定要有刑讯，我偌大年纪，岂能受此重刑。如若招认了，凭我帝室宗亲，叫这两个匪徒，同这个狗官，把我问成贼党，岂不丢了我祖宗的面目？我宁可叫他知道我是明室苗裔，死在北京，也不能叫他把我问入贼党，诬作匪徒，死了也落个不干不净。"

想到这里，他连连向上摇手，说道："大老爷不必动刑，我有下情上达。"知府说道："你还有何说，快讲！"

朱文一回头对二贼说道："你两个受谁的主使，我可不知道，但是你方才不是说同我共事多年吗？当然我的出身，你们很明白了。我再问你一句话，你二人若是答上来，我一定认罪无辞了，你二人若答不上来，可趁早实说，不必再行狡诈。求大老爷问他主使之人。"二贼说："大哥拉倒吧，不必再分辩了，招了吧。"

朱文"啪"的一口唾沫吐在二贼脸上，说道："满口胡说！"一回头对知府说道："求大老爷问问他们，既然同我共事多年，我是何方人氏，迁在这镇龙坡多少年了，我原来是个什么人？"

知府一听，暗道："他说的倒是有理。"于是一拍虎威，道："你二人可听见了，快快说来，朱文是何方人氏，什么时候移到清凉山，他当初是个做什么的？"

这一问，把二贼问得面面相觑。知府一瞧勃然大怒，说道："好你两个贼匪，竟敢妄诬良民，情实可恨。"

正要追问他二人受何人主使，忽听内宅钟声响亮，原来内宅钟响，必有大事。于是知府把三个人标牌收监，拂袖退堂，来到内宅一看，夫人同舅爷陈步云正在内宅相候。知府说什么事，陈步云说："就因为前面这个案子，我请姐夫回来同姐姐商议怎么个办法。"

知府说道："这个自有我来办理，你们何必操心呢？问明二贼是何人主使，定一个买盗攀赃的罪名，不就完了吗？"夫人说："原来老爷不知内里的情形。"于是仔细对知府说了一遍。

程知府一听"哎呀"一声，连连跺脚，说道："你们怎么这样荒唐，这要叫抚台知道了，还不是个倚官害民，贪赃卖法吗？轻者撤职，重了就得镣解进京。你们这不是要我的命吗？"说着不由得搔首望天，道："你们太胡闹了！"

原来这个买盗攀赃诬良为盗，就是仇仲同刘露秋，还有陈步云闹的鬼，他们三个人那天暗中商量的办法就是这么一段。正赶上前两天狱中收了两个大盗，一个叫过海龙李九，一个叫爬山虎黄七，于是刘露秋同仇仲，二人亲自交给这两人供词，叫他二人硬攀朱文入狱。可是这两个人起初不干，他们说："我们既然当初做的事不道德，受了国法王章，现在再诬赖好人，我们觉着于良心上过不去，所以我们就不愿再作孽了。"刘师爷则哄骗道："你们若能把朱文拉到狱里，陈舅爷一定能救你二人的性命。你须知道，陈舅爷是现在工部侍郎的少爷，一句话就可以把你们救了。"蝼蚁尚且贪生，为人岂不怕死，二人一听能够死里逃生，于是就应了，赶到过堂，就把朱文拉上。知府连忙把朱文拿到，一看朱文的神气，不像个为恶之人，就疑心内中有人主使。不过没想到自己的舅爷身上。但是一看朱文，被二贼问得张口结舌，自己才信以为真，打算刑讯。不想二贼又被问住。这时候陈步云在屏后可就把话听明白了。他本来怕二贼失言，被姐丈把自己问出来，所以一升堂的时候，他就把此事的始末告诉他姐姐，求他姐姐给他出主意。当时他姐姐埋怨他，不该这样不顾天理，无奈姐弟情深，不能十分相逆，事情闹坏了，于自己的父亲也有关系，所以当时说等知府退了堂再说。赶到他听到二贼被朱文问住，知道这个事情要坏，真要二贼当堂供出自己主使，这可怎么办呢？再说这个朱文也未必相饶。于是跑到内宅，请他姐姐鸣钟，请姐丈退堂。

等问明白了之后，才把个程继先吓得胆裂魂飞，于是紧皱双眉，在屋里踱来踱去。他本有心问明之后把朱文当堂释放。可是朱文一定要追问那主使害他之人，自己的功名富贵本来完全出在丈人峰下，怎能将他的少君问罪加刑呢？若打算将此案模糊下去，把朱文治罪，自己的舅爷可是乐了，但是这个事叫抚台知道了，也得撤职被参，自己空被他们支使了，罪名可是还得自己去领。总之若依着舅爷的心思去办，必然丧尽天良，纸内包不住火，早晚自己得有罪受；若打算一秉大公，自己实在有点对不起泰山和自己的夫人，真要模模糊糊把朱文放下，余事一概不提，可是朱文若当堂质问，为什么不追究买盗诬良的主使人，自己用何言答对呢？堂堂首府，岂不成了儿戏了吗？再说这个风声难免传入抚台耳内，自己仍然脱不了干系。左思右想，罪之不得，放之不能，所以只落得搔首向天，工夫一大居然被他想出一个主意，不由得咳了一声，说道："事情既然如此，我再想法子应付就是了。"

再说知府晚上想好了主意，次日一早升坐大堂，把朱文提上堂来，知府说道："朱文，今天本府已经派人出去调查你的真相，如若果然冤枉，本府一定替你申冤。现在不要骇怕，我且问你，到底是何方人氏，为什么移居本处，你原先作何生理，你要仔细说明，我好替你设法。"

朱文心中暗道："我若不把我的实在情形说出来，恐怕这个盗贼的官司，无法摆脱；但是我若说了实话，那明室的苗裔，正为清朝所忌，大概也难脱性命。两方的轻重比较起来，能为明朝的忠魂，也不能受盗贼的诬蔑，死在九泉之下，方对得起历代祖宗。看起来天数造定，无法挽回，空空和尚，好神奇的占卜。"

自己想到这里才毅然说道："大老爷要问，我本是明朝思宗皇帝嫡派子孙。自从圣朝入关，小人由北京迁居此地，不过隐居

178

避世以终天年。不想身受盗贼的诬陷，大概也是命该如此。大老爷请想，虽然国破家亡，堂堂帝室之胄，岂能失身为盗呢！"

知府一听，原来朱文是前明的遗胤，问明之后说道："原来如此。你先在狱内待几天，我自有办法。"

于是吩咐禁卒，对朱文好好地看待，不许虐待罪人。退堂之后，他把这个案情的始末，实在的情形，恳恳切切写了一封家信，差人加紧送入北京，交工部侍郎陈府。他写信的意思，因为陈步云胡闹，才闹出这些纠葛，因为自己无法处理，才请示一种办法。不消两个月的工夫，差人回来并且讨得回书。知府打开一看，是叫自己禀明上宪，将朱文并他的眷属，押解进京。路上必须派妥员护送，恐其远处边陲谋为不轨；朱文的家产，收没入官。另外一个条子是对于陈步云，必须严加管束，不许他再无事生非。

这一封书信，真不啻朱文的催死文书，知府看完书信，有了主意，立刻亲自到抚台衙门禀见。抚台传见之后，知府就说："现在捉住了一个亡明的遗裔，怕有私通匪类图谋不轨的行为，所以京中家岳来函，教禀明大人派妥员连同该犯的家属镣解进京。卑职因为未奉明示，所以还没有派人去提该犯的眷口。"说着把陈侍郎的书信呈与抚台。抚台看罢，说道："此事倒甚容易，你先回去把朱文的家眷捉来，我这里办一个委札，就派你押解进京，我再派两个委员一路相伴。"

知府得了指示，自己这才告辞回衙，到了府衙，立刻出签，派人去捉朱文的眷口。哪知赶到镇龙坡一看，朱文家双门紧锁，早已逃遁无踪了。差人无法，只好捉了几个邻居便回府销差。知府一听走了朱文的家眷，吓得心神不定，连忙升堂讯问邻居，才知道朱文一进府的那一天夜中，一家上下就逃避无迹了。又问邻居，朱文本处可有亲戚。邻居回禀，朱文本是个外乡人，本处没有亲故，连婆子带丫鬟长工，全是人家由家乡带来的。知府无法，只好据实呈报，邻居取保回家，一面派人查封朱文的家产。这一来好好的一个人家，因为得罪了一个小人，落了个乱七八

179

糟。第三天程知府接到抚台的委札，并派来两个委员，携带奏章，一同在府衙等候解差起身。知府点了一位本府的把总，名叫刘洪运，带着五十名兵丁护卫，把朱文上了刑具，押上囚车，一同奔北京去了。

这天进了湖南地界，地名临江驿，属沅陵县所管，天色已晚，知府就打店住下。这个店房字号是洪福客栈，这一伙人足有六十来位，就把这座店完全占了。知府同两个委员住了三间正屋，刘把总因为得保护知府，住了东厢房，把朱文由车上扶下来，去了刑具，先带着铁链，同看差的兵丁，住了西厢房，其余兵丁分住客院。一阵索汤要菜抢碗夺盆，直闹到二更多天，方才完全歇下。

再说朱文，他本来度量宽宏，安常守分，所以他并不上愁，一路放怀饮食。虽走了半个月的长途，始终没有觉着劳累。这天在店里吃完了晚饭，向后一仰身，不觉悠然睡去。到了次日五更，天将黎明，知府起来，上下兵丁全都起来烧水洗脸，叫厨房预备早饭，吃了上路。刘把总洗完了脸，端着茶立在屋门口，对着西厢房观看，只见双门半掩，里面鸦雀无声。刘把总一看，十分恼怒，说道："西房里看差的怎么这么混蛋，什么时候了，还不起来！等大老爷一旦起程，他们如何赶得上？你们去个人快快叫他们起来。"

于是过来一个兵士，走到门前，推开双门，进去一看，不由得"哎呀"一声，说道："了不得了，老爷快来吧！"刘把总说："有么大惊小怪的？"就听那个兵丁说道："捆捆捆——上了。"

刘把总说："什么捆上了？"说着带了几个兵丁一同进了西厢房，用目一看，不由得也"哎呀"一声，"啪嚓"把个茶碗摔个粉碎。这一乱上房里可就听见了，知府叫差人出去唤刘把总进来问话，差人走到台阶上，叫道："刘老爷，太爷请你问话。"

刘把总一听，连忙进了上房，一见知府，"扑咚"一声跪在地下，口中说道："回禀大老爷，朱朱朱朱——文，他他他——没有了。"

这时两个委员一听，连忙站起来说："你快说怎么没有了，是不是上茅房去了，看差的兵呢？"刘把总说："全叫人家捆上了。"

两个委员一听，说道："这一定是叫人偷去了，你还不快快派人去追吗？你跪在这里有什么用！"

刘把总一听连忙立起身向外就走，那委员叫道："回来，你叫人把被捆的解开，叫上来我们要问他话。把店家的人全捆上，私通土匪，劫去犯人，这还了得！"

刘把总应答后转身要走，委员叫道："回来，你叫别人前去追贼，你还得留下，保护老爷要紧。"刘把总这才转身出来分派众人。

再说知府一听朱文被人救走，不由得暗暗跺脚，想道："这可要了命了！"正自怔怔地想主意，一瞧两位委员，把个刘把总支使得晕头转向，自己这才说道："二位仁兄，我们到厢房看看再说吧。"

两个委员说："府尊先不用出去，恐怕还有未走的贼匪，伤了你老人家那还了得。"知府一听说道："现在那贼恐怕早已远走高飞了，我们瞧去吧。"两个委员不敢不去，这才喊道："刘把总，府尊出去了，留神保护要紧。"

外边应了一声，这才陪着知府走出房门，抬头一看，院中站着十几个兵丁，弓上弦刀出鞘，如临大敌一般。刘把总也手持腰刀，立在院中。两个委员同着知府，走入西厢房一看，四个看差的四马攒蹄，捆在地下，床上横着一条割断的铁链，地下放着刑具，那个朱文却不翼而飞了。

知府叫人把被捆的兵丁解开，一回头看见桌上放着一个红纸字柬，自己伸手拢入袖内，转身回归上房。这个时候，追贼的也回来了，店中的掌柜、伙计全都捆在院内，追贼的回来报告，四路追寻并无踪迹。知府叫他们在外面听传，自己这才坐下同两个委员观看字柬，只见上面写的是："买盗诬良，土豪污吏，苦害良民，暗无天日，朱文沉冤，暂救而去，如敢株连，取尔首级。"

下面写的是："字奉知府同委员，不许诬赖好人，镜花水月留柬。"

三个人一看，才明白朱文是被侠客救去了，又见下面写着"如敢株连，取尔首级"二句，吓得三个人连忙吩咐把店里的众人放开，这才叫进看差的兵丁，仔细问讯。那看差的回道："昨天晚饭之后，朱文已经睡了，四个人分成两班看守，天将三鼓，只见灯影一晃，由外面飞进一个人来，身穿一身青衣短靠，手持宝剑。我们四个将要嚷，还没嚷出去，叫那人在我们肩上每人点了一指，我们也不能动了，也嚷不出来了，只好由人家捆上。只见他叫起朱文，用剑把链子割断，一口吹灭了灯烛，以下我们就瞧不见了，大概是把人救走了。"

知府一听，没了办法，于是把店东叫了来，又问了问，也没有头绪。于是叫大家下去，三个商量了半天，好在案子并未奏明皇上，只好带着家人一路回贵阳来了。

到了府衙，叫刘把总回衙听传，自己同两个委员，一齐来到抚院禀号。抚台传见，三人把丢犯人始末回禀抚台，连字柬也呈上去。抚台倒没责怪，只说："此案好在尚未奏明皇上，还不要紧，至于朱文慢慢想法通缉就是了。贵府回去赶紧写信，通知会岳陈大人，看他有何办法。"知府连连称是，于是辞别抚台，回到府衙，赶紧写好了书信，速派人送往北京。赶到了晚上，知府同太太把陈步云叫到屋内，仔细一说，把个府太太同陈步云吓得面目变色。

知府对陈步云说道："你只顾你这么无事生非任意胡闹，差一点没把脑袋给我闹掉了。你如再不知悛，怕你自己还有性命之忧。你想我们上下六七十人围着人犯，还神不知鬼不觉，被人把囚犯给劫了去，你就知道这是一个什么高手。所以我叫你处处小心，不然恐怕于你自己不利，以后你也不要再同仇仲这路人往来。若不是仇仲同刘露秋，给你混出主意，你绝不能做这种事。你自己想想，你虽然把朱文害了，他的花园子也归了公了，也绝不能到了你手，你想想良心上过得去吗？把人家害的家败人亡，

182

你得人家的花园子，有什么用呢？漫说到不了你手，就是到了你手，我一离任，你就得跟我连带同行，这所园子你怎样办呢，一定得落在仇仲同刘露秋手内。为什么你被人家这样巧使唤呢？再说京中老大人，本来名誉很好，你每天在京里瞎闹，闹得老大人也教人家背后指责，因为这个才叫你跟我出外练习世故，没想你依然不改。这个地方你须知道可不同天子脚下，五营十三汛，手明眼快的人到处全有，藏不住土匪盗贼。这个地方僻处边陲，未经王化，你真要闹得叫匪人把你害了性命，固然是自作自受难怨别人，叫我对老大人怎么交代呢？”

正说到这个地方，就听房上有人高声说道："知过改过，暂且饶过一次。"就听"嗖"的一声，再往下就没有声息了。

这一来，把个知府太太同陈舅爷可吓坏了，一声不响，全都躲到床下去了。知府胆大，一听没有声息，这才喊人。差人进来一看，太太同舅爷全都躲在床下，一问老爷，方知外面房上有人，差人出去告诉下面三班总役沈梁。沈梁这个人倒是很正派，一身好功夫，对于捕盗抓差，也甚有经验，所以人送外号金眼鹰。他一听内宅闹贼，连忙带人来到内宅，给大人同太太舅爷请安。知府才告诉他房上有人啦。沈梁说："那人说什么呢？"

知府不好意思学说，陈步云吓糊涂了，他说道："外边人说，知过改过，暂且饶过一次。"沈梁一听，笑道："大人请放宽心，这个贼已经走了。"知府说："怎么知道呢？"

沈梁说："他明明说暂且饶过一次，当然已经走了。这个贼一定是劫囚犯的那些人跟下来了，以后还请舅爷诸事小心一点才好。"知府说："既然如此，你下去吧。"

沈梁回到外边对大家一说，这话可就传到刘露秋耳内去了。刘露秋一听，可了不得了。谋害朱文本是仇仲同自己的主谋，这个贼大爷万一要来照顾照顾自己，自己岂能与他相抗呢？所以心里十分害怕，好在一夜没有发生事故。到了第二天早晨，就见跑上房的差人，拿进一个白纸条子同一封银子放在桌上，说道："刘师爷，这是太爷叫小人给你老送来的。"刘露秋说："拿来我看。"

差人把字柬递过去，刘露秋接过一看，不由得倒吸了一口凉气。原来上面写的是"本府职小财枯，实非藏龙之所，请先生离开府衙，另谋高就，纹银五十两权作程仪。"刘露秋看完了字柬，说道："太爷说什么了没有？"差人说："没说别的，就是叫小人告诉师爷，不必往上边去了。"

刘露秋一听，事情是坏了，没有挽回的余地。自己一想：这不是为别的，一定是为朱文这个事，可是这也不能怨我，总算是你们舅爷的主谋。现在你对你们舅爷没有法子，无缘无故将我辞退。你不想想你辞了我，你这个知府还能做长吗？你别看你的泰山，是在任的工部侍郎，我若不叫你知道我的厉害，我枉称刑名老手。他自己赌气写了个辞事的禀帖，归拢好了行李，就搬出府衙去了。

再说朱太太自从朱文被公差叫走，自己真是提心吊胆，一直等到天晚，不见朱文回来，可就害了怕了。于是把朱文留下的那个字柬打开一看，上面写的是"如有官司牵连，快带全家去降龙寺避难，老僧自有安排，千万不要自误。"太太看完了字柬，暗道："原来老方丈早就知道朱文必有官司牵连。我何不今日晚上收拾好了，带着孩儿、婆子、丫鬟同长工，一同去降龙寺？一去躲灾，二来请空空长老给想个办法，好搭救朱文脱离险境。"

于是连夜收捡好了行装，一共三个包袱，两只箱子。因为无法携带，只是拣了一个要紧的叫长工背着，婆子抱着朱顺，自己同丫鬟互相扶持，锁好了门户，一家五口奔清凉山上走来。直走了两个更次，方才到了降龙寺，一看寺门半掩，将一进门，就见东配殿内灯光闪闪，内中有人说话，说："你们出去瞧瞧朱太太一家，大概许来了。"

朱太太一听，十分诧异，暗道："老和尚真是罗汉降生，要不怎能知道我们今天来此呢？"于是大家直向里走，就见配殿门帘一起，出来一个小沙弥，手提灯笼一抬头说道："众位来了，跟我往这里去。"

朱太太五个人也不言语，跟定沙弥，直往寺后走来。出了降龙寺后门，直向正北，走了有半里远近，顺着山角向东一拐，只见在山崖陡壁上，有一盘方丈大的藤萝。小沙弥掀起藤萝，下面露出一座石洞，小沙弥领着大家一直向洞内走去。朱太太一行借着灯笼一瞧，前面是一个斜形的小胡同，走了有六七丈远，尽头处是一个小小的石门，门上挂着青布帘子。小沙弥掀起帘子，里面露出灯光，大家进去一看，原来是六七间石室，石室里面，一切日用的家什，应有尽有。除碗盏锅灶之外，所有的桌椅炕床，全是石块做成。小沙弥放下灯笼对朱太太说道："朱太太你们住在此处，比在你们家中安稳多了。老方丈说明天再过来同你老谈话，朱先生的事情，请你不要挂心，他自有办法。"

朱太太一听，连忙说道："请问小师傅，方丈怎知拙夫有难呢？"小沙弥说："你老不必再问，明天一见方丈，自然就明白了，请你放心休息吧。这是给你老预备的地方，你家里如有该拿的东西，我们今晚全能替你取来，要过三天可就不能再去了。"朱太太就将收拾好了的东西，无法携带，说了一遍。小沙弥说："你众位休息吧，我走了。"说着辞了大家，自己出洞去了。

却说朱太太大家一宿已过，次日天微明，打发长工去到寺里，瞧一瞧方丈做何举动。工夫不大，只见长工同小沙弥进来。朱太太一看，说道："少师傅早起来了。"

小沙弥说道："今天一夜没睡，太太没累着吗？昨夜把你收拾的东西，全取过来了，请你自己看看。"朱太太说："谢谢少师傅！"

于是大家来到洞外，只见两个包袱两只箱子，还有几袋粮食，整整齐齐放着。朱太太说道："多谢少师傅费心，全点了也不短呢。东西虽然不短，不知我们先生现在怎么样了。"

小沙弥说道："天亮了以后老方丈就过来，一切事情，他老人家全明白，请你老问他就是了。"说着话同长工把东西全部运入洞内。这时东方已经放晓，就见老方丈空空和尚手扶竹杖，慢慢走进洞来，说道："朱太太受惊了。"

朱太太一听，说道："老方丈，处处劳你费心，我们将来以何相谢呢？但不知现在我们先生怎么样了。"

老和尚放下竹杖坐在石凳上，长工端上茶来，老方丈合掌当胸口念阿弥陀佛，说："老僧说出来，太太可不要害怕。朱先生此次进府，这是变生不测，如若无人搭救，是有性命之忧，就是朱太太也难免牵累之苦。但是太太现在总算脱离了危险，这里是极严密的处所，没人知道，再说轻易也没人往这里来，你们尽可以放心。我夜中去到你家，派人把粮米完全运入寺内，缺什么你就派这位长工大哥往寺里要去。至于朱先生，老僧再想法子救他，请你们大家不必挂念，老僧绝不能叫奸民得意，良士受屈。"

朱太太一听连忙对空空长老合掌作谢，说道："一切全赖老方丈维持，等我们先生出来之后，一总再给你老磕头吧！"

老方丈一听，说道："阿弥陀佛，太太不要这种说法，出家人可担当不起。"说着合掌当胸告辞回寺，朱太太送到洞门。

老和尚回到寺内，每日夜晚打发两个小沙弥去到朱宅搬运粮米，不消三天，就把朱家的存粮完全运入寺内。自己则每晚去到府衙探听，不上几天可就把朱文负屈含冤的内幕，打听了个明明白白。他本想将仇仲同刘露秋并陈步云一刀两断，又一想不如救回朱文，再办这几个东西。于是打算由狱中把朱文救出来，后来一想，在本地动手，总不如远方相宜，于是这才跟到湖南，把朱文由店中救出来。本来老方丈精通禽遁之术，一夜之内，同朱文走了一百余里。老和尚沿途把朱文被害之事一一对朱文仔细说明。朱文这才如梦方醒了，赶紧跪倒在地，向和尚致谢。老和尚连忙还礼，说道："朱先生，你本是先朝遗胤，本应该避处一方力谋恢复，不想你一蹶不振，须知道虽然天意亡明，又安知人力不能胜天呢？"

朱文一听，说道："老方丈，我自从来到贵州，何尝不作此想？不过后来一看，人家清朝可说是君正臣良，已然根深蒂固；再说我这个年岁行将就木，唯恐画虎不成，反类其犬，所以把这个主意打消了。我对小儿取名朱顺字戴天，即是顺天之义，戴天之德的意思。我现在既然身为逃犯，总算是有家难奔，有国难投，虽蒙你老救了我的性命，我以后应往何处存身呢？所以我定了一个主意，此次回到降龙寺，在佛前立誓忏悔，求老方丈给我剃度为僧，或者托我佛的力量，可以落个寿终正寝，只不知老方丈意下如何？"

空空长老一听，合掌当胸，口宣佛号，说道："人有善念天必从之，等回寺之后我们再从长计议。"

于是二人饥餐渴饮，五六天的工夫，就回到降龙寺内，夫妻相会，自然悲喜交集。不知不觉又过了三四日，这天老方丈打听明了，知府回了省城，抚台出了缉捕，老方丈夜中打发小沙弥去到府衙打算将知府严加惩戒。不想小沙弥一到内宅，伏在房上，正赶上知府劝诫他的妻弟，小沙弥这才知道知府并不是坏人，不过受了他的舅爷同刘露秋的牵连罢了。再说陈步云总算是个少年的公子哥儿，可与为善，可与为恶，非老奸巨猾可比，于是才说了一句"知过改过，暂且饶过一次"，便返回降龙寺，对老方丈报告一切。老方丈一听才打算再办刘露秋，赶一打听，刘露秋已经被辞回了原籍，老方丈便把此事对朱文说明。

朱文一听，此事虽然未成大害，可是自己已经无家可归了，于是决意对方丈说明要求剃度为僧，就在降龙寺出家，并且把朱顺认在空空长老座下，学习文武两科的技艺。老方丈一听并不推辞，慨然应允，朱文这才回家对朱太太商量。朱太太说："丈夫既然打算身入空门，妾身焉敢拦阻，可是我同顺儿怎么办呢？"

朱文说："这不要紧，顺儿我已经请空空长老收在座下，学习文武两科的技能。至于你们四五个人，咱这点家产虽然不多，大概也足够你们吃喝一世。再说我此次这个大祸，若没有老方丈，一定性命不保，真我要解到北京，受了斩罪，你们又当如何呢？所以我看破红尘，一定要皈依佛门，求一个寿终正寝，请太太不必相拦。"

朱太太一听，知道不能拦挡，好在他这次出家，并不朝山拜庙，也同在家里一样，所以也就点头。朱文于是回到寺内，同方丈商议。空空长老说道："朱先生，你既然立意出家，那倒可以，不过我不能收你，第一我们是二十多年的老友，再说你儿子是我的徒弟，我怎能再将你收在座下呢？莫如我替我师父收你这个徒弟，我算是大师兄，替师收徒，你算我的师弟。明天就是好日子，我给你落发改换僧衣，并且把你儿子也带来，我把他也接在座下，你看如何？"

朱文一听，十分欢喜。第二天，朱文带着朱顺一直向寺内走来，到了寺内一瞧，院中打扫得清净无尘，老方丈正在大殿上焚香礼佛。礼佛已毕，这才教朱文拜佛，沙弥早把剃刀开水，僧衣僧帽备妥。朱文礼佛已毕，方丈叫他换上僧衣，跪在佛前，受了三皈五戒，然后分开头发，用剃刀剃去，方丈赠名了凡。朱文拜师已毕，又拜了师兄，这才把朱顺叫过来，对方丈拜了八拜。

朱顺这时年方四岁，生得面如赤炭，声似洪钟，粗眉大眼，鼻直口方。老方丈一看这个孩子，印堂之中，隐着一股煞气，不由得一忧一喜。忧的是此子煞气太重，虽然容易成名，但是若不趁早回头，恐怕难得善终；喜的是相貌清奇，不愧帝室之胄，正是武林的人物，于是对朱文说道："师弟，此子年岁太小，恐不能乍然离开母亲，我每日叫他两个小师兄，往来接送，白日进庙晚上回家。等他六七岁的时候，再令他住在庙内，就不必往返了。"朱文一听，连忙说道："此子既然托在师兄门下，一切自然由师兄主裁，小弟如何还好过问呢。"

从此朱文就在降龙寺出家，改名了凡。朱顺早出暮返，每日从空空长老学习技能。初时，老和尚不过教他几个字儿，或叫他蹲个小架子，不想这个孩子，天资颖悟，对于这文武两科的能为十分相近，老和尚不由越教越爱越高兴，小孩则越学越上心。不知不觉地过了三年头，朱顺年已七岁，四书五经已经念熟，说到武术上，各种大小架子已经蹲完了。老和尚一看，孩子十分可造，于是教他回家告诉母亲，搬来庙里居住，朱顺回去对母亲一说，朱太太倒甚愿意，从此朱顺就搬到庙中来了。

老和尚每日晚上也给他添上功课，教他打坐调息，练气归神，学习各种大小技艺。一转眼又过了四年，朱顺年已十一岁，这位了凡大师可就一病不起了，朱顺少不得暂停功课侍奉汤药，谁想大数来临，医药无效，不几日就圆寂了。临终的时候，把朱顺叫在床前，嘱咐他学成武艺，必须杀尽世上的贪官污吏、土豪劣绅，好为父吐这口不平之气。朱文还把自己如何移居贵州，如何受了土豪恶吏之气，如何削发为僧，根根本本告诉了。朱顺这才知道自己原是明朝思宗之后，帝室宗亲。了凡大师化去之后，空空长老按照佛门的规矩，把遗蜕焚化了，葬在降龙寺后。

朱太太本同朱文十分和睦，朱文这一死，少不了多哭了两场，又受了点山风，从此得了伤寒之病。你想年老之人，如何能受这种大症，所以不到十天，也一命呜呼追随丈夫往地下团聚去了。朱顺少不得悲哀尽礼，把老太太偷偷地成殓好了，葬在清凉山上，从此专心静意练习功夫。

第十四章

镇龙坡朱意明复仇

这天空空长老把朱顺叫进方丈，说道："现在你父母双亡，我有一番话你要谨记在心。你的身世，大概你父亲对你已经说明，我也不必再同你说，你父亲临危告诉你的话，大概你也记得，所以我今天告诉你，必须用心学习。因为我年纪一百好几十岁了，万一一口气不来，你再想学，可就晚了。我平生只收了两个方外的徒弟，大徒弟复姓诸葛单名一个周字，表字闻人，他的武学倒不见长。他将我的文学，得去了十之八九。他在江湖上行踪无定，人称圣手先生。他最精的是飞星奇门，埋伏机关，所以得了这么一个外号。再就是你，我这一点武学，想着倾囊相授于你，只恐你无福消受，所以今天对你说明，你要细心研究，如能将我的武学得去，将来不难出人头地。"

朱顺一听，连连答应，从此自己加意用功。你别看朱顺是个十余岁的孩子，他的志气顶天，自己总想，若打算出人头地鳌里夺尊，非练点特别的技术不可，不然自己会的人家也会，自己明白的，别人也明白，那如何能成？所以他常常向空空长老请教。空空长老被他缠得没有法子，便问他："你的心目中打算学什么技艺，方算人所难能呢？"

朱顺说："我看见师父有一本拳谱，上面说有一种暗器，名叫吹蒺，长一寸五分，三十步内取人周身的三十六穴。弟子十分纳闷，莫非说人的气，就那么厉害吗，把蒺吹出去，还吹那么远？"

190

老和尚一听，不由得哈哈大笑，说道："人的气是由精神练成的，无坚不破，所以说，怒发冲冠，又说其为气也至大至刚，你哪能知道这个气的厉害呢？"

朱顺说："要这么说起来，一口气可以吹死人吗？"老和尚说："只要把气练成了，练到炉火纯青出神入化的时候，用气伤人易如反掌。"朱顺说："怎么个练法呢？"

老和尚说："这个功夫别的门里头没有，独咱们门中最后有一步功夫，名叫重楼飞血。为什么叫重楼飞血呢？因为是练血化精，练精化气，练气化神，练神还虚，练虚合道。迨至合道一层，直与地仙无异矣。但这个功夫，是童子功，必须终身不娶，先把气功练成了，然后每日子午二时，面向正南，对日长呼一百口气，长吸一百口气，以取日精；对月长呼一百口气，长吸一百口气，以取月华。呼吸的时候，必须以意运气，气贯丹田，才能向外呼出，直到一百天，方能气聚成形；做到三年零六个月，共合一千二百六十天，方算成功。那么这个功夫，怎么普通的武侠，练童子功的，到处皆有，为什么不练呢？这因为人的禀赋不同，禀赋薄的人，练成了之后，那口气呼出去，不过由无形而变成有形，虽然有形可不能伤人损物，在三十步内，只能吹灭了灯火。禀赋厚一点的人，练成之后，不过能像一缕烈风，吹折细小枯枝杂草而已。至禀赋奇厚的人，把气练成，能粉木裂石。你想，木石遇之皆能粉碎，那人还经得住吗？不少人因为禀赋太薄，虽然练成了，但全都等于白练，不过吹灯，吹树叶，连个枯枝也吹不折，练这种没用的东西，做什么呢？所以就有人说，这种功夫是胡造谣言；因为练成了没用，也就没有人肯练了，眼看就要失传。今天因为你问到那里，我才对你细说，不过你练这种功夫，还不到时候，几时到了练的时期，只要你愿意练，我是倾囊相授，绝不藏私。你想我偌大年纪，临死还带着艺去吗？你不要着急，自己好好用功夫去吧。"

朱顺答应，自己到了休息室内，暗暗地寻思，这个气功，本是武学的基础，可是这个炉火纯青，出神入化，知道在什么时候呢。再说人哪能知道自己的禀赋呢，不如我现在就偷着练习，成了更好，不成不是气功更有根基了吗？于是他可就偷偷练习起来。也真难为他，风雨无阻，一直练习了一年，自己的气功可觉出进步来了，每日呼出的气，也有了形色了。一张口，丹田的真气，冲口而出，成了一条鸡卵粗的白气，迎风不散，直吹出两三丈远，自己一看十分高兴，气功一长，各种功夫，自然月进千里，把个老方丈欢喜得真是如得异宝明珠。书不重叙，慢慢地又过了三个年头。

这天朱顺正在山头对日呼气，一张口一条白气，直冲出三十多丈，飞入太虚。自己练得正然高兴，只听后面说道："朱顺，你这个气，从几时练起，居然到了这种程度？"

朱顺一回头，原来是老师空空长老，立在自己身旁，连忙说道："弟子自从前三年，老师对我说了之后，我就偷偷地练起，到现在，足有四年多了。"老和尚说："你既然练了四年多，到底练成了没有呢？"朱顺说："弟子只知每日练习，成不成自己如何知道？"老和尚说："成与不成自己不知，还有可说，你可知道，你这个气，有多大力量呢？"朱顺说："弟子对于成是不成，还不知道。多大力量，更不知道了。"

老和尚一听，哈哈大笑，说："你这孩子可说是瞎练一回，不知道，不许试验吗？"朱顺说："我若一试验，不成还不要紧，如若成了，一口气把人吹死了，怎么办呢？"

老和尚一听，说："你这孩子可说糊涂到极点，谁教你吹人呢，你不能用那棵枯树试验一次吗？你试吹一口，瞧瞧树上的枯枝，你能不能把那粗一点的吹折，或把细一点的吹折，不就度出成与不成了吗？"

朱顺一听，自己也觉好笑，四年的工夫，自己一点试验没有，真可说是浑练。于是用目向四处一瞧，只见离自己二十来步远近有一棵很大的枯槐，一回头对空空长老说道："老师，弟子拿这棵槐树试试成吗？"长老听了点点头。

朱顺于是一扭身，对准槐树上面，一张口，忽地就是一口真气。只见一条白气，由槐树的枝干丛中穿将过去，耳内听得咔嚓咔嚓一阵乱响，枯枝败叶落了一地，最大的树干，足有茶杯粗细。

老和尚一看，不由得口中念道："阿弥陀佛，不想你的禀赋如此高厚！初意我本不愿教你练这种绝后的功夫，因为你只是一个孤子，并无三兄二弟，将来还得由你身上接续你朱门的子孙后代。所以我对你说，以后再教你练，不过那是应付你的话头，不想你偷偷地把功夫练成了。你须知道，这种功夫不同混元一气，那混元气不练了就可以娶妻生子。这种功夫可不成，这个气不能泻，一泻就有性命之忧，只要你练成了这个气，那就同和尚道士一样了，只可落个一世童男。现在你既然练成了可就没法子了，这本是天下绝艺，练成了的可说千无一二。你若能寒暑不断，每日练习，七十年后准能平步登仙，因为这个气，同道家炼的那内丹相同。那道家丹成入九天，那个气炼成了就可以长生不死。你现在虽然元气已成，可是不许间断，再说你的外功也太欠研究，还要你用心追求，自不难超过老僧之上，那时为师自有光荣。再说你这元气现能折木，将来自不难于碎石，颇可作为兵器之用，只是不许你随便运用伤人，以损自己的阴骘，你要谨记勿违。"师徒二人一路闲谈，慢慢回庙。

朱顺自从知道自己的元气成功，对于武技更加用心精练，在降龙寺不知不觉整整练了一十八年，现在年方二十二岁。最得意的兵器，就是一口宝剑，招数是八手宁天剑法，还有一对双针，招数是进退连环二十四路。

这天和尚把朱顺叫到跟前，说道："朱顺，你现在的技艺，虽不敢说天下无敌，可是能敌你的，现在的武侠丛中也寥寥无几。我的能为你虽然未能完全得去，这不过是因为你的功夫太浅，有许多功夫你练不到。我若叫你跟我个四五十年，可也就到了你归隐的时候了，又怕误了你的事业。所以我教你由今天为始，离山周游天下，为师这里有宝剑一口，你带在身边可做护身之用。"

说着在床内取过一个长条包袱，解开一看，里面露出剑匣，又取过一个小包袱说道："这里面是几身长短的衣服，还有五十两银子，你可以带在身边。"

　　空空长老一回手拿起宝剑来，说道："这口剑原是一口古剑，名叫射斗，能切金断玉迎风断草，相随为师一百多年，我可未曾错用。现在传给你，可要好好地收存。我昨天晚上曾替你起了一课，你且记着，剑在，你便在世上混，剑亡，你赶紧回山归隐，不然恐怕你有性命之忧。今天我还得给你改换名字，可改为朱复字意明，这就是叫你不要忘了本来的面目，须知你是明朝嫡派的子孙呢。至于江湖上的规矩，自然不用我再细说，门户中的规矩不许违犯，如若犯了，我可取你的首级以警后人。又因为你无家可归，愿意几时回来，就回来再练。"

　　朱顺一听，连连答应，好在用不着惜别，不过初出茅庐，如有所失罢了。从此朱顺可就改名朱复了。

　　再说朱复辞别了老师，腰悬宝剑，囊带双针，身后背上小包袱，直奔山下走来，一路走着一路思想：老师叫我周游天下，我从什么地方起手呢？古称燕赵多慷慨悲歌之士，莫如我先往北方去一趟，看看地方的人情风土，也算见一见老家。打定主意，又一想：未去北方之前，本处这个仇仲，这类人万不能容他活在世上，连刘露秋也不能放他逍遥法外，我一家人若不是受他二人的阴谋陷害，何至闹得有家难奔呢？我先回镇龙坡，打听打听这个仇仲是否还活在世上，然后再找刘露秋报仇雪恨。

　　一路思想直奔镇龙坡走来，到了村里找到了一个小茶馆，泡了一壶茶，慢慢地喝着，一打听仇仲，还有自己的住宅。原来早经官家拍卖，仇仲已经买到手中，仔细又一打听仇仲这个人倒是还活在世上，不过现在比原先可阔多了。原来他儿子名叫仇太平，在外跟官，他跟的这个官，就是当初的那位刑名师爷刘露秋。因为刘露秋自从被知府辞退，自己收拾行李回了原籍，到了大名府在家内住了几天，一肩行李，直奔京都去了。

　　到京都之后，他立刻写了一张呈文，递到督察院内，告的是贵州省贵阳知府程继先，沿途解差，卖放亡明遗孽朱文朱建武，请速查办。本来这种事实系朝廷大忌，督察院如何敢压，立刻奏明皇上康熙。御笔亲批将刘露秋交刑部看押，一面降旨，调贵州抚台入京听训，并将贵阳知府押解来京。这圣旨一下，立时吓坏了工部侍郎陈文泰，下朝之后暗中派能干的家人，星夜往贵州送信，请抚台同程知府预备一切。不上两个月贵州抚台带着程继先，并原送差的两位委员，还有押差的把总，一并来到北京。皇上亲批交刑部审问这个案子，一直严讯了好几堂，这才覆奏上去。皇上降旨，贵州抚台降级并记大过一次，程继先革职永不叙用，刘把总疏于防守，发行军台效力。

这个案子因有陈侍郎运动之力，还算好，将卖放罪名抹去，否则定成大狱。刘露秋告发有功，放了个邯郸的知县。刘露秋一看，这才算心平气和，也不枉自己用了这份心机，总算偿了夙愿，于是写信打发人送到贵州，请仇仲前来作幕。仇仲因为自己年岁已大，不肯远离乡井，于是打发儿子仇太平去邯郸。这个仇太平本来奸诈过于乃父，所以同刘露秋一见面，真是臭味相投，也是小子钻营得当，由邯郸县一帆风顺，升了河南陈州府。

他们这路人本来才有余而品不足，所以官一升了，财也就发了，可是老百姓受了罪了。现在刘露秋已经调任陕西延西延安府，仇太平自然随任高迁，这一来仇仲在家可就成了老封翁。因为家财充足，所以护院的看家的全都雇上了，呼奴唤婢，突然这么一阔，又把朱文的住宅买到手中，翻盖一新。每日除了在花园中游逛，就是同一班走狗饮酒谈天，一晃过了十几个年头。实指望七十来岁的人，悠游岁月得终天年，哪知祸不旋踵，只落得身首异处，这也算是作恶之报。

再说朱复，打听明白了，于是算清了茶钱，提起小包袱慢慢围着村庄绕了一个弯儿，只见由山坡之上，走来了一头黄牛，牛背上坐着一个牧童。朱复说："借问小哥，仇太爷在哪里住？"牧童说："由这儿往北，二道街当中一所大瓦房便是。"说完赶着牛儿走了。

朱复依牧童的言语，来到二道街当中，一看果然有一所大瓦房，十分整齐，门前立着几个差人。朱复围着宅院绕了一周，看清了道路，这才找了一个饭铺，买了点熟食干肉，用手巾包着，走到村外，一瞧离村一里远近有一片大松林，自己奔松林走来。到了松林之内，找了一棵松树，坐在下面。这时候太阳已经西下，自己把熟食干肉吃了，天可就黑了下来，自己这才盘膝打坐闭目养神。工夫不大，已经更点齐敲，朱复把大褂脱下来，放在包袱之内，头上用帕包好，将宝剑插在背后，用绒绳系在胸前，又把双针用卡子卡好，把包袱向腰中一系，这才迈步出了松林，直奔村中。到了村中一听，人声寂静。于是伏身奔了仇仲的住宅，到了围墙之外，翻身上房，向里一看黑漆漆的并无人声。于是蹿上正房，向四面一看，只见前边院内露出灯光，于是蹿到前边房上，伏在房脊后面，只见院内无人，屋中灯光闪闪。

　　这时只听屋内一个年老的声音说："儿，现在有一个多月了，大爷也没有来信，也不知是怎么回事。这几天我心里总觉着不安定，也不知是什么缘故。"

　　就听一个小孩子说道："老太爷总记挂着大爷，大概大爷的信，不出这几天就可以来到，你老何必这样挂念呢?"只听那个老人说："四儿点上灯笼吧，我要安歇了。"

　　工夫不大，只见帘子一掀，由里面出来一个小孩，手提着一盏牛角气死风灯。后面跟定一个七十来岁的老者，鹰鼻鹞眼，白发银须，两个丫鬟左右搀扶。

　　朱复一看暗道："这一定是仇仲了，这个老小子这样养尊处优，少时我一定叫你身首异处，好替那些被害之家，雪恨报仇。"

　　他正想着，只见小童引路，转过角门，往东跨院中去了。朱复房上暗中相随，原来东跨院内，上房中露出灯光，只听屋内说道："老太爷过来了没有，你们再去瞧瞧。"

　　就见帘子一掀，出来了三个灯笼，提灯的是两个丫鬟，一个小子。三个人正走到院内，仇仲也进了角门。

　　大家说："老太爷过来了。"只见由屋内出来一个二十多岁的妇人，向前迎接，这原来是仇仲新娶的一个姨太太。

朱复正在张望，就听着自己身后"嗖"的一声，朱复知道身后来了暗器，于是一蹲身，"当"的一声，一支镖落在房上。朱复回头一看，在房下立着四个人，各持兵器用手指着自己，说："上面的小辈，真乃胆大包天，竟敢半夜前来偷盗，你可知道飞镖手金振铎的厉害！"

朱复一听，不由得有气，暗道：我并不是为你们几个小子来的，不想你们暗中给了我一镖。我本打算不动声色把仇仲杀了一走，看这个样子，大概不露面是不成了。

想到这里，一飘身纵下房来，这时候那四个人已经来到院中，再瞧屋内的灯光已经熄灭，原来镖一落地，仇仲一伙人早吓得跑到屋中，闩上门户，把灯吹灭了。

朱复说道："你四个哪一个是暗中伤人的小辈，还不过来受死！"

就见那四个人中蹿过一个人来，一身青衣服，盘着辫子，用白手巾罩着头，脚下白袜子洒鞋，腰内挎着一个镖囊，右手提着一口单刀。只见他把刀一亮，说："你是什么人，敢来扰乱仇大太爷的府第，你可认识飞镖金振铎吗?"

原来近几年来，仇仲因为家中有了财产，所以请了两位师爷，一位叫金弓金振声，这一位叫飞镖金振铎。二人是嫡亲兄弟，在江湖上卖艺为生，倒是有点功夫，因为在本地上卖艺，叫仇仲瞧见了，所以把二人留下护院。后来金振声又介绍了两个江湖人，一个叫花枪邓龙，一个叫花刀邓虎，也是亲兄弟，四个人在仇宅护院。这天晚上，四个人正在各院溜达，将将到了前院角门，一抬头，房上站着一个人，依着金振声先打个招呼，若是夜行人，一听招呼就走了。金振铎说："不对，我们自从来到宅内，寸功未立，今天我一镖把这个贼打下房来，在老员外面前也显着好看。"说罢，回手取出一支镖来，一抖手对准朱复的后心，就是一镖，不想没打着人家。满想一道字号就把人家吓一跳，哪知道一道字号，人家反倒下来了，自己一听人家点手相叫，只可说道："来人通名。"

朱复说："小子你问我么？姓朱名复字意明，小子你知道了有甚法子呢？"金振铎说："没别的法子，要你的命。"说着左手一晃，右手刀连肩带背向下砍来。朱复一看，刀离不远，身体一斜，一上左步，扬起左手向小子腕子上就磕。金振铎向回一撒步，朱复的右手跟着向前一伸，"嘣"的一声，撞在小子胸膛之上，"扑咚"一声坐在地上，撒手扔刀。

金振声一看，兄弟一照面就输给人家了。自己这才一言不发，向前一纵，抢刀向朱复背上便扎。朱复一听后面有人暗算，向外一开左步，身体向左一歪，躲开这一刀，右脚跟着向上一抬，"啪"的一声，正踢在金振声的腕子上，"当啷"一声钢刀落地。朱复紧跟着右脚一落地，右手一按地，左脚又起来了，"嘣"一声蹦在小子小腹之上，金振声一退两退扑通坐在地下。

花枪邓龙花刀邓虎一看，可了不得了，金氏兄弟一照面全教人家打倒，可见人家比咱们能为大得多，若再单打独斗，恐怕依然败北。于是哥两个一口刀一条枪，一个在前一个在后，双双纵到朱复面前，邓龙的刀劈头就剁，邓虎的枪在后面对心就扎。朱复一看二人双上，仍然一上左步用右手一穿邓虎的右臂。邓虎的刀将要向下垂，哪知朱复的右手顺着邓虎的右臂向下一抠，"啪"的一声按在腋下肋骨上，小子"哎呀"一声倒在地下。这时邓龙的枪也来到朱复的身上，朱复一转身，左手一拨，一进左步一伸手把枪杆抓住，左腿一抬正踢在邓龙的右腿之上。邓龙撒手扔枪倒在地下。

朱复将要用枪去刺邓龙，只听弓弦一响，一点寒星奔面上飞来。原来是金振声立在旁边，打了一颗弹子，朱复一伸手把弹子捏住，只听一阵弓弦乱响，那弹子如同暴雨一样，向自己打来。自己连忙展开身法，蹿纵跳跃，工夫不大将弹子完全躲开。金振声本来打的一手很好的连珠弹法，一瞧四十多弹，未曾将人打着，不由得心内发慌。一伸手又向囊中取弹，只听"啪"的一声，弓弦断作两截。原来朱复一瞧小子弹法很好，若叫他打上一弹，自己就算栽了跟头，自己若发出那重楼飞血的功夫，一口气就可以要四个人的性命，但无冤无仇何必如此。于是丹田运气，一张口这条白气正正撞在弓弦之上，"啪"的一声，弓弦变作两截。

四个人本来全都聚在一处，猛然弓弦两断，不由得一怔。就在这一怔的时候，朱复已经来到四个人的面前，四个人将要回身逃走，朱复岂肯相容，每人肩上被朱复按了一把，就是这一按，就把四个人定在那里，原来四个人被朱复全都点了穴。朱复对四个人说道："你们暂且休息，我同你们本来无冤无仇，谁叫你们多管闲事呢。"

一回身上了台阶，来到正房门口，用手推门，原来里面已经闩上了。于是一回手亮出宝剑来，"呛"的一声，宝剑离匣，真不亚一汪秋水。朱复把剑向门缝内一插，向下一按，门闩被削成两半，用手一推房门大开，自己先用宝剑向里一探，然后由腰内取出火折子，这才看清了，屋内陈设十分的齐整。朱复用火折子点上灯烛，用目向四面观瞧，只见两个小子同四个丫鬟，全都躲在床下。姨太太吓得倒在床上，那仇仲蹲在桌子底下，抖成一团。朱复一伸手由桌子底下把仇仲拉出来，自己回身坐在一张椅子上。那仇仲这时哆哆嗦嗦跪在地下，口中说道："大王爷爷请你高抬贵手，饶了我这条性命，你老若用金银，那旁银柜内就有。"

朱复说："你这个老奴才，你可认识我？"仇仲战兢兢地说道："不不不认识。"朱复说："你可认识当年在这村里的一位外来往户，姓朱名文字建武。这位老人家哪里去了？"

仇仲一听不由得打了一个寒战，说道："不不知道他老老人家。"朱复说："原来你不知道，可是这位老人家为什么逃往他方，这个事你一定知道。"仇仲一听吓得冷汗直流，说道："小人更不知道了。"

朱复说："我告诉你，叫你也死个明白，我也不是大王爷二王爷，我就是朱建武他老人家的儿子，姓朱名复字意明，我今天特意前来取你的性命。第一报仇雪恨，第二替这一方除去你这个飞天烙铁，以免你再无事生非陷害好人。至于你儿子仇太平，早晚我也叫他死在剑下。你当初只顾陷害良民，不想天理昭彰，你也有今日，你听见了没有？"

那仇仲跪在下面，只知发抖并不言语，原来他一听是朱文的儿子，早吓得真魂跑到西方极乐世界去了，朱复说的后半截他完全没听见。朱复一瞧他不言语，不由得心头火起，"当"的一脚，把仇仲踢得哼了一声，倒在地下。宝剑一挥，仇仲变作两断。

那个姨太太同那几个丫鬟小子早已吓得昏了过去，朱复这才用剑在死尸上割下一块衣襟，蘸着血迹，在粉墙上大书八字："杀人者是朱复意明"。又用剑把柜上的锁头削去，在里面取了几百两金叶子包在包袱之内，迈步出了上房，仰天长出了一口气，这才算心平气和。于是对那四位教师说道："明天报案，你们要实话实说，如若诬赖好人，我一定取你们首级。"说完了双足一蹬，上了正房，一路出了仇宅，乘着黑夜向正北走去了。

那朱复信步而行，这天来到一个地方，此地是河南湖北交界之处，在大别山南麓，地名叫作穿松林。原来这一带尽是大松林，足够十余里方圆的一片，当中一条大路。时当正午，一轮红日如同火伞凌空。朱复觉得十分炎热，一看前面青松夹道，满地浓荫，越走越凉快。正向前走，猛听前面人语嘈杂，内中还不断有兵刃击撞的声音，不由得十分诧异，暗道：莫非前面有了劫路的？用耳细听，就在前面不远。用目观看，但是被松树挡住目光，无法观瞧。于是紧向前走，猛见对面不远大路之上尘土飞扬，大约人数不少。自己连忙避在树后，用目偷瞧，这才看清了。

原来是一伙人在松荫之下，拼命恶斗。内中两个老者，全都须发斑白，一个穿青，一个穿黄。穿青的那一个，约有七十上下，手使一口金背刀，还是左臂刀，看面目两条红眉，一双金眼；再瞧那个穿黄的，也是七十上下的年岁，寿眉长目，美髯飘动，手使一条三十六节蛇骨鞭。二人杀得难解难分，细看二人的招数，全都十分的高明。使刀的定上中下三盘，共分三十六路；使鞭的也是翻天三十六路，两个人一个八两，一个半斤，总算是艺业平衡，分不出高下。

再瞧旁边还有六个人打了两伙，全是两个打一个，这边是个年轻的三十来岁，白脸膛俊俏人物，手使金背刀，也是左手刀，功夫十分老练。对方这两个人，一个使剑，一个使双拐，本领也甚高明。那一伙呢，一个使莲花铲的，一个使链子镰的，二人敌住一个使左臂刀的黑脸少年，全都打得难解难分。

这工夫可就大了，好在地方偏僻没有往来的行人，看日色过午，双方仍然不见高低。朱复不觉看了约有一个时辰，就见那两个老者，使刀的用了一招"乌龙戏水"，左臂刀直奔穿黄的小腹扎来。就见那个穿黄的一摆蛇骨鞭，把金刀缠住，两个人一较力，刀没有削动了鞭，鞭也没把刀带撒了手。这时蛇骨鞭的蛇头已经扬起来，口内的闷心钉，将要到了穿青衣的身上，那个穿青衣的金刀刀尖已经离穿黄的胸膛不到三寸远近。这真是一发千钧，再待片刻，二人难免同归于尽。

正在这个时候，忽见一条黑影，如同孤鹤横江，落在二老当中，手持一口宝剑，光华夺目，用剑的平面，向二老的兵器由上向下就砸。只听"呛啷"一声，也就是二位老者腕力特大，不然这一震，就得把兵器落在地下。二老者各撒兵器纵出圈外，用目观瞧，就见在当中站定一个二十上下的青年男子，身穿一件青绸子长衫，青绸子裤褂，白袜云鞋。辫子绕到脖子上，肋下佩着剑匣，腰内围着一个小包袱，手中提着一口宝剑，冷气侵人，光华夺目。再往脸上一看，虎头燕颔，剑眉星目，鼻直口方，面似丹霞，红中透润。

这个时候，两个老者一住手，那六个人也全跳出圈外，用眼观瞧，不知是哪方来的帮手。就听那个穿青的老者说道："这位少年壮士贵姓高名，因何拦阻老朽动手，请道其详。"

朱复连忙拱手说道："二位老人家，不必生疑，小子我先听一听二位老人家的名姓。"

那穿青的老者说道:"老朽家住陕西华阴县四贤庄,姓白名哲,字天侠,江湖上有个小小的外号,人称红眉剑客,我可不趁其称。"

朱复说道:"原来是白老剑客,小子失敬。"一回身又向穿黄的老者问道:"小子也要领教你老人家贵姓高名。"

那老者说道:"老朽家住云南,姓江名飞字天鹤,也有个小小的外号,万里追风长髯叟,未领教阁下贵姓高名。"

朱复说道:"小子姓朱名复字意明,乃是贵州人氏。因为我出世年浅,二位老人家不知道,提起我的老师,大概二位老人家有个耳闻。住持贵州清凉山降龙寺,法名空空长老,江湖人称无上禅师。"

二老者连忙说道:"原来是大明朝的剑客,久仰得很。不知朱壮士,缘何来到此处拦阻老夫?"

朱复说道:"小子我原打算由贵州直去北省,不想走到此处,听见兵器接触的声音,我起初以为是有了劫路的强人。后来暗中一看,才看见众位在此动手,可是双方总是拼命争持,我才不揣冒昧出来将二位分在两处。我想二位老人家,人称剑客,俱都是年高有德之人,为什么这样仇杀恶战呢?倘一失手,岂非把凤日声名化为乌有?在小子我看着实在可惜,所以我打算出头问问是因为什么。如能两罢干戈,小子我就算个调和人,给二位老人调解调解。只要二位老人家看家师分上,高看我一眼,把这个事情的始末对我说说,我自己讨个高说,或者也许能把这个纠葛,给二位老人家排解开了。不知此事,二位老人家能不能教我知道。"

要说朱复这就叫自不量力,也不想想自己出世几天多大年岁,硬要给人家剑客了事,这岂不是笑话吗?可是这个时候,二位剑客的心里,不是这样的思想。一看朱复要给出头调解,再瞧方才他那一剑解纠缠的腕力,若非我二人腕力大,非教他把兵器给砸出手去不可,所以心中十分佩服,不愧先朝剑客弟子。再说他使的兵器同他的气概,他若没有惊人的绝技,那口剑他就使不了。想到这里,白哲首先说道:"阁下要问,说起来话可就长了。"一回头说道："你们大家也过来，我给你们指引指引。"

只见那六个人全都过来，红眉剑客白哲一指那个使臂的白面壮士说道："朱壮士，这是老朽的长子，名叫白敬字子谦，人送外号银面熊。"一指那个黑面的少年说道："这是我的次子，铁面熊白纯字子正。你二人过来，这是大明剑客无上禅师的弟子，姓朱名复字意明，你二人可以过去见礼。"

二人连忙对朱复说："不知少剑客驾到，我二人这边有礼了。"朱复连忙顶礼相还，说道："二位千万不要如此，恐怕折了我的寿数。"

只见长髯叟江飞说道："你四位也过来见见壮士。"一指那个使剑的说道："这位姓杜名远字天机，江湖人称神龙搅尾。"又一指那个使拐的说道："这位姓阮名灵字伯仙，人称展翅白鹤。"又用手一指那个使莲花铲的说："这位姓计名奎字中无，人称夜渡长江。"又一指那个使链子镩的说道："这位姓蔺名湘字淑泉，人称江上清风。"五个人互相一抱拳，说道："久仰。"

朱复一瞧指引完了，这才对大家说道："我们在这大道边上，站着许多人也不好看，不如到松林里面，找地方坐下，小子我还要听二位老人家讲说经过。"

于是进了松林，找了一个清净地方，席地而坐，就见白哲说道："朱壮士，你不是要问我们双方为什么这样仇杀恶战吗？这内中有这么一点事迹。"于是仔仔细细对朱复说了一遍。

朱复一听，不由得暗暗着急，只顾自己要出头管事，哪知道事情这样的麻烦，再说人家既然说出来了，自己要再说我管不了，没有法子，怎能说出口来？若说一管到底，非管个水落石出不可，此事必须如何着手呢？阅者诸公，你道这个事，是怎么个来源，如何这样的难办？

原来白哲跟前有二子一女。长子名叫白敬，次子名叫白纯，女儿名叫白鸿。这位白鸿姑娘，从五岁上就叫宣化府太行山枯竹庵的住持铁衣菩萨明因大师的大弟子，赛隐娘白敏白飞侠要了去。这位白飞侠本是白哲的嫡亲胞妹，因为爱喜白鸿聪明灵巧，皓齿明眸，所以白飞侠就把她带到枯竹庵亲自教她练习武术。又加着明因大师不时的指点，到了二十岁，整整跟她姑母练了一十六年，练了一身惊人的绝技，较她两个哥哥还要高出一头。回家之后，嫁与白哲的师弟金戟太岁姬源的二弟子，金刀蒋洪为妻，小夫妻就在华阴县西门里开了一座兴顺镖局。一晃三四年的工夫，没有出过一次错儿。白鸿在江湖上也创出一个外号，人称冲天玉凤。一来二人武技精深，二来两个人的师父又是剑客，所以凭着一支镖旗，一直是平平安安。

这天也是该当出错，因为华阴城内有正华银号的一支镖，向湖北武昌府送，因为本局的镖师全都押着镖走了，所以夫妻一商量，蒋洪去到四贤庄，请大内兄白敬白子谦给送这趟镖。从陕西一直到河南，倒是风平浪静，将将入了湖北界，来到穿松林，不想前面由松林里走来了一位老者，身穿一件黄罗的长衫，白袜云鞋，往脸上一看，寿眉长目，一部美髯在胸前飘洒。看年岁七十上下，身后跟着十六七岁的两个青年，一个面如美玉，一个面似桃花，全梳着冲天辫儿，前发齐眉，后发盖顶，十分俊美，一个穿青，一个穿蓝，全都精神百倍。喊蹚子的正然怀抱镖旗，向前行走，就听那老者一声断喝，说道："镖车，给我站住！"

喊蹚子的一看，有了劫镖的了，"啊"了一声，回马报告镖师。那银面熊白敬白子谦，正然在后面车上同送银子的老客谈话，忽见前面的镖车停住，白敬就知道出了事儿了。于是跳下车来，就见喊蹚子的跑来，说道："报告镖王，前面有了吃横梁子的了。"

白敬一摆手，喊蹚子的退下去，白敬自己跃步向前，一瞧原来是三个劫路的，一老两小。白敬两手抱拳说道："老朋友，是合子吗？"那个老人说："我不懂合子斗子的。"白敬又说道："你是线儿上的。"

老头子说："我是绳儿上的，我告诉你少说废话，你这个镖，不是兴顺镖局的镖吗？"

白敬说："不错，是兴顺镖局的镖。"老头子说："你们的镖主是不是蒋洪字清澜，江湖人称金刀的吗，女镖主是不是白鸿，人称冲天玉凤？"白敬说："不错，正是他二位。"

老头子说："你们二位镖王的师父，不是一位叫金戟太岁姬源，一位叫赛隐娘白敏？"白敬说："不错。"

老头子又说道："镖客你可是白哲白天侠的儿子，银面熊白敬白子谦？"白敬一听暗道："这个老小子，可谓土地栽花，知根知底。"于是说道："老朋友，既然你全知道，更得闪个面子了。"

老头子说："我因为全知道所以才留你们这个镖。"

第十五章

解纷争一剑和群友

且说白敬一听，不由得十分诧异，说道："老朋友，莫非说你同他们有仇?"

老头子一笑，说道："我同他们并没有仇恨，因为你们三个人的尊长全是剑客，所以我才留镖。第一是看一看这三位剑客的本领，凭什么要称剑客；第二是要领教领教保镖的镖师，凭什么保镖；第三因为我爷儿三个路费短缺一千银子。告诉你小朋友，你真要明白，你赶紧叫伙计把银子给我留下两个鞘子，你们走你们大路，不然的话，你栽了跟头，也得留下银子。你听明白了没有?"

白敬一听不由得恼怒，说道："老朋友，你这就不对了，你既然身居绿林，当然明白规矩。你既同三位镖客有仇，或是同白某有怨，我们不是没有住址，你就应该找到门上前去比较高低；再说你偌大年纪岂不明白道理，虽说一千银子为数有限，若在镖局之内，或是在我们家中，这满不算事，立刻就能给你拿将出来。现在可不成，别说你在车上拿一千银子，你就是把银鞘子摸一摸，镖局子全都得关门歇业。我这个镖客是干什么的呢? 真你要有名有姓，有根有理，不怕你把整支的镖留下，那是因为失了规矩，自有镖主前去请镖。现在你不说姓名，硬要拦路留下银子。我说老朋友，你趁早收起这个心思，省得伤了和气。"

老头子一听，哈哈大笑，说道："小朋友，闹了半天，你把我看成外行了。你想我偌大年纪，不明规矩，还怎么在江湖上混呢？我真要找到镖局或是找到你们家内，这三位镖客哪能一齐出头呢？再说我又不是整支的留镖，我要你们拜山请镖干什么？不过因为路费短少，才和你们暂借千金。"

白敬一听说道："原来你是要斗这三位剑客才拦路动镖，你既然非劫不可，请你道个万吧。你若真能把姓白的制倒了，那三位剑客自然找到你的窝儿，前去向你请罪。如若制不倒姓白的，老朋友恐怕你今天难出松林，你就道个万吧。"

老头子说："小朋友，你既非问不可，我要不告诉你，也教你失望，我告诉你姓名之后你留下银子就是了。老朽家住云南玉龙山金波寨内，姓江名飞字天鹤，江湖人称万里追风长髯叟，你知道了。"

白敬一听暗道："原来这个老头子也是剑客，人称南方三老。"于是说道："老朋友既然非劫不可，你若胜不了白某左臂金刀，别说一千银子，连车上的绳子全不许你摸一摸。"说着一回手"呛"的一声，金刀出鞘，用右手一抱，说道："晚生也要看一看你这不讲理的剑客，有多少高招。"

老头子一听，哈哈大笑，说道："你既然要看，这还不容易吗？露儿你就教他看看，大概他不是看不明白，他是善财难舍。"

就听那个穿蓝的孩子一声答应，一纵身跳在当场，一掀大衫，由腰内掣出一条兵器，长有一人，鸡卵粗细，上端有一只手，手内横攒着一管笔，笔杆约有桃核粗细。就见小孩拿在手中，晃晃悠悠，直向前走，眼看够上步位，向白敬说道："朋友接招。"把兵器一抡，向白敬劈头打来。

白敬一看原来这条兵器能缩能伸，自己叫不上名来。他这一抡，足有五尺长短，白敬不敢用力硬架，向右一上步，右手向孩子面门一指，身体一斜，左手刀向上一接孩子的腕子。孩子一看兵刃走空，于是一撤右步，把兵器向怀中一揽，护住面门。白敬的腕子向下一翻，刀奔孩子的双足剁来，孩子身体向上一飘，兵器一伸，直向白敬的面门就撞，白敬一蹲身躲开兵器，一进步，刀由孩子的足下直扫过去。

这时二人可就背对了背了，白敬身体一斜，右臂刀向后一扫，直奔孩子的腰部。那孩子脚一落地，一伏身，右手兵器向自己右肩头上一搭，那个笔尖直奔白敬头上打来。白敬一刀没砍着，孩子一回头，笔尖到了头上，心说好快的招数，于是左手用刀背向上一磕，"当"的一声，把小孩的兵器架住，紧跟着，刀交右手回身扣步，用了个"黑虎掏心"，刀尖奔孩子的后心扎来。

刀将伸出去，小孩子用了个"鹞子翻身"，兵器横着向外一带，这一招叫作"回头望月"，"当"的一声笔尖又撞在刀面之上，差一点把刀带出手去。白敬才知道这个兵刃招法十分稀奇，于是抽招换式打在一处。二人动手足有三十多个照面，不分胜负，就听那个江飞说道："露儿撒下来！"只见那个孩子向外一纵，兵器一甩，打了个"乌龙搅尾"走出圈外。这叫临走留招以免敌人追击。

白敬一瞧收住兵刃。只见江天鹤空手向前，用手一指，说道："白敬你就进招。"白敬一看，说道："老朋友你为何不用兵器？"江飞说："同你们这些晚辈孩童动手，如用兵器，岂不教江湖人说欺压后生？白敬你就进招吧。"

白敬一听，说道："既如此，江飞你就接刀。"说着右脚向前一迈，左手向上一翻，刀刃向上直奔江飞胸部扎来，这一招叫作"猛虎出洞"。眼看刀离胸膛不远，江飞左步向上一迈，一斜身体，左手一拍刀面子。白敬的刀向回一撤，右手直奔江飞的胸膛一指，左脚飞起奔江飞小腹踢来。那江飞用了一个凹腹收胸，左手向下一落，手心正落在白敬的脚面上，这一手打个正着，白敬只觉着半身发麻，"扑咚"坐在地下。原来白敬被人家点了穴了，本来点穴这种功夫讲究踢、打、点、撞，老头子这一掌正打在白敬的太豁穴上，所以白敬撒手扔刀，坐在地下。

老头子哈哈大笑，说道："白子谦你虽然武术精奇，同我动手，你还差点。孩儿们，上车去拿银子，可是只许拿一千两，不多不少够咱们的路费就得了。"

只见两个青年，各人抽出兵器纵步向前奔了镖车。镖局子的伙计一瞧，知道无法抵抗，于是跳下车来，四散奔逃。送镖的老客叫赶车的拨回牲口，向来路逃走，只听老头子叫道："伙计们不要逃走，我们并不伤人，不过借点银子就是了，你们何必拼命飞逃呢？"

大家一听方才止住脚步，这时青年已经把车上的绳子用刀割断，由车上取下两个鞘子，每人一个。老头子说："你们走吧。"两个青年每人提着一鞘银子，直奔松林之内走了。

那老者来到白敬面前说道："白子谦，我这一来可是有点对不起你，但是不这个样子，你们三个的师傅如何能够出头呢？此事回到镖局，就去请你们的师傅前去找我，我在家中等你们就是了。"说着照定白敬背上"啪"的就是一掌，老头子也回身走入松林去了。

白敬待了好半刻方才还过气来，立起身形，这时候伙计们同老客全都来到白敬面前说："你老好了？"白敬说："不要紧，你们瞧瞧车上到底丢了多少银子。"伙计说："瞧过了，只两个鞘子整整一千两，除外纹丝也没动。"白敬说："你们有人跟他们去没有？"伙计说："我们倒是打算暗中跟下去，不过老客说，好在所失为数有限，无论如何也不叫我们动身。"

白敬一听把脚一跺，说道："完了，这一来镖局子也不用开了，我这个跟头也算栽到底了。"这时老客可就过来了，说道："白镖头，你别着急，这不过丢了一千两么，这很不要紧，没有关系。咱先把现有的送到武昌，我在我们柜上再拨过一千银子不就完了吗？咱们回去再同镖局子算账。假如给贼人全劫了去，我们不是更没法办了吗？"

白敬说："你哪里知道这内中规矩呢。"到了武昌，果然由老客拨清了银子，大家一同回到华阴来了，到了镖局子里面，仔细对蒋洪一说。蒋洪说："大哥，你先不用着急，先由咱柜上把老客填的银子拨清，然后再说别的，如若这个面子正不过来，咱们这个镖局子就不用开了。"于是告诉账房快给老客拨一千银子。

那白敬等人，先不让镖局招买卖，各整理行装要打听劫镖的人，三个人可就奔四贤庄来了。这个四贤庄当初本名房家集，因为白哲白天侠师兄弟四人，一同迁在此处，所以改名四贤庄。他这师兄四位大爷是本庄人氏，姓房名镇字建梁，江湖人称铁面金虬；二爷就是白哲；三爷就是姬源；四爷姓袁名兴字振远，人称铁棒无敌。这四位全是太华山松阴观铁冠道人拂云子陆天真，同金面仙大演真人张天智的门人，自从这四位老人家住在此处，才改名四贤庄。

单说白敬同蒋洪二人，一同来到四贤庄，见了白哲。白哲说："你们不在华阴做买卖，回家做什么来了？"白敬才仔仔细细对父亲一说。白哲一听十分诧异，暗道："江飞江天鹤我耳朵里倒是有这么个人，人称南方三老，不过没有见过，这个武术的身份足够剑客的资格。我们既然没有见过面，又没有冤仇，他为什么同我们作对呢？"于是自己带着蒋洪同白敬一直往大爷房镇的住宅走来，正赶上三爷姬源、四爷袁兴全在这里。哥四个一见面，蒋洪、白敬上前给三老行礼，把丢镖的始末仔细对他们说了。

房镇说："你们打算怎么办呢？"蒋洪说："弟子因为不知此人与弟子有何仇，特地回来请示恩师怎样的办法。"

三爷姬源说："我们同南方三老并不认识，他为什么做出这种无理举动？"

只听四爷袁兴说道："二哥同三哥不认识江飞，你准知道敏妹妹没有得罪过他吗？你三位只要有一位得罪过这个仇人，挤到一处还不是同你三位全得罪过一样吗？这个事情依我说我们先打发人去往枯竹庵，问一问敏妹妹；一方面不管认识不认识，去一位或二位到云南，直去玉龙山，去找江飞，问他个不通情理之罪。"

大爷房镇同二爷白哲、三爷姬源全都点头，大家说道："往云南谁去呢？"白哲说："我带着敬儿同纯儿前去。"姬源说："我往枯竹庵，去问敏妹妹。"袁兴说："就这么去吗？也得有个步骤哇。"白哲说："怎么还用着步骤呢？"

210

袁兴说："听说金波寨势力很大，你自己去到那里不太单吗？所以我说得有一个步骤。二哥你先走你的，三哥你去到太行山，大概半个月也回来了，或者敏妹妹也许前来，来了之后，我们四人一同动身，在后面相随。第一是访南方三老，第二是接应二哥，我们定准了在丽江县相见，丽江县南门有个福来老店，我们就在那里会齐。至于入山的办法，到时再定。"

大爷说："若是敏妹妹也不认识江飞呢？"四爷说："不认识也得去呀，如若不去，一千银子不说，那个镖局开不开不管，我们这个跟头栽得起吗？所以说一定得同南方三老见个高下，等我们去的时候，再叫蒋洪一同跟着。"

哥四个规定好了，各回了宅院。到了次日清晨，单说白哲带着二子收拾好了兵器，手提小包袱带好了路费，离了四贤庄，一路向云南大路走去。依着白纯，由陕西奔湖北，一直去往云南。

白哲说："我们早走半月，为的沿途寻找江飞的踪迹，如若我们到了云南之后，他还没有回归玉龙山，我们向谁说呢？所以我打算先往你们失事的那里瞧瞧，然后再在那一方打听打听像这种打扮的人有否路过，我们顺着他的脚跟，可就找到他老家去了，现在你何必性急呢。"白纯说："他若不住旅店，暗暗回山，我们不是白耽误时间吗？"

白哲说："你这孩子真糊涂，你想他既然敢留姓名，他还怕人家寻找吗？所以必须往那里看个实在。如若江飞没有回山，在那里访着，你们赶紧回家送信，也省得你伯父同你两个叔叔还有你姑母空劳跋涉，如若得了消息，也赶紧知会他们，好请他们全往这里聚齐。"

白纯一听，不敢再说，于是父子三人，一直奔武胜关的大路走下来了。一连五六天的工夫，过了武胜关到了大别山的南麓，一直来到穿松林。父子一进松林，只见这一片松林十分茂盛，老干纵横，虬枝盘结，方圆足有十余里大的一片，阴气沉沉隔离天日。在松林中显出一条大路，的确是个幽僻所在，强人出没的地方。

父子三人正然行走，眼看来到丢镖的地方，只见在大路之旁松树底下坐着几个人，内中一个老者。白敬一瞧，那个老者正是劫镖的江飞，于是对白哲说道："父亲你老请看，前面那个老头儿就是江飞，孩儿只说他回了云南，不想他仍然还在此处，大概是每日在此劫镖掠行人。"白哲说："你既然认识他，你可以向前同他答话，就说为父我特来向他赔礼请镖。"白敬答应一声，转身来到近前，站住身形，说道："前面坐的可是江老剑客？"

　　只见那个老头儿立起身来，说道："不才正是，不知阁下贵姓高名，缘何认识老朽？"

　　白敬一听，哈哈大笑，说道："老剑客，我们一别十余日，莫非说你老人家就忘记了，现在三位剑客一并出头，正各处寻找你老人家赔罪，怎么今天相见倒诧异起来呢？"

　　那老者一听，面现惊疑，说道："朋友，我几时同阁下见过面呢，你这话从何说起？再说你说寻找我的三位剑客贵姓高名，寻找老朽有何见教？"

　　白敬一听，一声冷笑说道："老侠客听我告诉你，既然人称剑客驰名三老，不应该露尾藏头。当前几日你伸手劫镖的时候，曾说为的是合斗三位剑客，现在怎么你又不认账了呢？莫非说你惧怕三位剑客的威名吗？既然不敢承认，当初就不该留下姓名，比方我们若找到了丽江县玉龙山呢，莫非说你也摆手不认吗？这个样子哪能称得起剑客的行为？"

　　老头子一听，不由得有气，本来自己在玉龙山同方大爷分手，领着四家寨主，为的是云游四海，访请英雄。不想走到此处遇见这么一位，所说的自己连一点消息不知，凭空硬说劫了他们的镖银，并且一脸菲薄的神气，说话十分难听，这不是无故前来捣乱？你丢了镖银对劫镖的没有法子，你对我倒说出这许多无理的言语，真是岂有此理！想到这里，缓缓说道："你这位朋友大概你是丢失了镖银，你认错了人了，所以你才硬说是我。"

　　白敬一听，说道："老朋友，怎么你还不认账？我要认错了人，我怎么知道你是江飞呢？再说当时你自己留下的姓名，曾说要斗枯竹庵同四贤庄的四位剑客。你想世界上同名同姓的人倒是有，怎么衣服面目也那样相同呢？老朋友，现在四贤庄的白老剑客要同你答话，你就不必再露尾藏头了。"

江飞一听，心中暗想，我此次为的是下山网罗英雄，会一会当世的剑侠。耳闻陕西四贤庄的四位剑客，武术精奇，今天既然相遇，我何不先同他比比武术，事过之后再帮他们寻找镖银？大概这个劫镖的一定是冒我的名姓，就是他们不要镖银了，我也得四路访察。如若是一个无知的匪人到处胡作非为，冒用我的名姓，岂不把三老的名誉败坏到底吗？想到这里说道："朋友，这个事情你非说是我不可，我可是没有劫你们的镖银，但是你一口咬定，叫我有口难分。是我也罢，不是我也罢。你不是说，现在有剑客出头吗？咱这么办，你把剑客请过来，我们先谈谈武术，然后再解决镖银的问题。"

这个时候，白哲白天侠早听明白了，不由得心中有气，暗道："你劫了我的银子，还硬不认账，问得你无言答对啦，你又要同我谈谈武术，真是岂有此理。"想到这里迈步向前说道："老朋友，蒙你指点相叫，白哲这里一定奉陪，你亮兵刃就是了。"

江飞一听，暗道："四贤庄的剑客，怎么也不讲情理呢？"那江飞也不再言语伸手由腰内扯出三十六节蛇骨鞭一抖，说道："白老剑客进招吧。"

白哲一看一回手，由腰内"呛"的一声将红毛宝刀托在手内，左手一指，说了一声"请。"二人各施所能，战在一处。白哲同白纯用手一指四家寨主，说道："你四位也不必怔着了，还不动手等待何时。"

他们这里动手，正赶上朱复由此经过，才一剑解纠缠，给双方分开。

那朱复一问，白哲把始末一说，朱复又一问江飞，说道："这个镖是不是老剑客你老劫的呢？"

江飞说："朱壮士，我若同他们有仇有恨，何必还劫镖呢？我不会往四贤庄前去相访吗？我说大概天侠兄也不信，几时咱们找着这个劫镖的，自然证明出不是老朽来了。这个镖就是你们不要了我也得找，为什么呢？冒我名在外胡为，在下受不了。现在朱壮士既然出头，请你也伸手相帮。"

朱复一听连连答应，说道："既然二位老人家瞧得起我，我是一定帮忙，不知此处离什么地方近，我们先找店住下然后再想法子。"

白哲暗想："这个镖如果不是江飞劫去，那么托名冒姓的人，可又是谁呢？"正然思想，就听江飞说："天侠兄，我们双方既然合在一处，我们就不必在此处怔着了。此处离黄安县的七里坪最近，我们就往七里坪找店住下，然后再想法子。"

白哲一听连连点头，说道："天鹤兄请你不要怪我鲁莽。"江飞说："我们全都有错，岂能独怪老兄。"

于是大家直奔七里坪，找到一座店，字号是天顺客栈。大家赁了一所东跨院，是三间正房左右六间配房，一共十间。到了店中之后，白哲打发白纯星夜转回华阴，去四贤庄报告，请大家一同往七里坪来，大家好分头四路寻找劫镖的贼人。白纯答应，辞了众人，一路回四贤庄去了。

再说朱复同大家正在店中晚间议论，商议寻镖的顺序，忽听后窗户上有人哈哈大笑，声音十分苍老。大家连忙来到外面跳上房去一瞧，鸦雀无声，十分寂静，连个人影也没有瞧见。朱复同两个老头子回到屋中不由得心中难过，因为这些人在江湖上多少有点声名，朱复初出茅庐，还不显怎么样，最难过的是江飞同白哲，闯荡江湖五六十载，人称剑客，不想在此处受了人家这样的耍笑。两个人正然心中难过，只听后窗户上有人咳了一声，大家复又来到院中跳上房去一瞧，仍然是没有踪迹。江飞对白哲说道："天侠兄，我们闯荡江湖数十余载，老了老了，不想在此处栽这么一个跟头，真是可气可恼。"

白哲一听哈哈大笑道："天鹤兄，我想这个耍笑我们的人，十有八九准是那个托名冒姓拦镖银之士，因为他不敢出头露面，所以借别人的姓名拦路劫镖；只靠黑夜掩护，前来耍笑我们。照

214

我看这种人不值得注意，因为他既然不敢明张旗鼓，同我们作对为仇，暗中尽用这种鸡鸣狗盗的伎俩，我此次叫纯儿回转华阴，真可算小题大做。我当初要知道劫镖的这一位，是一个托名冒姓的人物，我一定不急于出头相访，因为我们访的是有名有姓的人物，类乎这种无名少姓之辈，岂值得你我弟兄一顾。"

这句话将说完了，就听院中有人说道："白老剑客不必这么刻薄人，不才我也是个朋友。"说着帘子一起，由外面进来了一个四十多岁的中年人，身高五尺，面如紫玉，两道白眉，一双虎目，大鼻子火盆口，一部虬须，身穿一件青绸子大衫，手拿折扇，笑嘻嘻地走进房来，说道："江、白二位老剑客同众位英雄，请恕我耍笑之罪，我这赔礼了。"说着一躬到地。大家一看，连忙立起身来。

江飞说道："阁下何人，请坐了谈话。"

只见那个人坐下说道："不才姓鲁名靖字洁臣，就是本地七里坪的人氏，江湖有个小小的外号，人称白眉侠。"

白哲说道："原来是威镇三楚的英雄，老朽久仰得很。阁下既然人称侠客，咱们双方无冤无仇，为什么这样笑我们，莫非瞧我们不够朋友吗？"

鲁靖说道："你老人家不要着急，听我慢慢道来。这座店本是我开的，自从白天你们众位一进店，我就看出是江湖的人物，后来在暗中一听，才知道是二位剑客，因为寻找镖银带着众位来此。我本想和众位交朋友，怎奈无进身之阶，恰巧不才对于这镖银，多少有点线索，所以我暗中偷听，打算帮众位一个小忙，于是同众位开了个玩笑，以作进身之阶。虽然白老剑客言语难听，总是我自己惹的。"

白哲一听，连忙说道："这也怨老朽一时失言，请你不要见怪。"

鲁靖说："不才如何敢怪你老人家，这总怨我冒失，才惹得你老人家生气的。"

江飞说："既然我们全是朋友，也就不必再提。可是鲁侠客

215

方才躲在什么地方，我们就没瞧见你，足见功夫高强，我等不及。"鲁靖一听哈哈大笑，说道："我蹲在后房檐子底下了，大家没留神，所以未曾瞧见。"

大家一听全都大笑，江飞说："现在的事算是过去了。方才鲁侠客说对于镖银有点线索，不知阁下怎么得的消息，望请指示一二。"

鲁靖说："在半月以前，我这店里来了两个老者，带着两个青年。这两个老者，一位同江老剑客的服式、面目、行动、言语和声音几乎一样。那一位年纪比较大一点的，穿一身灰色的衣服。两个青年十分俊秀。伙计一问这二位，一位姓杨，一位姓宗，也是住在这个院内，一晃住了四五天，总是早出晚归。我因为瞧看这四个人准是绿林的豪杰，只是看不准是哪路子的人物。我这个人有个特性，无论什么事情，只要我留上神，我非探个水落石出不可，所以我每天晚上必要前去窃听，可是也听不出什么消息。一直到了第四天晚上，天到定更之后，我又前去窃听，就听那个穿灰的说道：'明天大概那个镖车就可以来到穿松林了，兄弟你去呀还是我去？'那个穿黄的说：'按原定的计划，还是我去为是。'那个穿灰的说：'那么我去不去呢？'穿黄的说：'兄长就不必去了，凭一个孩子还不容易收拾吗？'只听那个穿灰的哼了一声，以下就不言语了。我听了半夜，人家也没往下说，到了第二天，一早那个穿黄的就带着两个青年走了，那个穿灰的可就一天没有出店。当时我就告诉一个伙计等那个穿黄的老者回来，勤去送茶送水，为的是探听他们的谈话。到了下午那个穿黄的果然回来，两个青年，每人提着一个包袱，看样子很重。伙计就去问茶水、开饭，左一趟右一趟地走了十几趟，也没听见人家谈话。到了定更之后我又去偷听，以先说的什么，我不知道，就按听见的说。那个穿灰的讲：'此次镖银他们别说失去一千两，就是失去一两，他那个镖局子也得歇业，单瞧瞧白氏兄妹同姬源有什么办法。再说他们找到云南，同江天鹤双方分说不清，十有八九就得起麻烦。如若四贤庄势力大，就许把金波寨给他们拆了。

如若金波寨力大，就许让白哲同他白飞侠还有姬源他们这一干剑客一裁到底。到那时我们坐山观虎斗，尽瞧他们两败俱伤，然后我们再出头同他们双方斗一斗，也解一解我们的冤仇。贤弟你不是没有伤人吗？'那个穿黄的说：'没有伤人，不过白哲的儿子叫我给点了穴了，那孩子的武术还真不坏，同露儿走了个平手，事情既然成功，我们明天就回西宁。'那个穿灰的说：'依我看还是回云南的好。'那个穿黄的说：'今天到路上再商议吧。'往下可就又不言语了。我听明白了之后，才知道这两个老头儿，因为同四贤庄的白老剑客兄妹和姬老剑客大家有仇，并跟金波寨的江老剑客有恨，才劫镖给双方对拢，他好坐收渔利。我一想这两个老头儿存心太狠毒了，你既同这些人有仇有恨，他们并不是没有住处，你何必挂上一个镖局子呢，莫非说人家镖局子也同你有仇吗？我越想越有气。到了第二天早晨，他们四个人果然算还了店钱就走了。我若不是因为买卖缠住身体，非跟他们跑一趟，瞧瞧他们的窝在什么地方不可。后来一想，何必因为人家的事情，自己往来跋涉跑这种冤腿呢？再说真要动身，这个店还开不开呢？于是就把这个主意打消了。后来又一思想，四贤庄的四剑客绝不能放下这个事情不管，一定要来穿松林查看踪迹，我这里离穿松林最近，住店吃饭非往七里坪不可，何不等着大家来了之后，我再暗暗通知，岂不比我自己跟下去强呢？所以我每天留神，不想居然把众位等来了。一进店，我以为那位劫镖的又回来了。后来打发伙计一问众位的姓氏，才知道是江老剑客同白老剑客，后来一探听众位的言语，果然是前来找镖，我才斗胆同大家开了个玩笑，这就是我得的这一点线索。至于办法，还得众位商议。可是白老剑客同江老剑客，怎么会遇到一处，为什么没有翻面争持呢？"

那江、白等一听方知原委。江飞笑微答道："若不争持那哪成了一家呢？"于是就把松林相遇双方动手，正在不可开交的时候，来了朱意明从中调解，双方化敌为友的经过，讲了一遍。鲁靖一听，不由得用目打量朱复，暗道："就凭他一个孩子，敢给两位剑客出头调解，一剑解纠纷，他一定身藏绝艺，二位剑客才瞧得起他。不然二位老人家，也不能对他这样重视，看起来真是人不可貌相。"

于是，他对朱复说道："不想阁下年龄虽幼，竟有这样的魄力，真叫不才佩服得很，不知阁下的贵老师是哪一位?"朱复说道："这全是二位老人家赏我脸面，瞧得起我，我有什么能力呢?谈到家师，大概阁下也许知道，住持贵州清凉山降龙寺，法名空空长老，人称无上禅师。"

鲁靖一听，连忙说道："原来是大明的剑客，久仰久仰。"

朱复说："不知鲁侠客的贵老师是哪一位?"鲁靖说："家师姓许，字是天琪，江湖人称邋遢仙。"

大家一听原来他也是剑客的弟子。

朱复说道："我在练艺的时候，听家师谈过，只是无缘见过这位老人家。"

鲁靖说："众位若早来三天，可就见着了，前天他老人家才走。"大家说："这是我等无缘，所以不能相遇。"

白哲对江飞说道："天鹤兄，我们这一趟七里坪，总算没有白跑。一来交了鲁侠客这个朋友，二来又得了镖银的线索，虽然不准知道劫镖的落在何处，大概出不了云南西宁这两个地方。我们就在此处等候我师兄同二位师弟，大约半月以后一定可以赶到七里坪来。"

江飞说道："天侠兄，依我说咱们不必在此等候，不如明天咱们就同往西宁，华阴是必由之路，我们何必再令他们大家往返徒劳呢。"

白哲说："我们聚首了之后分二拨进行，一拨人往云南，一拨人往西宁，双管齐下不好吗?"

江飞说："双管齐下固然是好，我看着孤单一点，总不如大家同去为妙。再说若在西宁找不到消息，当然他们回了云南。只要他们在云南境内，我们一同到了云南，不愁见不着他。因为云南是我的家乡，那里朋友比别处为多，当然容易着手。所以我说先往

218

西宁，由西宁再往云南，天侠兄你瞧怎么样呢?"白哲一听，连连点头，说道:"还是天鹤兄想得周到，那么明天咱就先回华阴。"

鲁靖一听大家商量妥当，说道:"现在众位既然商量好了，请安歇吧。明天一早我可不送了。"说着告辞，大家送出屋门拱手作别。

次日早晨起来，白哲叫伙计算账。伙计说:"东家昨天就盼咐了，众位的店钱饭钱一概免了，请众位不必客气。因为今天早晨本街上有事，东家一早就给人家了事去了，不能给众位送行，还觉着十分抱歉呢，教我对众位说明了不要怪罪才好。"

江、白二老一听，说道:"这是哪里说起，平白无故来打扰朋友，既如此，我们也不让了。等东家回来，请你替我们道谢一声就是了。"说着掏出一块三四两重的银子，递给伙计，说道:"这些给你们买杯酒吃，你拿了去吧。"

白、江二老带着大家一同出了天顺店直奔华阴走去。这天来到四贤庄一看，房大爷、袁四爷全在家内。三爷姬源往太行山还没回来，白纯昨天才回到家内。白哲把朱复同江飞还有四位寨主，给大爷、四爷一指引，大家互道倾慕。白哲就把经过的事情对房大爷同袁四爷仔细说了一遍。又说到天顺店的店东鲁靖报告镖银的踪迹，江三爷划策大家先奔西宁。房大爷一听，说道:"前半截的事，纯儿已经告诉我了，这后一段我不知道。既然有了线索就好办了，我们等候着三弟，回来之后咱大家再一同动身。"

一转眼过了三天。三爷姬源才同赛隐娘白飞侠带着蒋洪夫妇，由太行山枯竹庵回来。大爷房镇又给大家介绍了一番，坐定之后才谈说经过。大爷问白飞侠，当初得罪过这么一位姓杨的和姓宗的没有。白飞侠说:"既然身居绿林，岂能保得住没有仇人，谁还记得? 不过他现在既然给我们双方拢对，一定同我们双方都有冤仇，就是没有仇，他来摘我们牌匾儿，我们也不能轻易地将他放过。我们明天动身直奔西宁，访查消息，如若访查不着，再往云南。至于当初怎样的结仇，也就不必再提了。"

第十六章

石炎辉为女择东床

到了次日，江飞带着杜运、阮灵、计奎、蔺湘，四贤庄的四老爷带着白敬、白纯，白飞侠带着蒋洪夫妇，还有朱意明，一共十五个人，直奔正西而去。这天走到一个地方，名叫博陵洼，属甘肃省甘谷县所管，这个镇上足有一千多户人家，是甘谷县第一大镇。大家来到博陵洼，一看天色已晚，姬源告诉蒋洪，赶紧同白敬、白纯去寻找店房投宿。三个人一听，连忙由东向西，走了不远，只见路北露出一座店房，匾额写着"石家老店"，两边的招子上悬着几个字："仕宦行台，安寓客商"。

店里的伙计正在门口站着，一瞧来了三位武士打扮的人，看神气是打算住店，于是笑嘻嘻招呼道："三位爷住店吗？咱们这里房钱便宜，屋子宽敞，收拾得十分洁净，荤素厨房全有，比街上馆子里的价钱还便宜，在这个镇上我们算是头一家。不信你老打听，小子我绝不是谎言，你老一住下，就不想再住别的店了。还有一个便宜，只要会武术，我们这里不收房钱。"

三个人一听觉着奇怪，于是问道："伙计，你们这里可有独院？"伙计说："有，西跨院三间正房，四间厢房，一所独院，今天才裱糊完了，不信你老瞧瞧就知道了。"

说着三个人随着伙计一直进了店门。一瞧迎面一座木做的映屏，新用红绿颜色洒金油漆的，转过映屏，里面四四方方的一大院子，用黄土垫得十分平整。正面是七间正房，两厢房全是五间，南房也是七间。正路中是一间的大门洞，所有的门窗，全是油漆一新。三个人跟着伙计，进了西角门，一看里面是一所小小的独院，正房三间，东西厢房各两间，全是门窗一新。三个人上房一看，是两明一暗，新用白纸糊的，上下白如雪洞，也摆着条案桌椅，里间门上挂着青布门帘。进去一看，靠北面一条大炕，炕上铺着一条杂毛毯，放着一个炕桌；靠南面窗下一张八仙桌子，两旁放着椅子；靠西墙放着一条板凳，所有的家具全都油漆得十分明亮。

蒋洪说："伙计，那两间厢房，也这样洁净吗?"伙计说："你老不知道，我们这座店，一共百十间房子，分七八个院落，完全是新收拾的，今天前半天才收拾完了，下午就差不多全住满了，只还有这么一个院没住人。你们老三位随便住，正房厢房价钱全不大。"

白敬说："我们人多，这一所院落我们全都留下，候一候就全来到了。"伙计说："行。有你老这句话，就不能再让别人了。"白敬说："我去瞧瞧，大家到齐了没有。"一回头对伙计说："你赶紧预备茶水，告诉厨房，安排酒饭。"

伙计答应转身出去，白敬这才出了跨院来到大门，向东一看，大家也将来到近前，白敬迎上去，对大家说道："现在把店安排好了，就在前面。"说着领着众人，一同进了石家店，伙计跟着送了茶来，紧跟着打洗脸水，大家擦脸，坐下吃茶。

白哲说："敬儿，你们定下了几间房子?"白敬说："一共七间，这一个小院落，我们全占了。"白哲说："很好，你同你妹妹、妹丈，还有纯儿，住东厢房，请杜、阮、计、蔺，四位寨主，住西厢房，我们大家同朱壮士，住这三间北房。你去告诉伙计，教他安排三桌酒饭，分着摆在三个屋里，吃完了饭，早点休息，明天早起好赶路前行。"

白敬答应，出去一瞧，伙计在院内站着，白敬告诉伙计，教他去安排酒饭，伙计答应，转身走了。酒菜做好，伙计在三处调开桌椅，叫厨子把菜送进来摆好了，分在三处入座吃酒。这个时候天可就黑下来了，伙计在各屋内点上灯烛。吃完饭，伙计叫厨子把餐具撤下去，又去给各屋泡茶打洗脸水。白敬看着这个伙计很忙，一瞧上房同西厢房全都吃茶闲谈，再瞧那个伙计在院门旁边一个小板凳上坐着听候呼唤。白敬一瞧觉着这个伙计十分忙碌，于是向他点手，伙计连忙过来说道："你老要什么？"

白敬说："不要什么，我瞧你忙得很，莫非说你们这么大一座店，就是一个人吗？怎么从我们一进来就是你一个人张罗呢？你姓什么？"

伙计说："我姓李名叫三儿，你老不知道我们这座店的规矩，所以看着不明白。我们这座店一共分十个小院子，三个大杂院，伙计就有十六个人，连喂牲口的带守夜的担水的以及厨子，加上掌柜的先生算上，足有四十多位。因为各人单管各人的事，所以就显着清楚了。我们这十个小院子，就是十个伙计伺候，那六个人伺候那三个大院，各人伺候各人揽来的客人，别的院的伙计不管旁的院里的事。如果哪个院里没有客人，那伙计就可休息，他也不替人帮忙。"

白敬说："那么谁还愿意伺候人呢，谁也不去揽买卖了。"伙计说："因为这个样子，所以账房里有一笔账，一年三节分零钱的时候，谁揽的客人少谁就少分零钱，所以大家全争着揽客人。比方说这个院的客人所用的一切茶水房钱饭钱，今天一共收了多少钱，多少酒钱，都记上一笔总账，同别的院比较，谁收得多，谁分的零钱就多。此外掌柜的还给花红，收入最多的这个院，伙计还涨工钱。"白敬说："你这一说，你们这个店气派当然很大，买卖当然很多了？"

伙计说："买卖虽然不敢说多，哪一天这百十间房子也闲不下多少。"白敬说："怪不得把屋子收拾得这样洁净呢，原来进的钱多。"伙计说："收拾房子，并不是为了揽买卖。若尽收拾干净了，房钱饭钱比别人家大，客人也不往这里住。这个收拾房子并不是为了揽客人，内中另有一段缘由。"

白敬说："怎么收拾房子还有缘故呢，你不是说，只要会武术，不收房钱吗，这是为什么呢？现在我们饭也吃了茶也喝了，也没有别的事了，你若是有工夫，何妨对我们大家说说这个缘故，让我们也明白明白。"

伙计一听笑嘻嘻地说道："你老若问，内中有这么一段缘由。"于是滔滔不绝，说了一遍。白敬一听方才明白，"啊"了一声说道："原来如此。"

说来话长。此店的主人，姓石名烈字炎辉，他有一个哥哥名叫石显字镇南。这个石显，自幼好习武术，后来遇见一位异人。传了他一身出奇的本领。他在江湖之上落了个外号，人称西方剑客。自从学艺成功的那一天，他虽然云游四海，每年必在家中住一个月，为的是传习兄弟石烈。这位石烈比他哥年小十余岁，也是自幼练的童子功，可是比他哥哥的功夫还好，可说是青出于蓝而胜于蓝。这位石镇南膝下有一个儿子，名叫石平，娶妻未到五年，夫妻双双身故，遗下一个女儿，名叫石玉芝，年方三岁。

这位石炎辉呢，在江湖上可也成了名了，人称小钟馗太平剑客。自从石平一死，石镇南老年丧子未免伤心，不久也发病不起，生生地把一位大名鼎鼎的西方剑客病死了。石烈一看哥哥身故，少不得成殓发丧把哥哥送入祖茔安葬。诸事已毕，只有这个三岁的孩儿，自己可为难了。本来自己也五十多岁了，眼看着石氏这么一点骨血，无父无母，每日守着老头子哭着喊着找她的爹娘。不到三个月的工夫，把个老头子磨得头昏脑闷，如同热锅上的蚂蚁一样。

这天老头子想了一个主意，打算把孩子带着出门游逛几年，一来变换小孩子的脑筋，二来自己也躲开这个愁苦地方，省得每天看着难受。于是把家产托给族中的一个兄弟，名叫石成玉，叫他经营。石成玉一瞧，石烈的产业虽说田地有限，可是房屋不少，于是和石烈一商量，给他开一座石家老店，等石烈回家之后，也可以做个养老之地。老头子对于这些事毫不在乎，一切都托付兄弟处理。

且说祖孙两个收拾好了兵器，带上川资，外出周游。说也奇怪，这玉芝姑娘自从离了家乡，每日总是眉开眼笑，连一声也没哭过。老头子一看这个法子用上了，于是到处游山玩景，剪恶安良，一晃在外边待了两年，可说是飘零四海，到处为家。这个时候姑娘年长五岁，老头子每每打算回家，赶一问姑娘，姑娘说："爷爷要回家，你老自己去，我不回去，因为一到家，就想我娘，在外边想不起来。"老头子无法，只好继续到处流浪。老人闲着没有事，就教给姑娘点小巧的武术，以作消遣。真也奇怪，姑娘对这武术一行，倒十分上心，学得飞快。

转眼在外边待了七八年，这时姑娘出落得蛾眉杏眼粉面桃腮，就是一双脚没有办法，因为石烈不会缠脚，所以姑娘落了一双天足。石烈一看，索性把姑娘扮成一个童子，每日在外边飘流倒显着方便。转眼在外面又待了好几年，姑娘年长一十六岁，武功可就学成了，什么蹿高跳远，飞行绝迹，一切长短兵器，还有江湖上所有勾当，完全明了。在外这十多年中，中国南北十二三省，可说是完全走遍。因为她的剑术高明，又没人知道她是个女子，所以在江湖上落了一个外号，人称小飞仙红莲剑客。这一来姑娘更高兴了，常常对石烈说什么隐娘啦，红线啦，恨不能学成那个样子方称心怀。

石烈一听，笑道："你这个丫头，大概是在外面跑疯了心了。这个侠义的事情，本来不应该女子来做。因为尽是些杀人越货的勾当，一有闪失，被人家拿住，还有什么脸面见人呢？本来侠以武犯禁，如若身陷法网，岂不丢尽了祖宗的面目！我传你武术的意思，不过是教你保护自己的身体，将来找个婆家相夫教子，那才算是你的本分。怎么对这个分外的事情，你倒认起真来了呢，你以为我真打算教你成一个红线隐娘吗？"

姑娘一听可着了急了，说道："爷爷既然说武术不是女子分内之事，为什么当初不教我学习针线，反教我练习武功呢？练不会，还每天挨说。练会了又说没用，你老人家倒是什么心理呢？现在又索性想教我嫁人了。我是一世不嫁人的，伺候爷爷百年之后，我自己还要远走高飞，成一个今世的红线。"老头子一听，哈哈大笑，说道："你这个傻丫头，说你疯，你就疯上来了，不许再说了，快走吧。"

从此老头子可就安下心了。一来为的是四海遨游，再就为的是择婿，总想找一个文武双全的青年，去做自己的乘龙佳婿。不想姑娘一直到了十八岁，自己始终也没选定一个人才。真要把姑娘随便配给一个人家，久后姑娘若是一不如意，怎么对得起自己去世的兄长和侄儿侄媳呢？左思右想，自己偌大年岁，倘若一口气不来，剩下姑娘伶仃孤苦，无依无靠，那怎么办呢？再说终日在江湖漂泊，带着这么大的姑娘，也十分不便。于是打定主意，晚间住在店内，对姑娘一说，打算回归故土。姑娘因为现在年岁大一点了，对于世故人情也明白点了，自觉着自己虽然是个武术精深的侠客，终究是个姑娘，非男子可比，所以老头子一说，自己连忙答应。老头子一看姑娘愿意，于是到了第二天，雇好了车子，爷儿两个可就奔甘谷县而来。

石烈回到自己的住宅一看，嗨！所有的房屋全都焕然一新，大门上横着一块匾额，是石家老店。在门口站着好几个伙计，一进门就是柜房，房门旁一条板凳，上面坐着一个四十多岁的先生。这个时候伙计正在外边揽客人，一瞧来了一个老头儿了，带着一个美貌的青年，后边还有一辆二套车子，上面载着行李。伙计以为是住店的呢，连忙向前揽客。老头子说："你先别忙，我既往这里来，当然住店，你们掌柜的在哪里？"

这个时候石成玉正在柜房里边坐着，一听外面有人找，连忙走出柜房一瞧，不由得"哟"了一声，说道："原来是二哥回来了，这十几年来，你老人家身体可好？咱们姑娘呢？"

老头子说道："芝儿，过来见见爷爷。"

玉芝姑娘一听，就知道这是在家中经理产业的那位族祖石成玉，连忙过来磕头。石成玉说："二哥，这是何人？"

石烈说："贤弟，你不是问姑娘吗？这就是孙女玉芝，因为在外面不方便，所以把她改了男装。"石成玉一听，说道："原来是玉芝姑娘，一晃也长大成人了，咱们家里去吧。"

三人又向西走了不到一箭之地，见在路北有一座清水起脊的门楼，五条石的台阶，黑油漆的大门，石成玉说："二哥你看这就是兄弟给你老同姑娘预备的住宅，当初是同店房连着的，我特意把它隔开了。"

石烈说："很好，多亏贤弟费心。"只听石成玉叫道："老陈，二爷回来了。"

只听门房里面说道："是吗，几时回来的?"门房一开，由里面出来了一个二十多岁的仆人。石成玉说："老陈，这就是本宅的主人，二爷石烈，也是咱们店里的东家，你好好地伺候。"

他又对石烈说道："因为没有人照料房子，所以就把他安在这里了，他的名字叫陈升。"

石烈一打量这个陈升，二十多岁的年纪，五尺来高的身材，一身青衣服倒是很朴实。再往脸上一看，面如紫玉，粗眉大眼，二眸子闪闪放光，又见他细腰乍臂，双肩抱拢，眉目之中隐隐含着一股杀气。老头子闯荡江湖数十年，什么人物不曾见过? 所以一看陈升，就知道此人另有别情，当时也不说破，于是对石成玉说道："贤弟，真难为你想得周到。"

这个时候，陈升已经过来，向石烈磕头，说道："小子陈升给二员外磕头。"老头子说道："起来起来，你多大年岁了。"陈升说："二十四岁。"

老头子说："很好。"这才用目光打量住宅。只听石成玉说道："二哥你瞧，这是我新收拾的，前院那五间正房，西头两间给你老做客厅，东配房做厨房，西配房可以住老妈子。里院正房你老住，东配房做你的书房，西配房给姑娘住。后边这个院子给做场子，那五间房都连着，作为把式房。你瞧瞧，我安排得怎么样? 今天我打发我那二儿媳妇过来，同姑娘做伴，再打发一个老妈子来收拾屋子，过几天咱再买个丫鬟好伺候姑娘。"一回头说："老陈，你去到外边车上把行李物件全搬进来吧。"

石烈同姑娘这时全都进了上房，一瞧所有的桌椅家具完全是新的，并且打扫得十分洁净，墙上也挂着字画，虽然没人住，并不显着空寂。这个时候陈升早把一切的物件全都搬将进来。石成玉说："老陈，你到外边告诉车夫，叫他往店里去住，让柜上给开发车钱，叫伙计泡茶让厨房预备酒饭。你再到家中，告诉大奶奶，拨一个老妈子，跟少奶奶过来同姑娘做伴，收拾屋子。一切的日用家具同粮食各物，明天再行安排，你就去吧。"

陈升答应，转身出去，工夫不大，店里的伙计将茶水全都送到，紧跟着石成玉的二儿媳妇带着老妈子也来了，一见石烈，连忙磕头。原来这位二奶奶娘家姓刘，人颇忠诚，能说会道，带来的老妈子姓李。二人见过了石烈，石烈叫玉芝去见二婶娘。刘氏娘子一看，说："这是姑娘吗？冷眼一看同个小子一样。"

刘氏叫老妈子把姑娘的物件归置整齐，自己带着姑娘来到西厢房，梳洗打扮，改换女装，一切自有老妈子伺候。正房的石成玉陪着二爷石烈吃茶谈话，陈升布置铺盖。这个时候店里的厨房已经送了饭来，石烈叫在厢房摆一桌，在正房摆一桌，石二奶奶同姑娘在厢房吃饭，石烈同石成玉兄弟二人对座吃酒。饮酒中间，石烈把在外边这十余年的经过，大略说了一遍，又一问家中景况。

石成玉这才对石烈说道："自从二哥带着丫头一走，我就把房子归着了归着，找好了一切的人员可就开了张了。这十多年的工夫，可说是生意兴隆，财源茂盛，干脆说一句，是十分赚钱。我这才把所有房子，完全翻盖了，又怕二哥回来没有住处，所以给哥哥你安排了这么一所。再说到咱这个买卖，每年除了工钱花费以外，足足地可以剩七八千两银子，这个钱完全存在本街庆丰银号之内。兄弟我也每年自己提一份工钱抽一份花红，所以这十几年也大大的沾光，一家子总算托哥哥的福有了饭吃。这十几年的账目，等歇两天我再算给你听。"石成玉大致把这几年的情况说了。

石烈静静听完，不由笑道："贤弟，真难为你这番经营，可是当初的本钱从什么地方来的呢？"石成玉说："拿利钱借的，到了秋后，你老田地里粮食收下来，就把债务还了。每年田地里的出产，也都有账目，我们现在所存的现银，足有十二三万。"

石烈一听,笑道:"兄弟你真是个理财的好手,我们本是自己弟兄,你就不必多心,你照常经营买卖。至于账目,你也不必算给我听,当初我若信不过你,我还不托你呢。咱这个买卖既然这样兴旺,你也就别说我是东家了,咱们是二一添作五,你看着办,自东自掌,怎么办怎么好。我呢本是一世童男,也这把年岁了,只要有吃有喝有穿有花的就完了。再说就是姑娘,等出阁之后千万不要屈着她,好对得起咱们死去的大哥同侄儿侄媳妇。"

石成玉一听,连忙说道:"姑娘也这么大了,有婆家没有呢?"

石烈说道:"因为没有相当的人选,所以还没有定亲,再说这个丫头也十分任性,可也是让我惯的。自从跟我学会了武术,跟着我闯荡江湖,也得了一个外号,因为没人知道她是姑娘,所以称她叫作小飞仙、红莲剑客。她自从得了外号,一提到婆家,她必要说一世不嫁人了,等我死了之后,她还要学女剑客聂隐娘呢。所以我屡次说她,她只是不听,现在来到家中,每日同她二婶娘在一处很好,让婶娘也调理调理她,省得每日像个半疯儿。"

石成玉一听笑道:"看姑娘倒是个明白样子,怎么那样讲呢?哪里有不出阁的姑娘!你老不要忙,等我告诉二儿媳妇劝劝她,再用话慢慢开导她,不见得她不明白。劝好了之后多托亲友,选那门当户对的人家,品行优良的子弟,给她说个婆家,也给哥哥你去一条心病。这个事情,你就交给我吧。"石烈一听十分欢喜,这一席酒直吃到太阳西斜,方才吃完了。

再说姑娘同二奶奶刘氏说得就更热闹了,本来这位刘氏娘子就能说会道,一瞧这位如花似玉的侄女,父母双亡,伶仃孤苦,所以由爱中生出怜来。这顿饭她照应吃照应喝,把个姑娘哄得眉开眼笑。本来姑娘自从父母双亡,就跟着爷爷每日漂荡江湖,所见的尽是长剑大戟,所做的全是午夜飞行,几时享过这种慈爱的家庭幸福?自己又是一个爽快的性儿,这一来可就把话匣子拉开了,恨不能把这十余年的经过一口气说出来。刘氏一听,十分欢喜,不住地称赞。

外边石成玉吃完饭之后,向石烈告辞,便回柜照应买卖,临

228

走告诉儿媳，打发老妈子把铺盖取过来同姑娘做伴。刘氏答应，打发老妈子去取铺盖。这个时候，已经到了掌灯的时候了，石烈把姑娘叫到上房，对姑娘说道："现在咱们也到了家了，以后什么事要听婶娘教训，最要紧的事情，就是对于咱们这个姓陈的家人，可要处处留神，小心在意。"

姑娘说道："不错，我瞧他也是有点来路不正。一看他这个眼神，就不像普通人，若不是江洋大盗，身背大案，来此避祸逃灾，就是另有所为。我一进门看着就诧异，凭这个人，绝不能俯首下气，来做下人。"

老头子一听，哈哈大笑，说道："不错不错，不想你小小的年纪，也有了江湖上的知识。既然你自己明白，我也就不必再嘱咐了，处处留神就是了。"

从此以后，每天爷两个十分的小心。日子一长，用心体察这个陈升，每日总是小心谨慎的，并没有意外的意思。老头子自己寻思，或者也许是自己神经过敏，把事情看错了。这么一想，慢慢地可就把心放下了。每天除了自己在后面熟习功夫以外，就是往店房里面闲坐，并同石成玉兄弟谈心。

过了三四个月，有一天，因为在屋里坐的工夫稍大一点，看天气三更已过，石烈慢慢出了上房，抬头一看，满天星斗，听了听厢房里面，玉芝小姐同她婶娘睡得十分香甜。自己慢慢出了二门，向门房那边一看，只见门房窗上微露灯光。老头子暗道：天到这般时候，不知陈升还点着灯做什么，待我暗中瞧瞧。想到这里，自己蹑手蹑足，到了窗下，用耳向屋内一听，微微听到一种唏嘘流涕的声音。自己不由得十分诧异，于是用手指蘸了一点唾沫，轻轻点在窗棂纸上，伸手将胸前挂的胡梳儿拿起来。原来上面还有一个掏耳勺同一个剔牙杖儿。他用剔牙杖儿将湿窗纸扎了米粒大的一个小孔，用单目向里一瞧，只见炕下面八仙桌上放着一盏灯，灯光如同绿豆大小，照得室内阴气森森。在灯后面，立着一个白纸帖儿，灯前面一个小茶碗，碗内插着一炷香。

只见陈升跪在桌前嘘唏不已，工夫不大就听陈升微微叹了一口气，立起身来，伸手拿过那个纸帖儿，向灯上一放。立刻火光一亮，把纸帖儿烧了，那陈升又磕了个头，把香熄灭了。只见他坐在椅子上面一回手，由腰内扯出一把小小的宝剑，长有一尺，宽有一寸，这口剑被灯花一闪，立刻就是一缕银光。老头子一瞧，就知道是一口宝器。再瞧陈升，脸向宝剑，珠泪双流，口内喃喃说些什么，又待了工夫不大，仍然把剑还匣，这才伸手向炕上展开铺盖。

老头子一看，知道他要安歇，这才慢慢离了窗户，再一回头，屋内灯光熄灭。自己连忙一伏身，用墙角掩住身影。又待了一会儿，听得屋里起了鼾声，这才回转正房，悄悄关上房门，盘膝坐在床上，闭目养神。暗想陈升一定另有别情，不然绝不能做这种诡秘的行动，看样子不知祭的是什么人，那口宝剑又是怎么一种用意，左思右想没有头绪，直到天交五更，方才沉沉睡去。一晃好几天，每天一到二鼓，各屋灯光熄灭，一到三鼓之后，老头子出来一看，陈升那屋里总微有灯光，在窗下一瞧，屋中的举动，同每日一样，那陈升跪在一个纸帖之前哭泣，纸帖烧了之后，就拿出宝剑，观看一回，方才就寝。

老头子每天探听，俱是一样，只是因为灯光太小，所以看不清帖上写的什么。老头子虽然十分奇怪，可是留神细察那陈升，对自己并没有半分不利的意思。虽然说看不出他有什么用意，但是自己总得小心提防，真要是一个不小心，出点笑话，自己岂不把一世英名付于流水？自己倒不要紧，若这小厮真要在姑娘身上出点意外的行为，自己这个太平剑客名誉安在？

想到这里才把姑娘叫到跟前，暗暗地把陈升的举动告诉姑娘，叫她小心在意，白天不要紧，晚上须要留神。姑娘走了之后，老头子可就想起姑娘的终身，回来一晃半个年头，也没有见兄弟石成玉对自己报告，于是教陈升到店中把掌柜的请过来。一进门，石成玉就问道："不知兄长将小弟唤来有何吩咐。"

石烈说："贤弟你请坐下。我有点事情问问你……"

正说着，陈升由外面泡了茶来，斟上；然后退出去。石烈一瞧陈升到二门之外，这才低声问道："贤弟我且问你，这个陈升，来到咱们这儿当下人，是由人荐来的呀，还是自己投来的呢，当时你们可曾问过他的来历？"

石成玉说道："要问这个人，也不是人荐来的，也不是自己投来的。那是在去年五月里，有一天，天降大雨。这个雨直下了一夜，下得平地水深尺余，差一点成了水灾，幸好一天多，水就流下去了。在下雨的第二天早晨，一开店门，只见在门前石墩上坐着一个少年，面白唇青，周身发抖，一身褴褛的衣服，身下坐着一个小包袱。伙计们一瞧知道是避雨的，又瞧他面带病容，恐怕一个不幸死在店门之外，出了是非，于是就说了：'朋友你在这里干什么，在门口上这么一坐，岂不耽误我们的买卖，请你离开这里吧。'那少年一听，少气无力地说：'掌柜的，我因为身带重病，又被雨淋了一夜，所以在这里休息休息。'这个时候我在柜房内可就出来了，一瞧这个人，虽然面带病容，衣裳破烂，但是面上的神气，并不是个奸诈之徒。我才问他姓名，他说：'姓陈名升，是山西潞州人氏，因为身得重病，又没了盘川，所以落得沿街乞讨，昨天被雨浇了一夜，这个病越觉着沉重。'我一听这个人十分可怜，就把他叫进柜房，告诉他：'虽然萍水相逢，但是何处不交朋友呢？你不要着急，就在我这里养着吧，好了之后你再回家，若是必须医生调治，我们这里有医生。'这个陈升一听千恩万谢，我于是问他是什么病？他打开前面的衣服叫我瞧，我一瞧原来在前心之上烂了掌大的一块。当时，我打发人把本街上的白二爷请过来看看。他本是内外两科，他一看，说这个伤当初是撞伤，伤了内部，幸亏服了药，才把内部治好，外部的淤血没有散开，所以才聚成疮症，对性命无碍，不过晚好几天。于是，白二爷用水洗净了，洒上面子药，又贴膏药，这才算完。他这场病，一直病了两个多月，才病退灾消。我问他是打算回家还是打算在外边混，他说在店里糟蹋了两三个月，无可报答，幸而身体复原，打算在店里帮忙不要工钱，好报答这份恩义。我一听雇别人也是雇，再说这个人又很实在，所以我就把他留下了。

再说到工钱，咱们哪能白使唤人呢，所以仍然每月给他发一份工钱。后来瞧他十分可靠，正赶上这里没人看家，就把他拨在此处看房子了。怎么了，莫非他不受使唤吗？"

石烈说："没有事，我不过问问罢了。"

老头子虽然这么说，可是已经明白陈升这个人一定是个绿林人了。他那个伤痕一定是同人比手，被人家打的。于是又向石成玉问道："前些日子贤弟你说，对姑娘的亲事你有办法，现在你可有了什么办法，二侄媳妇对姑娘提过没有？"

石成玉一听，说道："二哥你若不问，我也不好说。现在你老既然问到这里，听我慢慢叙说。自从你老来的那一天，对我一说，我回去之后第三天，正赶上二儿媳回家取零星东西，我就告诉她，教她闲着说话儿乘机劝解姑娘。又待了一个月，二媳妇回家对我说，听姑娘的心思，并非打算一世不嫁人。第一因为爷爷这么大的年岁了，自己若嫁出去，就得随着夫家，天南地北，人家往那里去，自己就得跟着，真要爷爷有点灾病何人侍奉？再说若有个好歹儿，自己岂不抱恨终身，所以必须爷爷百年之后，方才嫁人；第二姑娘自己也十分高傲，自己说非同自己年貌相当，能为相等，还得人格高尚才肯嫁他，不然宁终身守贞，也不能随便嫁给一个无声无息的子弟。你瞧姑娘的心思高不高？所以我打算教二儿媳再加意劝解，叫她不要如此任性，无论如何要顺着老人的心思方为孝顺。这些日子没有听到二儿媳的回话。"

石烈说："原来如此。那么只可沉一沉再说了，等二侄媳同丫头说好了，然后再定办法。"哥两个又说了一回闲话，然后石成玉告辞回柜。

过了几天，石成玉由柜上来到家中见石烈，说道："昨天儿媳回去对我说，姑娘告诉她，若打算非叫她嫁人不可，还是那句话，年貌相当、人格高尚、武术精奇这三条缺一不可。当时你侄媳可就说了：'这个年貌相当倒好办，一看就能明白，可是这个人格高尚同武术精奇，怎么个试验呢？'姑娘说道：'要试验武术，必须我自己亲自动手同他比试，真要武术精奇，再问问他的业师是谁，如若是当时成名的人物，一定他的品行可取，不然成名的剑侠绝不收他。这不是连人格带能力全试出来了吗?'侄媳对我一说，我一想可也对，因为姑娘学会了一身武术，人称剑客，若嫁给一个平庸之辈，也未免委屈。但是她自己这种思想，咱们怎么替她办到呢，莫非真同说书唱戏一样也立擂招亲吗? 这个立擂招亲虽说花钱不算什么，可是必须惊动官府，如若官府不准，可怎么办呢? 所以我一来告诉给你老一个回话，二来同你老商量一种办法。"

石烈一听，说道:"这个丫头怎么这样麻烦，这全是让我惯的才成了这么一种德性。要按说孩子们的终身大事，本应该自己愿意才算合适。若要给她们主着办了，久后一个不对心思，一辈子的前途也十分苦恼。既然她自己有这种思想，我们就成全成全她。从明天为始，先把咱们这座店一切门窗内容外表，全都收拾新了，一面叫大家向外宣传，我要在店中以武会友，凡有一技百能的，全可以来到咱们这里投宿，只要是武林的朋友，我们不收房钱。在这一年之中每日上午，有人比试，我先同他比较，姑娘自己在屋内观瞧，我比试完了之后，再问他的来历姓名，如若光明正大再叫姑娘同他比试。我想在这一年之中，我们这里又是通衢大道，一定可以选择一个合意的东床。不过这么一来，店里少收许多的进款。如若兄弟你愿意，咱就这样试试。"

石成玉一听，说道:"既然二哥说到这里，咱就这样进行。少收店钱，不算什么，还能赔了本吗? 从明天起我就安排，一面叫大家向外宣传，收拾好了屋子，这就正式开办。"

哥俩商量好了，石成玉告辞回店，立刻找裱糊匠，先粉糊屋子，然后告诉伙计和本街的同行以及众乡亲，将此事全都说了，石二爷要亲自在店会友，凡是会武术的，只要到店中同石二爷比比手，无论输赢，不要房钱。这个信一传出去，不到几天就传出去了很远，所以才将房屋收拾完了，头一天就全住满了。内中真有许多会武术的，打算来同石爷比试武功，赶一打听石烈这个人，才知道是江湖成名的太平剑客，十有八九全都乘兴而来，扫

233

兴而返，准知比武，也是白栽跟头。就是有人前来比试，也不能入赘东床。因为什么呢？不是因为年貌不相当，就是因为艺业不高明，再不就是方外之客。内中就是有年貌艺业全都入选，一问人家的经历，人家家中已有妻室，你想玉芝小姐还能做人家二房吗？

一晃半年的工夫，仍然没有相当的人选，这日期一长了，所有的房屋，经过风吹日晒，里面受的火燎烟熏，又全旧了。石成玉一瞧，暗道："实指望不多的日子，就可以得到一个乘龙佳婿，不想这样难得，房屋也旧了，家具也脏了，这教老哥哥瞧着有多堵心。于是重新再叫匠人收拾一遍。

第十七章

石玉芝力战克三怪

　　且说石烈将房屋方重新收拾好了，就赶上六老同朱复他们十五位住下。白敬一问伙计，伙计把始末这么一说，白氏兄弟同蒋洪夫妻，才知道这个收拾房屋招待练武的人士，内中存着一个为女择婿的目的。

　　冲天玉凤白鸿说道："大哥你何不去到上房把这一段事情禀告父亲，这店里一定住的武术人士不少，大概明天上午，必有人同店东比试输赢，我们何不晚走一天，瞧瞧热闹，再说也许在此处得点什么消息。"白敬一听，连连点头，说道："不错，妹妹你对姑母去说，我对父亲去说，十有八九就能成。"

　　白鸿点头，两个人一同来到上房，只见六老同朱复正在互谈闲话，一看白敬同白鸿进来，白哲说："怎么你们还不休息？"

　　白敬说："方才孩儿听了一段新闻，特意同妹妹前来报告父亲同众位尊长。"白哲说："什么新闻，值得来两个人报告？"白敬就把方才伙计告诉的话说了一遍，白哲说："这算什么新闻，也值得前来报告！"

　　白敬一听，不敢言语。白鸿说道："父亲先别着急，这个事情，孩儿打算咱们明天休息一天，因为现在店里所住的客人，练武的一定不少，明天早晨必有人同店东比较武术，我们何妨看个热闹呢。"

　　只听白飞侠说道："你这孩子，这么大还这样好事，这个比武可有什么看头呢？"白鸿说："姑母你老别那么说，比武虽然没

235

有看头，可是这位石烈，小钟馗太平剑客，可是人人皆知。到时候，我们若跳入场子，比个三拳两脚，同这个剑客认识认识，保不住我们的事在他身上得点消息，你老想想对不对呢？我想他久闯江湖，或者也许知道这个姓宗的同姓杨的，是个什么人物，就是他不知道，不是我们还多一个朋友吗？再说我们原为寻踪踏迹，晚一天半天，有什么关系呢？"

六个老人一听，不住地点头，江飞说道："别瞧姑娘年轻，真有个主意。既然如此，我们明天就多住一天，就便访访这个太平剑客。"房镇说："敬儿你们休息去吧，再告诉西厢房他们四位，明天不走了。"

白氏兄妹答应，转身出去，到了西厢房，杜远他们四位正在谈话，计中元一瞧白氏兄妹进来，连忙说道："二位还没有休息，请坐下谈话。"

白敬说："现在有这么一段事情，你四位听听怎么办呢？"于是大家坐下，白敬把方才这一段一说，只听计奎说道："白兄我们可以去到上房，告诉他们老几位，明天住下，或者我们的事情由此得点消息也未可知，因为石烈既然人称剑客，当然耳目通灵，我们何妨向他打听打听。"

白鸿说："哥哥，你瞧怎么样，计兄也是这样说法不是？"于是对大家说道："我们已经对上房说过，明天不走了。"计奎说："既然明天不走了，咱们早点休息，明天一定有一场热闹。"

早晨起来，伙计照样殷勤地招待。早饭已毕，大家散座吃茶。伙计说："众位爷们，今天不动身，不看热闹吗？今天在店里住的练武的可不少，全打算同石东家比试武术，方才我瞧见账上的先生拿着一沓子红帖，叫伙计送到住宅，今天一定有很大热闹。我瞧你们众位爷子全都身带兵器，一定武术高明，何不写个帖子也同我们东家比比手，岂不省下这一笔房钱？"

房大爷笑道："我们又不比武招亲，干什么去？"伙计说："老爷子，你老不知道，我们东家本是以武会友，这个为孙女择婿还是第二步的问题，不招亲就不许比比武术吗？"房大爷说：

236

"我们武术不佳，何必去栽跟头呢？"

伙计说："老爷子，大概你老不知道我们老东家的脾气，所以这么说。你老打听打听，在这半年之内，始终没得罪过人。因为比武可是比武，不必分出胜负，无论多高的武术，也赢不了我们东家；无论这个人武术多低，我们东家他也不把人家战败了。"房大爷说："原来如此，等一会儿再说。"

伙计一听，也不多说，于是退出正房。工夫不大，只见伙计又进来说道："众位爷，瞧瞧去吧，前面全预备好了。"

那六老一少出了屋门，就见东西厢房的八个人也全出来了，于是大家一同出了甬门。放眼一瞧，院中的人全站满了，把个当院围了个水泄不通。观众不尽是住店的客人，十之五六是本镇上来看热闹。

大家找了个人少的地方，向里一看，只见在正房廊下，一路摆着十余张八仙桌子，四面放着凳子，每桌上全有人坐着。一共有十六七位，老少不等，丑俊不一，一个个精神百倍。在桌子后面摆好了刀枪架子，上面插着十八般兵器，余外还挂着带钩的、带链的、带尖的、带刺的，品种齐全。在院子周围，摆着许多的凳子。这个时候，只听廊子底下有人说道："诸位看热闹的客人同本镇的乡邻，全请坐下，如若凳子不够，叫伙计再去搬，因为坐下全都瞧得见，若全站着，后边的人看不见了。"大家一听，纷纷坐下。

只见帘子一掀，由屋内走出一个人来，看年岁足有七十上下，须发苍白，五尺高的身材，光着头未戴帽子，穿着一身蓝绸子衣裤，外罩着洋绉的大褂，白褂子黑腿带，青缎子豆色鞋。再往脸上一看，面如紫玉，两道浓眉，寿毫长长，一双碧目，神光炯炯，一部苍白虬须，猛一看活像神判钟馗。房大爷一看，暗道："不怪人称小钟馗。"

只见他走下台阶，先向着左右前后，作了一个罗圈揖，口中说道："老朽姓石名烈，蒙江湖抬举，人送外号小钟馗、太平剑客，老朽我可名不副实。现在老朽这种举动，凡在位的乡邻全都明白，但住店客官，不一定完全明了，所以我每天说几句给众位听听。老朽自幼喜爱武术，蒙先兄指点，从十八岁闯荡江湖，直到现在七十来岁，练艺足有五十来年。要按说个这年岁就应该每日坐在家中保养身体，以终天年才是道理，不过老朽有一种毛病。就是好交朋友，朋友越多，越对脾气。我五十来年，所交的文武两科的朋友虽说遍布十三省，可是总觉着还有许多慕名的老友，同许多新出的小友未曾会过，这总是我一生的遗憾。要这么说起来，我不会前往各处去拜访大家吗？这可就说到年岁上了，因为年岁一大，人可就懒惰了，不愿意再去跋涉风尘。但是对于交朋友的意思是一刻也不忘下，所以想了一个懒惰的法子，就是借自己开的这么一个小店，每天以武会友，不想这个消息一传出去，大家还真瞧得起我。在这半年之内，我又多得了数十位道义的良友。这一来，我更高兴了，我打算把天下武林的朋友全变成我石烈的道义之交。这不过是我的一份心意，至于办到办不到，咱们以后再说，这是老朽的第一个意思。

"还有一件是什么呢？老朽有一个孙女，小字玉芝，自幼随着老朽学会了几手粗笨的拳脚，几路粗笨的兵器，面目倒是不丑，可也不敢说俊，现在年方十八九岁，在江湖上，也有小小的一点名望，人称小飞仙红莲剑客，这不过是大家抬爱。她自幼父母双亡，跟随老夫当然是失于教养，所以对于女红一无所知。这个孩子，真要把她嫁到一个书香门第，或是官宦人家，一定应酬不了，所以直到现在，还没有婆家。老朽想不如借着以武会友的机会，在这许多少年小友中，寻找一位年貌相当的人才，来做我的东床佳婿，这总比媒人撮合强着许多。不过这个择婿，可有几个条件，我先报告出来，第一得岁数在十八岁以上、二十五以下，第二得没娶过妻室，第三得是高人的弟子，第四得武技纯熟。先说外表，不秃不瞎，不聋不哑，不拐不瘸就成。至于武技，也得有个限制，就是能够胜了老夫，或是能够胜了我们姑娘，这才算入选。

这两件事算是交代完了。还有一点，是什么呢？今天早晨，

238

我们账房先生打发伙计送了十几份拜帖，全是拜望老朽的帖子，这个老朽可不敢当。既然是道中朋友来到敝店，我就应当尽地主之谊，现在居然劳动众位投起帖来，所以第一我先谢谢，第二请恕我……"

说着，复又作了一个罗圈揖，然后说道："投帖的朋友，既然前来，当然是有意赐教，少不得老朽献丑，列位奉陪。"说着回头说道："先生呢？"

只见方才说话的那个人由台阶上走下来，手拿着一叠子红帖，来到石烈近前。

石烈说道："你就按着名帖，按名相请，老朽是按位奉陪。"说完了在旁边一站。

这时大家的目光，全都射在这位先生的身上，只听先生说道："哪位是金眼猫武元，武老英雄？先请过来吧。"只见在八仙桌旁立起一个人来，就见他五尺多高的身材，一身青衣服，四十来岁的年纪，白脸膛，颏下一部短须，两只金睛，滴溜溜地乱转。只见他走到石烈近前，双手一拱，说道："老剑客，蒙你不弃，不才我给你接接招吧。"

老头子拱手说道："武朋友，既然前来赐教，请你亮式，老朽奉陪。"说完一撒身体站在下首。武元也说了两句客气话，说完，身体向下一蹲，双手一分，用了个"跨虎登山"的架势，向前一纵，左手一晃，右手对着石烈面上就是一拳。石烈容拳到了近前，一上左步，右手一伸，向武元胳膊一压。武元右臂向下一垂，打算左臂向下就砸，他哪知老头子那个手法的厉害，左手招起来还没落下来，石烈的右手已经按在胸膛之上，真要一发力，小子是非死不可。那石烈右手按在武元的身上，不肯发力，用指一点武元的胸膛，说道："武朋友承让。"

武元知道输了，于是一撒手，说道："老剑客手下留情。"石烈说："还是阁下让我年迈。"

就听武元说道："老剑客，不才有一点无理的要求，不知老人家可能应允？"石烈说："不知道阁下何事见教？"

武元说："不才在河南的时候，听见来往的人说此地有位女侠比武招亲，因为武术精奇，才十几岁的年纪，所以十分诧异，打算前来领教这位女侠客的武术。不想你老人家首先赐教，你想你老身为剑客，不才岂是你的对手？真要是这位女侠出头，不见得不才就当场败落。你老可听明白，不才要同令孙女比试的用意，像我这个年岁，还能心高妄想吗？不过我不辞千里，特来一开眼界，这女侠小小年纪怎么武术这样高明，你老能不能把令孙女请出来，同不才分个上下。"

老头子一听，不由得有气，暗道："看这个小子嬉皮笑脸，没羞没臊，输了还恬不知耻，硬要同姑娘动手，这分明是没安好心。不如叫我姑娘厉厉害害地打他一顿，也叫旁人瞧瞧，不然也镇不住人。"想到这里，石烈说道："武朋友，我这孩子手下不知轻重，要是伤着你，请足下多包涵。"

这个话就是告诉姑娘要厉厉害害地打他一顿。姑娘在屋里听着还不明白吗？于是可就拿好主意。这个时候就听武元说道："老剑客你别那么说，比武动手，难免跌碰受伤，只怕动手或者误伤令爱，请老人家原谅是幸。"

老头子一听更有气了，这小子说话带有轻薄，于是一回头向屋内说道："姑娘你可以出来，陪这位武朋友走两趟吧。"只听里面答应了一声。

这时大家的视线，可就全移到屋门上去了。因为这半年的工夫，姑娘没有同人比过一次，连本乡的人全知姑娘武术好，可没瞧见过怎么个好法，今天一听姑娘出来，当然全都注意起来。就见帘子一起，由屋内出来了一个老妈子，一个丫鬟捧着宝剑，紧跟着姑娘出来立在廊下。大家一瞧，不由得暗暗喝了一声彩。只见姑娘四尺上下的身材，穿一身玄色裤褂，粉腰巾系腰，足下穿一双鹿皮换底小靴。头上用青网帕罩住乌云，鬓边斜拉了一个麻花扣，耳坠对环，每边嵌着一颗黑豆大的明珠，前后悠荡，蓝绒绳在前后心勒成十字绊，在胸前系了一个蝴蝶扣儿。往脸上一看，真可说面赛桃花，目如秋水，唇似丹朱，这一身玄色衣服，衬着这一张芙蓉脸儿，真可说压倒西施，连那个老剑客赛隐娘白敏，全都暗暗喝彩。只因姑娘心中有气，所以面上现出一脸秋霜，眉间隐着一团杀气。姑娘走下台阶，向石烈问道："不知爷爷呼唤孙儿同何人动手？"

石烈一听，用手一指武元，说道："就是这位武英雄，人称金眼猫，人家武术精奇，你要小心在意。"姑娘说："既如此，请你老人家在一旁观看，我给这位英雄接接招。"

石烈向旁一闪，姑娘因为有气，一句话也未说，上来双手一合做出"童子拜佛"的架势，说道："武英雄，请你进招。"

武元一瞧姑娘这个模样，一副娇小的体格，暗道："就凭这么一个娇弱女孩子，就能远近驰名，大概许是因美貌所致。不如我今天将她打倒，叫大家笑一笑，也叫她心服口服，不然夜间用薰香把她熏过去，背回河南，岂不是一桩美事？"

小子正打算盘，一听姑娘叫他进招，于是向前一上步，左手一指姑娘的面门，身体一斜，向下一蹲，右手向姑娘的腹部就按，这个名字叫掖掌。姑娘用了个凹腹吸胸，右手一伸按在小子的头上，这个名字叫探掌，正名叫"迎风立马登山"。武元本打算一掌把姑娘按倒了，眼看按上了，不想人家一吸气，自己的掌可就空了。将要转身，就见姑娘左腿一抬，自己的头上觉着被人家按住，就听姑娘哼了一声，武元可受不了啦，头上好似中了铁棒，眼前金花直冒，耳内"嗡"的一声，不由六神无主，眼看就要坐下。姑娘这一掌本来没用十分力量，只用了五分掌力，小子就吃不住了，将身一蹲。姑娘一伸左腿，"当"的一声，踹在小子左肩头上。小子本来就受了内伤，不过人家没有用力，所以自己还没有张口吐血，不想紧跟着又是一脚，小子如何受得住，只好一个跟头整个地斜着身子折将过去，还把脖子给扭了。小子这一扭脖子，立刻背过气去，倒在地下纹丝不动。

石烈一瞧，不由地吃了一惊，本想教姑娘打他一顿，以惩将来，不想姑娘这一掌，打得这样重，于是一声喝道："丫头，为何这样手狠，将人伤成这个样子！"自己将要弯腰去看武元，只见由旁边过来了一个矮胖子，四尺来高的身材，头如麦斗，膀阔腰圆，面如刀刃，粗眉大眼，高鼻子火盆口，三十多岁，一身青绸子裤褂，白袜子洒鞋，走到近前说道："老剑客，这位武元英雄死不了，他是背住气了，叫伙计把他搭到旁边给他揉一揉前胸，推一推后背就好了。不才我也要领教领教姑娘的武艺。"

石烈一看，暗道："这小子怎么这么浑呢。武元的伤痕虽说不重，最少也要三两个月复原，可是他还说伤势不重。既然他这么说，我问问他，他要同武元认识，我把武元交他就没我的事了。"想到这里说道："阁下贵姓，同武朋友可是一同来的？"

这个人说："我姓魏名成，江湖人称飞山虎。我同武元是一同来的，他这个伤不要紧，交给我就是了。本来练武的短不了打人，也短不了挨打。我们一同来了五个人，武元虽然受了伤，还有四位，少不得全要领教姑娘的武艺。"

老头子一听暗道："这些家伙全不是好人，若不是来在我的店内，少不得全都结果了你们。今天既然来到我店内，没法子，还得应酬他们。"

原来这几个人是河南临汝县的七个大贼，采花作案无所不为，统称临汝七怪。他们听往来的人传说甘肃省甘谷县博陵洼石家店，有一个女子比武招夫，所以大家一商议来了五个，满打算把姑娘战胜了，能招赘在石家。不想一听人家的条件，自己五个人不用说别的，按年岁就不能入选，不由得十分败兴。所以武元输在石烈掌下，仍不死心，必要同姑娘见个高低，不想一照面就被姑娘震得昏了过去。因为姑娘踹了武元一脚，他们还以为是扭脖子扭住气了呢，所以他说不要紧，他哪知武元的内部受了重伤呢。

再说石烈，一听魏成同武元是一同来的，耳中早有他们的名姓，知道是临汝县的七个大贼，于是说道："既然武朋友是同阁下来的，更没有说的了，咱们先把武朋友搭在一旁，然后再行比试。"

这时武元也苏醒过来，听说要把他搭到一旁，他可就说了：

"不用搀，我自己能走。"说着立起身来，将一迈步，只觉着头重脚轻，复又躺在地下。这时候又过来了两个人说道："二哥你别动，我二人扶着你。"于是一边一个，把武元架往廊下去了。这时魏成说道："老剑客，请你在一旁观看，不才要领教姑娘。"

石烈一听，只得向后一闪。姑娘这时早听明了，于是向魏成说道："阁下进招罢，我来奉陪。"

说着双手一合仍然做出"童子拜佛"的架势。魏成瞧了一瞧，姑娘亮了架势，于是向前一进步，左手用了个"毒龙探爪"，奔了姑娘面门，右手用了个崩拳，向姑娘胸部打来。姑娘一看，小子这两只手虚虚实实，全很厉害，中了哪一下全不轻，于是左手向上一伸，右手向下一压，立刻把魏成的双手截住。小子双手一撒，姑娘紧跟着右手向前一伸，用了个单撞拳，魏成的右手一推，姑娘的右手腕子一拳，用右肘向前就撞，这个名字叫"定星肘"。小子一瞧，左手向下一按姑娘的右肘，姑娘本应该右手用摔掌直奔小子面门。姑娘一瞧小子的头部又露出来了，于是右肘向回一撤，左手一伸，不偏不倚又按在小子的头上，姑娘口内哼了一声，小子可受不了啦，只觉着耳内"嗡"的一声，眼前金花乱冒，将要翻身栽倒。姑娘暗道："反正不能便宜了你小子。"于是右腿一伸，只听"嘣"的一声，踹在胸膛之上，小子整个地来了个大翻身，躺在地下闭过气去。

这个时候石烈将要说话，只见由旁边过来了三个人，一伸手把魏成扶起来，两个人架着直向廊下去了，另一个说道："姑娘不要走，小子过墙蝴蝶崔信，也要领教姑娘的武术。"

姑娘一瞧这个人比方才那两个冠冕一点，白素素的脸面，三十来岁的年纪，两道剑眉，一双俊目，可是暗淡无华。身穿一身灰绸子裤褂，白袜洒鞋，左手抱着一口单刀，说道："姑娘我要领教你的兵器。"

姑娘一听这小子的外号，就知道是个不良之徒，暗道："任你一个小小的毛贼，我若用了宝剑赢了你，也叫江湖人耻笑。"于是说道："既然阁下不吝教诲，你就进招吧，今天我要空手夺刀。"

小子一听，暗道："你这可是找不自在，今天我若不叫你带了伤痕，我枉称过墙蝴蝶。"想到这里，说道："既然姑娘相让，你就接刀吧。"

话到刀到，左手一晃姑娘的面门，右手刀连肩带背向下劈来。姑娘一瞧，刀离切近，一上步左身子一斜，抡起左臂，向小子右胳膊就是一掌。这一掌名叫断掌，真要是砍在胳膊上，就得砍个骨断筋折。小子一看这一掌来得厉害，一撤右步，左手向上一穿姑娘的左手，右手刀拦腰就扎。姑娘一瞧，斜着向前一上左步，身体一蹲，右腿向后直奔崔信的迎面扫来，这个名字叫作扫堂腿。小子一看刀扎空了，于是向上飘身，姑娘的右腿向着小子的鞋底扫过去了，小子的脚刚一沾地，不想姑娘的腿又回来了，"扑"的一声把小子的脚跟挂住，左脚顺着自己的右脚上面向小子的腿上用力一蹬，这一招叫作勾挂连环腿。只听"啪"的一声，崔信"扑咚"倒在地下，摔出一丈多远，"当"的一声，钢刀撒手，"哎呀哎呀"的热汗直流。原来崔信的左腿腕子，被姑娘这一脚，蹬错了踝儿了。

这时忽听院中一个人哈哈大笑，说道："蹬得好，不愧剑客的亲传。"

大家用目一看，原来靠大门站着一个花子。这时石烈连忙走到崔信面前，说道；"阁下不要动，这是错了踝儿了，待我给你拿上。"说着一下腰，左手拿住崔信的左腿，右手扶住崔信的脚面，双手一用力向外一扯，随着向一处一对，"咯噔"一声，左腿腕对好。只见小子疼得可变了颜色，面白唇青，热汗直流，哎呀哎呀的连声乱嚷。

石烈说："崔朋友，你赶紧起来活动活动，不然血瘀，可要成疮。"

小子一听，吓得咬牙咧嘴立起身来，一瘸一拐，直奔廊下走去。伙计给他拾起单刀，跟在后面。

石烈用目一看那个发笑的乞丐，只见他上身穿一件青布的破棉袄，真是补丁摞补丁。上面的油泥足有铜钱厚，铮明瓦亮，左肩上露着棉花；破裤子一丝两缕，露着半截腿，肉皮被太阳晒得漆黑；下面穿一双破草鞋，用钱串捆着；左手扶着墙，右腋下挟着一个破草鞯捆成的捆儿；腰中系一条布条拧成的绳儿，足有鸡卵粗细，结了许多的疙瘩。再往脸上一瞧，足有八十来岁的年纪，一脸油泥，看不清面目；头上已经谢顶，铮亮的头皮，被太阳晒得红中透紫，后面一丛白发，挽了算盘子儿大小的一个鬏儿；两条雪白的眉毛足有一寸来长，遮住二目；颏下一团白胡须，全都粘成毡了。就见他笑嘻嘻地立在墙下，自言自语地说道："这一脚真好，踹得真准。"

就听旁边有人说道："你这个要饭的真讨人厌。你看就看吧，嚷什么呢？你若会练，何妨下去练练，也落一顿饭吃。"

老花子说道："这里又不是禁城地方，怎么还不叫人说话呢？我瞧着好，说一声也不要紧，你何必这么瞧不起人呢？你别瞧店东的饭不要钱，我还不愿意吃呢。我真要打算吃饭，非店东请我，我还是绝不赏脸。"

这些人一听，哈哈大笑，说道："不错，你就等着店东请你吧。"旁边有人说道："别嚷了，瞧比武的吧。"

这个时候石烈也瞧明白了，这个老花子一定不是平常人，一瞧他那个面目，虽然被污泥遮掩，但是连一条皱纹也没有，断定了他一定是练的童子功。自己打算应酬完了这些帖上的名儿，然后再来请他。

这个时候，只见由南面走进来一位少年壮士，穿一身青绸子衣裤，外罩青绸大褂，白袜云鞋，大褂下面微露着剑匣的尖儿。往脸上一瞧，二十上下的年岁，剑眉星目，虎头燕颔，鼻直口方，面似丹霞红中透润，明显着一团英风，暗含着满面的杀气。石烈一瞧，起心里就爱，暗道："看此子面貌不俗，气度沉稳，绝不是无能之辈，待我问问他的姓名，看看他的技术然后再打主意。"于是抱拳说道："来的小朋友尊姓高名仙乡何处，来此莫非说也要比较输赢吗？"

只见那个少年说道："小子姓朱名复字意明，贵州省贵阳府人氏，因事路过贵地，住在阁下的店中。听说老剑客以武会友，小子因为自幼学会了几手粗笨的拳脚，所以打算今天看个热闹，不想一时技痒，打算在老人家跟前现丑，还请你老人家赐教。"

　　石烈一听，连忙说道："既然打算前来赐教，就是看得起老夫，老夫焉敢不大胆奉陪呢？不知阁下是打算同老夫比试，还是打算同舍孙女比试？"

　　朱复说道："小子来此请你老人家赐教才是。你老请想，男女不相授，我为何要同姑娘比试呢？"

　　石烈一听，暗道："此子言语正大，一定是高人门下，我今天不可失之交臂。"想到这里，一回头对姑娘说道："你暂在旁边观看，待我陪这位壮士走走。"

　　姑娘一听人家不同自己动手，看神气中还有看不起自己的意思，不由得心中有气，暗道："你真要武术高明，等你同我爷爷比完了，我一定同你较量。"想到这里一脸怒气，立在一旁，只见石烈一抱拳，向朱复说道："壮士请来进招。"

　　朱复连忙说道："小子可就无礼了。"说着双手一拱道了一声"请"，一上步，左手一晃石烈的面门，右手掌带风声"嗖"的向石烈胸前就是一掌。石烈一瞧掌到，用左手向上一穿，右手奔朱复的肋下就打。朱复右手向下一落，左手奔石烈的太阳穴打来。石烈一看，此少年的招数敏捷，准受过名人的传授，于是小心在意。二人打在一处，一个是成名多年的剑客，一个是初出行道的英雄，各施所能，走了三十多个照面，足有百十余手。老剑客石烈不由得暗暗称奇，瞧这个孩子至多不过二十多岁，怎么就会有这么高的能为？我闯荡江湖可不敢说高，总算没有遇过敌手，今天这还是头一次。想到这里，细看孩子的招法，十分灵巧，身形十分敏捷，用出来的手法，真有令人不可思议之处。老头子越看越高兴，暗道："这幸亏遇见我，若换个人，早已败在他的掌下。"想到这里，招法一变，把看家本领可就拿出来了。原来老头子有一绝招，名叫夺命连环腿。

246

再说朱复自从一动手，就看出人家的招法高明，暗道："只说离了恩师无敌天下，不想头次一出手，就遇见这么一位太平剑客，就这样高明。自己真要败在他的掌下，岂不给老师丢人，再说还怎么再在江湖行道呢？"想到这里，他小心在意，看住门户，猛然见老头子一变招，三五个照面之后只见围着自己尽是鞋尖。于是不敢怠慢，把气功向上一提，施展小巧的技术，两手两足尽找那许多的鞋尖。老头子这一路腿，一共一百单八招，一施展就把朱复围上了。猛见朱复身形一晃，比猴子还快，好似把身子悬在空中一样，他那两只脚，尽在自己的脚上往来行走，工夫一大自己把这一趟腿法快要施展完了，再瞧朱复仍然随着自己双足往来乱转，知道今天无法取胜。于是身形一撤，用了个"金鸡三展"翅走出圈外。朱复一瞧人家临走留招，不愿去追，此乃江湖规矩。这个时候，连房大爷他们六位全都看直了眼了。没想到二十多岁的毛孩子，武艺那么精深！大家兴趣正浓，忽见二人收住架势，猛听耳旁有人说道："好孩子，真不愧剑客的门人。"

大家一瞧仍然是那个老头子，就见他嚷完了，一转身走出大门去了。石烈正要同朱复谈话，一听老花子开口称赞，自己将要同他接谈，忽见他向店外走去，于是，顾不得向朱复说话，直向店外追来。大家不由得一怔。那石烈追到店外一瞧，老花子踪迹不见，不由"哎"了一声，仍然回来，到了院中向朱复说道："阁下千万别怪，我因为瞧那说话的老丐，我疑他是个高人，所以我打算我们完了事，再请他进来。不想正在这个时候，他转身走了，这怨我招待不周，才得罪了朋友，既然他走了也就不必提了。方才老朽同阁下动手，阁下的武艺十分高明，老朽佩服之至，我意欲请阁下到我舍下一谈，不知阁下还有同来的侣伴没有？"

朱复将要答话，只听姑娘说道："爷爷且慢，方才你同朱英雄动手，我已经观看明白了，这位朱英雄的拳术实在高明，我见朱英雄肋下佩剑，一定剑术比拳术尤为高妙，我打算还要请教朱英雄的剑术。"

朱复一听，连忙说道："方才那是老剑客成全后生，提掖晚辈，所以不忍把我打倒，我十分承情。我的剑术不过是末技，姑娘何必认真呢，请你不必再比试了。"

　　原来朱复不同意同姑娘比试，因为什么呢？因为他也有他的难处。方才姑娘同临汝七怪动手的时候，房大爷同江飞说道："天鹤兄，我们看热闹的目的，是为什么呢？"

　　江飞说："大兄何必明知故问。"房大爷说："若尽看这些无名的小贼动手，我们几时同石烈相见呢？"江飞说："依大兄看怎么办呢？"房大爷说："咱们不会也进去比武吗？"

　　江飞说："这可成了笑话了，人家姑娘为的是比武招夫，咱们偌大年岁，进去这不是胡搅吗？"房大爷说："咱们不去，不能叫年轻的去吗。"江飞说："叫谁去呢？"

　　房大爷一笑，附耳低言说道："我瞧朱复准能成，年岁品貌武艺均属上乘。天鹤兄，你不妨把他招进去试一试，就手咱成全成全他。"江飞一听连连点头说道："可以。"

　　于是一回身对朱复说道："朱贤弟，他们比起来没完没了，咱们几时能同石烈相见呢？见不着石烈，我们怎能实行我们的计划呢。依我说贤弟你进去同石烈动手，做个先锋，然后我们再一同上前，不就成了吗？因为我们全这样年岁了，再出头去争名誉，恐怕叫别人耻笑。兄弟你方才出世行道，正是到处留名的时候，所以我打算请你先出头。再说咱们这伙年轻的，全不如兄弟你的身份高，所以我同房大爷大家商量才请你去。"

　　朱复说："我去合适吗？"江飞说："你若到处不前，几时才创出名誉呢？"

　　朱复一听连连点头，正赶上崔信被姑娘踢倒了，自己站起来进了场子。赶一进场子又后悔了，因为什么呢？因为自己练成了"重楼飞血"这一步功夫，不能再娶妻室，人家这是以武招夫，满打着自己胜了人家，自己又不能娶妻，这算干什么来了，这不是胡搅吗？不想自己被这几个老头愚弄了，既进来了，又不能回去。后来想起一个主意，不同姑娘动手，反正不能扣到我的身上，所以一见面就要求同石烈动手，完了之后满打算六老必要出头，不想又来一个讨厌的花子。等花子走了，人家石烈要请自己回府，自己想道，这一回六老该出头了，不想未等自己说话，姑娘反倒要同自己比剑，真是怕什么有什么，所以连连推辞。就在这个时候，六老若一出头，也许把这件事应付过去，没想这五个老头子同那一个老尼姑十分可恼，再也不上前来。正在为难，又听姑娘说道："朱英雄，不同我动手比武，是不是看我剑术低微或是看我不堪教诲呢？"

这两句话来得可厉害。本来朱复正在为难，姑娘又满心是气，这么一激将，立刻把朱复急得满面通红，本来面似丹霞，这一来可成了紫玉了。因为有话说不出来，既不能说我不能娶你为妻，才不同你比试，又不能说我不是为联姻来的。这时偏赶上个凑趣的石烈，他一看朱复面红耳赤，断定他怕羞，于是说道："朱朋友，你何必吝教呢？你就指点指点她就是了。"

朱复这时可真没有法子了，只得动手。

第十八章

朱复比剑联姻

那朱复被逼得没法，只好说："在下不恭了。"姑娘说："请亮剑进招吧。"

朱复只得一掀大褂，由腰间摘下剑匣，左手抓匣，右手拿住剑柄向外一抽，只听"呛"的一声，立刻就是一道闪光，真不亚如龙吟虎啸。石烈一瞧，就知道是口宝剑，暗道："看这口剑，这个孩子剑术一定错不了，不然他也用不了这口宝器。"自己正在思想，姑娘这个时候也把丫鬟叫过来，接过宝剑，左手捏崩簧也是"呛"的一声，宝剑出鞘，真是寒光闪闪冷气侵人，好似一汪秋水。朱复一瞧，也知道是一口宝器，暗道："不怪人称红莲剑客，原来也有宝刃护身，今天我同她较量剑术，须要小心谨慎。"想到这里，就见姑娘宝剑一举，用了个"魁星踢斗"架势，说道："朱英雄请你进招吧。"

朱复一看只得左手掐剑诀，向前一指，一上左步，宝剑奔姑娘胸膛扎来。姑娘左腿一落，身形一偏，宝剑尖奔朱复的手腕便点。朱复紧跟着身体一低，剑走下盘，向姑娘的脚下平扫过去。这时两个人可就脊背对了脊背。姑娘右步一扣，身体一转，双手抱剑，奔朱复的后心扎来。朱复一翻身宝剑压着向下一按，只听"呛"的一声，宝剑撞了宝剑。两个人全都吓了一跳，自己观看自己宝剑，幸而全未曾损伤。二人抽招换式打在一处，起先还看着慢，如同一对蛱蝶穿花，后来二人越走越快，脚下微微听到哧哧的声音，金刃劈风嗖嗖乱响。工夫一大，二人化成两片白光，时聚时散时分时合。这时把看热闹的看得目瞪口呆，就连那江飞江天鹤同房大爷老哥四个，还有那位女剑客白飞侠，全都不由得纷纷喝彩。这么一来，二人比的工夫可就大了。猛见朱复一转身，姑娘双手捧剑奔了朱复的后心，眼看剑尖点到身上，可把各位老剑客吓着了。却见朱复一转身体，让过宝剑，剑交左手，向外一拦，把姑娘的剑搁在外面，手腕一扣，剑尖奔了姑娘的咽喉。姑娘一看知道自己的兵器被人家吃住，将要跳出圈外，只见朱复宝剑一指，顺着剑尖滴溜溜落下了一件东西。朱复把剑一抱说道："姑娘承让了。"

姑娘用手一摸自己的右耳，原来耳上的环子被人家的宝剑削将下来，自己不由得面一红，一声也没言语提着宝剑向上房去了。

再说石烈，正在观瞧，猛见姑娘的剑到了朱复背上，不由得吓了一跳，只见朱复一回身，宝剑换手奔了姑娘的脖子，知道姑娘要吃大亏，忽见朱复手腕一抬，一件东西由剑尖上落在地下，仔细一看，原来是半个耳环，还带着那颗珠子，姑娘一声不语走入上房。自己才看明了朱复不独拳术精奇，剑术也称得起一绝，把一个大名鼎鼎的小飞仙红莲剑客，生生地败在他的手中。这个人可说是后起之秀，不想我石烈择婿半年，姻缘却在此子身上。想到这里，笑嘻嘻地抱拳说道："朱壮士剑术高明，老朽实在佩服得很。"

朱复说："老剑客过奖了，此乃令爱承让。"

石烈说："不知阁下还有同伴没有，老朽欲请阁下到舍下一谈。"于是拱手对大家说道："今天因为天将过午，请众位各自回家，明天再会。就是投帖的人，未得相谈，如若公务匆忙赶着起身，等以后有了时间，老朽一定登门拜望。如若打算住下敝店，仍然不收房钱。"

大家一听，纷纷四散，连那投帖的众人全都回了自己的屋子。这时只剩下同来的六老和八位年青的，一共男女十四个人，一瞧朱复被石烈留住，于是由房大爷同江飞为首，领着大家一同过来，同石烈相见。石烈一瞧，说道："朱壮士，这是同阁下一同来的？"

朱复说道："不错，这全是小子我的同伴，待我给大家介绍介绍。"于是一一介绍了，石烈才知道诸人俱是名侠剑客，自己这才让着大家一同出了店房，奔自己的家中走去。

石烈叫陈升去往店内泡茶，就近叫店内安排酒饭。陈升去后，石烈带着大家来到内院，进了上房让大家一同落座，自己主位相陪。这时陈升泡了茶来，茶罢，石烈说道："不知众位因何结伴来此？这位朱壮士原籍贵州，不知来此有何贵干？前几年小弟听人传说，天鹤兄占据了金波寨，因何同华阴的四贤相遇，老朽愿闻。"

江飞一听，不由咳了一声，说道："炎辉兄既然要问，好在我们一见如故，我也不便隐瞒。再说小弟我还要向你老打听点事。"石烈说："天鹤兄不知你有何事见教？"

江飞这才说道："小弟自从在云南的丽江县占据了玉龙山，因为我们本是前明的遗老，不想锦绣的江山，轻轻地被闯王闹了个家亡国破，思宗皇帝殉难煤山。当时出了个厚妻妾薄父母的吴三桂，出关请兵，所以顺治皇帝不动兵刃进了北京。虽然当时把闯王赶了，可是江山也被大清得到手内，所以我们总想着养精蓄锐，光复大明的天下。因为地处边陲，人才稀少，小弟打算云游天下，聘请英雄，只要心存故国，不论老少，敝寨一律收录，将来也好做一个大明开疆辟土中兴的功臣。不想走到湖北大别山南麓，穿松林的地方，同这位天侠兄相遇，原来天侠兄他们为的是寻找镖银。劫镖的这个人同小弟一个面貌，冒着小弟的姓名，把蒋洪蒋镖主的镖劫了，并说要斗天侠兄同卧波兄还有飞侠大师这三位剑客。当时我们分说不明，动起手来。正在动手，遇上朱复朱贤弟路过松林，才给我们双方解了纠纷，双方说明，才合在一处，打算寻找镖银。赶到夜晚住在穿松林附近的七里坪，晚间又遇上店里的掌柜姓鲁名靖人称白眉侠，此人是江湖上有名的邋遢仙的弟子。他对于这个事情稍得点线索，他说劫镖的这两个人，一个姓杨一个姓宗，因为他们住在鲁靖的店内，他才听见劫镖的人说打算回西宁，或回云南。我才同大家到了四贤庄，一直往西宁寻访，如若不得要领，再与大家同赴云南。不想来到此地，住在你老的店中。听伙计说炎辉兄人称剑客威震西方，一定眼宽耳亮，如若知道的话，请你告诉我们一个消息，也不枉我们遇合一场，也成全了我们江湖的道义。因为这个人托名冒姓做这种不道义的行为，如若他心地正大，还不要紧，如若是个下流的贼人，到处留下我的名字，老兄长你想我好歹也人称一声剑客，这个跟头我栽得起吗？"

石烈一听，说道："天鹤兄，不必着急，这个事情慢慢地计议，自然有个头尾。小弟还要请问朱壮士，由贵州往湖北有何贵干，怎么遇上天鹤兄，怎么陪着找起镖来，莫非说自己连一点事情也没有吗？"

朱复一听连忙说道："老剑客你要问，小子我是这么一段事情。"于是仔仔细细把自己的身世介绍了一遍，又说："小子我本打算去到燕赵一带，云游访友，不想遇上他们双方这个事，我既然给人家出头排解，焉能半途而废，所以也跟到这里。"

石烈说："阁下家中还有什么人呢？"朱复说："自幼父母双亡，跟随恩师长大成人，我家中房产人口一无所有。"

石烈闻听，哈哈大笑，对房大爷大家拱手说道："众位老兄长，我有一事相求，不知我说得说不得。"

这六老自幼闯荡江湖什么事不知道，一听石烈相求，连忙说道："石兄有何见教，我们一定尽力而为。"石烈这才说道："小弟的意思，在店中也说过了，第一是以武会友，第二是为我们孩子找一个佳婿。兄弟我有言在先，只要是同孙女年岁相当，武术相等，家世清白，还要高人的门下，还要未娶妻室，我觉着这个条件是十分困难，不想朱壮士对这几个条件全都有过之而无不及，这不是天作之合吗？第一年貌不必说了，第二武术当然在姑娘以上，剑削耳环，这是人所共见，第三堂堂帝胄，还是大明剑客无上禅师的弟子，我们要的条件当然没有问题。可是我们孩子

253

呢，各位也全见，相貌不俊可也不丑，剑术虽然不精，在江湖上大小也有个名儿。我打算请众位兄长为媒，把姑娘嫁给朱壮士为室，不知众位以为如何？"

六老一听，全都鼓掌大笑，说道："这个我们应当效劳。"

只见朱复满头大汗，连连摇手，说道："众位老人家，千万不要如此，我有我的难处。这个亲事千万别提，提出来我也是不允。"

六老一听，不由得十分诧异。白哲说道："朱贤弟，你有什么难处，何妨说说我们大家听听，你若尽说不应允，这可不成。当时人家石老剑客说得明白，同年龄的比试，是为的以武招夫。你当初若不打算应允亲事，你就不该同人家比武，既然比武又把人家的耳环子削了，你若不应亲事，叫人家姑娘何以为情呢？再说你把人家耳环削了，人家总算栽了跟头，你若应了亲事，这总算没栽到外人手内。你若不应这门亲事，你想想大名鼎鼎的小飞仙红莲剑客栽了跟头，人家就这么糊糊涂涂完了事吗，人家还怎么在江湖上混呢，你想打倒了还持得起来吗？再说今天的举动，大家全都明白兄弟你当选了，闹到现在，从你这儿又散了，你想人家姑娘怎么再找婆家？所以说，你无论如何为难，也要应下才是。"

这一套话不要紧，把个朱复可拴住了，自己一想可也是，总怨自己不该多事，剑削人家的耳环，自己如若应下，自己"重楼飞血"的那个功夫，岂不误了人家的姑娘的终身？有心说明吧，自己又天生的脸嫩，说不出来，何况还当着白鸿三十上下的这么一个少妇呢？这么一挤，把个朱复挤得可就成了紫面判官了，于是不由得冒出两句话来："当时我本不愿意同姑娘动手，姑娘非挤对我不可，教我可有什么法子呢？至于剑削耳环也是我一时失手，我也后悔不及，现在大家非叫我应亲不可，我我我……"

因为白鸿在座，觉着碍口，所以朱复说到"我"字上，两眼不住地直看白鸿。这个时候大家瞧着朱复可笑，偏赶上白鸿也来凑热闹，说道："小叔叔你看我做什么，莫非说嫌姑娘的武术敌不过你，你不愿意吗？"

这一句话把朱复挤得可受不了啦，于是说了一句是："我不能娶妻。"

六老一看，也看不出他是什么缘故。房大爷说道："朱贤弟，你这个话，我不明白，为什么不能娶妻呢？"

朱复说："你老别挤我了，今天我计划计划，明天一早，我再答复成不成呢？"

大家一听哈哈大笑，江飞说："那如何不成呢，朱贤弟，我们为的是吃你的喜酒，并不是大家齐下虎牢关。"

这个时候，饭已做得了，用食盒抬着，送到院内，陈升带着伙计调摆桌椅，大家入座吃酒。饮酒中间，江飞向石烈说道："炎辉兄，现在姑娘的亲事总算定了大局，这个事情全在我们身上。因为我们全都这大年岁，朱贤弟岂能不给我们留一点面子，这个事情你就放心。"

石烈说："多谢众位成全美意。"江飞说："这不算什么，炎辉兄何必客气，但是方才你说对劫镖的事情慢慢商议，莫非说炎辉兄对这件事情没有耳闻吗？"

石烈一听，连忙说道："小弟对于这种事情虽然不知道，可是对于这个姓宗的，我耳朵里倒有这么个人，可不知是他不是他。如若是他，这件事情还真不好办。"

大家一听，此事有了头绪，全都侧耳细听，只听石烈说道："这个人姓宗名明字声远，他的原籍听人传说，是北方人氏，后来移住西宁，为人好静，曾受过异人指点，武术精奇，所以在西方一带，人送外号铁掌镇西宁。现在大约此人有七十上下的岁数了，平日他没有同别人交往过，遇事独断独裁。"

江飞说道："他住西宁什么地方？炎辉兄同他是否认识？"石烈说道："当初我倒访过他，只是没有见着，因为他为人孤僻，住的地方十分奇特，所以我也就不再前去访他。"江飞说："不知他住在什么地方？"

石烈说："他住的地方，自己取地名叫作宗家崖，大概他一

255

家人口全都住在此处。这个宗家崖在西宁正南上群山之内，一个山环里面，住房完全是在山壁上挖出来的，当初费了极大的工程，在山内挖出来的石室。这个石室，足有好几十间，他全家听说足有十余口，全都住在石室之内，每年不种五谷，尽以打猎为生，所以他一家老少男女，全都身藏绝技。最要紧的就是他这几十间石室，除了寝室之内，全都安着机关，外人可说无法进去。为什么我说镖要是他劫的，可就不好办了？因为他不同你见面，你就没法子进他的住宅，何况他一家老幼武艺精通，稍差一点的绝不是他的敌手。再听传说，这个人的武术十分高明，我们在座的恐怕全不是他的对手。你们六位想一想，当初得罪过这个人没有。如若没有得罪过他，这个镖也许不是此人所劫。"

大家一听，全都俯首寻思，全都没有得罪过这么一位宗声远。

内中白飞侠说道："这个事情我们大家也不必犹疑，不管是不是他，我们大家先去西宁访他。作为访友，是他更好，如不是他，他既然称作镇西宁，对于那一带有名的人物一定知道，我们就向他打听打听。再说劫镖的这个人既然姓宗，不是他，也许是他的同族或是他兄弟之辈。今既然有了这么一条线索，明后天咱们就起身前去，先访一访这位镇西宁。或若由镇西宁的身上也许能得到那个老杨的消息。"

大家一听这才定了主意，这一席酒饭，直吃到红日西斜，才算酒足饭饱，依着房大爷，仍然打算回归栈房，被石烈拦住说道："我这五间正房三间厢房，足够咱们住的，何必还回店做什么。白小姐可以同舍孙女住在西厢房，二位白世兄同蒋世兄，请在东厢休息，我们这十多个人，住这五间，大约总住得开，我们就近还可以多谈一谈。"房大爷大家一听，不便推辞，于是大家又谈了许多闲话。

不知不觉，可就到上灯的时候了。石烈打发老妈子过来请白鸿往西厢房休息。白鸿随着老妈子来到厢房一看，原来是两明一暗，外间陈列着琴棋书画，里间罗帐高悬，收拾得十分幽雅。姑娘正在椅子上坐着吃茶，一瞧白鸿进来，连忙让座，说道："姑姑吃饱了没有？"

白鸿说道："姑娘千万不要如此称呼，若因为我马齿徒长，最好称我一声姐姐，我们方好谈话。"

玉芝说道："你老何必过谦，白老剑客同我的爷爷本是慕名的朋友，今日又一见如故，你老还同我谦虚什么呢。"

白鸿一听，说道："姑娘我们本来全是一体的朋友，你要这样称呼，这不是叫我难为情吗？"玉芝说："你老再如此说那是瞧我不起了，你老请坐吃茶吧。"

白鸿一瞧，姑娘的确非常实在。于是二人对面坐下，老妈子献上茶来，二人这才对坐长谈，说来说去，可就说到今天比武身上来了，姑娘说："白姑姑，这位姓朱的他同你老人家是素日就认识呢，还是新遇到一处的呢？"

白鸿一听，知道她关心终身大事，这才把朱复的经历同出身，仔细说了一遍，并说："我们同这位朱壮士虽然是新认识的，但他一切的言谈举动十分正派，并非一般市井少年可比，所以我父亲对于他十分重视。人家自己虽然以晚辈自居，我父亲同我伯父，还有我二位叔叔，对他总以平辈看待，所以我每一谈话，称他为小叔叔。因为人家第一人格高尚，第二是明室嫡派子孙，第三又是大明剑客无上禅师的门人弟子，不由得不教人尊敬。今天比剑，你瞧他的剑法如何呢？"

姑娘说："你老可是明知故问，你老没看见我的耳环被人家削落了吗？"白鸿说："虽然削落耳环，我总以为是他一时的侥幸，真要姑娘对他十分留神，我瞧他也未必得了上风。"

姑娘一听，连连摇头，说道："不然，我向来不会说瞎话，人家的剑术的确比我高。因为人家的剑招，我有许多叫不上名儿来的，你想还能不输吗？"

白鸿说："照姑娘这么说，这个人的武术十分高明，怪不得方才石老伯把姑娘许给他了。可是石老伯虽然愿意，只不知姑娘你心下如何。现在又没有旁人，你何妨对我说说，如若不乐意，我也可以给你想个主意。"

姑娘一听，不由得脸上一红，说道："这个事怎么你老问起我来，婚姻大事，自有我爷爷做主，侄女还能说什么吗？"姑娘这一句话不要紧，旁边老妈子可答了话了，说道："哟，姑娘你这个话可不对，既然婚姻凭老爷子做主，当初你为什么又要说出许多条件，什么一切不嫁，要学红线啦，又是学聂隐娘啦，那是什么意思呢？"

姑娘一听，似笑不笑地说道："李妈，你这真是要找打，你再说？"老妈子一瞧，带笑说道："姑娘这可来不得，我可没有那大的能耐同你比试。"白鸿笑道："这又是怎么一回事呢？"

老妈子将要说，姑娘连忙挡驾："姑姑，你何必听她胡说八道呢！"

白鸿一笑，说道："说说这有何妨，又不是同着外人。"老妈子笑着将要说，姑娘红着脸，似嗔非嗔地说道："你敢说，我可要打你。"老妈子说："今天姑娘不叫我说，明天二奶奶回来，也得给你说了，何必教白姑太太再闷一夜呢？"

白鸿说："姑娘不要拦她，说说我听，有什么关系呢？"姑娘一听驳不过白鸿的面子，红着脸，一指老妈子说道："全是你这个坏娘们，多嘴多舌，惹得白姑姑这么刨根问底，你说吧，说了我也不怕。"

老妈子一听，"哟"了一声，说："姑奶奶这可不能怨我。当初是你自己说的，我准保一句瞎话没有。"于是李妈把姑娘当初怎么拒婚，二奶奶怎样相劝，后来自己才提出条件，仔细对白鸿讲了一遍，末了说："姑娘，我说瞎话了没有？今天在店里受了人家的气，倒在我身上出气来，大概姑娘准知道我打不过，有本事手提宝剑，跳到院中，再同人家去比。"

姑娘说："你这个贫嘴，怎么这些废话呢！"老妈子说："嗨，姑娘又挂不住了，不要紧，没输给外人。输到自己人手里，还算输吗？你没听见白姑太太说，老太爷把你许给人家了吗？耳环子坏了，早晚他得给买新的，赔咱们。"

姑娘说道："我说教人家赔了吗?"这一句话,把白鸿也惹笑了。

老妈子说:"姑太太你可是乐糊涂了,怎么还用你说呢,等到过礼的时候,连簪子带镯子首饰,他全得给买,何止一对环子呢。"说完扑哧一笑。姑娘这时候也明白过来了,呸了一声,说道:"满嘴胡说。"老妈子笑道:"姑娘这时骂我,怎么吃饭的时候,叫我去上房窗外听着呢?"

气得姑娘站起来就要打。老妈子一转身跑到外间说道:"姑娘我再不说了,你别生气,看叫白姑太太笑话,再叫上房听了去,人家朱壮士心里可就不高兴了。"说着越笑个不住,只顾她们这里说笑,不知不觉,天可就过了二更了。

这时候上房里的众人也说得十分投机,石烈一瞧天色不早,叫陈升把东厢房的灯点上,请诸人安眠。石烈看着诸人熄了灯烛,自己也回到房里熄了灯烛。刚刚倒下,只听后房檐上,微微有点衣襟带风的声音,紧跟着前檐上微微有点脚步响动。这一来大家全听见了,可是全都没有动。那石烈心中难过,悄对众人说:"请诸位帮忙捉住此人。"这时候猛听院中"扑咚当啷",石烈于是一伸腿,低声道:"诸位随我来!"只见他立起身来,一伸手拉开房门,紧跟着"嗖嗖嗖"八个人全都纵到院中。一瞧,在西厢房窗下倒着一个人,再往房上一瞧,一条黑影,越过房脊去了。这时候只听说了一声"追",三个壮士上了正房。石烈一瞧,原来是江飞、朱复和房镇,三个人去追那条黑影了。这个时候,东厢房内白氏兄弟同蒋洪全都出来了,西厢房白鸿同石玉芝二人也出来了,上房内四位寨主也一同来到院内。白敬过来把地下倒着的那个人提起来一看,原来昏过去了,左眼上插着一支三寸长的梅花弩。白敬伸手把弩箭拔下来,鲜血淋淋,早已乌珠流出。石烈一瞧叫道:"陈升起来掌灯。"叫了一声不见答应,以为他睡着了,于是一直来到二门门房叫陈升,仍然不见答应。

石烈不觉疑心,将要迈步前进,忽见南房之上飞下一件东西,一点寒星奔咽喉飞来。老头子一歪身一抬右手,把暗器接住。紧跟着又是一点寒星，奔自己飞来，老头子左手一扬，"当"的一声，两枚暗器，撞在一处落在地下。这里"当啷"一声，院里全听见了，就见石玉芝姑娘手捧宝剑，纵出房门，一瞧石烈踪迹不见，不由得一着急，上了南房一瞧，爷爷石烈站在房上正向四面观瞧。玉芝问道："爷爷怎么回事？"

石烈说："回去再说吧。"于是回过身来将要下房，只见正北上三条黑影，如飞云逐电直奔前来，一怔神的工夫，已经跳到院内，进入屋内。爷儿两个一瞧知是自己人，于是跳下房来。石烈由地上拾起两只暗器，先奔了门房，向里一看，叫道："陈升！"

原来那个陈升已经踪迹不见了，石烈说："芝儿院里去吧。"

这个时候院里的人也出来了好几位，白哲说道："石兄怎么回事？"

石烈说："我们这个陈升也不翼而飞了，咱们先往上房内点上灯再说吧，这总怨我姑息养奸。"

说着同大家进了二门，一瞧江、房二位也回来了，并且还提了一个人来。这时受伤的那个人也苏醒过来。于是大家回到上房，石烈点上灯烛，大家坐下，白敬白纯已经把两贼人绳捆索绑推将进来。石烈一瞧，认得是在店内同武元一同来的两个小子，石烈将要问他的姓名，就听袁兴说："先不用问了，推出去等一回再问吧。"白氏弟兄一转身把两个小子推入东厢房之内，哥俩把灯点上，迎着门一坐，一声不言语，把两个小子就看起来了。这时候上房内石烈说道："这是谁把他射伤了？"

玉芝姑娘说："是我。"石烈说："你怎么射伤了他？"姑娘仔细一说，众人方知。

原来武元他们五个人，一个叫金眼猫武元，一个叫山虎魏飞成，一个叫过墙蝴蝶崔信，一个叫千里寻花白均，一个叫小蜜蜂余亮。这五个小子在河南临汝县同金头蜈蚣张番、双尾蝎李禄，七个人称为临汝七怪，采花作案无所不为。因为听人传说甘谷县博陵洼，有个女侠客以武招夫，五个人便一同前来，一比试教姑娘震伤了两个，崔信的脚腕受伤。好在他们带着金创药，于是教三个人都吃下去了。到了下午，沸沸扬扬听店里人说，人家店东选中了人了，白均、余亮听着有气，暗道："你选中了人也不要紧，怎么我们这受伤的，你连理也不理呢。"于是两个人一商议，雇好了长途车子，先把武元三个人送回临汝养伤，自己二人打算在此处同石烈暗中作对。

到了夜间，天交二更，两个人收拾利落一直奔了石烈的住宅，白、余二人一探听，人家正在说闲话，厢房里白鸿正同老妈子对姑娘说话，工夫不大，大家可就睡了。二人在后院一计议，由白均去用薰香，先把姑娘和白鸿熏倒，余亮巡风，熏倒之后，两个人一个人背着一个好回临汝。他只顾这么如意打算，也不想想，上房的那些人是做什么的，往剑客眼里去插棒槌成不成。所以白均由角门上跳过来，一瞧全睡了，那余亮由后坡上房，一上房就被人家听见了，自己慢慢到了前檐，向下一看，不想自己的脚下重了一点，屋内更明白了。这个时候，白均的香也点着了，用唾沫浸湿了窗户纸，把薰香盒子的嘴儿向屋中一伸，将要用口吹烟，只听屋内"啪"的一声，白均"扑咚"坐在地下，薰香盒子"当啷"落在地下。

余亮知道白均受了伤了，自己正要来救，只见屋内"嗖嗖嗖"出来了好些人，自思如若不走，难免被获遭擒，于是也不去救白均，回身逃走。哪知后面追来了三个人，别人不说，那个万里追风的脚程是何等的急快，于是不消多大的工夫，就追上了，被江二爷在背后一脚踹了个跟头，房大爷过来把他捆上，扛了回来。

再说白均怎么受的伤呢？原来姑娘小时候有个玩物名叫梅花弩，可以打十余步远，是用坚竹削成的弩箭，三寸多长，那个竹筒子里有绷簧，一下五支，能一支一支地连续发出来。姑娘因为一回家，夜中提防陈升作怪，所以拿出来放在桌上砚盘之内。今天同白鸿谈得十分痛快，这也是因为选得了可意的郎君，所以精神十分兴奋。这就叫人逢喜事精神爽，自己倒在床上怎么也睡不着，猛听得窗外有一点脚步声音，不由得一怔，于是掀起帐子向窗户上一瞧，有一个黑影伏在窗外，自己暗道："一定是陈升这个东西作怪。"于是轻轻地下了床头，直奔窗前走来，用手一按桌子，可巧把个梅花弩的筒子按在手底下，于是把筒子拿起来一摸，里面正下了五支弩箭，再瞧窗户上湿了一点，由那里伸进了一个笔管粗的筒儿，你想姑娘由三四岁闯荡江湖，这个玩意儿如何不知？凡使薰香的没有好人，所以不等他吹进烟来，把弩匣对着纸上的黑影一按绷簧，只听"啪"的一声，外面"扑咚"当啷。赶石烈一问，姑娘才说："是我把白均射伤了的。"

石烈说："贼可是拿住了，怎么办呢？"江飞最恨采花贼，便说："我瞧瞧去。因为这两个小子不是好人，活着也是祸害，趁着夜半，叫他们把两个小子提到村外，埋上就得了。你问他，他也没有好话，送官更添麻烦，炎辉兄你瞧怎么样呢？"

石烈一听，说道："不错，就这么办。"白哲对蒋洪说："你去告诉他两个，把嘴给他塞住了，你三个就去村外埋人。"江飞说："计贤弟，你也去，好用你的莲花铲刨坑子。"计奎答应一声，同蒋洪出来告诉白氏兄弟，前去埋人。

再说江上飞对石烈说道："炎辉兄是怎么回事，你跑到房上做什么去了？"

石烈一听，咳了一声，说道："这总是我运气不佳，所以一夜出了三宗异事。"于是一回手在腰内掏出两个暗器放在桌子上。大家一看，原来是两颗铁莲子，这个铁莲子较别人的粗重，足有小鸭蛋大小。房大爷拿起来往灯下一看，上面刻着几个小字，是铁莲子镇东方洪，房镇说道："石兄，你几时同铁莲子镇东方洪结的仇恨？"

石烈说："房兄怎么知道呢？"房大爷说："你瞧这不是他的铁莲子吗？"

石烈一瞧，不由得"啊"了一声，说道："怪不得陈升暗藏一口宝剑，原来是洪晓东的门人弟子，这可怨我脑力不佳，不然绝走不了这个小孽障。"大家问这是怎么回事？石烈于是不慌不忙说出一段缘由。

第十九章

惩恶妇石烈施威

原来这件事起因在姑娘小飞仙红莲剑客石玉芝身上。在五年以前，石玉芝年方一十三岁，每日跟着爷爷石烈遨游天下。这天走到山东曹州府洪家镇，住在店内。石烈打算在此处打听打听本地的风土人情，一连住了四五天。这天午饭之后，老头子自己坐在屋中休息，姑娘可就往街上玩耍去了，这时候玉芝还是男装打扮。本来这个洪家镇，是曹州府南面的一个大镇店，住户约有三千余户，买卖铺户足有好几百家，十分热闹。姑娘正在街上东瞧西望，忽觉着肩头上有人拍了一把，说道："学生下了学啦。"

姑娘一回头，原是一个二十多岁的少年。五尺来高的身材，上身穿着绛紫色的小夹袄儿，可是没有扣着纽儿，下身穿着一件湖色的绸夹裤，没有扎着腿带子，脚下趿拉着一双青缎子山东皂鞋。往头上一看，歪戴着一顶青缎子六瓣瓜皮帽，一张青虚虚的脸儿，乍脑门子，尖下巴，短眉毛小圆眼睛鹰鼻子，薄片子嘴。手内托着一对铁球，转得"咯嘞咯嘞"的响。姑娘一瞧这小子的油滑样儿，心里心就有气，于是说道："干什么你拍我一把？"小子说："嘿，我问你放学了没有？"姑娘说："放学不放学与你有什么关系？"

小子似笑不笑，把嘴一撇，说道；"我问问你，怎么啦，兄弟，别这么不理不睬呀。你放了学，我打算请你下小馆，吃个便饭儿，干什么小脸儿急得这么红？"说着用手来摸姑娘脸儿。姑娘可真急了，右手一抬，"啪"的一掌，打在小子的手腕子上，说道："满嘴放屁！"

紧跟着右手一伸，"嘣"的一声撞在小子的胸膛上。一来姑娘用的力量大一点，二来也是小子没有提防，把小子撞得哼了一声，一退两退一屁股坐在地下，一对铁球，"咯嘞嘞"的乱滚。小子这一来可火儿了，把大夹袄一扔，口中说道："嘿，小子手里有活吗，今天要不给你个厉害，大概你也不认得花豹子洪芳是谁。"说着，跳起身来，"饿虎扑食"直奔姑娘。姑娘一瞧，向旁边一闪，用了个"顺手牵羊"，脚尖一挂小子的脚面。这一来小子这个乐儿可大了，向前一趄，"扑"的一声，整个来了个大爬虎，差一点把鼻子磕扁了，眼里嘴里全是土，惹得街上人哈哈大笑。

正在这个时候，由人缝里钻出四五个二十多岁的青年男子，两个人先扶起洪芳，另三个人可就拳脚齐动，向姑娘打来。只见姑娘在这三个人当中一转身，"扑咚扑咚扑咚"，三个人四仰八叉躺下了一对半儿。这一来大家又是一阵笑。只听洪芳叫道："你们给我打她，打死她由我承当。"

这一声不要紧，只听人群里面一声答应，又钻出七八个人来，连同前五个人，一共十二三个人，向前一围。只见姑娘如同蛱蝶穿花，往来这么一走，这十多个人可受不了啦，这个起来，那个倒下。工夫不大，把这十几个小子摔得缺鞋少帽子撕肩抻袖，没了人样子。姑娘一瞧，尽打这伙子混蛋，有什么用处，拿鱼先拿头，把起事的那个小子治服了就完。于是她一个箭步到了洪芳面前，洪芳一瞧转身要跑，被姑娘一伸手劈胸抓住。小子将要喊，被姑娘一个嘴巴，打得顺口流血。

姑娘说："你还敢欺负外乡人不？"小子说："得了爷爷，我认得你了。"姑娘说："你认得了，我怕你忘了，今天给你留个记号，以后好认。"说着一伸手，把小子的左耳朵揪住，"哧"的一声撕将下来，疼得小子热汗直流，哎呀双手一抱脑袋。姑娘一撒手，小子"嗤"的钻入人空子跑了。姑娘说："你跑了，还有这些东西，全得给他们留个记号。"这一句话吓得他们"嗷"的一声，全都没有踪影。这个时候，街上的人说道："小子平日欺压乡邻，今天可撞上克星了，以后瞧他还横不横。"

再说玉芝姑娘，一瞧全都跑了，自己赌气也不玩耍了，一直向店内走来。石烈说："你干什么去了？"姑娘本是个小孩子，一肚子气，听得爷爷一问，"哇"的一声可就哭了。老头子一看，诧异道："你怎么了，哭什么呢？"

姑娘才把遇见的事，对老头子一说。老头子一听，只气得虬须抖动，碧目圆睁，说道："你可问过他的姓名？"

姑娘说："他叫花豹子洪芳。"

老头子说："好吧，有名有姓就好办了，你也没受屈，哭什么呢？等我问问伙计，得手把他收拾了，好给一方除害。"

一问伙计，伙计说："不是方才在街上被小少爷撕掉了耳朵的那个小子吗？依我说老爷子不用同他斗气，好鞋不踏臭狗屎。"

老头子说："怎么回事呢？"伙计说："你老要不问，我也不好说，因为小少爷这一顿把小子揍得不轻，连那伙子帮狗吃屎的，也揍了个乱七八糟，真得说是个报应。"

于是伙计一五一十地对老头子说了一遍。老头子一听，说道："那可不成，十人有过罪在家长，他这个错儿在洪旭身上，我如何不问呢？"

原来这座洪家镇有一位成名的武术大家，姓洪名旭字晓东，江湖人称铁莲子镇东方，自幼练成一身好武术，因为家大业大，所以在江湖上立了名誉，自己就回家享福。这个人虽然为人正大，就是有一样不好，耳软心活好色如命，虽然在江湖上没有作过采花的案子，可是一切朋友对于他无形中全都断了来往，全是因为他在二十年前纳了一位如夫人所致。

这位如夫人娘家姓黄，本是一个走绳卖艺的武妓。那个时候，这位洪旭已四十多岁了，因为膝下无子，对于嗣续这一层十分地担忧。赶到这个卖艺的一来，不知怎么回事，这位洪旭把卖解的姑娘看中了，于是托人说合，花了三千银子，把这个武妓买到手中。这个黄氏自从进门以来，洪旭言听计从，十分地宠爱，可说是宠以专房。这一来把位正夫人气得忧郁成疾，不上一年就故去了。这个洪旭因为得新忘旧，草草地把太太埋了之后，就把这位如夫人黄氏扶正了，第二年就养了一个儿子。这一来洪旭更乐了，于是作三朝庆满月，取了个名字叫洪芳。洪旭因为老年得子十分疼爱，而且老夫少妻，由爱生畏，十分惧内。洪芳有母亲庇护，从小娇生惯养，慢慢地落入下流了。

自此洪芳越发胆大，到十六七岁上，更不是东西了，交了伙无知的弟子，每日花街柳巷地游逛，他又有钱，无形中这伙子无知的青年做了他的走狗，时常在街上调戏邻居的妇女。人家打又打不过他，因为他们人多，打官司又不如他家有钱，这一来小子越闹胆子越大。有一次来了一个行路的外乡人，夫妇两个带着一个十六七岁的大姑娘，住在洪家镇，硬教小子把人家强奸了，晚上姑娘羞愤自尽。人家这夫妇到了曹州府击鼓鸣冤，府尊少不得出票子传人。

这位夫人黄氏倒是有胆有识，教洪旭父子往旁边一躲，她到了堂上硬说人家指户讹诈，因为洪旭父子出外二三年没有回家了，堂上只可批了个听候调查。在这调查的期间，洪家用钱一运动，府里批的是查无实据，把这官司糊糊涂涂就算完了。这一对异乡夫妇只得回转家乡，但没走出一站地就叫强盗给杀了。大家虽然猜疑是洪旭这个太太做的，可是没人敢说，官家也只是定为悬案。打这一来洪芳更加横行无忌，所以大家替小子起了个外号，叫作花豹子。

这天洪芳正带着十几个走狗，在街上闲逛，一眼瞧见玉芝姑娘，本来姑娘打扮成一个童子模样。小子一瞧，问道："这是谁家的孩子？"内中一个走狗说道："这是外乡来的一个老头儿带来的，在店中住了好几天了。"洪芳说："你们往后闪闪，等我把他诓到村外，咱们取个乐儿。"

于是大家闪在两旁，他过去一说话，叫姑娘打了一个跟头。小子本来也会个三脚猫儿，所以起来又同人家动手，不想又来了一个跟头，这才招呼那些走狗打人。结果这些走狗被人家打了个落花流水。他这才知道敌不住人家，打算要跑，不想被人家揪住了，哪知道这孩子真狠，伸手把耳朵撕下一个来，小子一路紧跑，回家去了。

伙计对老头子一说，石烈才说："冲着洪晓东非找他不可，问问他为什么这样纵子为恶，他这个镇东方是怎样称的？"于是问明了住址，打算前去找他。

单说洪芳一路鲜血淋漓跑回家去，一进上房洪旭正同妻室黄氏在屋内闲谈，一瞧洪芳满脸鲜血，浑身是一个土蛋，他母亲一看不由"哟"了一声说道："这是怎么了？"这时洪芳疼得连话也说不出来了，接着一伙走狗也狼狈不堪地跟将进来。黄氏跳下炕来给儿子一拭血，这才看明白少了一个耳朵。黄氏一问大家，大家一告诉，当时黄氏一伸手由墙上摘下一口刀来，说道："你们知道他在哪个店里，领我去找他，非同他拼命不可！"

洪旭说："你先别闹，等我问问他们，你先给芳儿上点药止住疼痛，你再去报仇，不然你就是把仇报了，孩子也疼坏了。"

黄氏一听，倒也有理，于是叫老妈子打洗脸水，自己开箱子拿药。这个时候，洪旭问："你们谁知道这个小孩子的来历？"内中一个走狗说："我知道。这个孩子是同一个老头儿一同来，住在咱们这里店房之内。"

洪旭说："这个老头儿多大年岁，住了几天了？"这个人说："住了好几天了。这个老头子乍一看活像判官，六十多岁的年纪，赤红脸，绿眼珠，卷胡子，要是晚上瞧见，非说他是判官显圣不可。"

黄氏说："我们去找他去。"

洪旭说："你先不要忙，听我告诉你，我听他们说的这个样子，只怕你不去找了，他还来找你。不想我闯荡一世，被你母子给我丧尽了英名，准要叫人家找了来问我为什么纵子为恶，你叫我如何答对呢？"

黄氏一听，不由得蛾眉倒竖，杏眼圆睁，用手一指说道："洪旭，像你这种软弱无能的东西，我跟着你真是委屈到了万分！

自己的孩子被人家扯去了耳朵，不思报仇雪恨，反来埋怨别人。你想想他们家也是孩子，我们家也是孩子，孩子同孩子玩笑何至下此毒手！再说打狗还得看主人，何况是人呢？他来到洪家镇也不打听打听，就欺压到我们头上，你怕事我不怕事！我若不把这个小畜生碎尸万段，我把黄字倒过来！我真不知道你这个镇东方，当初怎么得的。"

洪旭说："你听我说，不是我怕事，因为芳儿得罪的这个人。我总疑惑是甘谷县的太平剑客石镇南。真要是他，此人疾恶如仇，剑术精奇，自幼受过异人的传授，我们如何惹得起。你想你们娘儿俩平日所作所为，躲他还怕躲不开呢，怎么还去找他，所以我说你不找他，他也要来找你。现在你先不必去找他，我先派人去打听打听，此人姓什么，叫什么，然后再定办法。因为此事咱们没有理。如果真要咱们有理，别看惹不起他，凭他成名的剑客，他也不能说出两个理来，不怕我同他拼了性命，江湖上一定有一种公论。现在你想想怨人家还是怨自己呢？"

洪旭这一番话把个黄氏弄得怔了半天，说道："照你这么说，我儿子就白叫人家欺侮了不成？这个耳朵也算白伤了？我不管他侠客剑客，反正我得前去找他替孩子出气，不然洪家镇我们就不用再住了，我们孩子不能随便叫人欺侮！"

夫妻正在吵嘴，只见看门的家人进来说道："回禀员外，外面有甘肃省甘谷县博陵洼的太平剑客石炎辉带着一个童子前来拜访。"

那洪旭一听，对黄氏说道："你瞧怎么样，我说你不去找他，他也前来找你不是。"

黄氏一听说道："兵来将挡，水来土屯，他来了正好。我正要找他。"回头对家人说："你出去告诉他，就说请他客厅相见。"家人答应，转身出来，黄氏说："你先出去同他谈话，我收拾收拾再出来同他动手。"说着一抬腿上了板凳，由皮箱里面拿出一口短剑，由鞘子里面向外一抽，"呛"的一声，就见寒光闪闪冷气侵人。洪旭说："你由哪里得来的这口剑？"

黄氏说："一进门就带来了，始终没叫你看见。实告诉你，这是当初我闯荡江湖，在湖北做过一水买卖，在一个大财主家得来的。这口剑，能削金断玉迎风断草，杀人不带血，听人讲，此剑名叫鱼肠剑，当初战国时候，专诸用这口剑刺过王僚。因石烈人称剑客，一定有宝刃护身，所以我今天拿出来要斗斗这个太平剑客。"

洪旭一听，不由得倒吸了一口冷气，暗道："她原来是个女贼，深悔当初自己不该娶她进家，把自己堂堂的一个侠客，闹得声名狼藉，今天叫人家找上门来，我对人家可说什么呢。"正在思想，只听黄氏说："你先出去应酬他，我换好了衣服，就去见他。"

洪旭无奈，只得答应，慢慢走出上房，直奔客厅。迎面遇见家人说道："老员外把客人请进来了。"洪旭说道："很好，你泡茶去吧。"

家人转过出去。洪旭慢慢来到客厅，一掀帘子，只见里面坐着一个鬓发苍苍的老者，两道长眉，一双碧目，颏下一部虬髯。身旁立着一个十二三岁的童子，十分俊美。

洪旭说："来的莫非是石剑客，请恕我洪旭迎接来迟，我这里请罪了。"那老者说道："阁下可是洪侠客，石某来得鲁莽，也要请罪。"

说着二位坐下，石烈说道："石某来到贵处人地生疏，本应登门拜访，不想教闲事占住身体，所以直到现在方才偷闲前来拜望。并且还有一点小事，要请示明白。"

洪旭一听，连忙说道："不知老剑客有何见教，洪某洗耳恭听。"

石烈说："在贵处有一个大名鼎鼎不肖之徒，人称花豹子的，名叫洪芳，听说这小子无恶不作，品行卑污，不知道你认识他不认识他？"

洪旭脸一红，连忙说道："你老问这个人，正是不才的犬子，不知有何得罪之处，待不才严加管束就是了。"

石烈一听哈哈大笑说道:"这就好说了,既然是你的令郎,他素日的行为,你当然知道,为什么不严加管束,直到老朽问到跟前,阁下才说严加管束。既然你这么说,当然他现时正在家中,我倒要看看你这个远近驰名的镇东方,怎样管教儿子。"于是,石烈就把方才街上发生的事说了一遍。

叙完事情,石烈又说道:"这个事只怕阁下早就知道了,因为他少了一只耳朵,你还能不闻不问吗?你既说严加管束,我非瞧瞧你怎样的管法不可。你如果只是个无声无臭的土豪恶霸,那还好说,因为你是一个大名鼎鼎的侠客,所以按《春秋》责贤的意思,我今天非问你个明白不可。"

说到这里,老头子紧皱双眉,微翻碧目,右手扶着桌子,左手托着一部虬髯,怒气冲冲看着洪旭。这时真要是俯首认罪,把老头子应付走了不就完事了吗,可是他这位催死的太太恰巧赶来。

那黄氏走到窗外,一听洪旭被人家问得哑口无言,不由得怒从心起,一声叫道:"好一个石烈!把我们孩子伤了耳朵,还找上门来不依不饶,不知道你们这做剑客的,还讲理不讲理?我告诉你,识趣趁早抱着脑袋滚出洪家镇去,把那个小畜生给我留下,听我处治,不然我可不管你是剑客侠客,留下脑袋再走!"

石烈在屋内一听,对洪旭问道:"洪晓东,这是阁下什么人?"

洪旭正要说话,外边又说了:"老匹夫,你不用问了,老娘是洪旭的妻室,你敢怎样?"

石烈这时候一听外边骂上了,不由得一拍桌案,连声冷笑,说道:"洪晓东,原来是这样的一个侠客,大概你是被冤鬼迷住了。既然你的家庭这样不安,待老夫替你净宅,退一退这些冤鬼,也不枉外人称我小钟馗。"一回头说道:"芝儿,咱们外边瞧瞧是什么东西作祟,硬把个成名的侠客缠得头昏脑闷。"

石烈说毕,站起身向外就走。洪旭这时候要拦又不能拦,你说不拦明摆着双方见面,一定没有良好的结果,只得跟在后面。

这时石烈已经走出客厅，向院中一看，在院内站着一个妇人，头上用青绢帕拢住乌云，穿着一身蓝绸子夹裤袄，白汗巾系腰，脚下着一双铁夹牛皮软底鞋，怀抱一口短剑。别瞧半老徐娘，风韵犹存。只见她柳眉紧皱，杏眼圆睁，用手一指说道："石烈还我儿子耳朵便罢，不然今天不是你死就是我活。"

石烈一瞧哈哈大笑说道："原来是一个狐狸精，今天我若连一个狐狸精也制不了，我这个钟馗可就不用称了。"于是向前迈步。

黄氏一心怒火，也不管三七二十一，向前一进步手捧短剑，当心就扎。她总以为自幼练了一身功夫，江湖上那些侠客剑客，大概也不过同自己一样，不过你称我作侠客，我称你作剑客，互相这么溢美，就成了名了。今天一瞧石烈空着手，自己又是一口宝剑，扫上一点他就没了性命，所以她也不管洪旭的体面，迎面向石烈就是一剑。只见老头子一偏身子，一进右步，"啪嚓"就是一掌，这一掌正打在黄氏的手腕子上，宝剑落地。当时黄氏"哎哟"一声，如同被刀砍了一样，疼得直摔腕子。这个时候黄氏，可就撒了泼了，说道："老匹夫，你快快地杀了我，不然老娘可和你没完。"

老头子一声不语，一进步用左手的中指，在黄氏的膻中穴微微一按。黄氏一声鬼嚎，坐在地下，上气不接下气，尽剩了"哎呀"了。原来老头子用的是断命的功夫，只要点在人身上三十六天准死，因为这一指头，把这个穴的道路按断了，到三十六路气血走完之后，这个内部可就生了变化，人是必死无疑。当时受伤，不过奇痛入骨，等到十七八天开始可就觉得受了。院内的老妈子一瞧黄氏坐在地下哎呀，连忙过来扶起黄氏，往院内去了。

这个时候，洪旭可实在挂不住了，于是走到院中拾起宝剑，向石烈说道："老剑客，自从你来到我洪某的宅院，对于我怎么抢白，我可没有一句话得罪你，因为你理正词严，我只可俯首认罪。你瞧我偌大年纪，也不该同一个妇道人家一般见识。现在既然如此，不才我可得领教领教你老的剑术，不然凭我洪旭连个妻室也护不住，我这还成一个什么人呢？没旁的，老剑客你亮剑就是了。"

老头子一听，知道他心疼妻室羞愧难当，于是说道："好吧，你既然不顾名誉和江湖的道义，纵容妻子任意非为，少不得我一同成全你，你就进招吧。"

洪旭一听，说了一声"接剑"，于是一进步向下便劈。石烈一上左步，用右臂一穿洪旭的右手，洪旭向外一开，左步双手抱剑向石烈右胁便扎。石烈一撤右步，伸开左手向前一探，要叼洪旭的宝剑护手。洪旭腕子一翻，一进左步宝剑向石烈左腕上就抹。石烈一开右步，右手一托洪旭的左肘，跟着左足向前一伸，"扑"的一声正踹在洪旭左胯之上。洪旭一偏身，石烈这一脚未踹实落，洪旭的宝剑一落，向石烈的左足削来，石烈脚一落地，洪旭的宝剑跟着向里一推，奔了石烈的脖子。石烈暗想：小子真下毒手，这可不怨我，是你自己找的。于是右手一推洪旭的手腕子，洪旭的手向下一垂，打算用剑去挑石烈的腹部，哪知石烈用右手跟着向前一挥，中指正点在洪旭的膻中穴上，说道："去你的吧！这种无廉无耻的侠客活着都给江湖人丢脸。"

这个时候洪旭觉着胸前如同利锥扎了一下似的，口内一甜，头上一晕，一口鲜血喷将出来。石烈一回头说道："芝儿我们回家，候着他报仇雪恨就是了。"

说着带领姑娘回身走了。

再说洪旭一口血喷出来将要栽倒，两个家人急忙过来，双双架住，扶着他到了内宅，一进上房，只见黄氏哭得涕泪横流，一瞧洪旭被家人架进来，连忙说道："这口气无法消除，非同老小子拼命不可。你怎么了，莫非也受了伤吗？"

洪旭坐在床上，待了半天缓过气来，说道："若不是你母子，我何至受这重伤！"于是解开衣襟对黄氏说："你来看。"

黄氏一瞧，"哟"了一声，说道："胸膛上红了枣儿大的一个指头印儿，你觉着怎么样？"洪旭说："不要紧，虽然动了内部，可是很轻。你把药拿出来，我吃了就好了。"

黄氏于是把药匣子打开，洪旭吃下去，工夫不大心中方才止了疼痛，对黄氏说道："你伤了哪里？"黄氏说："也是胸膛上，方才还疼，现在好了。"洪旭说："我瞧瞧。"

　　黄氏解开衣襟，洪旭一看，在膻中穴上黑了指头大的一块。洪旭明白，自己虽然不要紧，黄氏这个伤可是中了断穴的功夫，三十六天准死无疑。虽然说黄氏不贤，总是二十多年的夫妻，眼看着就要伤发身死，再瞧黄氏依然不知不觉，不由得一阵心酸，"哇"的一声，又是一口鲜血，连方才服的药全吐出来了。这口血可比方才那口血厉害，方才的血那是被气激破了血管子，吐出来倒好，现在这是发于七情，所以老头子向后一倒昏过去了。黄氏一瞧，连忙同老妈子把洪旭扶住。那洪旭微睁二目，一连又吐了两口鲜血，待了好大的工夫这才苏醒过来。他用手指点着黄氏，唉声叹气，老泪滂沱。你想他本是六十多岁的人了，平日本就伤于酒色，如何禁得住再大口吐血，不由得可就病倒卧榻之上。

　　太平剑客讲到这里，拿出那颗铁莲子说："陈升十有八九是洪旭的门徒，不然这上面不会有'镇东方'的标记。"

　　石烈这话算猜对了。

　　洪旭本有一个徒弟是山西潞安人氏，姓陈名凯字中和。自幼父母双亡，在七岁上随他叔父来到山东经商，不幸他叔父死在招商旅邸，一切所有的川资，尽被店中开店的骗诈而去，只落得沿街乞讨。到了冬天忽然天降大雪，陈凯因为身上无衣，肚里无食，又没有地方去避风雪，走到洪旭的门首，一个跟头跌在雪地里爬不起来，工夫一大周身可就僵了。这时正赶上洪旭将出大门，一瞧小花子跌在雪地里，如若不救岂不冻死？于是叫家人把他扶起来，一看已经面白唇青，不过微有呼吸，于是抱到门房里面，待了好大的工夫才温暖过来。洪旭一问他，他才对洪旭哭诉了一番。洪旭看他十分可怜，于是就把他留下，叫他伴着洪芳玩耍。洪旭本来时常活动身体练习功夫，孩子只要瞧见，一定目不转睛，在一旁观看。起初洪旭不理会，后来忽见那个陈凯一个人正在练习拳脚，虽然是东一拳西一脚，可是大致还算不错，一切的式子合动作，只吃亏没人指点。老头子不由得高兴，一抬腿走进屋中，说道："陈凯你这是跟谁学的？"

陈凯一听，连忙站住说道："老员外来了，小子我是跟你老学的，因为我喜爱武术，没人教给我，我这是瞧见你老练，我看会了的。"

老头子一听，说："你练得对吗？"孩子说："我不知道，反正你老怎么练，我就怎么学。"

老头子一听，暗道："这亏了让我瞧见，不然以后在外面遇上事，他一定说跟我学的，这个武术如何见得外人？"自己正要告诉陈凯不许再练，复又一想，自己一身武术未有传人，看洪芳那个样子还能练武吗？但是这个孩子体格雄厚，他又性好练武，我何不收他做个徒弟，将来把我这一身武术传授于他，真要在江湖上立下名誉，我也不枉救他一场。想到这里说道："陈凯，你既然好武，我教给你就是了，可是你现在练的这个根本不行，从此不许再练。我教你练什么，你就练什么，不教的不许练，听明白了没有？"

陈凯一听，连忙说道："既然你老看着小子不错，打算教给我能为，小子我是求之不得。如若不给你老磕头拜师，岂不叫别人笑话？今天小子我就给你老磕头算是拜师。"

老头子一听，甚是欢喜。于是把陈凯带到祖师牌位前边，向上磕头，然后方给自己磕头，这算拜师。磕头已毕，老头子把他带到前边，给黄氏磕头，拜见师娘，黄氏也甚喜欢。从此陈凯除了练武之外，就是哄着师弟洪芳各处玩耍。

转眼过了六七年，陈凯越瞧洪芳的行为，越不对心思，时常说他，可是每逢说洪芳一次，必被黄氏辱骂一场。后来一看知道这个洪芳将来一定得流入匪途，老师又慑于阃威，不敢管他。自己这才暗暗叹息，可惜恩师，人称铁莲子镇东方，硬叫妻子把名誉给糟蹋了，真是大丈夫最怕妻不贤，子不肖。

转瞬过了十五年，陈凯年已二十二岁，洪旭的全身本领，可说完全学到手中。最得意的是三颗铁莲子，三十步取人百发百中。因为他把老头子一生成名的七十二路地躺刀学到手内，所以自己的兵器就是一对匕首尖刀。自己因为艺业学成，再说也二十多岁了，这天对老师一说，打算把叔父的灵柩送回潞安，一来看一看婶母和兄弟，二来也祭扫坟墓。老头子一听甚是欢喜，说道："这本是孝悌的行为，为师岂能拦你？"

于是取出了五百两银子，打好了棺椁，雇好了车辆，由地内把灵柩起出来，上了灵车，陈凯少不得执幡前行，直奔山西大路走下去了。

这天过了太行山，到了陵川县，往北过了太行山的支脉，就是潞安州。因为贪走路程，可就错过宿头，只可在一个山下的住户打算借宿一宵。因为自己身带灵柩，又怕人家不允，于是把孝衣脱了，走到一家门首。这家的住宅倒是十分宽大，连场带院占地足有一顷大的一片，周围打着八尺高的围墙，大门是一个大木栅栏。

陈凯暗道：看这个样子，这一家很势派，要向他家借宿，或者许成。于是走到门前一看，那个栅栏已经锁上了，于是用手一敲门，只听里面"嗯"的一声出来了十余个大狗，全都像牛犊子大小，带着一段铁锁，"哗啦哗啦"的直响。那群狗一叫，声音十分的猛烈。

这时候就听有人叫狗，在一个大门里出来了三个长工打扮的人，一面叱狗，一面问道："干什么的？"陈凯说："劳驾大哥，我因为贪走路程，错过了宿头，打算在贵宅借宿一宵明日早行，请大哥回禀主人一声。"只听一个长工说道："原来是借宿的。"说着来到栅栏跟前，隔着栅栏一看，说道："嘿！你还带着灵车，你们几个人？"陈凯说："一共三个人一辆车，两个牲口，因为带着灵车，所以才借宿，不然可就走下去了，没旁的，劳驾吧。"

那个人说："你等一等，我给你问问。要是在常年，借个宿儿可不算什么，因为今年太荒乱，所以不敢留外路人，唯恐出错。现在我若说不成，总算是不对，出门的人谁保住不求人呢。

275

我给你问问，成更好，不成你自己快快地向前找店。"说着转身走了。工夫不大，只见那个长工后面跟着两个人，全都三十来岁年纪，来到栅栏跟前，只听一个问道："借宿的，你是哪里人氏，由何处来，往何处去，车上的灵是你什么人，怎么你连孝也不穿？"

陈凯连忙抱拳说道："我叫陈凯，我原籍是本地潞安州的人氏。因为我在外经商多年，所以说话也变了口音。车上的灵是我叔父，我是由山东曹州府来，往潞安州去。因为我穿着孝衣，登门上户不方便，所以我才脱了。"

只听那个年青的说："客人，不是我盘问你，因为现在十分不安定。既是经商的客人，请进来吧。"回头对长工说："开门，连车赶进来。"陈凯说道："多谢你老关照，请问你老贵姓？"那个人说："我贱姓李，这是我兄弟。因为长工说有借宿的，我不放心，所以出来瞧瞧。"长工一边开锁一边说道："客人，这是我们二位少当家的，大爷名叫李成，二爷名叫李丰。"陈凯说："原来是二位少当家的，我谢谢你老人家。"说着在外面作了一个揖。

这个时候长工把锁开开，大栅栏分为左右，长工帮着赶车的把灵车赶进门来，紧跟着又把大栅栏锁上，然后用芦席把灵盖好了，把牲口解下来。李成叫长工同赶车的饮牲口拌草，诸事完毕，这才让陈凯往院里休息。

陈凯一瞧这两个人十分厚道，于是随着进了大门。一瞧，好大院子！正房倒房全是七间，两厢房五间，旁边是跨院，跨院后面大概房子不少。李氏兄弟把陈凯让进西厢房。陈凯一看这五间是三明两暗，收拾得倒很干净，大概这是个外客厅，南倒房住着许多长工。李氏兄弟叫人点上灯，烧茶安排酒饭。

陈凯说："我来到贵宅，多蒙你老照应，这又款待酒饭，真叫我心中不安。"李成道："客人，这不算回事，在前些年差不多每天总不断地有人投宿。至于吃饭，这更算不了什么，谁家出门带着锅灶走呢？因为现在年月荒乱，到处盗贼蜂起，所以但有一线之路，就不敢留客人了，一个看不准就许吃了大亏。客人在山

276

东做什么买卖呢?"陈凯只可随口支吾。

这个时候长工又烧了一壶茶来,说道:"客人吃完饭就休息吧,不用出去了,车上的东西绝丢不了。"陈凯一听,不明就里,只可起身把门拴上,把饭吃完了,又喝了两碗水,把灯端到里间,一瞧床上铺盖全有,于是吹灭了灯烛,摸了摸腰中的铁莲子,裤衩内的匕首刀,然后上床盘膝打坐。

将才坐稳,只听外面好似跑了许多牲口,"忽噜忽噜"满院乱跑。陈凯不由得诧异,连忙下床,由玻璃向外一看,嘿!满院尽是牛犊子大小的恶狗,足有好十几条,真不亚如到了恶狗村一样。这些恶狗因为白天锁着,晚上放开,所以满院乱跑,真要进来个面生的人,教狗就可以把人吃了。

闲话少说,陈凯暗道:这个主儿,一定是个大财主,不然这些狗就养不起。于是仍然上床打坐,看着天刚交二鼓,也因为自己一路劳乏,将要一迷糊,忽听狗声乱叫,在外面房上有人说话:"李成李丰,两个小辈快快给我出来,不然我非把你全家杀死不可!"

陈凯一听外面房上有人说话,于是一挺身,跳下床来,由玻璃向外一看,只见南北东各房上全有人站着,大概自己这西房上一定也有人。这一定因为这家是个财主,所以群贼打算明火执仗,复又一想,不对,恐怕这不是闹贼,听房上人说话的语气,好似为报仇而来的。真要是闹贼,这说不得我可要出去,同这许多贼人分个上下,不然人家主人,岂不疑惑这贼人是随我来的?要不为什么早也不闹贼晚也不闹贼,正赶的我在这里投宿方才闹贼,这不是分明同我过不去吗?

正想到这里,只听正房内有人说道:"好一伙胆大的贼匪,竟敢三番两次来扰闹我的家宅!你候着吧,大太爷二太爷,今天一定教你们如愿以偿。"只见正房门帘一起,忽地由房内飞出黑乎乎一个人来。只见由南房上"嗖"的一声,同那个人撞在一处,"当"的一声落在地下,原来是一团衣服,紧跟着李氏兄弟由屋内纵将出来。

陈凯一看，李氏兄弟全都是一身短衣襟，青绢帕包头，李成手提一条虎尾钢鞭，李丰手提两条凹面金装铜，俱都雄气纠纠。只见由南房上跳下三个人来，东房上跳下一个人来，北房上站着三个，东房上还有一个，西房上看不见几个。这四个人一下房，两个打一个，一言不发，同李氏兄弟打在一处。

李成一条鞭里住一口单刀、一对怀杖，李丰那边，一对铜敌住一口宝剑、一对板斧，这六个人战作两团，打了个难解难分。只见这四个贼的武术全都不弱，是同李氏兄弟这三条兵器对在一处，连半点便宜也没有。只听东房上那个说道："合字一同下去撂他，扎手得很！"

正在这个时候，只见由东角门纵出一个人来，仔细一瞧，原来是个老者。这个老者看年纪有六十多岁，大身材，一身短衣襟，右手提一条竹节钢鞭，这条鞭足有鸭蛋粗细，长有三尺，看形状真有十四五斤重。只见他威风凛凛用鞭一指，说道："房上的毛贼，还不下来受死等待何时？"这一声十分洪亮，真不亚如玉磐金钟。

再瞧正房的三个贼，"嗖嗖嗖"全都跳下房来，头一个使一对铁拐，第二个使一口金背刀，第三个使一条纯钢峨眉刺，三个人向上一围把老者围住。只听东房上那个贼说："合字儿入窑，杀他的满门家眷！"这一声不要紧，可把陈凯给斗火了，暗道："看这小子号令群贼，大概他是个首领。你同男子有仇，你就该下来动手，不怕他力不能敌，当场身死，也无的可怨。现在胜不了人家，反倒要去内宅伤人家女眷，真是岂有此理！真我要不在这里没的可说，既然赶上了，说不的要替主人保护家眷。"想到这里到了外间，暗暗把门开了，一回手掏出了一颗铁莲子，向外一纵一扬手，对准东房那个人就是一下。

东房上那个贼，正然指挥群贼把李氏父子三人围住，打算教同伴去到内院，伤害李氏全家，没想到由西厢房出来一种暗器，"嘣"的一声打在胸膛之上，把小子一个跟头打下房去。陈凯紧跟着一声喝道："好一伙毛贼，竟敢夜晚明火执仗，还敢暗算人家的内眷，今天你们休想逃命！"又使诈语道："众人照旧埋伏，休得妄动，我一人出来好了。"说着填步拧腰上了正房。一瞧，在后院之内站着三个人，每人一口单刀，陈凯一声叫道："三个贼人不要惊吓女眷，我来了！"伸手取出一对匕首尖刀，"嗖"的跳下正房。

那三个使刀的听得首领吩咐，来伤人家的女眷，所以一同来到内院，不想各屋暗无灯光，正要先奔上房，忽听后面有人说话，话到人到，一回头，一个青年的壮士，手持一对匕首来到近前，三个人说："这一定是李家的护院的，咱们先把他撂了，再杀他们的家眷。"一个贼首先用刀迎面扎来。陈凯左手的匕首向外一拨单刀，右手的匕首一进步向下扎来，"磕嚓"一声，匕首扎入小子脑门之上，小子"哎呀"一声，被陈凯一脚踹了一溜滚，死在地下。

陈凯将要回身，后面一口刀已经到了头上，头上。陈凯一蹲身子，用了磨盘腿，"磕嚓"一声，扫在后面人的脚面上。小子向后退了两步，"当啷"一声，撒手扔刀，坐在地下。陈凯向前一纵，右手刀用了个"栽桩"，向小子胸前就是一刀。小子一瞧刀离切近，无法躲藏，只可闭目等死。好狠的陈凯，手腕子一较劲，"哧"的一声，扎入小子胸膛之内。小子"哎哟"一声，满地乱滚。

陈凯将将拔下刀来，觉着身后"嗖"的一声，刀到了自己背上。陈凯本来专门地躺的功夫，下盘的拳脚比上盘的功夫胜强百倍，这一来可用上了，也不躲刀，伏着身，右步向外一开，左腿向后"当"的就是一腿。这一腿叫作"倒踢紫金腿"，只听"磕嚓"一声，正踹在后面那个人的迎面骨上，"当啷啷"撒手扔刀，"扑咚"坐在地上立不起来，原来腿的迎面骨被陈凯踹折了。

这个时候，陈凯一瞧，三个人死了两个，伤了一个，不要紧了，于是也不管他们怎么样，翻上房一直奔了前院。一瞧十个人打成三团，仍然狠命争持。老者那里倒不分胜败，唯有李成这条鞭，渐渐落了下风。陈凯一看，说道："李大兄，不要着忙，我

279

来助你。里院中那三个我已收拾了。"说着飘身奔了使怀杖的去。

那个使怀杖的一看，由房上下来一个人，奔自己，于是抛了李成奔了陈凯，双手一抢，怀杖奔陈凯的太阳打来。陈凯一蹲身，用了个"分身垛子脚"，"嘣"的一声，踹在那人膝盖之上，那个人一仰身倒在地下。陈凯一进身，照定小子的左脚跟就是一刀，"哧"的一声把大筋割断。

再说那个使刀的，一瞧伙伴被人家踢倒，心内一慌，刀撤得一慢，碰在鞭上，"当"的一声，被鞭磕飞。小子正要逃，李成飞起一腿，把小子踢了个跟头。李成一进步，照定脚上就是一鞭，"啪"的一声，双腿折断。

再说这五个人，在陈凯一下房，听陈凯说伙伴叫人家收拾了，把风的也不见了，就知道不好。不想这个人一下来，自己两个同伴全都倒下，自己若再不见机行事，恐怕全叫人家捉住，于是叫了一声"风紧扯活"，五个人向四外一散，翻身上房。陈凯早提防他们有这一手，于是一抖手一颗铁莲子奔使板斧的打去。"当"的一声打在背上。小子纵起不多高，"哎呀"一声落在地下，被李丰一铜打在腰上，不能动转。

这时候四个人可全上房了。陈凯说了一声："追！""嗖"的跳上房去，一瞧，四个贼人分四路逃往庄外去了，自己要追赶，只听下面叫道："陈大兄，请下来吧，跑了就不用追了，先瞧瞧这几个再说。"陈凯跳下房来，说道："东房外面还有一个被伤的，不知道跑了没有？"

李成说道："你们全起来吧。"只听南房说："全没睡。""当"的一声，屋内露出灯火，原来灯用盆扣着了。只见门儿一开，出来十几个长工，全都手拿棍棒。李成说："你们先开门，瞧瞧东房外面有伤人没有？"陈凯说："劳驾，找着我的两个铁莲子，请拾进来。"

长工答应，去了三个人，开开门出去一瞧，在东房外边墙底下倒着一个人，用火一照，脖子缩到胸膛里面，早就死了，大概是由墙上掉下来摔的。三个人找着铁莲子，连忙回到院内，一瞧，三个受伤的贼，全都捆着放在正房门外，只见伙计又由里院搭了出三个来，两个死的，一个伤的，全都放在正房门外。这时陈凯已经被李氏父子邀入正房屋内去了。

原来李成他父亲名叫李振铎，在明朝做过总兵，后来明室灭亡，清世祖入关，自己不再出仕，置买田园，每日教二子练习武艺。这位李振铎本来弓马娴熟，马上步下十八般兵器全都精通，所以当时有个外号叫单鞭醉尉迟。

他为什么同这伙子贼人结的仇呢？原本这个地方属陵川县管，地名叫作李家坨子。在李家坨子正南，有个地方叫作百草洼，在百草洼住着一个坐地分赃的贼寇，名叫卜庭，在江湖上倒很有点名气，外号人称摇头狮子，平日尽结交些江洋大盗。有一天，李家坨子正是集市的日期，来了两个卖艺的，在街上摆了场子，说话十分狂傲。有一个拿着一条单鞭，十分的卖弄，说是："走遍了南北十三省，凭这条单鞭没有遇过对手，如若不信，请你下场子对一对鞭。说难听的，站着来的就得爬着回去。"他为什么说这些话呢，因为他们说话说得难听，要不下钱来，所以才动了刮刚儿。

这个时候正赶的李成来买东西，一瞧这儿围着一大圈子人，于是探头一望，正赶着卖艺面向他说："请你下场子对一对鞭，站着来的，叫你爬着回去。"李成一听，暗道："这小子怎么回事，我又没招你没惹你，你向我说这个干什么！"越想越有气，于是向大家说："众位让一让。"大家一瞧，说道："两个小子不用狂，这回练武的主儿来了，等一刻叫李大爷把小子打躺下，然后大家拿唾沫唾他，问问他为什么这么横。"

再说李成本来有气，走进场子说道："朋友，你卖艺只顾卖艺，练武只顾练武，我没招你没惹你，你对我说这些闲话干什么？你虽然说你的鞭法高明，我可没瞧见。"两个卖艺的一听，暗道："怪不得没人给钱，原来是你小子不教人家给钱。这可说不得，我今天可要管教管教你。"想到这里说道："嘿，不想你真出了头了！既然出头，少不得我要领教领教。来吧，你就拿家伙

281

动手吧。"

李成一看，暗道："这小子真不说理，我将一来到，你就向我说闲话，我问问你，你又要同我动手，你以为我怕你吗？"想到这里，说道："既然你要动手，好吧，我就领教领教。"说着一伸手在地下拾起了一条单鞭，双手一抱，说道："朋友，进招吧。"卖艺的一瞧，左手一晃，右手鞭"泰山压顶"向下打来。李成一蹲身，双手向上一托，把鞭架住，紧跟着"枯树盘根"，向小子的双腿扫来。卖艺的身形一飘，闪过单鞭，脚还没有沾地，李成又用了一招"铁牛耕地"，把鞭向小子的小肚子上一杵。李成可没敢用力量，"扑咚"一声，把小子杵了个屁股蹲。

那一个一看，手持一条齐眉棍，说道："朋友，他倒了，我还要领教。"话到人到，单手抡棍，向李成的头上砸来。李成一上右步，双手托鞭，向外一推，一蹲身用了个"踩子脚"，把小子踩了一个跟头。

两个卖艺的，只想说一场子损话，大家一定得给钱，不想来了这么一位，一照面两个全输给人家。这个时候，李成把鞭放下，说道："朋友，这不怨我，这是你两个自找难堪，谁叫你说话这么不讲情理。"只听卖艺的说道："我们虽然输了，可是胜负乃是常事，你既然胜了我两个人，请足下留名。"李成一笑，说道："我叫李成，就在本镇上住，每天在家候着你们就是了。"说着转身就走了。大家一阵哈哈大笑，立刻一哄而散。

两个卖艺的收拾收拾也离开了李家坨子，一打听才知道是单鞭醉尉迟李总兵的少爷，这才向百草洼来投摇头狮子卜庭。卜庭同两个人一见面，问明了经过，卜庭说："二位不用着急，我一定想法子给二位报仇就是了。"原来卜庭早知道李家坨子李总兵家财丰富，原打算在这里做一水买卖，又知道李家爷儿三个全都武艺精通，所以人少了不敢去。偏巧在这几天，来了几个绿林的朋友，大家一商量，夜晚来到李家打抢，不想被爷三个给追跑了。

又待了两天，紧跟着又来了几位，连卖艺的一共十二个人，这才复又来到李家，由卜庭在房上指挥。赶到了房上一搭话，不想人家有了预备，这才大家下来交手。卜庭一看，李家爷三个，全被自己的人牵缠住了，这才叫那三个人往内宅去杀人家的家眷，趁势掳掠。可巧陈凯在此借宿，帮了个小忙，十二个人死了三个，捉住了四个，那五个人，因为知道被人家留下了活口，一定后经官拿人，所以也没有回百草洼，就各奔他乡去了。被铁莲子打下房来撞死的那一个，就是卜庭，在院里死的那两个，就是那两个卖艺的。

再说陈凯到了上房，李成向他父亲宗总兵一指引，老头子不住地向陈凯道谢。这时候长工进来，把拾起的两个铁莲子交给陈凯，又问这四个活口怎么办。老头子打算明天报官，陈凯连连的摆手，说："这个事一报官可就麻烦了，头一条得候着查盗验尸，三班六房一讹诈，就得花不少的钱财。这还不算，十天半月也清楚不了，还得一个人尽候着打官司。真要逃走的是贼人再砸了狱劫了差事，你老想，他们有个不打算报仇吗？你老可就不用再心靖了。再一说我带着灵走路，还能尽在这儿迟误吗，走又不成，可怎么办呢？依我说，你老这儿豁着多费点钱，赏一赏这十几个长工，告诉他们嘴严禁着点，别往外漏，不等天亮，在山底掘一个坑子，连活的带死的这么一埋，神不知鬼不觉，可就完了。"

老头子说："如若长工走漏了消息，被官家知道了，说我们私伤人命，怎么办呢？"陈凯说："你老放心，等埋了之后再告诉长工，说你们如若走漏消息，被官家知道了，你们可全有个私埋活人的罪名，他们自然就不敢说了。现在可得问问活的，他们共有多少党羽，窑在什么地方，大家好预备他来报仇。"老头子一听说道："不错。"于是他叫长工："把那四个活的搭进来，我要问他们话。"长工连忙把人搭进来。

老头子一问，那个使板斧的说："我们就是这一伙人，还是新凑在一处的，头儿卜庭，住在百草洼，现在也死了。你们如若把我们放开，还是你们的福气；不然的话，告诉你们，走了的朋友绝不能善罢甘休。"陈凯一听，说道："你们把死的搭进来，叫他认认，哪一个是卜庭？"那个人说："不用认，撞死的那一个是卜庭。"李成自己又到了外边一看，原来那两个死的是前几天那两个卖艺的，于是进来把当初的事一说，大家方才明白他们报复的原因，于是又叫长工搭出去。

老头子向陈凯说道："陈大哥你瞧怎么办呢？"陈凯说："你老放心，他们绝不前来报仇，因为头儿死了，没有主脑人了。再说你老没听他说吗？他们还是新凑上的，并不是一伙，不过是人多势众，有为报仇的，有为打抢来的。你老就按我的主意去做，绝没有错儿。"老头子一听，仔细一想，说道："不错。"于是叫李成先到内宅拿出了三百六十两银子，把十二个长工叫进来，每人赏了三十两，告诉他们，这算酬劳。众长工本来全是庄稼人，几时见过十两一个的大元宝，于是接过银子一齐谢赏。老头子然后叫大家出去暗暗的掘坑子埋人。长工一听，说道："不算什么。"于是出去了八个，暗暗地在庄外掘了一个大坑，大家连死的带活的，往里头一放。李成在旁边看着，可就埋上了。收拾完了，大家回来。李成告诉大家："这件事，不要走了风声。如若被人知道了，你们全有私埋人口之罪。"长工一听，连连答应，事情清楚了，天也就明了。两个车夫因为一路劳乏，又喝了点酒，所以倒头就睡，一夜的热闹，他们全没听见，清晨起来喂牲口套车。陈凯向李氏父子告辞，老头儿李振铎也不相留，只说："你到家葬了令叔，千万回来。"陈凯答应，于是带着车辆奔潞安来了。

284

第二十章

小专诸为师报仇

　　这一日陈凯到了潞安，一脚踏进家门，但闻阵阵哭声。原来人丁兴旺的一家人，只剩下叔父跟前的一个兄弟，婶母于前年也死了。兄弟名叫陈荣，新娶了妻室，兄弟相见抱头大哭。把灵解下来，开发了车钱，打发车回了山东。第二日，由陈凯出头，请了陈氏的族长，商议发丧出殡，总算是风风光光地把叔叔送进祖茔，同自己的婶母合葬。诸事完毕，这才嘱咐兄弟好好度日，自己还得回山东。陈荣于是安排酒饭给哥哥送行。

　　陈凯一路轻车熟道，很快就到了曹州府洪家镇。一到洪旭家门口，正赶上洪芳用白布缠着头，呆呆立着，脚下的鞋蒙着白布，陈凯不由得吃了一惊，问道："师弟，你给谁穿的孝，怎么头上用布包着？"

　　小子一看陈凯，说道："师兄你可来了。我父亲这两天直念叨你，我这个头和人家比武伤着了，我是给我母亲穿的孝，你快进去瞧去吧。"

　　陈凯听了，连忙跑到上房一看，两个丫鬟扶着洪旭，一个老妈子端着药碗，正服侍洪旭吃药。洪旭一瞧陈凯进来，心中一喜，说道："凯儿回来了，把药端下去，我先不吃了。"

　　陈凯一瞧老师病得骨瘦如柴，忙问："师父怎么病成这个样子，师娘几时故去的，弟子走的时候不是没病吗？"

　　洪旭一听不由得咳了一声，一张口又吐出一口鲜血，向陈凯说道："你来了我就放了心了，听我告诉你，自从你走了三四天

285

就出了这么一件事。"

洪旭把前因后果说了一遍，然后吩咐道："我因为受了内伤，又操劳一切，所以这个病，一天比一天沉重，可说是医药无效。已病入膏肓，神医束手，所以每日盼你回来。我死了以后，你千万不要同人家太平剑客为仇。你须知道此次的祸变，实是祸由自取，你师娘同你师弟素日的行为你是知道的，所以她被人家断穴身亡，可说是毫不足惜，就是我也因为糊涂不明，才受了重伤。我这个病也是因为自己追悔莫及，才落到这个样子。你现在艺已学成，所差的就是功夫一步，你若在江湖行道，可要拿我做个前车之鉴，遇事不要姑息，犯了我这个毛病。"

洪旭说到这里，又咳嗽起来，丫鬟在后扶着，老头子又吐了不少鲜血。这个时候陈凯已经泣不成声了，老头子一看，双睛一瞪，说道："凯儿，这岂是你哭的时候！趁我有一口气在，我要把话嘱咐完了。你若这个样子，我还怎么说呢？"

陈凯吓得连忙拭泪。又听老头子说道："论道义的规矩，我早已同你说过，不许错了步法，好在你的品行十分纯正，我可以不惦记。"

洪旭一回头，叫丫鬟把床里那个包袱拿过来。包袱取来之后，老头子吩咐陈凯打开。

陈凯连忙打开一看，里面是一个铁莲子袋，内中三颗铁莲子，还有一柄一尺多长的短剑。老头子说："你先把这个东西收起来，听我告诉你。"

陈凯将包袱放在一旁，老头子说："那三颗铁莲子，是我一生成名的东西，我传给你是我师徒分手的纪念，上面有我的姓氏。那口剑是你师娘的东西，听她说是从原先一个大家得来，可见她是一个女盗，并不是一个纯正的好人。不想我被她蒙混了半世。她现在已经死了，不必提了。这口剑倒是一口宝剑，名叫鱼肠，是战国时欧冶子所造，能切金断玉，水斩蛟龙，陆诛犀象，你可要宝而藏之。因为你下盘的功夫练成，这口兵刃正用得着，所以我把它传给你。你可要知道，宝刃原是凶器，兵刃要是称之为宝，一定是凶中之凶，所以非正人君子不能用它。这叫作有德者居之，德薄者失之。若是人品不正，闹出祸来，轻者带伤，重则废命。你师娘依仗此剑，与石剑客对阵，身损人亡，这岂不是一个前车之鉴吗？你要好好记着。至于你的师弟行为乖舛，他的终身，可就看他的福气了，你大可不必管他。还有一件事，我死之后，你千万记着，不要同黄氏合葬，必须把我同原先的妻室葬入祖茔，因为黄氏这个人我十分痛恨。"洪旭说到这里，力尽声嘶，一连又吐了好几口血，向后一仰，咳了一声，说道："可惜我一世英名，丧在妇人孺子之手，实可悲也！"

最后又冒出没头没尾的一句："西有师伯……"

陈凯一看，老头子向后一仰，连忙过来扶住，再瞧老头子已经两目上翻，汗出如油。可惜一位成名的镇东方，只因为一个好色的毛病，直落得身败名裂，幸而得以寿终正寝。

陈凯见老头一死，抱住尸体放声大哭，叫道："恩师啊，想当年，不是你老人家我陈凯焉有今日！不想师徒方才见面，你老就撒手去了。可恨我陈凯命犯孤独，只有这么一位恩师，还早日故去，从今以后再无人教我成人了。"

他这场哭，真可说天愁地惨，泪湿衣襟，斑斑点点尽成了鲜血。老妈子过来说道："大少爷别哭了，赶紧打发人去找少爷，好给老员外穿寿衣。再说一切的事还得你办，你若哭坏了身子，可怎么好呢。"

陈凯一听，这才止住悲声，于是把家人叫进来，叫他去找少爷，一面派人去安排丧礼用的棚孝等物，好在寿衣寿木早就备妥。待了好大的工夫，家人才把洪芳找了来。洪芳一看父亲死了，他立在旁边向陈凯问道："师兄，我父亲怎么死的？"

陈凯说："师弟，你这么糊涂！我师父病到这个样子，怎么你还不知道？"洪芳说："我方才出去好好的，怎么就死了？"

陈凯说；"死了我有什么法子，再说我也不愿意他老死呀。"洪芳一听，说道："你一进门，我父亲就死了，我瞧着有点可疑。"陈凯说道："你说可疑，莫非老师还是我害死的吗？"

洪芳说："我又没在跟前，我知道是怎么回事？"

陈凯一听，气吁吁地责备说："师弟你少要胡说。我告诉你，老师去世了，你要一心向上，方才对得起故去的老师。你若再满口胡说，不改旧日的行为，我可要以师兄的资格管教你。实在管不了你，没旁的，我要替我老师清理门户。你须知道，若不因你胡作非为，老师绝不至受伤身死。"

陈凯说到这里，二目一瞪，真不亚于两盏明灯。洪芳本来就惧怕陈凯，今天不过受了小人的愚弄，打算把陈凯挤对走了。不想陈凯不听那一套，一席话吓得洪芳不敢言语，转身向外就走。陈凯一伸手把洪芳拉住，说道："哪里去！趁早给我坐下，好好替老师穿衣裳，等一刻寿木抬过来好成殓。你若不听，今天当着老师的尸身，我可要打你。"

洪芳一听，不敢言语，只可瞧着大家装殓老头子，一连待了好几天，才把老头子送到祖茔，没同黄氏合葬，洪芳也不敢言语。丧事一了，陈凯静坐自思：好好的一家人，闹得家破人亡，推想这个祸首，实在始于黄氏身上。可是黄氏是个妇道人家，本来见识卑鄙，再说也伤重身死，总算恶有恶报。第二个祸首，就是洪芳。可是老头子只这一个儿子，再说又被人家撕去了耳朵，也算是受了相当的处罚。但是这伙子小泥腿儿，每天帮着洪芳胡作非为，硬把一个青年引入下流，若不重重地治他们一下可有点便宜他们！再说就是太平剑客石烈，偌大年纪还这等心狠手黑，我若不替恩师报仇雪恨，如何对得起恩师？

想到这里，向洪芳说道："师弟，明天你到外边，把你素日结交的那些朋友，一位别剩，完全请到咱们家中。因为我三二日内，就要动身往别处去，第一嘱托他们照应你过日子，第二我师父故去发殡的时候，人家全来帮忙，咱们也该治酒谢谢人家。"

洪芳一听，十分欢喜，到了下午，也不用家人，自己去到各家一请，这伙子人一听十分高兴。

这些人到了第二天前半天，全都来到洪芳家中，齐集在客厅之内。家人泡茶斟水，工夫不大，厨房中酒饭备齐，家人调开桌椅，五个人一桌，一共摆了三桌。这个时候只见陈凯由里面出来，向大家拱手，说道："众位全到了?"大家说："你老招呼，怎敢不来呢?"于是陈凯提壶让酒。

酒过三巡，菜过五味，陈凯叫家人在厅内正面设下洪旭的灵位，点着香烛，又叫家人把家中男女七八下人叫齐。这时候客厅之内足有二十多个人，陈凯对洪芳说道："师弟，你可跪在老师灵位前边，我有话对大家说。"

洪芳一瞧陈凯的面目，可不像方才那个样子了，二目凶光闪闪，吓得一声不响，跪在灵牌前面，连请来的客人、一众的男女家人，全不知陈凯是什么意思。

大家全都看着陈凯，只听陈凯说道："众位乡亲同本家的一家人等，我有几句话对大家要说一声。因为我在这三二日内要离此他去，我走之后，我师弟本是一个糊涂孩子，不明事理，难免被混账的匪人引入下流，所以我临走对本家的人众告诉一声，你们要全始全终。第一须想一想老主人素日的恩德，必须把他的后人照顾到底，方算尽了你们的责任。我走之后，如有人敢生异心，哄骗我师弟，你们须要思想，我认得诸位，我的剑可不认得诸位。我陈凯归来，一定拿他的头先奠祭亡灵，到那时可别说我毫无情面。"

他说话的时候，把两只眼瞪得圆标标的神光四射，吓得男女下人全都诺诺连声。只见他一掀长衫，"嗖"的由腰中抽出了一口短剑，寒光闪闪，冷气侵人，吓得大家连大气也不敢喘。只见他"磕嚓"一声，把剑插在供桌之上，用手一指洪芳，说道："师弟!"这一声把洪芳吓得"哎哟"了一声。

陈凯说："你现在是二十多岁的人了，往后也应该明白好坏。你自己想想，好好的一家人口，全因为你不学正道，落了个人死财散。若不因为你随便调戏人家的孩子，我师父如何落得一病身亡，师母落得伤重身死，这全由于你这个下流脾气所致，罪魁祸首全在你一人身上。我今天本当一剑了却你的性命，念你已经被人家扯去了一只耳朵，总算是受了处罚，暂且饶你一次。以后如再不改，等我回来，说不得，可要替我师父清理门墙。"

此时把个洪芳吓得浑身乱抖，说道："师师师兄，只只只要你你你饶了我，我我我再也不敢胡为了。"陈凯说："既然知改，立起来站在一旁。"洪芳这时候吓得已经腿肚子朝前了，如何站得起来？

陈凯对家人说道："把少爷扶起来。"一回头，向那伙子素日助纣为虐的泥腿子说道："我这师弟的一家，虽然坏在我师弟一个人身上，细想他作恶的原根，全是由于你们这伙东西引诱。今我把你们这伙子东西，一齐杀死了祭亡灵，然后再往甘肃去找石烈报仇雪恨。你们哪个动一动，我先叫他同这个东西一样。"说着"嗖"的一声拔下宝剑，向桌上一个铜瓶，"嗖"的就是一剑，"呛"的一声，把个古瓶一挥两段。

这一来，把这一伙人吓得全都跪在地上，说道："陈大爷，千不是万不是，总怨小子们不是，以后再也不敢同洪少爷在一处胡行了。请你老饶了我们大家，我们一辈子也忘不了你老的好处。"只听陈凯一声冷笑，说道："你们这伙东西，平日颠倒是非，口里哪有实话？今天死罪饶过你们，也要给你们留个记号。"伸手把近身的一个拉将过来。这个人立刻杀猪似的喊叫。陈凯说："你们敢叫，立刻叫你身上添一个透明的窟窿。"这一来吓得全都闭口无言，灰白着脸色看着陈凯。

只见陈凯宝剑在那个人脸上一晃，那个人就觉着脸上一凉，"哎哟"一声，立刻左边掉了一个耳朵，鲜血淋漓。那个人疼得"咳哟咳哟"连声乱嚷，陈凯说："再嚷，我立刻宰了你！"吓得那个人不敢言语，不住地龇牙咧嘴。这个时候，陈凯不慌不忙，每人给他们割下了一个耳朵。这个客厅之内，可就乱了，疼得这伙人一个劲儿地转磨，只是不敢言语。

陈凯把十五个耳朵摆在桌上，从新奠酒焚香，说道："老恩师，阴灵不远，你老人家这口无穷的怨气，弟子总算给你老消了一半。"一回头对众人说道："我今天就要动身，现在附近住个十天半月，听一听你们若有一个敢首告官府，或讹诈好人，我夜间一定取他的首级，你们可要记住了。现在诸事已毕，你们给我快快地滚蛋！"这伙人一听，好似贼囚遇赦一样，一个个抱头鼠窜回家去了。陈凯一瞧诸事完毕，这才由洪家镇起身，奔甘肃去了。

陈凯按照师傅的教诲，日夜不忘苦练技击之术。那神出鬼没的铁莲子，已达百步穿杨的功力。鱼肠剑舞在他手中，不仅削铁如泥，而且渐趋光影蔽人的造诣。踢石如飞的"蹲地虎"奇技，也日臻完善。陈凯一路访高人，拜名师，除恶扬善，行侠仗义，在江湖上赢得了"紫面小专诸"的盛名。

两过阴山，三渡黄河，沿着丝绸之路不舍西行，终于到达了博陵洼。陈凯隐姓埋名，在石家店住了月余，却总不见石烈的影子。他四处打听，但谁也说不清石家店店主的归期。云游的高人，来无影，去无踪，很难寻觅他们的行迹。

大概没有个三年五载，太平剑实回不了故里。他按洪旭生前指点，打听到西宁地界，隐居着数位武林高手。陈凯辞店，放步西游，准备每隔三秋，再来找石烈，为师傅报仇。

一天日落时分，陈凯走到了个山黑、水黑、遍地乌桕林的去处，唤作乌龙镇。虽然天地皆黑，但镇上的人却是白帽白衣白鞋，肤色亦很白嫩，且大半都为女子。陈凯东转西转，就是找不到一家汉子当掌柜的旅店，只好住进一家老婆婆开的客栈。这客栈里里外外均无男子，连厨房的火头军师也是个娘们。

昼间登山涉水，颇觉劳顿。酉时晚餐，陈凯只要了一菜一汤，准备餐后即眠，翌日寅晓便登程赶路。谁知掌柜婆婆我行我素，却唤店女送上满桌酒菜，还点了两位艳姬同桌伴餐。另有一双媚眼，从暗处目不转睛地向这边张望。陈凯面红耳赤，十分不快，敷敷衍衍地嚼三饮四，匆匆离席。回到卧室，陈凯即命女佣打水，迅速盥洗，灭灯而寝。

睡到四更，地板忽然裂开，四名少女跳将上来。每人手中都拎着一盏灯笼，握着一把青鸾剑。四女穿着一样的服式，只是赤、橙、皂、白，色泽各异。"蝇蝇女贼，还不退去！难道要做刃下之鬼?"陈凯翻身，立在床头，以为区区女流，怒斥几声，即可退下。

哪知四位剑女却露齿嬉笑，步步进逼。为首的赤女浪声说道："恭喜你啦，陈郎！我们寨主新近丧夫，千挑百选，都找不到一位如意郎君。不知怎的，昨晚酒饭之间，一下子把你窥中了！此刻我们四位，奉命护陈郎进寨，请！"

"敢问寨主尊姓大名，出自何人门下?"陈凯那张端正的甲字脸。怒颜减退，变得阴沉起来。

"大名鼎鼎的祁连英姑，谁不知晓?"赤女剑客腰一扭，剑一扬，为其主大肆鼓噪："移寨主拜祁老母为师，一把雪里来锥剑天下无敌，一路雪中松针拳无人可挡，一袖雪内冰晶散无往不胜！"

"哦，原来是移凤英，雪梅奇女!"陈凯冷冷笑道："既然出自高门，为何落草为寇?"

"不许胡说!"赤女左臂一抬，指着陈凯嗔道："移家寨乃千年古镇，老寨主移员外故去后，崆峒英娘接任主持，哪来什么落草为寇?"

"移家寨纵然不是占山为王之寨，为何干四更劫客的勾当?这与寇盗之为有何不同!"陈凯正言道。

"我们是来请君，你何以诬为劫客?"赤女反问道。

"既然是请，麻烦四位女客回去禀告移寨主，她若不亲自来此，陈某决不进寨!"话音刚落，就听"唰"的一声，北窗洞开，一缕耀眼的白光闪将进来，定在西墙边的八仙桌上。

"我来了!"陈凯定睛一看，那白光原来是一位俊俏夫人。她白衣、白袍、白裤、白鞋，漆黑的浓发上，挂满了碧绿的翡翠头饰，白色的背袋里，插着一把银柄武器，那大概就是雪里来锥剑了。"果然像一株雪山青松!"陈凯感叹道。

"陈郎，还不随我进寨么?"移凤英毫不羞涩，向陈凯飞去极温情地一笑。

"我要是不愿去呢?"陈凯依旧阴冷冷地说。

"那就剑下招婿!"移凤英仍然笑吟吟,但带着一股咄咄逼人的气势。她一拉领结,白袍徐徐飘落,那柄雪里来锥剑如簧法似的从背脊弹入手中。这剑三面开刃,寒光照人,由粗而细,很像一把三角刮刀。据说它由一位隔代高人,隐居祁连山中,冶炼二十年方成。它戳石如肉,斩钢似竹,极其锋利。

　　"只好奉陪!"陈凯虽然几乎在同时,抽出了那把传世鱼肠剑,拱手胸前,示意接招,但心中却有些后悔。一是自己生性傲慢,惹得这位移凤英弹剑动武。她的武艺如何,心中并没无底蕴,万一……该如何是好?二是自己并未练成绝世真功,又没有建立家室。这位移凤英面若桃花,音赛悬铃,且主动求配,那何必……

　　"陈郎,看剑!"话到人到,移凤英似一条白蛇,倏然向上飞腾,来了个倒挂横梁。她举剑一扫,把陈凯睡的木床,扫了个东倒西歪。

　　陈凯听到风声,知道移凤英已飞上前来,便往地下一蹲,施展出"蹲地虎"的绝技,将东墙脚一块约有百斤的盆景石向上猛踢,直奔移凤英而去。只听"嘭"的一声,横梁震颤不已,附近屋顶上的椽子断了三根。但这时移凤英早已跃下屋梁,举剑向陈凯便刺。

　　四位少女全都跳过北窗,立于屋外观看。

　　陈凯将身子一移,躲过雪里来锥剑,同时右脚一翻,向移凤英左腰急踹。平时练功,这一踹曾折断过碗口粗的树干,此时若真的踹在移凤英腰上,非断脊毙命不可。

　　好个移凤英,竟然顺势一个侧翻,整个身子掀到陈凯右腿之上,只将雪里来锥剑轻轻一挑,竟将陈凯右脚的便靴挑出一丈多远。那靴子如一只中箭的雁,冲出北窗,直飞进赤裙少女怀中,引得四位姑娘捧腹大笑。她们一面嗑杏,一面继续观战。

　　在半空中挑靴之后,移凤英已落到陈凯的右股旁。她一伸手,准备抓住陈凯的衣领,来个猫爪探宫,擒拿对手。这正是雪中松针拳的一式。

陈凯丢了靴子，急得心如火烧，暗地咒怪移凤英不给面子。他男儿气一发，忽地向北窗贴地一纵。同时探手入胸，只轻轻一晃，一只铁莲子朝移凤英右后肩流星奔去。

移凤英并不转身，将举过天门的右手腕一抖，那把雪里来锥剑绕手心旋转了一百八十度，恰到好处地垂下肩胛，"咣当"一声。把疾飞过来的铁莲子碰到地下。

陈凯见一发未中，刚要射出第二只铁莲子，却见无数颗闪光的霰粒朝自己射来。这就是雪内冰晶霰。它又分为两种：一种有毒，击中者片刻之内见血身亡；一种无毒，像无数只蜇人的马蜂，能将对手击昏过去。移凤英既然相中了陈凯，当然不会施放有毒的冰晶霰。只不过要将他击倒在地，束手就擒而已。

按陈凯的蹬地功夫，要在瞬间跳出雪内冰晶霰的包围圈外，是不难达到的。但命运之神，偏偏捉弄了他。左脚刚要蹬地，没想到刚好踩到一堆四位少女吐出的杏子皮上，只趔趄了一下，便滑倒在地。冷飕飕的雪内冰晶霰，落满全身，接着是一阵钻心的疼痛。铁打的汉子，居然被绿豆大的冰晶霰击倒，他昏了过去。

"师傅，您的武功实在高明！"身插青鸾剑的四位少女，跳回屋内，一面夸奖移凤英，一面将陈凯抬上早就备好的车内。

"天助我也！"移凤英喜孜孜地翻身上马。随着车子，向移家寨信步而去。

陈凯醒来，已是次日申时。"姑爷睁眼，姑爷还阳了！"日夜守在身边的赤裙少女大声喊道，同时唤过伺候在两侧的下女，将陈凯扶了起来。

经过熏沐换衣，吃罢蟹黄妃糕，喝了银耳珍珠羹，他渐渐恢复了元气。不管天命也好，晦气也好，比武比输了，这可是十只眼睛同时所见，大概现在已传入上百只耳朵中了。他只好让既成事实牵着鼻子。不过，真能同这样的女子厮磨一室，倒也表明自己艳福不浅。

他被当作上宾，由赤、橙、皂、白四位少女引领，步入一间雕梁画栋的厅堂。用"还我金乌"四个米芾体金字组成的大匾，

294

高悬正中。一张精制的檀木八仙桌旁，是两张一色的太师椅。

此刻，两位一胖一瘦，一红一黑的老者，正坐其上。胖者面庞红润，头发全白，但两只明晃晃的眼睛，宛若孩童。瘦子肤色驼黑，发乌眉浓，显得特别精神。

进得厅堂，红裙少女弯身道了万福："两位老公，姑爷特来相见。"

"晚生失礼！"陈凯拱手拜揖。他是个明白人，一看二位老者，断定他俩是武林高手。果不其然，他被赤服少女引到左侧的椅子前，刚要坐下，突然发觉两膝僵直。陈凯发了一会儿活筋气功，才勉强坐下。可是端坐不久，两股顿觉酸麻，腰间似乎有几只大手紧捏，左推右搡。他又发定身内气，费了九牛二虎之力，总算坐稳。

"贤侄发疟子了？"黑瘦老者问道："你怎么浑身颤抖？"

"晚生无疾，无……无……"一向冷静持重的陈凯，也忍不住张口结舌，两颊渗汗。

"好了，好了，汗发病除。"白胖老者话刚说完，陈凯立感身稳神舒，不觉暗暗钦佩两位老者功力的深厚。

"贤侄的师傅可是洪旭？"黑瘦老者盯着陈凯看了半天，方才问道。

"禀告老伯，在下的师傅正是。"陈凯心头一转，忽地记起师傅临去世前最后一句话："西有师伯。"莫非眼前这两位老者便是？

想到这里，陈凯抬起头，谨慎问道："晚生不揣冒昧，敢问二位老者可就是我的师伯？"问完起身又拜。

"贤侄请起！贤侄请起！"白胖老者与黑瘦老者先后还礼道。原来，这二位老叟和移凤英的父亲移天海、陈凯的师父洪旭，同出一门。那白胖老者姓宗名咏，字歌白，排行老大，称为伯爷。居仲爷的是黑瘦老者，姓杨名穆字敬修。这两老正是劫镖银的二剑客，白敬、江飞他们要找的人。此是后话，暂置不提。移凤英的父亲移天海字安稷，排行老三，寨里人称他叔爷。洪旭年龄最小，排行最末，是当然的季弟。

这四叟的武艺，乃太白山蝙蝠长老所传。如今他年过期颐，有一身绝奇的轻功，可行走水面，停留峡谷。他能在荷叶上打坐，树枝上歇息，只凭一张纸条系腰，便悠然自如，悬于半空。

陈凯的师傅洪旭，是四位师兄弟中武艺最弱、家道最差的一个。贪恋女色的结果，是木匠带枷，自作自受，弄得家破人亡。但二老听了陈凯的叙述，却只把洪旭死因，一股脑儿推在太平剑客身上，答应寻找机会，剪除石烈，为四弟报仇。

陈凯再拜二位师伯，虔声说道："二老如此仗义，师父九泉之下，一定含笑而敬。"讲到这里，陈凯眼望金匾，低喉问道："请问二位师伯，那米南宫体的匾额是何用意？"

"金乌指何物？"宗咏反问道。

"太阳。"

"太阳为何颜色？"

"赤色。"

"赤色归属五行哪种？"

"火行。"

"哪朝为火？"

"哦——"精明的陈凯，终于悟出了"还我金乌"的寓意。

夕阳西下，已到酉时。陈凯正要揖别，只见侧帏拉开，浓妆艳抹的移凤英，绰约多姿，拜见二位师伯后，毫不害羞，正坐陈凯对面，露出两窝迷人的笑靥。

这时杨穆开言，问清了陈凯的生辰八字，便向厅堂众位高声宣布："夜幕已降，玉兔东升，十六要比十五圆。老朽愿当月下，将这对师兄师妹合卺结缡，共赴复明大业！"

第二十一章

混元客力挽狂澜结神缘

朝练鸳鸯拳，夕卧温柔乡，陈凯与移凤英如鱼得水，似草逢春，难舍难别。但一个月后，移凤英还是按照婚庆那天的约定，"十八里相送"，把打扮成无业游民的陈凯，推上了一辆牲口拉的大车，远离移家寨而去。

再说太平剑客叙完同玉芝严惩恶妇劣子的经历，众人莫不拍手称快。但对化名陈升的陈凯，如其与洪旭的十五年师徒情谊，同宗咏、杨穆的不期而遇，和移凤英的风流姻缘，乃至他投奔石家店的真情，石烈却一概不知。

倒是寻镖银心切的白飞侠多长了一个心眼儿，石烈刚刚说完，他便接口说道："晚间用饭时，石兄曾谈及铁掌镇西宁宗明，说此人武艺十分高明，在座的恐怕全不是他的对手。刚才石兄又说到陈升是洪旭的门人。这使我猛然想起，洪旭、移天海、杨穆和宗咏四位西天剑客，乃太白山怪仙蝙蝠长老的门人，有十分了得的武艺。尤其是老大宗歌白，不仅一身轻功天下罕见，而且精通蝙蝠拳和天龙绝剑，尚不知谁能与敌。我疑心石兄说的宗明，乃宗咏假托，迷惑世人而已！"

这一席话提醒了足智多谋的江飞。他立即说道："白飞侠所言极是。保不准那门人陈升，就是西天四剑客派来刺杀石兄的探子。如若这样，抓到陈升，一定真相大白！"

"那就快追陈升！"石烈一吆喝，六老各施奇技，蹿上屋脊，飞也似奔去。白鸿与石玉芝各施奇技，蹿上屋脊，飞也似奔去。

只有朱复不声不张，不紧不慢，压在尾端。

原来，石烈摆擂比武的时候，西天二剑客同移凤英便悄悄来到石家店。那装作老乞丐的高叟，便是宗咏，自号天龙奇人。朱复虽不知此叟的底细，但他在擂台与石玉芝交手之中，始终感到有一股真气缠绕右腕，不然，他那追光赶电的闪剑之术，一气呵成，挑下石玉芝两只耳环，绝不在话下。石玉芝脸如赤霞离擂之后，他刚想略施苦练经年的混元功，与那位老叟交流切磋，不想来者竟一走了之，并将真气带走。他也只好引而不发，收功体内。

石烈大摆晚宴之时，朱复几乎没有言语。别人以为他比武联姻，即将与如花似玉的石家闺女享妆奁之美，因而赧颜寡语。殊不知朱复正全神贯注，如痴如醉地揣摩老叟发出的真气。他从八方、十六位、三十二面、六十四线等空中各个要津，仔细研磨，总算找出了端倪。但进招之术，尚需在对阵中随机应变。

若论他远胜戴宗的神行之术，要超过诸位前辈，并没有什么困难。但一越上屋脊，他便领悟到一股很强的阳刚真气，正向背心袭来。这九天真气，虽于他只不过耳边风而已，但若进入没练就混元绝术的武者身上，尤其是进入阴柔之性的女子胸腹，不是摧筋断骨，也要昏厥不醒，这正好给好色之徒以可乘之机。于是，他当机立断，压阵其后，将九天真气全悉吸入中椎之内，再由两肋幽散开去，这既保护了六位老者，更为白鸿、石玉芝两位女中豪杰驱邪散凶鼎力相助。

冲在最前面的石烈、白哲和江飞，沉气于胸，使气在足，不一会儿便追到一片背水而生的大杉林内。

只见陈凯身体一蹲，两脚猛点，虎啸一般穿过两丈多宽的水面。三位老者紧咬不放，如风似飙，迅猛跟来。

这是一片白沙地。弯月当空，莹莹生辉，沙地后面，树影朦胧，群丘乱谷。陈凯自知一人怎是三位老剑客的对手，便从怀里掏出天地炮，猛一抖腕，"噼啪"两响。爆竹过后，从丘谷飞出一彪人马，为首的一胖一瘦，一白一黑，正是宗咏、杨穆。移凤英和赤、橙、皂、白四位少女，尾随其后。

"来者通姓道名！"

只见宗咏两腕向下一压，那一彪人马安静下来，钉子一样定在沙地上。

三位老者只顾前冲，并不知道宗咏压腕，是在施放九天真气。那杨穆虽然不动声色，却也在暗吐气。幸好朱复明里暗里施展得天独厚的元气解析术，才顶住两位西天大剑客的真、玄二气，确保诸位剑侠和白鸿、石玉芝的安全。他赶前一步，反身招呼二位女侠暂停前进，自己却下压地气，飘上竹梢，静观诸剑客对话。

"此乃我石家地面，为何不宣即来，侵凌百姓？"石烈不报姓名，反诘宗咏。

"看你面似钟馗，一定是太平剑客无疑。"宗咏一语道破。突然怒声斥责："你既是杀害我四弟洪旭的凶手，吾等难道还不能前来捉拿吗？"说罢此话，宗咏却在暗中思忖：我和二弟的真、玄二气，天下无敌，为何不见石烈诸人厥倒？莫不是那天登撂的小子，在不声不响同我较量？不可大意，一切得谨慎从事。

"睹兄白里透红尊颜，想必是蝙蝠长老门下师兄？"石烈客气地拱手而礼，接着严词大谴："宗咏兄为何信侄徒的诳言？你知道洪旭与黄氏及其刁子洪芳的劣迹吗？不追究洪旭之死的真因，却瞎子摸象乱猜，岂不伤了西天剑客的风范？"

"师伯，与此等逆贼有何理可讲？快为师叔报仇！"移凤英披红挂紫，怒颜嗔道。

"慢！"杨穆制止道，"听着，我乃杨穆杨敬修是也！此女移凤英，是三弟移天海的掌上明珠。尔乃何人，快快通报！"

"吾姓江名飞字天鹤，万里追风长髯叟是也。彼姓白名哲，字天侠，鼎鼎大名的红眉剑客！"江飞看杨穆比较斯文，回答语气也较为和缓："杨剑客，咱们素昧平生敢问一句，为何拦劫兴顺镖局的镖银？"

"此乃不义之财，为何劫不得？"杨穆不急不慢，正色回答。

"不义之财？"白哲反问道："此话怎样解？"

　　"乌龙镇乃三弟移天海地盘。天海逝去，一伙强徒乘移凤英出丧之机，在该镇强抢白银一千两，存入正华银号，我等取回镖银只不过物归原主而已！"

　　"既然钱已存入正华银号，彼等应向银号索要。须知路劫镖银，伤害我兴顺镖局声威，是可忍孰不可忍！"白哲说道。

　　"镖局保不了镖，真乃贻笑大方，活该！"宗歌白嗤笑一声，轻蔑地说道："何况是一笔不义之财。"

　　"想不到西天两剑客竟如此无理，看招！"站在一边的白哲，早就忍无可忍，举起金背刀朝宗咏右胁便砍。"接招，莫怪鄙人手下无情！"宗咏将天龙绝剑一扬，轻快地挡住了刀口，接着翻腕一划，来了个"天龙抖须"，直向白天侠肋间刺去。红眉剑客扭腰一让，将手中的金背刀往上扫去，只听"咣嘟"一声，剑刀相碰，闪烁无数金星。双方你来我往，交手约有三四十个回合。宗咏毕竟技高一筹，加上一身绝妙轻功，如燕如猿，恍若童子，简直看不出已是耄耋老叟。

　　"天侠兄暂歇，我来也！"江天鹤大吼一声，纵入圈中，舞动三十六节蛇骨鞭，接替白哲再战。

　　那边杨敬修换下宗咏，舞动地蛟奇剑，在蛇骨鞭影中从容自如地穿行。那鹿儿似的跳跃轻功，配上玄乎乎秘森森的娴熟剑法，宛若神仙下凡。长髯叟的蛇骨鞭虽然十分厉害，有万里追风之势，但在地蛟剑的轻盈搅拨之下，却一点点化解了。

　　眼看江飞已处下风，石烈抽出太平剑，大吼一声："江兄稍息，吾来矣！"众位观战的剑侠，一个个按捺不住，纷纷拥上前去，连白鸿和石玉芝也不听朱复的劝阻，举剑冲入阵中。移凤英见对方一齐出动，便脱下彩氅，与赤、橙、皂、白四位少女抽剑接战。白沙地顿时被搅动得昏天黑地。

　　两位西方剑客终究技压群雄，在一片混战中鹤发童颜，轻舒自如。石烈求胜心切，使出断穴绝招，企图制服对手。焉知宗咏和杨穆行武多年，练功之术已入炉火纯青之境，岂怕那区区断穴

300

一招？

"你既不仁，我亦不义！"宗咏一面舞动天龙绝剑，一面抬手对准太平剑客右肋，推出一股九天真气："石兄，休怪宗某无理了。"

因为是近距离施气，功力极大，远在竹梢之巅的朱复无法远挡，眼巴巴望着在行断穴招的太平剑客如醉如痴，昏厥倒地。与此同时，杨穆也向白哲、江飞两位剑客喷吐力能折骨的八方玄气，只在一瞬间，便将红眉剑客与长髯叟击懵致迷。

当宗咏推开正在酣战的祁连仙姑，得意忘形地正要将九天真气向白鸿与石玉芝施放，只见久伏竹梢的朱复，闪电一般跃到宗咏面前："宗剑客，休得无理！"

说时迟，那时快，朱复人到、剑到、气到，施展出武林罕绝的重楼飞血混元功，不仅敌住了九天真气，而且将宗咏搡出有一丈多远。他那把射斗古剑舞在手中，快过龙蛇腾蹿，光华与月争辉。真是山外有山，楼外有楼，强中更有强中手。这射斗古剑在天龙、地蛟和雪里来锥三剑合剿之中，电闪声鸣，出神入化，毫无怯意。

但朱复心中始终记住下山周游之前空空长老的深沉嘱咐：大同乃最高境界，和谐是人心之本。

他伏卧竹梢之时，悉心听了双方的争词辩句，感觉西天两大剑客和移家女侠并非奸宄之人，于是下决心再度调解，以和为贵。

因此，他舞动射斗古剑，只是拦挡，并不进逼。舞着，舞着，他忽然架住三剑，跃出圈外，清脆的话语震响山林："众位住手！"

朱复没有出现之时，宗咏以为这场搏杀，赢家非己莫属。他和杨穆放倒三位剑客，也并无杀戮之意，只想速战速决，快快分出高下，班师回寨。

不想朱复的突然出现，尤其是那功力更强的无名气柱，把宗咏搡出丈把远去，让天龙奇人大吃一惊。他行剑五十载，还从未遇见这样的能人，竟然还是个不见经传的毛头小子！

"待我打听明白。"宗咏想到这里，同杨穆、移凤英一起，收住宝剑，朗声问道："不知英俊少年，出自何家门下？"

"我姓朱名复。在下师傅，是贵州清凉山降龙寺空空长老。"朱复答道。

"哦——"宗咏长叹一声："有其师必有其徒！"

原来，五十年前，蝙蝠长老曾因武林之争，在八百里秦川，与空空长老多次交过手，但从未占过上风。宗咏自幼便知空空长老的声名，至今虽未睹长老尊颜，却得见其徒，亦是大幸。

"请问朱壮士出身何家名门？"宗咏又问道。

"复禀宗老伯，家父乃是大明嫡裔子孙，因明亡逃至黔境，隐居贵阳府西南四十余里的镇龙坡，不幸遭当地劣绅恶吏陷害，毁家入狱，判为死罪。在押解进京途中，被空空长老搭救，随后带发修行。小子亦拜空空长老为师，习艺多年，出外周游。"

"众位皆是大明遗族。误会，误会！"宗咏越听越喜，便立即转身，准备将石、白、江三位剑客救醒。哪知三人早已苏醒，且都立在朱复左侧。白鸿、石玉芝则联袂而进，走到朱复右侧。

"朱壮士真是武艺绝伦，请接受老朽一拜。"宗咏知道石、白、江三位剑客的苏醒，定是朱复发了奇功所致。但他不知道这就是举世无双的元气解析术，心底实在佩服朱复的高明。

"失敬，失敬，请宗老伯接受小生一拜。"朱复拱手一揖。
"还镖！"宗咏把手一招，四位随从，立即将两车镖银完好无缺地抬到白哲手中。

"谢宗兄！"白哲合掌而拜。

"朱壮士一气解前仇。请列位豪杰去石家店小住三日，共议反清复明大举！"石烈吩咐管家驾来两辆漆饰大车，将各路英雄浩浩荡荡载回石家店。

这一夜最高兴是要数石玉芝了。要不是繁礼褥节和大闺女的涩赧，她真想冲进朱复的住地，向这位武功盖世、力敌群雄的英俊少年敬上一杯好酒。想到自己将来的如意郎君，竟有如此高超的技艺、折服众人的品德，一夜没有合眼。

到了翌日傍晚，石烈摆了十桌酒席，庆贺各路豪杰大会师。人们除了举杯相庆，一个个都劝朱复赶快与石家姑娘完婚，结缡南下，共图大业。

朱复无路可退，这才向众位说明原委：自幼练就重楼飞血的功夫，一辈子不能成家。众人听罢，有的摇头，有的叹息，有的表示无可奈何，有的则说："你的武艺登峰造极，玉芝姑娘倾国倾城，其貌在白鸿、移凤英两位女侠之上。金玉不结良缘，乃人间一大不幸也！"

一席话说得玉芝姑娘满脸飞霞，放下杯箸，一阵风似的飘进闺房。

石烈两眼愕然，望着玉芝的背影，无可奈何地摇了摇头。

"我看就成全他俩，结成无嗣夫妻吧。"江飞提议道。

"那玉芝姑娘——"移凤英接过江飞的话语，问道："她可同意？"

"我去说说！"白鸿自告奋勇，奔向闺房。

没想到玉芝姑娘听了白鸿的转告，立即表示一万个愿意。她内心对朱复已存着数不完的情思，怎会不答应呢？

第三日夜晚，石家店张灯结彩。喜气洋洋，为朱复和石玉芝举行盛大婚礼，足足闹腾了一宵还未歇息。

第四天过午，当上新郎的朱复，被众位推为首领，麾下集结着一群高侠奇杰，神履飞步地向玉龙山进发。

附　　录

末路英雄咏叹调

——白羽之文心

叶洪生

　　一个人所已经做或正在做的事，未必就是他愿意做的事，这就是环境。环境与饭碗联合起来，逼迫我写了些无聊文字；而这些无聊文字竟能出版，竟有了销场，这是今日华北文坛的耻辱！我……可不负责。

　　说这话的人，是上世纪三十年代中国武侠小说界居于泰山北斗地位的白羽；所谓"无聊文字"指的就是武侠小说！以其当时的声名、成就，竟在自传《话柄》中发出如此痛愤之语，这就很可使人惊异且深思的了。那么，他又是怎样"入错行"的呢？

白羽其人其事其书

　　白羽本名宫竹心，清光绪廿五（1899）年生于天津马厂（隶属今河北青县），祖籍山东省东阿县。父为北洋军官，家道小康，故其自幼生活无虞，嗜读评话、公案、侠义小说。1912 年民国建立，宫竹心随其父调职而迁居北平，遂有幸接受现代新式教育。中学时期因受到新文学运动影响，兴趣乃由仿林（纾）翻译小说转移到白话文学上来，并立志做一个"新文艺家"。

　　宫氏中英文根底极佳，十五岁即开始尝试文艺创作；向北京各报刊投稿，笔名"菊庵"。他的才华曾深得周树人（鲁迅）、作人兄弟赏识，并慨然给予指导及帮助，鼓励他从事西洋文学译述工作。奈何其十九岁时不幸丧父，家庭遭变；即令考上北平师范大学亦不能就读，反倒要为养活七口之家而到处奔波——他干过邮务员、税员、书记、教师、校对、编辑、记者以及风尘小吏；甚至在穷途末路时，还咬着牙充当小贩，卖书报——一直挨到他贫病交加，吐血为止；除了一支健笔，可说是身无长物。

1926 年是宫竹心生命中的一大转折。此前由于他终日为生活忙碌而与鲁迅失联，遂陷于精神、物质上的双重人生困境。恰巧言情小说名作家张恨水亟需为自己担纲主编的北平《世界日报》副刊《明珠》版找一名写手，以分任其劳，乃公开登报招聘"特约撰述"。此时宫竹心正为"稻粱谋"所苦，看到招聘广告，当即连夜赶写了七篇文史小品稿件投寄应征；方于众多自荐者中脱颖而出，成为一名每日皆要奋笔书写各类文稿的"特约撰述"。

这工作其实是低酬劳、高剥削的文字苦力活。它唯一的好处是有固定稿费可领，生活相对安定；而其边际效用则是借着《世界日报》这块艺文园地"练功"的机会，把宫竹心的文笔给磨炼出来，且炼成一支亦庄亦谐、亦雅亦俗而又刚柔并济的生花妙笔。这倒是他始料未及的意外收获。

如是经过一段时日的磨笔磨剑，以及亲身经历种种世态炎凉的残酷现实，他的思想观念乃逐渐产生了微妙的变化。在他悲叹"新文艺家"之梦难圆的同时，也清楚地看到张恨水是如何在通俗小说领域里呼风唤雨、财源广进的！理想与现实的冲突迫使他不得不选择后者。于是张恨水写作模式（通俗小说连载）及其名利双收的丰美果实遂成为青年宫竹心梦寐以求的人生目标，因为这可以立马解决养家活口的实际问题。

他明白言情小说是张恨水的"禁区"，最好别碰；却不妨用"借古讽今"的手法来写"卑之无甚高论"的武侠小说——这就是他初试啼声的武侠处女作《青林七侠》，连载发表于《世界日报》副刊。然而这次的试笔却是一篇失败之作。因为作者企图反讽政治现实竟失焦，而读者反应冷淡则更令人气沮；故连载数月

308

后即被"腰斩",不了了之。而据通俗文学研究者倪斯霆的说法,直到1931年,《青林七侠》方交由天津报人吴云心主编的《益世晚报》副刊连载续完。

1928年夏天宫氏重返天津,转往《商报》任职。此后迄至对日抗战前夕,约莫八九年间,他都流转于天津新闻圈中厮混;除了曾独家报导女侠施剑翘(因替父报仇而枪杀军阀孙传芳)刑满出狱真相的新闻,引起社会轰动外,可谓乏善可陈。

1937年7月7日因"卢沟桥事件"而引爆中国全面抗日战争,平、津随之沦陷。宫竹心一家于战乱中迁居天津二贤里,由于困顿风尘,百无聊赖,遂与友人合作开办"正华补习学校";打算一面办学,一面卖文,以弥补日常生活开销。那么,到底该写哪一类题材的小说才好呢?却煞费思量。就在这个节骨眼上,昔日旧识小说家何海鸣忽找上门来,代表天津《庸报》邀约撰稿。当下宫氏喜出望外,一拍即合,遂决定撰写武侠小说以投读者所好。

当时正值抗战军兴,华北沦陷区人心苦闷,皆渴望天降侠客予以神奇的救济,而由著名评书艺人张杰鑫、蒋轸庭演述的镖客故事《三侠剑》(按:其主要人物多脱胎于《施公案》、《彭公案》等书)在北方已流传了一二十年,人多耳熟能详。宫氏灵机一动,何不结撰一部以保镖、失镖、寻镖为主题的镖客恩怨故事,以顺应读者阅读习惯及审美需求;只要能摆脱俗套,翻空出奇,在布局上下功夫,则以其生花妙笔与文字技巧,小说焉有不受读者欢迎之理!

于是他精心构思故事情节,并找来深谙技击的好友郑证因做"武术顾问";务求所描写的江湖人物言谈举止惟妙惟肖,各种兵器用法乃至比武过招的手、眼、身、法、步,一招一式都能画出来。在如此认真写作之下,1938年春天宫氏即以"倒洒金钱"手法打出《十二金钱镖》(原题《豹爪青锋》),连载于《庸报》。他选用"白羽"为笔名——取义于欧俗,对懦夫给予白羽毛以贬之;或谓灵感来自杜甫诗句"万古云霄一羽毛",亦有自伤自卑、无足轻重之意。（宫氏所撰武侠小说，均署名"白羽"，而无署"宫白羽"者！）

孰料这"风云第一镖"歪打正着！白羽登时声名大噪，竟赢得各方一致好评。于是不等《钱镖》正传写完，即应邀回头补叙前传《武林争雄记》，又续叙后传《血涤寒光剑》、《毒砂掌》，并别撰《联镖记》、《大泽龙蛇传》、《偷拳》等书，共二十余部。他那略带社会反讽性的笔调，描摩世态，曲中筋节，写尽人情冷暖；而文笔功力则刚柔并济，举重若轻，隐然为"入世"武侠小说（社会反讽派）一代正宗——与"出世"武侠小说（奇幻仙侠派）至尊还珠楼主双星并耀；一实一虚，各擅胜场。

但白羽不以为荣，反以为耻。因此他除将卖文（武侠小说）所得移作办学之用外，待生活稍定，即减少乃至终止武侠创作；同时自设"正华学校出版部"，陆续印行回忆录《话柄》，自传体小说《心迹》，社会小说《报坛隅闻》，短篇创作集《片羽》，小品文集《雕虫小草》、《灯下闲书》、《三国话本》及滑稽文集《恋家鬼》等等。余暇则从事甲骨文、金文之研究，自得其乐。

据白羽已故老友叶冷（本名郭云岫）在《白羽及其书》一文中透露："白羽讨厌卖文，卖钱的文章毁灭了他的创作爱好。白羽不穷到极点，不肯写稿。白羽的短篇创作是很有力的，饶有幽默意味，而且刺激力很大；有时似一枚蘸了麻药的针，刺得你麻痒痒的痛，而他的文中又隐含着鲜血，表面上却蒙着一层冰。可是造化弄人，不教他做他愿做的文艺创作，反而逼迫他自捆其面，以传奇的武侠故事出名；这一点，使他引以为辱，又引以为痛……"

1949 年后，白羽以其享誉大江南北的文名，获任天津作家协会理事、文联委员、文史馆员；并一度出任新津画报社长及天津人民出版社特约编辑。他"最痛"的武侠小说固然已全部冰封，但"工农兵文学"他也不敢碰——因为一则缺乏这方面的生活体验，很难下笔；二则政治气候变化无常，思想束缚更大。试想，他半生服膺并力行文艺创作上的写实主义，可当时的社会现实该怎么写呢?

1956 年香港《大公报》通过天津市委宣传部的关系,约请白羽重拾旧笔,"破例"给该报撰一部连载武侠小说。他力辞不获,遂草草写了最后一部作品《绿林豪杰传》——自嘲是"非驴非马的一头四不像"!其无奈之情,溢于言表。

白羽晚年罹患肺气肿,行动不便,却仍一心一意想出版他的考古论文集。惜此愿终未得偿,而在 1966 年 3 月 1 日晨含恨以殁,享龄六十七岁。

"现实人生"的启示

诚如白羽所云,他是为了"混饭糊口"迫不得已才写武侠小说。但即令是其所谓"无聊文字"亦出色当行,不比一般。单以文笔而言,他是文乎其文,白乎其白,文白夹杂,交融一片;雄深雅健,兼而有之。特别是在运用小说声口上,生动传神,若闻謦欬;亦庄亦谐,恰如其分。书中人物因而活灵活现,呼之欲出!

另在处理武打场面上,白羽本人虽非行家,却因熟读万籁声《武术汇宗》一书,遂悟武学中虚实相生、奇正相间之理;据以发挥所长,乃融合虚构与写实艺术"两下锅"——举凡出招、亮式、身形、动作皆历历如绘,予人立体之美感。尤以营造战前气氛扑朔迷离,张弛不定;汲引西洋文学桥段则"洋为中用",收放自如……凡此种种,洵为上世纪五十年代香港以降港、台两地一流作家如金庸、梁羽生、司马翎等之所宗。这恐怕是一生崇尚新文学而鄙薄武侠小说的白羽所意想不到的吧?

认真推究白羽所以"反武侠"之故,与其说是受到"五四"一辈西化派学者的负面影响,不如说是他目睹时局动荡、政治黑暗,坚信"武侠不能救国"的人生观所致。因此,若迫于环境非写不可,则必"借古讽今",方觉有时代意义。据白羽在《我当年怎样写起武侠小说来》一文的说法,早在其成名作《十二金钱

311

镖》问世前，就写过两篇失败的武侠小说：

一是《粉骷髅》（原名《青林七侠》；1947 年易名《青衫豪侠》出版），内容影射媚日汉奸褚民谊；"因为反对武侠，写成了侦探小说模样"——时在"九一八事变"之前。

二是《黄花劫》，"写的是宋末元初，好像武侠又似抗战"；对"前方杂牌军队如何被逼殉国"传闻深致愤慨 ——时在"九一八事变"之后。（按：《黄花劫》系 1932 年天津《中华画报》连载时原名，1949 年被不肖书商改名《横江一窝蜂》出版。）

正因有此前车之鉴，故抗战第二年他着手撰《十二金钱镖》时，虽一样是采用"借古讽今"的创作手法，却将"讽今"的焦点由政治现实转移到社会现实上来。他在《话柄》中曾就此说明其创作态度：

> 一般武侠小说把他心爱的人物都写成圣人，把对手却陷入罪恶渊薮。于是设下批判：此为"正派"，彼为"反派"；我以为这不近人情。我愿意把小说（虽然是传奇小说）中的人物还他一个真面目，也跟我们平常人一样；好人也许做坏事，坏人也许做好事。等之，好人也许遭恶运，坏人也许得善终；你虽不平，却也无法。现实人生偏是这样！

如此这般面对"现实人生"，进而加以无情揭露、冷嘲热讽，便是《十二金钱镖》一举成名，广受社会大众欢迎且历久不衰的主因。例如书中写女侠柳研青"比武招亲"却招来了地痞（第九章）；一尘道长仗义"捉采花贼"却因上当受骗而中毒惨死（第十五章），这些都是活生生、血淋淋的冷酷现实。至若白羽屡言此书得力于"旦角挑帘"——让女侠柳研青提前出场，与夫婿杨华、苦命女李映霞之间产生亦喜亦悲的"三角恋爱"——则系"无心插'柳'柳成荫"之故。

笔者有鉴于此，因以其成名作《十二金钱镖》为例，针对书中故事、笔法、人物、语言及其独创"武打综艺"新风等单元，加以重点评介；聊供关心武侠创作的通俗文学研究者及广大读者参考。

小说人物与语言艺术

众所周知，《十二金钱镖》系白羽开宗立派之作。此书共有十七卷（集），总八十一章，都一百廿余万言。前十六卷约略写于抗战胜利之前，故事未结束；是因白羽业已名利双收，不愿再写"无聊文字"。1946 年国共内战再起，白羽为了维持生活，不得已重做冯妇；遂又补撰末一卷，更名为《丰林豹变记》，连载于天津《建国日报》，乃总结全书。

持平而论，《十二金钱镖》的故事情节并不复杂，主要是描写辽东"飞豹子"袁振武为报昔年私人恩怨，来找师弟俞剑平寻仇；因此拦路劫镖，而引起江湖轩然大波的故事。说白了，不外就是"保镖—失镖—寻镖"这码事；却因为作者善于运用悬疑笔法，文字简洁生动，将保镖逢寇的全过程——由探风、传警、遇劫、拼斗、失镖、盗遁以迄贼党连同镖银离奇失踪等情——曲曲写出，一步紧似一步！书中的"扣子"搭得好，语言亲切有味，情节又扑朔迷离；因而引人入胜，欲罢不能。

诚然，一部小说若想写得成功殊非幸致；在相当程度上须取决于人物塑造，以及相应的小说语言是否生动传神而定。这就要看作者驾驭文字的能力究竟可达何等境地，方能产生"烘云托月"的艺术效果。

书中主人翁"十二金钱"俞剑平是作者所要正面肯定的角色。此人机智、老辣、重义气、广交游，兼以武功超群，生平未逢敌手；但每念"登高跌重，盛名难久"，则深自警惕；因而垂暮之年封剑歇马，退隐荒村。今即以铁牌手胡孟刚奉"盐道札谕"护送官帑，向老友俞剑平借去"十二金钱"镖旗压阵，路遇无名盗魁劫镖一折为例，看作者是如何刻画俞剑平这个侠义人物的表现。

当时被派去护镖的俞门二弟子"黑鹰"程岳，哭丧着脸奔回俞家报讯，说是："师傅，咱爷们儿栽啦！"俞剑平骤闻失镖，把脚一跺，道："胡二弟糟了！"（因失镖者必然要负连带责任。）再闻镖旗被拔，登时须眉皆张道："好孩子！难为你押镖护旗，你倒越长越抽搐回去了！"——这是先以朋友之义为重，其后方顾到个人荣辱。一线之微，即见英雄本色，毫不含糊！

随后当他看到那"无名盗魁"留下的《刘海洒金钱》图，上面画着十二枚金钱散落满地，旁立一只插翅豹子，做回首睨视之状；并有一行歪诗，写着："金钱虽是人间宝，一落泥涂如废铜！"当即了然，不禁连声冷笑道："十二金钱落地？哼哼，十二金钱落不落地，这还在我！"

在这些节骨眼上，作者用急、怒、快、省之笔将俞剑平那种虎老雄心在、荣辱重于生死的"好胜"性格刻画入微；令读者如见其人，如闻其声！错非斫轮大匠，焉能臻此！

插翅豹子天外飞来

"飞豹子"袁振武这个隐现无常的大反派，在小说正传里称得上是扑朔迷离的人物。他除了拦路劫镖时一度亮相以外，便豹隐无踪，改以长衫客的姿态出现；声东击西，神出鬼没！充分显露出豹子的特性。

作者写袁振武种种，全用欲擒故纵法，口风甚紧。前半部书只说豹头老人如何如何；直到第四十三章，始初吐"飞豹子"之号，仍不揭其名；再至第五十九章，方由一封密函透露"飞豹子"的来历，却是"关外马场场主袁承烈"！难怪江南武林无人知晓。如此这般捕风捉影，教读者苦等到第六十一章，才辗转从俞夫人托带的口信中和盘托出"飞豹子袁承烈"的真实身份——竟然是三十年前俞剑平未出师门时的大师兄袁振武！此人心高气傲，曾因不愤乃师太极丁将爱女许配师弟俞剑平，并破例越次传

314

以太极掌门之位，而一怒出走，不知所终……本书"捉迷藏"至此，始真相大白。

一言以蔽之，此非寻常庸手所用"拖"字诀，而是白羽故弄狡猾的"蓄势"笔法；曲曲写来，行文不测，乃极波谲云诡之能事。正因这头"插翅豹子"天外飞来，飘忽如风，扬言要雪当年之耻，非三言两语可以交代；故白羽特为之另辟前传《武林争雄记》（1939 年连载于北平《晨报》），详述袁、俞师兄弟结怨始末。由是读者乃知其情可悯，其志可佩！袁振武实为本身性格与客观环境交相激荡下所造成的悲剧人物。至于《武林争雄记》续集《牧野雄风》，则系白羽病中央请好友郑证因代笔所撰，固不必论矣。

最具喜感的"小人物狂想曲"

前已约略提过，白羽创作武侠小说，极讲究运用语言艺术。其客观叙述故事的文体固力求风格统一，而杜撰书中人物的对白则千变万化，端视其身份、阅历、教养、个性而定；或豪迈，或粗鄙，或刁滑，或冷隽，或笑料百出，不一而足。

在本书林林总总的小说人物中，描写得最生动有趣的是"九股烟"乔茂。这虽是个猥琐不堪、人见人厌的镖行小丑，却是小兵立大功，起到"穿针引线"和"药中甘草"的作用；特具喜感，很值得一述。

按：书中写"九股烟"乔茂这个小人物的言行举止，活脱是西班牙骑士文学名著《魔侠传》（Don Quijote，或译《唐吉诃德》即"梦幻骑士狂想曲"）的主人翁吉诃德先生（按：Don 音译为"唐"，是西班牙人对先生的尊称）之化身。若无此甘草人物穿针引线，误打误撞地追踪到贼窟，也许咱们的俞老英雄就真格让飞豹子给"憋死"了。而在作者正、反笔交错嘲讽下，乔茂的刻薄嘴脸、小人心性以及色厉而内荏的思想意识活动，几乎跃然纸上；堪称是"天下第一妙人儿"！

据称，此人原是个积案如山的毛贼，专做江湖没本钱的买卖；长得獐头鼠目，其貌不扬。他生平没别的本领，却最擅长轻功提纵术，有夜走千家之能。曾有一宵神不知鬼不觉地连偷九家高门大户，遂得诨号"九股烟"；兼又姓乔，故又名"瞧不见"。

这乔茂混到铁牌手胡孟刚的振通镖局做镖师，因嘴上刻薄，常得罪人，谁也看他不起。譬如在起镖前夕，他一开口就说："这趟买卖据我看是'蜜里红矾'，甜倒是甜——"别人拦着他，不教他说"破话"（不吉利）；他却一翻白眼道："难道我的话有假么？人要是不得时，喝口凉水还塞牙！"等到押镖行至中途，贼人前来踩探，他又龇牙咧嘴说着风凉话："糟糕！新娘子给人相了去，明天管保出门见喜！"

果然，"飞豹子"四面埋伏，伤人劫镖，闹了个"满堂红"，人人挂彩！乔茂死里逃生，心有不甘；为求人前露脸，遂冒险追踪敌踪，却又教人给逮住，身入囹圄。好不容易自贼窝逃生，奔回报讯；众家镖客正为那伙无影无踪的豹党发愁，急着要问镖银下落，他老小子可又"端"起来啦——"找我要明路？就凭我姓乔的，在镖局左右不过是个废物！咱们振通镖局人材济济，都没有寻着镖，我姓乔的更扑不着影了！"活脱一副小人得志之状，溢于言表。

于焉经过众镖客一番灌迷汤、戴高帽，总算在"乔大爷"口中探得了镖银下落；再派出三侠陪他前去进一步探底——这下姓乔的可不能说是"瞧不见"啦！孰料三侠皆看不起乔茂为江湖毛贼出身，乃背着他自行踩探敌人虚实。作者在此描写乔茂自言自语的心理反应，有怨愤，有讥诮，有得意，精彩迭出，令人不禁拍案叫绝。且看乔茂躺在床上假寐，是怎么个骂法：

"你们甩我么，我偏不在乎，你们露脸，我才犯不上挂火。你们不用臭美，今晚管保教你们撞上那豹头环眼的老贼，请你们尝尝他那铁烟袋锅。小子！到那时候才后悔呀，嘻嘻，晚啦！我老乔就给你们看窝，舒舒服服地睡大觉，看看谁上算！"……忽然一转念："这不对！万一他们摸着边，真露了脸，我老乔可就折一回整个的！……教他们回去，把我形容起来，一定说我姓乔的吓破了胆，见了贼，吓得搭拉尿！让他们随便挖苦。这不行，我不能吃这个，我得赶他们去……"

可"九股烟"乔茂说的比唱的还好听！一旦遇了敌，只有逃命逃得"一溜烟"的份儿。请再看他躲在高粱地里恨天怨地的一折：

> 九股烟乔茂从田洼里爬起来，坐在那里，搔头，咧嘴，发慌，着急，要死，一点活路也没有。又害怕，又怨恨紫旋风、没影儿、铁矛周三个人："这该死的三个倒霉鬼，你们作死！若依我的意思，一块儿奔回宝应县送信去，多么好！偏要贪功，偏要探堡。狗蛋们，你妈妈养活你太容易了。你们的狗命不值钱，却把我也饶上，填了馅，图什么！

值得特别注意的是，作者系以乔茂的"单一观点"贯穿本书第三十六、三十七章来叙事；所有的故事情节皆通过其心中想、眼中看、耳中听分别交代。这种主观笔法洵为现代最上乘的小说技巧；而白羽运用自如，下笔若有神助，的确妙不可言。

向《武术汇宗》取经与活用

据冯育楠《泪洒金钱镖——一个小说家的悲剧》一文的说法，当初白羽同道至交郑证因曾推荐一本万籁声所著《武术汇宗》给白羽参考。万氏曾任教于北平农业大学，为自然门大侠杜心五嫡传弟子；其书包罗万象，皆真实有据，为国术界公认权威之作。白羽仗此"武林秘笈"走江湖，并以文学巧思演化其说，遂无往而不利矣。

《十二金钱镖》书中除一般常见的内外家拳掌功夫、点穴法、轻功、暗器以及各种奇门兵器的形制、练法外，还有著名的"弹指神通""五毒神砂"和"毒蒺藜"三种，值得一述。其中白羽杜撰的"弹指神通"功夫曾在二十年后金庸《射雕英雄传》（1957）与卧龙生《玉钗盟》（1960）中大显神威；但系向壁虚构，不足为奇。而另两种毒药暗器则实有其事，殆非穿凿附会之说。

经查万籁声《武术汇宗》之《神功概论》一节所云："有操'五毒神砂'者，乃铁砂以五毒炼过，三年可成。打于人身，即中其毒；遍体麻木，不能动弹；挂破体肤，终生脓血不止，无药可医。如四川唐大嫂即是！"此书写于民国十五（1926）年，如非捏造，则"四川唐大嫂"至少是存在于清末民初而实有其人。于是"四川唐门"用毒之名，天下皆知；而首张其目用于武侠小说者，正是白羽。

如本书第十四章侧写山阳医隐弹指翁华雨苍生平以"弹指神通""五毒神砂"威震江湖！第十五章写狮林观主一尘道长武功绝世，却为毒蒺藜所伤，不治身死；后来方追查出此乃四川唐大嫂一派独门秘传的毒药暗器。而另据《血涤寒光剑》第八章书中暗表，略谓"毒蒺藜"与"五毒神砂"系出同源，皆为苗人秘方；"真个见血封喉，其毒无比"！而四川唐大嫂更据以研制成多种毒药暗器，结怨武林云。

此外，谈到轻身术方面，过去一般只用飞檐走壁、提纵术或陆地飞腾功夫，罕见有关轻功身法之描写（还珠楼主偶有例外）。而自白羽起，则大量推出各种轻功身法名目；例如"蹬萍渡水""踏雪无痕""一鹤冲天""燕子钻云""蜻蜓三点水"及"移形换位"等。究其提纵之力，则至多一掠三数丈；此亦符合《武术汇宗》所述极限，大抵写实。

再就描写上乘轻功所产生的特殊效果及用语而言，像"疾如电光石火，轻如飞絮微尘""隐现无常，宛若鬼魅"等，皆富于文学想象力与艺术感染力。凡此多为后学取法，奉为圭臬；甚至更驰骋想象，渲染夸张无极限。恕不一一举例了。

开创"武打综艺"新风

白羽在《十二金钱镖》第七十二章作者夹注中说："羽本病夫，既学文不成，更不知武。其撰说部，多由意构，拳经口诀徒资点缀耳。"然"文武之道，一张一弛"，实无可偏废。因此白羽既不能完全避开武打描写，乃自出机杼，全力酝酿战前气氛；对于交手过招则兼采写实、写意笔法，交织成章，着重文学艺术化铺陈。孰知此一扬长避短之举，竟开创"武打综艺"新风，殆非其始料所及。

在此姑以第四十章写镖客"紫旋风"闵成梁夜探贼巢，以八卦刀拼斗长衫客（即飞豹子所扮）的一场激战为例；便知作者虚实并用之妙，值得引述如次：

> 紫旋风收招，往左一领刀锋，身移步换；脚尖依着八卦掌的步骤，走坎宫，奔离位。刀光闪处，变式为"神龙抖甲"，八卦刀锋反砍敌人左肩背。长衫客双臂往右一拂，身随掌走，迅若狂飙。……一声长笑，"一鹤冲天"，飕的直蹿起一丈多高；如燕翅斜展，侧身往下一落。紫旋风微哼一声，"龙门三激浪"，往前赶步，猱身进刀；"登空探爪"，横削上盘。这一招迅猛无匹，可是长衫老人毫不为意，身形一晃，反用进手的招数，硬来空手夺刀。倏然间，施展开"截手法"，挑、砍、拦、切、封、闭、擒、拿、抓、拉、撕、扯、括、抹、打、盘、拨、压十八字诀。矫若神龙掠空，势若猛虎出柙；身形飘忽，一招一式，攻多守少。

像这种轻灵、雄浑兼具的笔法，奇正互变，实不愧为一代武侠泰斗！因为此前没有人这样写过，有则自白羽始。特其因势利导，将八卦方位引入武打场面，且活用成语化为新招，则又为说部一大创举。后起作家凡以"正宗武侠"相标榜者，无不由此学步，始登堂入室。惟白羽地下有知，恐亦啼笑皆非——原来"现实人生"之吊诡竟一至于此！念念"怕出错"的比武却成为康庄大道！这个历史的反讽太绝太妙，实在不可思议！

结论：为人生写真的武侠大师

综上所述，白羽所谓"无聊文字"——武侠小说竟获致如此高超的艺术成就，诚为异事。然"无聊"不"无聊"仅只是某种道德观或价值判断，并非意味下笔时无所用心，便率尔操觚！相反地，像白羽这样爱惜羽毛、恨铁不成钢的文人，即令是游戏之作，也要别出心裁，不落俗套；况其武侠说部以"现实人生"为鉴，有血有肉乎！

著名美学家张赣生在《民国通俗小说论稿》（1991）一书中曾说："白羽深感世道不公，又无可奈何，所以常用一种含泪的幽默，正话反说，悲剧喜写。在严肃的字面背后，是社会上普遍存在的荒诞现象。"此论一针见血，譬解极当。用以来看《偷拳》写杨露蝉三次"慕名投师"而上当受骗，洵可谓笑中带泪。

白羽早年受鲁迅影响甚深，所以在《十二金钱镖》一举成名后，犹常慨叹："武侠之作终落下乘，章回旧体实羞创作"。其实"下乘"与否无关新旧。试看鲁迅《中国小说史略》亦曾明确指出："是侠义小说之在清，正接宋人话本之正脉，固平民文学之历七百余年而再兴者也。"平民文学即今人所称民俗文学或通俗文学；只要出于艺术手腕，写得成功，便是上乘之作。岂有新文学、纯文学或所谓"严肃文学"必定优于通俗文学之理！

毕竟白羽在思想上有其历史局限性，没有真正认清武侠小说的文学价值——实不在于"托体稍卑"（借王国维语），而在于是否能自我完善，突破创新，予人以艺术美感及生命启示。因为只有"稍卑"才能"通俗",何有碍于章回形式呢?即如民初以来甚嚣尘上的新文学,其所以于近百年间变之又变,亦是为了"通俗"缘故。惜白羽不见于此,致有"引以为辱"之痛!

但无论如何,他的武侠小说绝不"无聊";其早年困顿风尘、血泪交织的人生经验,都曾以各种曲笔、讽笔、怒笔、恨笔写入诸作,实无殊于"夫子自道"。据白羽哲嗣宫以仁君在《论白羽》一文中透露:"《武林争雄记》拟以其本人曲折经历为模特儿,故在写作过程中反复改动,多次毁稿重写。郑证因曾对白羽家人叹息说:'竹心(白羽本名)太认真了!混饭吃的东西,何必如此?'……"见微知著,料想其他诸作亦曾大事修删,方行定稿。是以报上连载小说与结集出版后的成书内容、文字颇有不同。

由是乃知白羽珍惜笔墨逾恒;其文心所在,莫非为人生写真!无如社会现实太残酷,"末路英雄"悲穷途!只好用"含泪的幽默"来写无毒、无害、有血、有肉的武侠传奇;聊以自嘲,聊以解忧。

清代大诗家龚自珍的《咏史》诗有云:"避席畏闻文字狱,著书只为稻粱谋。"白羽写武侠书可有定庵先生"正言若反"之意?也许除了"为稻粱谋"外,他的潜意识中还有为武侠小说别开生面的灵光在闪耀;因能推陈出新,引起广大共鸣。

其故友叶冷是最早看出白羽武侠传奇"与众不同"的行家。1939 年他写《白羽及其书》一文,即曾把白羽和英国传奇作家史蒂文森(R. L. B. Stevenson,以《金银岛》小说闻名)相比,认为白羽的书真挚感人,能"沸起读者的少年血"。实非过誉之辞!

整理后记

　　《河朔七雄》，白羽与黄英合著。上海元昌印书馆 1947 年 12 月分正、续两集各十章初版印行。

　　元昌版共二十章，1992 年 8 月北岳文艺出版社版《河朔七雄》则为二十一章。两个版本前十九章标题完全相同，北岳版只是正文第五章末缺约一千三百字。元昌版第二十章标题为"洪晓东临危悔前过"，北岳版标题则为第二十章"小专诸为师报仇"、二十一章"混元客力挽狂澜结神缘"，不但丰富了元昌版第二十章的内容，而且对全书的各条线索也尽可能做了交代。

　　两个版本相比较，北岳版优于元昌版，故本次出版以北岳版为底本，参照元昌版排印。

图书在版编目（CIP）数据

河朔七雄／白羽著. — 北京：中国文史出版社，
2017. 1

（民国武侠小说典藏文库·白羽卷）

ISBN 978 – 7 – 5034 – 8371 – 4

Ⅰ. ①河… Ⅱ. ①白… Ⅲ. ①侠义小说 – 中国 – 现代
Ⅳ. ①I246. 5

中国版本图书馆 CIP 数据核字（2016）第 256733 号

整　　理：周清霖
责任编辑：马合省　卢祥秋

出版发行：**中国文史出版社**

网　　址：http://www. chinawenshi. net

社　　址：北京市西城区太平桥大街 23 号　邮编：100811

电　　话：010 – 66173572　66168268　66192736（发行部）

传　　真：010 – 66192703

印　　装：北京盛彩捷印刷有限公司

经　　销：全国新华书店

开　　本：720 × 1020　1/16

印　　张：21. 25　　　字数：277 千字

版　　次：2017 年 1 月第 1 版

印　　次：2018 年 6 月第 2 次印刷

定　　价：48. 00 元